3ª edição - Maio de 2025

Coordenação editorial
Ronaldo A. Sperdutti

Preparação de originais
Marcelo Cezar

Capa
Juliana Mollinari

Imagem Capa
Shutterstock

Projeto gráfico e diagramação
Juliana Mollinari

Revisão
Maria Clara Telles

Assistente editorial
Ana Maria Rael Gambarini

Impressão
Melting gráfica

Proibida a reprodução total ou parcial desta obra sem prévia autorização da editora.

© 2022-2025 by Boa Nova Editora.

Av. Porto Ferreira, 1031 | Parque Iracema
CEP 15809-020 | Catanduva-SP
17 3531.4444

www.lumeneditorial.com.br
www.boanova.net

atendimento@lumeneditorial.com.br
boanova@boanova.net

Dados Internacionais de Catalogação na Publicação (CIP)
(Câmara Brasileira do Livro, SP, Brasil)

Leonel (Espírito)
    Jurema das matas / romance pelo espírito Leonel ;
[psicografia de] Mônica de Castro. -- 1. ed. --
Catanduva, SP : Lúmen Editorial, 2022.

    ISBN 978-65-5792-062-6

    1. Espiritismo 2. Psicografia 3. Romance espírita
4. Umbanda I. Castro, Mônica de. II. Título.

22-137964   CDD-133.93

Índices para catálogo sistemático:

1. Romance espírita psicografado   133.93

Henrique Ribeiro Soares - Bibliotecário - CRB-8/9314

Impresso no Brasil – Printed in Brazil
03-05-25-3.000-9.000

Mônica de Castro

ROMANCE PELO ESPÍRITO LEONEL

JUREMA
DAS MATAS

LÚMEN
EDITORIAL

FALANDO SOBRE O PASSADO

Não sei dizer se é doloroso relembrar tantos acontecimentos que se perderam na poeira dos tempos... Os anos se passaram, e eu me modifiquei, tentando remodelar a imagem austera, arrogante e orgulhosa que, durante tantos séculos, ficou grafada em mim.

Hoje faço parte de uma nova vida. Não daquela à qual os homens se acostumaram por ilusão, mas à real existência dos seres imortais que habitam os muitos espaços acima desse pequenino mundo que é a Terra. Gosto de viver em espírito, assim como gostei de ter um corpo de carne e desfrutar os prazeres e vícios que me satisfaziam as paixões e o ego.

Agora, porém, tudo isso passou. As marcas da desilusão serviram para tornar confiante e segura a manifestação da minha vontade. Tento crescer e levar comigo tantos quantos possam me acompanhar. Mas a visão estreita do mundo ainda faz com que os olhos do homem permaneçam fechados, mesmo quando a luz da verdade desponta diante dele, quase a ofuscar-lhe a mente nebulosa.

Não foi fácil acertar o ritmo dos pensamentos para trazer esta história. No entanto, ela está aqui e é real, em cada uma das existências em que experimentei a sensação da matéria densa. Os ensinamentos foram muitos e enriqueceram minha alma de uma forma que não poderia descrever. Quanta gratidão tenho a Deus pela chance de enxergar dentro de minha mais profunda essência e buscar, em mim mesma, o caminho da redenção. A dor foi necessária e me ajudou, porque eu ainda não havia compreendido o poder transformador e curativo do amor.

A vida só vale a pena se for vivida pelo amor ou em busca do amor. Fora disso, tudo é ilusão e há de ficar para trás nas sombras das encarnações. A inteligência é um atributo divino e, se exercida com amor, transcende os limites da razão mesquinha e adentra, límpida e serena, no mais alto plano que a alma humana pode tocar.

Por todos nós, que ainda estamos presos às tramas desse mundo de sonhos, é que resolvi contar a minha história...

1ª PARTE - ALEJANDRO

CAPÍTULO 1

Chovia torrencialmente quando Alejandro Velásquez deixou a taverna, ainda sentindo na mente os efeitos estonteantes do rum e da mulher que o inebriara na cama. Foi caminhando, cambaleante, tentando se recordar do local em que havia deixado o cavalo. Como a memória lhe falhava, sacudiu os ombros e cuspiu no chão, tomando o caminho da rua à direita, e seguiu chutando as poças e espargindo água por todo lado.

Era madrugada, e não havia ninguém na rua. Um cão encharcado se aproximou, e Alejandro lhe teria dado um pontapé, não fosse o bichinho mais rápido e fugisse assustado, alertado pelo instinto de que não estava diante de uma pessoa amiga.

— Idiota — rosnou ele, tentando se equilibrar e seguir avante.

Quando chegou a casa, o dia estava prestes a raiar, e ele abriu a porta com estrondo, atirando-se na primeira poltrona que viu pela frente. Ali mesmo adormeceu, até que foi despertado algumas horas depois pelo murmurinho da criada, ocupada em limpar a sala enquanto cantarolava uma cantiga da moda.

— Pare com esse barulho infernal! — esbravejou ele, assustando a moça, que deixou cair a bandeja de prata que segurava nas mãos.

— Senhor! — redarguiu ela, cabeça baixa e voz humilde. — Não sabia que estava aí.

Ele não respondeu. Levantou-se, coçando o queixo, e passou por ela sonolento, não sem antes lhe beliscar as nádegas e dar uma gargalhada irônica. Apesar da contrariedade, a moça nada fez e se encolheu para lhe dar passagem.

— Onde está minha mulher? — perguntou ele, ainda sustentando no canto da boca aquele sorriso maroto.

— Está dormindo.

Alejandro não disse nada e saiu. No quarto, a esposa dormia placidamente, e ele parou para fitá-la por uns instantes. Era linda e lhe pertencia, por mais que ela não gostasse disso. Com gestos bruscos e desajeitados, sentou-se na cama ao lado dela e alisou os seus cabelos. Rosa abriu os olhos contrariada e fixou-os no marido, esforçando-se para conter o repúdio e não o mandar embora.

— Não o vi chegar — foi o que conseguiu dizer em sua mal disfarçada repulsa.

— Não quis acordá-la, minha querida. Você dormia feito um anjo dos céus.

Rosa sabia que era mentira, que ele havia passado a noite fora na companhia de mulheres de reputação duvidosa e da bebida farta, porém, não disse nada. Tinha vontade de xingá-lo e depois fugir correndo dali, mas não podia. O pai a forçara àquele casamento sem amor em troca de um nome que lhe salvasse a honra.

Parecia que fora há muito tempo que se apaixonara por um artesão de sapatos, dono de uma oficina próxima à casa em que viviam, ainda na Espanha. De uma hora para outra, Rosa dera para fazer constantes visitas ao artesão, encomendando-lhe mais sapatos do que tinha ocasiões para usar. O pai, desconfiado, acompanhou-a em uma dessas visitas e logo percebeu um brilho diferente na troca de olhares entre os dois. Até então, julgava tratar-se de uma paixão inocente e platônica, mas, ainda assim, proibiu a filha de ver o rapaz.

Auxiliada por uma criada, Rosa passou a receber o moço em seu quarto todas as noites. O pai, a princípio, julgou que a obediente Rosa houvesse se esquecido do artesão. Contudo, com o passar dos dias, notou que ela vivia com o olhar sonhador, sorrindo sem motivo e prestando pouca atenção aos jovens que a cortejavam.

Foi quando o pai descobriu tudo. Furioso, teria matado o rapaz, mas este, mais rápido, fugiu espavorido pela sacada e nunca mais foi visto. A tristeza de Rosa só não foi maior do que o desgosto do pai, que viu, de uma hora para outra, sua reputação esvair-se nos lençóis manchados do pecado da filha. Ele já estava decidido a mandá-la para um convento quando conheceu Alejandro.

Acontecera na taverna de sempre. Alejandro, abraçado à Giselle, a proprietária, sua amiga e, por vezes, amante, falava com os companheiros sobre um lugar chamado Castilla de Oro[1], colônia da Espanha nas recém-descobertas terras de além-mar, para onde pretendia ir assim que surgisse uma oportunidade. A novidade chamou a atenção do pai de Rosa e, em poucos minutos, estava negociado o casamento da moça. Alejandro lhe daria um nome em troca de dinheiro para a viagem e as primeiras despesas.

Na véspera do casamento marcado às pressas, Alejandro repartia com Giselle a excitação que o dominava ante a perspectiva da viagem.

— Acho que o que você está fazendo é uma loucura! Deixar o mundo civilizado por uma terra de selvagens? Francamente!

— É lá que está o ouro, Giselle. Vou voltar rico!

— Conversa! Aposto como não tem nada lá além de mato e mosquitos. Sem falar nos índios que comem gente. Você vai se arrepender.

Ele se movimentou na cama e a abraçou:

---

1 Castilla de Oro — nome dado pelos colonizadores espanhóis aos territórios da América Central, que se estendiam desde o golfo de Urabá (a oeste da atual Colômbia) até as margens do rio Belém, no Panamá.

— Por que não vem comigo? Podia ser minha amante.

— Deus me livre! Já tenho amantes suficientes aqui mesmo na Espanha. E depois, não nasci para essa vida de aventuras. Além do mais — ela aproximou a boca dos lábios dele e sussurrou baixinho —, estou apaixonada. De verdade.

— Sei. Por aquele velhote?

— Aquele velhote tem sido muito bom para mim, mas não, não estou apaixonada por ele. Conheci um homem de verdade.

Alejandro suspirou e ficou olhando-a. Gostava de Giselle. Eles eram amigos de longa data e, por vezes, dividiam a mesma cama. Giselle, no entanto, não era mulher de se prender a ninguém e estava envolvida com gente importante.

— Você é quem sabe — lamentou ele. — Mas vou sentir a sua falta.

— Eu também — ela se desvencilhou dele e foi apanhar a taça de vinho. — No fundo, você é como eu, Alejandro: livre e ambicioso.

— Estamos ambos em busca de uma vida de luxos. Não estou certo?

— Exatamente — concordou ela, levantando a taça em um brinde solitário.

Ele soltou novo suspiro e acrescentou em tom nostálgico:

— Reluto em deixá-la, mas já é hora de partir. Caso-me amanhã e, no outro dia, parto com minha doce esposa para Castilla de Oro.

— Sua doce esposa já experimentou o fel da desgraça — desdenhou ela. — Não vai ser fácil manter sob as rédeas uma mulher assim.

— Olhe só quem fala! Até parece que você é algum exemplo de doçura.

— É por isso mesmo que estou lhe avisando. Uma mulher conhece a outra. Sua Rosa é uma mulher experiente e apaixonada por outro homem. Aceitou esse casamento por imposição paterna. Ou você acredita mesmo que ela se apaixonou por você?

— Sei que não. Digamos que foi uma troca de interesses. Dinheiro por honra. É um preço justo.

— E a fidelidade? Faz parte do negócio?

— Você está certa de que ela vai me trair, não está?

— Ela não o ama e, na primeira oportunidade, vai cair nos braços de outro.

— Pois lhe garanto que isso não vai acontecer. Se Rosa é uma mulher fogosa, eu mesmo posso lhe oferecer o fogo de que necessita. E ela vai se dobrar a mim. Estarei sempre de olho nela.

— Bem, espero que se lembre do que lhe falei e não se surpreenda quando a encontrar na cama de outro.

— Lamento decepcioná-la, mas sei dobrar uma mulher. Rosa me será fiel, você vai ver.

— Infelizmente, meu caro, não verei. Você parte para o desconhecido, e eu terminarei meus dias aqui, no sossego de Sevilha.

— Escreverei para você e contarei o quanto Rosa é dedicada a mim. Só para deixá-la morta de inveja. Duvido que o seu padreco seja fiel a você.

— Ele não me interessa mais como homem. Já disse que estou apaixonada por outro, e sua fidelidade é inquestionável. É louco por mim.

— Será? Que homem é fiel se não está morto?

Ela atirou a taça em cima dele, errando o alvo, e riu gostosamente. Alejandro puxou-a para junto de si e beijou-a, deitando-se sobre ela na cama. Aquela seria a última vez que faria amor com Giselle e na Espanha. Pensar nisso causou-lhe um certo arrepio. Será que nunca mais tornaria a ver a amante nem sua terra natal?

E foi assim que Rosa se viu forçada àquele casamento arranjado às pressas, com um homem a quem repudiava e em companhia de quem foi enviada para o exílio. Em Castilla de Oro, a vida não transcorreu conforme o esperado. O sonho de riqueza se perdeu na ausência de ouro, e a vida permanecia estagnada na monotonia. Naquela terra estranha e sem muitas possibilidades, não havia ocupação para homens feito Alejandro, que acabou por obter permissão para se mudar para Cuba, junto com mais uma centena de espanhóis. Sem escolha, Rosa partiu com ele.

Tudo isso agora era passado. A vida em Cuba se revelara bem mais agitada, o que não serviu para diminuir a aversão de Rosa por Alejandro. Ele era um homem rude e mal-educado, bebia em excesso e fazia sexo como um animal. Quase não lhe dirigia a palavra, a não ser para mandar e exigir obediência.

Assim, foi com a usual repugnância que Rosa o sentiu aproximar-se, espargindo sobre ela aquele hálito repulsivo de bebida e suor. Rosa puxou o lençol alvo sobre a camisola de linho e virou o rosto, enojada, enquanto Alejandro a puxava pelo queixo para um beijo. No auge da repugnância, avistou um pequenino pedaço de pergaminho sobre o aparador da lareira, dando graças aos céus pela salvação.

— Chegou uma mensagem para você — conseguiu articular.

— Que mensagem?

Com um aceno de cabeça, Rosa indicou o pergaminho, e Alejandro a soltou com um suspiro. Apanhou-o e rompeu o lacre. Desdobrou-o, e seus olhos foram percorrendo a escrita desenhada até chegar ao fim. Ele leu e releu a mensagem umas três vezes, e Rosa ficou olhando-o, ansiosa para que ele lhe dissesse do que se tratava.

— Alguma coisa importante? — perguntou ela, tentando aparentar gentileza.

— Um convite. Para uma viagem.

— Viagem? Para onde?

— Outras ilhas — Rosa levou a mão ao peito e conteve um suspiro. — A mando de Bernal Diaz de Castilho[2].

— Por quê?

— Parece que o governador acatou nosso pedido. Vamos partir em busca de índios.

Rosa não disse nada, mas, em seu íntimo, exultava. Que Alejandro fosse mandado para longe era o que ela mais queria.

---

2 Bernal Diaz de Castilho — um dos cento e dez espanhóis que partiram de Castilla de Oro para Cuba, foi o cronista da expedição liderada por Francisco Hernández de Córdova ao Iucatã, no México.

No dia seguinte, ele atendeu ao chamado de Bernal e ficou sabendo que uma expedição seria montada, sob o comando de Francisco Hernández de Córdova[3], a fim de capturar índios para o trabalho nas fazendas e na mineração. Seria a sua chance de adquirir escravos e estabelecer-se como fazendeiro.

No caminho de volta para casa, ouviu uma voz familiar atrás de si. Ao se voltar, avistou Lúcio, seu amigo desde o dia em que chegara a Cuba, e foi ao seu encontro.

— Lúcio, meu amigo! — alegrou-se. — Há quanto tempo!

Lúcio estendeu a mão para ele e a apertou sorrindo, ao mesmo tempo em que dizia:

— Soube que vocês conseguiram a expedição. Era o que você queria, não era?

— Há muito tempo. Já não aguento mais essa falta de ação e aventura. E vou precisar de escravos se quiser realmente me transformar em fazendeiro. O dinheiro que meu sogro envia é suficiente para comprar a fazenda mas, sem escravos, é quase impossível.

— É verdade. E não há muitos disponíveis, há?

— Quem tem não quer vender. Eu também não venderia.

— Quem vai liderar a expedição?

— Um fidalgo chamado Francisco Hernández de Córdova.

— Já ouvi falar. Dizem que é muito rico e possui um povoado de índios aqui mesmo, em Cuba.

— Pois é esse homem que será o nosso capitão.

— Espero que a missão seja bem-sucedida. E que os índios não sejam selvagens.

— Não há selvageria que resista ao estrondo de um mosquete. Vamos domá-los, você vai ver.

— Pena que não poderei acompanhá-los. Tenho assuntos urgentes a tratar por aqui.

— É mesmo uma pena. Gostaria que pudéssemos ter uma aventura juntos.

— Oportunidades não hão de faltar, meu amigo.

— Já que vai ficar, poderia me prestar um grande favor?

3 Francisco Hernández de Córdova – conquistador espanhol que, em 1517, liderou a expedição que descobriu a costa setentrional da Península do Iucatã, onde foi travado o primeiro contato com a civilização maia.

— É claro! O que pedir.

Alejandro se aproximou ainda mais de Lúcio e falou baixinho:

— Você se lembra da história que lhe contei de Rosa, não lembra? — Lúcio assentiu. — Isso me deixa preocupado.

— Por quê?

— Rosa já era uma mulher experiente quando me casei com ela. Nunca se importou com reputação, ou honra, ou castidade.

— Você descobriu alguma coisa sobre ela? — horrorizou-se o amigo.

— Não é isso. Tenho certeza de que ela é fiel, mas porque eu estou aqui para satisfazê-la. Agora eu pergunto: o que fará uma mulher fogosa feito ela sem um marido para esquentar-lhe a cama?

— Você está exagerando. Rosa não me parece esse tipo de mulher.

— Ela nunca ficou sozinha. Sempre estive de olho nela. É melhor não facilitar.

— E você quer que eu tome conta dela?

— Na minha ausência, sim. Seria um grande favor, de amigo para amigo.

— Está certo — concordou Lúcio com um suspiro. — Acho desnecessário, mas, se você insiste...

— Eu insisto. Sei que é um pedido um tanto fora do comum, mas só posso confiar em você.

— Fique tranquilo. Rosa estará bem guardada.

— Obrigado, amigo. Ah! E não deixe que ela perceba ou, mais tarde, se voltará contra mim.

— Não se preocupe. Ela não perceberá que a estou vigiando.

A conversa estava quase terminada quando um homem se aproximou. Era jovem e musculoso, e cumprimentou Lúcio como se já o conhecesse de muito tempo.

— Quero apresentá-lo a meu sobrinho, recém-chegado da Espanha — falou Lúcio para Alejandro, segurando no ombro do rapaz. — Este é Soriano e vai viajar com você.

— Muito prazer, Soriano. E seja bem-vindo. Espero que possamos ser amigos.

— Bem, aí vai então uma troca de favores — tornou Lúcio. — Já que vou tomar conta de Rosa para você, será que se importaria de dar uma olhada em Soriano para mim? O rapaz é jovem e inexperiente.

Alejandro deu uma olhada em Soriano e revidou sorrindo:

— Com tantos músculos, talvez seja melhor ele tomar conta de mim.

— Nada me daria maior prazer, senhor — falou o rapaz, com voz servil.

— Soriano é forte, mas não tem experiência — explicou Lúcio. — E meu irmão não me perdoaria se algo lhe acontecesse. É seu único filho varão.

— Deixe-o por minha conta — garantiu Alejandro. — Prometo defendê-lo com a minha vida e sei que você defenderá, com a sua, a minha honra de marido.

— Considero um privilégio servir ao seu lado, senhor — acrescentou Soriano, em tom embevecido. — Ouvi muito a respeito de sua intrepidez e ousadia.

— Não conte comigo para sua ama-seca, rapaz. Estarei a seu lado para ajudá-lo a se transformar em homem. Sabe manejar uma espada?

— Sei, senhor. Mas reconheço que ainda tenho muito que aprender.

— Ótimo. Com sorte, estaremos a bordo do mesmo navio e poderemos praticar um pouco.

— E depois, capturar muitos índios — finalizou Soriano, com ar arrebatado e sonhador.

Quando os três se despediram, havia um clima de forte expectativa no ar. Alejandro não estava acostumado a tomar conta de ninguém além de si mesmo, mas tinha que manter a palavra dada a Lúcio. Precisava que o amigo vigiasse Rosa, e o favor bem que valeria o sacrifício. Ademais, Soriano era um rapaz simpático, e poderia ser divertido tê-lo por companhia. Bastava esforçar-se para mantê-lo vivo, o que não deveria ser difícil, já que os índios que iam capturar deviam ser dóceis e amistosos.

Ao menos, era o que ele esperava.

CAPÍTULO 2

O dia da partida chegou veloz como uma flecha, e Alejandro despediu-se de Rosa em casa. Ela não lhe preparou nenhuma despedida especial, mas fora carinhosa com ele na noite anterior e se entregara de um jeito ardente e apaixonado. Sim, fizera bem em pedir a Lúcio que tomasse conta dela, porque uma mulher feito Rosa não se acostumaria a passar as noites sozinha.

Em meio ao burburinho do porto, Alejandro avistou Lúcio, que se aproximou com o sobrinho ao lado.

— Bom dia, amigo Alejandro. Entusiasmado com a viagem?

— E quem não estaria?

— É verdade. Soriano nem conseguiu dormir.

— Vá com calma, rapaz.

— É minha primeira expedição, senhor — justificou o moço. — Vim da Espanha louco por uma aventura.

— Chegar a Cuba já foi uma aventura — considerou Lúcio.

— Essa é diferente. Nós vamos caçar índios!

— Espero que não sejam os índios a nos caçar — brincou Alejandro.

— Vocês estão no mesmo navio? — indagou Lúcio.

— Sim. E, por acaso, no mesmo em que viaja dom Francisco e o próprio Bernal.

Soriano lançou um olhar maravilhado para o navio e tornou com euforia:

— Se me derem licença, gostaria de embarcar logo.

— Ele não vê a hora de se lançar ao mar — comentou Lúcio, vendo o sobrinho subir a rampa da embarcação. — Espero que nada lhe aconteça.

— Nada vai lhe acontecer, eu prometo.

— Obrigado, meu amigo.

— E quanto a mim? Ou melhor, a Rosa?

— Não se preocupe, Alejandro, já disse. Estarei de olho nela.

— Sei que estará. Todavia, se por acaso acontecer de ela se encontrar com alguém...

— Isso não vai acontecer, eu lhe asseguro.

— Rosa é esperta. Enganava o pai para se encontrar com o amante artesão.

— Mas não vai me enganar. Tenho meus métodos para controlá-la.

— Que métodos?

— Pessoas que trabalham para mim e que ficarão encarregados de vigiar sua casa à noite. Ninguém estranho entra ou sai.

— Ótimo! Aprecio a sua competência.

Despediram-se em seguida, e Alejandro embarcou no navio onde Soriano já o aguardava no convés. Era o dia 8 de fevereiro de 1517, e a flotilha partiu de Cuba contando com dois navios e um bergantim. Por muito tempo, Lúcio permaneceu parado no cais, vendo as embarcações se afastarem vagarosamente. Foi só quando o último mastro sumiu no horizonte que ele resolveu ir embora. Precisava contar a Rosa que Alejandro já partira.

Foi informado de que Rosa se encontrava no jardim e partiu para lá, procurando-a pelas alamedas floridas e recendendo aos mais variados perfumes. Avistou-a perto de uma roseira e pôs-se a admirá-la. Ela usava um vestido amarelo claro que quase se confundia com seus cabelos, e Lúcio permaneceu parado, como se a sua presença pudesse macular tamanha delicadeza. Rosa percebeu a sua chegada, porque se encaminhou para ele e indagou com ironia:

— O que está fazendo parado aí feito uma estátua?

— Eu... — balbuciou ele, confuso por ter sido surpreendido naquela atitude de contemplação. — Perdoe-me, Rosa. Vim trazer-lhe notícias.

— Que notícias?

— De seu marido.

— Você sabe tão bem quanto eu que Alejandro viajou hoje.

— Eu sei. Estive com ele até há pouco, no porto. Vi, pessoalmente, quando ele embarcou e o navio partiu.

— Você viu?

— Vi.

— Quer dizer então que ele se foi e não vai mais voltar?

— Não.

— Como pode ter tanta certeza?

— Muitos perigos rondam essa viagem. O mar, os índios, os mercenários...

— E muita coisa pode acontecer, não é mesmo? — ele assentiu, sem nada dizer. — Você lamenta?

— Alejandro é meu amigo.

— Mesmo? Que provas ele lhe deu dessa amizade?

Lúcio olhou-a fixamente e respondeu com voz grave:

— Deu-me a mulher para tomar conta.

Com um sorriso sardônico, Rosa argumentou:

— Creio então que você deveria estar fazendo o que ele pediu. É assim que toma conta de mim?

— Há três anos espero esse momento.

— Não sente remorso, Lúcio? Ou medo?

— Não fui eu que escolhi partir nessa aventura insana — contrapôs ele, balançando a cabeça de um lado a outro.

— Mas Soriano...

Lúcio se aproximou e passou os dedos nos lábios de Rosa, fixando nela os olhos negros de noite.

— Soriano não é ninguém. Não temos que nos preocupar com ele.

— E se ele falhar?

— Não vai falhar.

— Você me parece muito seguro.

— Sei bem com quem estou lidando.

— Quisera eu ter a sua certeza.

— Você não tem com que se preocupar. Eu disse que cuidaria de tudo e vou cuidar. Como Alejandro pediu — terminou ele, com um esgar maldoso.

Lúcio puxou Rosa para si, beijando-a apaixonadamente, até que se deitaram sobre a grama e se amaram com paixão.

— Eu a amo, Rosa — sussurrava ele, apertando-se cada vez mais contra ela. — Alejandro não merece você. Ele não sabe dar valor à mulher que tem.

— Também o amo — replicou ela, cheia de ardor. — Quero ser sua para sempre.

— Você já é minha... só minha. Em breve, estaremos casados e voltaremos para a Espanha, ricos.

— Nosso plano vai dar certo, não vai? — afirmou ela, vislumbrando o momento em que entraria triunfante nos salões da Coroa de Espanha. — Não suportaria ter que me separar de você novamente. Eu odeio Alejandro, odeio!

— Calma, minha querida. Quando Soriano voltar sem Alejandro, você não terá mais que se submeter aos seus caprichos. Estaremos livres, enfim.

— E se ele não morrer?

— Isso não vai acontecer. Soriano foi muito bem recomendado.

— Tem certeza?

— Absoluta. Os índios levarão a culpa, e ninguém ficará sabendo de nada.

— E se não houver nenhum embate?

— Então, Soriano forjará um acidente. Em expedições desse tipo, não é incomum.

Entre risos, Lúcio abraçou Rosa, e ambos se entregaram novamente aos prazeres do sexo. Seus pensamentos abandonaram Alejandro, que, no navio, só pensava na fortuna que faria ao retornar a Cuba com um punhado de índios para trabalhar na lavoura como escravos.

— Pensando na vida? — a voz de Soriano interrompeu os pensamentos de Alejandro, que levantou os olhos para ele e sorriu.

— Na verdade, sim. Estou apostando tudo nessa expedição.

— É o sonho de todo homem enriquecer, não é mesmo?

— Também não é o seu?

— Certamente. Prometi a mim mesmo que voltaria à Espanha rico, e é o que pretendo fazer. Quando voltar, vou me casar, e Cibele vai ter tudo que meu dinheiro puder comprar.

Alejandro soltou uma gargalhada estrondosa e retrucou de bom-humor:

— Sabia que havia uma mulher envolvida nisso.

— Minha Cibele merece o melhor.

— E que mulher não merece?

Soriano não respondeu, pensando no quanto o outro se iludia com a mulher que tinha. Riu intimamente. Se Alejandro soubesse que seu falso tio havia pagado uma pequena fortuna para que ele desse cabo de sua vida, não estaria tão confiante nem tão tranquilo. O serviço encomendado parecia fácil, mas era preciso encontrar a oportunidade certa. Podia jogar Alejandro do navio, como Lúcio, primeiramente, sugerira, mas quem lhe garantia que não haveria testemunhas? Eles estavam na primeira embarcação, e havia ainda mais duas repletas de homens. Não. Tinha que esperar. Nas ilhas para onde rumavam, certamente haveria um momento, uma chance para acabar com Alejandro.

Riqueza era o que Soriano mais desejava obter com aquela aventura criminosa. Lembrava-se de Cibele, tão doce e tão meiga, esperando por ele na distante Madri. Precisava de fortuna para garantir a Cibele o luxo e o conforto que ela merecia.

Antes de partir para Cuba, Soriano se despedira da noiva que, em lágrimas, lhe pedira para não ir.

— Por favor, Soriano, não vá — implorara ela.

— Eu vou voltar cheio de riquezas. Prometa que vai esperar por mim.

— Não preciso de riquezas, só de você.

— Você não entende, Cibele. Seu pai morreu, e sua mãe é uma pobre viúva. Quem vai cuidar de você quando ela se for?

— Você.

— Mas eu não tenho o que lhe dar.

— Não peço muito. Apenas o seu amor.

— Isso não é o suficiente. Você merece ser tratada feito uma rainha.

— Quanta ilusão, Soriano! Não é isso que importa na vida. E depois, não creio que essa viagem vá fazê-lo tão rico quanto você pensa. O que pretende descobrir afinal? Alguma mina de ouro?

Ele sorrira enigmaticamente e a abraçara com ternura. Nem ele sabia o que o esperava em Cuba, contudo, tinha que tentar. Chegara à ilha cheio de sonhos de grandeza, mas não fora isso que encontrara. Nada das prometidas riquezas, e ele acabou envolvendo-se com homens de má vida e entregando-se ao crime. Enviava cartas apaixonadas a Cibele, que respondia a todas relatando a sua saudade.

Quando Soriano achava que tudo estava perdido, eis que a oportunidade surge inesperada. Um fidalgo andava à procura de um homem corajoso para se engajar numa viagem ao Novo México e liquidar um inimigo. Era a oportunidade perfeita para ele enriquecer de vez e mandar buscar Cibele na Espanha para que pudessem se casar.

Além de fortuna, o que mais Soriano desejava era ter em seus braços a mulher que amava e, por ela, valia a pena enfrentar qualquer perigo.

CAPÍTULO

3

Durante mais de dez dias, os navios seguiram pela costa da ilha, até que, finalmente, pegaram o rumo do oceano. O mar, antes calmo e sereno, subitamente começou a ondular. O vento aumentou de intensidade e parecia impulsionar as ondas para que subissem pelo costado do navio e o invadissem. Marujos preocupados acorriam ao convés, e no corre-corre que se iniciou, tentavam manter a ordem dentro do navio e a água fora da embarcação.

No decorrer de dois dias e duas noites, a tempestade não deu trégua, levando Francisco de Córdova a temer pela segurança de seus barcos e homens, e pelo sucesso da expedição.

— Vamos todos morrer — dizia Soriano, certo de que o oceano pretendia engoli-los a qualquer momento. — E nunca mais verei Cibele.

— Ainda não, meu amigo — replicava Alejandro. — Ainda não capturei os meus índios.

— O senhor é louco?

Embora fosse essa a previsão geral entre os navegadores, o pior não aconteceu. O mar serenou de repente, e as embarcações seguiram por vários dias, atravessando águas mais amenas. Certa feita, Soriano e Alejandro divertiam-se no convés com outros navegantes, quando um grito interrompeu suas risadas:

— Terra! Terra à vista!

Todos olharam ao mesmo tempo, surpresos e ansiosos por novidades. Ao longe, uma praia de areias brancas se descortinou diante deles, terminando em frondosa floresta que parcialmente ocultava imensas e sólidas construções de pedra. Era o primeiro povoado que avistavam em quase dois meses, e a tripulação soltou vivas de genuína alegria.

— É o Grande Cairo — disse um dos navegantes, já que os espanhóis consideravam muçulmano tudo que não fosse cristão.

— O que faremos, senhor? — indagou um dos homens a Francisco.

Como o menor barco se aproximara da costa e informara que não havia perigo, Francisco de Córdova deu ordens para que os navios lançassem âncora e aguardassem. Todos permaneceram em silenciosa expectativa, olhos pregados na praia, à espera de que algo acontecesse. Foi quando uma movimentação repentina fez com que os espanhóis sustassem o fôlego, e Soriano exclamou espantado:

— Vejam!

Canoas a remo e a vela se aproximaram com índios[1] curiosos e de caras risonhas, trajando roupas estranhas e coloridas, aparentemente pacíficos. Ao se aproximarem, Francisco os recepcionou com cortesia, dando ordens aos marinheiros para que lhes oferecessem as bugigangas reluzentes que haviam trazido, como prova de sua amizade. O brilho colorido das miçangas pareceu fascinar os indígenas, que respondiam com gestos amistosos e comunicativos. Estimulados pela pacata recepção, os navegantes relaxaram e tentaram se comunicar com eles através de sinais.

---

1 Índios dos povos maias.

— O que será que estão dizendo? — indagou Soriano, ante um homenzinho baixo e de braços compridos que puxava sua túnica e apontava para a praia.

— Não sei — respondeu Alejandro, fixando-se em seus cabelos negros e lisos. — Parece que querem nos levar à terra.

O linguajar dos índios era incompreensível, e Francisco, seguindo o som do que diziam, batizou de Iucatã o que ele pensava ser uma ilha. Decorrido um longo tempo, os espanhóis se convenceram de que o que eles realmente queriam era que os homens descessem à terra, e depois de muitos gestos engraçados de ambas as partes, marcaram um novo encontro para o dia seguinte.

Conforme o combinado, os nativos retornaram no outro dia com mais canoas para conduzir os navegantes à terra.

— Por que será que há tantos índios na praia? — perguntou Soriano, curioso.

— Não sei — respondeu Alejandro, abanando a cabeça para afastar um pressentimento sombrio. — Mas é melhor não facilitar.

— Levem suas armas, homens — ouviram o imediato dizer. — Esse encontro pode ser perigoso.

Do outro lado, Francisco se entendia com o que parecia ser o líder dos selvagens. Por todos os lados, então, batéis foram descidos à água, e os homens começaram a desembarcar.

— Parece que nosso capitão não confia nos nativos — comentou Alejandro. — Vamos usar nossos próprios botes, em lugar das canoas deles.

— Decisão muito mais sensata — concordou Soriano.

O cacique dos índios pareceu não se ofender com a recusa de Francisco em ocupar suas canoas e continuou a falar naquela estranha língua, sempre mostrando os dentes num sorriso gutural.

— Como são feios esses selvagens — observou Soriano.

— Disse bem, meu jovem amigo. Parecem mesmo selvagens. Não podemos confiar neles.

Alejandro e Soriano embarcaram em um dos batéis, e logo pisavam a areia. Mal começaram a caminhar, foram surpreendidos com a perturbadora aparição das esculturas nativas, lembrando seres diabólicos e maléficos. Ídolos de argila com cabeças monstruosas e mulheres gigantescas, retratando cenas demoníacas, desafiavam a mente limitada dos desbravadores cristãos. O padre que os acompanhava persignou-se três vezes, chamando de hereges aqueles índios pagãos que, provavelmente, haviam sido postos ali pelo próprio Satanás.

A caminhada prosseguiu, mas não por muito tempo. Ainda aturdidos pelo choque causado pelas estátuas profanas, os espanhóis não perceberam a movimentação bélica dos selvagens, que surgiram de todos os lados da floresta e se atiraram sobre eles. Lanças e pedras em punho, feriam e matavam com uma selvageria nunca antes experimentada, pondo no rosto uma horrível expressão de prazer ante a iminência da carnificina. O sangue começou a tingir a selva, e levou algum tempo até que os exploradores saíssem de seu torpor e conseguissem reagir, revidando a agressão. Seguiu-se um corpo a corpo feroz, e Alejandro investiu contra o índio mais próximo, gritando em desvario:

— Desgraçados!

Seguindo o movimento do companheiro, Soriano também se lançou contra eles, desferindo golpes a torto e a direito, tentando atingir o máximo de selvagens que pudesse.

Aos primeiros golpes, os índios recuaram, com medo daquelas armas cortantes e letais. Mas a surpresa e o espanto não duraram muito. Logo perceberam que podiam não só evitar o fio das espadas, como também enfrentá-las com a ponta de suas lanças afiadas. Essa certeza superou o pavor do desconhecido e lhes deu confiança. Brandindo lanças e pedras, prepararam-se para uma nova investida, exibindo olhares aterradores e sorrisos maléficos. Já iam avançar, sedentos de sangue, quando um barulho ensurdecedor e desconhecido paralisou-lhes os movimentos. O disparo dos mosquetes espanhóis encheu os selvagens de assombro e receio, pois nunca haviam escutado estampido mais terrível e tão carregado de ira. A debandada foi geral, e Francisco aproveitou para fazer cessar-fogo e gritar para seus homens:

— Bater em retirada!

Na mesma hora, Alejandro deu meia-volta, não sem antes se certificar de que Soriano estava com ele. Havia no rosto do rapaz uma expressão indefinível, que Alejandro, na pressa de fugir o mais rápido que suas pernas permitissem, não conseguiu perceber. Sequer notou que ele empunhava uma lança tirada das mãos de um selvagem morto.

— Está tudo bem? — perguntou Alejandro. — Não está ferido, está?

— Estou bem.

O temor de novo ataque impediu Alejandro de identificar o olhar de decepção de Soriano, que soltou a lança ao sentir a proximidade dos demais homens. Alejandro agora empunhava um mosquete, apontando-o para todos os lados, e foi recuando rapidamente, seguido de perto pelo companheiro.

— Vejam o que conseguimos apanhar — anunciou um homem, com incrível desprezo na voz.

E exibiu dois indígenas, presos pelas mãos de seus companheiros.

— Vamos embora — disse Francisco. — E tragam-nos.

Com o coração em sobressalto, fizeram o caminho de volta aos barcos, levando os dois prisioneiros e algumas peças de ouro que conseguiram furtar de uma pirâmide próxima.

— Vejo que o nosso clérigo descobriu ouro — falou Alejandro, atento ao olhar de cobiça do padre ao revirar nas mãos os utensílios dourados. — Isso pode mudar nossos planos, não é mesmo?

Soriano não respondeu, porém, ficou pensativo. Talvez fosse melhor desistir da ideia de matar Alejandro e entregar-se à pilhagem. O problema era Lúcio. Soubera, por conhecidos, que ele era rico e influente, e provocar a fúria de um homem assim podia ser perigoso. Se Lúcio encontrara um assassino para matar Alejandro, bem podia achar outro que o matasse. E como ficaria Cibele? Pensando nela, achou melhor não arriscar. Seguiria com o plano de matar Alejandro, e Lúcio lhe pagaria a devida recompensa, tornando-o rico para poder, finalmente, se casar com ela.

Soriano perdera a primeira oportunidade que tivera de liquidar Alejandro sem levantar suspeitas. O ataque dos selvagens teria sido um álibi perfeito. Agora, contudo, tinha que esperar um outro momento. Por ora, primordial era proteger a própria vida. A ameaça dos índios era perigosa demais para que Soriano se descuidasse da segurança, então, seu plano teria que esperar.

Todos embarcados, os navios retomaram a navegação. Soriano agora seguia calado, e Alejandro atribuiu seu silêncio ao horror daquela primeira incursão na floresta.

— Não se deixe abater — consolou Alejandro. — A luta faz parte de toda expedição. Ainda mais em se tratando de índios.

— Eu estou bem — afirmou Soriano, tentando parecer natural. — Foi apenas um susto, nada mais.

A embarcação avançava lentamente, ladeando a costa do que todos julgavam ser uma ilha. A imagem de Cibele acompanhava Soriano em todos os momentos, e ele não via a hora de o navio tornar a atracar para ultimar o seu propósito de entregar Alejandro aos nativos. O plano seria até perfeito, não fossem aqueles índios tão imprevisíveis e violentos. Não apenas Soriano, como todos da expedição estavam certos de que os índios, muito embora selvagens, não seriam tão inteligentes, audazes e furiosos como revelaram ser. Diante desse quadro assustador, tenebroso e altamente arriscado, o que fazer para forjar a morte de Alejandro sem colocar em risco a própria vida?

De tão absorto nesses pensamentos, Soriano não percebeu a aproximação de Alejandro nem o burburinho no convés, e foi só quando o outro tocou o seu ombro que olhou adiante. A visão, ao longe, de duas grandes torres desafiando o céu arrancou-lhe suspiros entre esperançosos e amedrontados. O navio seguiu naquela direção e atracou a poucos metros da praia. A tripulação parecia em alvoroço, e Alejandro puxou o rapaz pelo braço, falando com voz grave e apressada:

— Venha. Precisamos encher as pipas de água.

Sem nada dizer, Soriano saiu atrás de Alejandro, seguido por mais alguns marujos. Caminharam o mais silenciosamente possível, atentos a qualquer movimento na selva. Finalmente encontraram um poço de água potável e puseram-se a encher as vasilhas, em estado de alerta constante, como se esperassem que, de uma hora para outra, uma horda de índios se atirasse sobre eles.

— Estamos muito próximos do povoado deles — comentou Soriano, indicando com o queixo as enormes construções.

— Não se preocupe — tranquilizou Alejandro. — Eles não sabem que estamos aqui e, além do mais, temos as nossas armas.

— Eu não teria tanta certeza.

Havia tremor na voz de Soriano, e Alejandro acompanhou o seu olhar assustado. Parados alguns metros adiante, alguns indígenas os fitavam imóveis. Instintivamente, Alejandro apertou o cabo de seu mosquete. Como da outra vez, os nativos se aproximaram, risonhos e amistosos, puxando os espanhóis pelas mangas das túnicas, rodeando-os como se farejassem a presa antes de devorá-la. Apesar da linguagem incompreensível, os dedos, apontando na direção da cidade, deixavam claro o desejo de que os seguissem até lá. Alejandro, desconfiado, olhou para Francisco, mas este já se havia posto em marcha ao lado dos índios, com o restante dos homens atrás deles.

— O que ele está fazendo? — sussurrou Soriano, apavorado. — Já não basta o que nos aconteceu da outra vez?

— Fique quieto! — censurou Alejandro. — Francisco sabe o que faz.

A cena parecia se repetir. Os espanhóis caminharam pela floresta com os índios ao redor, gesticulando e rindo guturalmente. Ao adentrarem o povoado, os sólidos e já conhecidos edifícios se descortinaram, seguidos de mais e mais ídolos diabólicos.

— Isso me dá calafrios — observou Soriano, acercando-se mais de Alejandro.

— Você ainda não viu nada — retrucou o outro, estacando com ar aterrado.

Surgiu à sua frente uma figura singular. Vestido numa espécie de túnica branca, um homem de cabelos negros e respingando sangue segurava nas mãos um facão igualmente ensanguentado. Atrás dele, sobre um altar de pedra parcialmente visível, jazia inerte, numa poça de sangue, um corpo retalhado e sangrento.

— Jesus Cristo! — exclamaram muitos.

— Mas o que é isso? — horrorizou-se Soriano.

— Parece que o nosso amigo acabou de praticar um sacrifício humano — constatou Alejandro, lutando entre o terror e o pânico.

— Ele está todo ensanguentado!

Todos olhavam para Francisco, esperando que ele tomasse alguma atitude, mas o capitão parecia tentar entender-se com o macabro sacerdote.

— Acho que não está adiantando — constatou Alejandro.

O sacerdote falava estranhas palavras e gesticulava para os muitos guerreiros que acompanhavam o encontro. Mais que depressa, os índios se juntaram, apontando as lanças e fitando o grupo com olhar hostil e ameaçador. Alguém acendeu uma fogueira, e o sacerdote deu prosseguimento ao seu bailado gutural, apontando ora para fogo, ora para os espanhóis, ora para os guerreiros, que emitiram um grito de guerra assombroso.

— O que é isso agora? — horrorizou-se Soriano.

— Acho que ele quer dizer que, se não partirmos até o fogo se extinguir, vai lançar seus guerreiros sobre nós.

— E o que Francisco está fazendo? — desesperou-se. — Por que não vamos logo embora?

— Será que ele enlouqueceu e vai combater esses demônios?

Dessa vez, até Alejandro estava com medo. Enfrentar aqueles guerreiros seria quase suicídio. Os homens começaram a se apavorar, ameaçando dar meia-volta e fugir, mas Francisco permanecia parado, na esperança de fazer-se entender.

— Vamos embora, capitão — falou um dos homens mais próximos. — Por Deus, não podemos mais continuar aqui. Se tem amor a nossas vidas, vamos voltar aos navios!

Ainda defronte ao sacerdote, Francisco ensaiou mais alguns gestos, tentando um entendimento, mas o olhar feroz do outro o convenceu a partir.

— Vamos recuar — ordenou ele, com a voz mais calma que conseguiu entoar.

Sem se virar, os homens foram recuando e, passo a passo, tomaram o caminho de volta. Só quando já se encontravam fora das vistas dos guerreiros foi que se viraram de frente e puseram-se a andar, quase a correr.

Caminhando ao lado de Alejandro, Soriano ia remoendo seu fracasso. Ao mesmo tempo em que desejava que Francisco declarasse guerra aos selvagens, tinha medo do que poderia lhe acontecer. Já não aguentava mais o papel de idiota que precisava representar para ganhar a simpatia e a confiança do outro. Aqueles índios malditos, contudo, não facilitavam as coisas. Concentrar-se em Alejandro podia custar-lhe a vida, e agora tinha duas coisas com que se preocupar: matar o outro e não se deixar morrer.

Finalmente, os homens chegaram aos botes e remaram de volta aos navios, que se puseram em movimento outra vez.

— Ao menos conseguimos nos reabastecer de água — comentou Alejandro, sorrindo aliviado. — Perdemos o ouro, mas garantimos a vida.

Soriano, contudo, não conseguia sorrir. Achava mesmo que nunca mais voltaria a sorrir enquanto não conseguisse executar o seu plano, que foi-se tornando uma obsessão em sua cabeça.

Durante alguns dias, o mar se manteve calmo e sereno, e os navios prosseguiram a viagem sem maiores transtornos. A calmaria, porém, durou pouco. Quando menos se esperava, o céu escureceu, e os ventos expulsaram o sol para trás das nuvens espessas e carregadas de chuva. Uma tempestade se aproximava, e os navios, mais uma vez, seriam testados em sua resistência. A ventania foi aumentando, e as ondas cresciam ao redor dos barcos, como se tentassem engoli-los de uma só vez.

— Já passamos por isso antes — estimulou Francisco. — Vamos vencer mais essa tormenta.

Mas as rajadas produzidas pelo vento quase estouravam as velas, e os navios eram constantemente sacudidos pelas vagas gigantescas que os atiravam de um lado a outro. As ondas avançavam pelo convés, aproximando as embarcações do naufrágio iminente. Alejandro juntou-se ao corre-corre dos marujos para tentar manter a embarcação acima d'água. Era uma luta ferrenha contra a natureza, e parecia que o navio não ia resistir. Tábuas começaram a estalar, e cordas se partiram das amarras, atirando fragmentos de lona e madeira em todas as direções.

Foi tudo muito rápido. Com incrível habilidade, Soriano agarrou uma verga solta e, auxiliado pelo vento e pela inclinação do navio, que tombava para lado onde Alejandro se encontrava, lançou-a de encontro a ele, atingindo-o em cheio na altura do ombro. Com a chuva e a ventania, o outro não conseguiu ver de onde partira o golpe, mas perdeu o equilíbrio e tombou para trás, indo bater na amurada semidestruída do convés e se precipitando para dentro do mar negro e revolto.

Alejandro nem teve tempo de pensar. Em frações de segundos, viu-se aproximar do oceano faminto, que escancarava sua bocarra para levá-lo às profundezas. A sorte, entretanto, laborou a seu favor. Quando tudo parecia perdido, uma mão forte e robusta o agarrou firmemente, puxando-o para cima no exato instante em que o navio começava a adernar para o outro lado. Durante alguns instantes, Alejandro ficou pendurado, os pés se sacudindo acima do mar, até que um marujo corpulento o alçou de volta, evitando seu mergulho para a morte.

Oscilando bruscamente, a embarcação retornou para cima, atirando água por todos os lados, enquanto os homens lutavam para se manter agarrados aos mastros e balaústres. Auxiliado pelo homem que o salvou, Alejandro conseguiu rastejar até alcançar a porta do porão e se atirar para dentro.

— Meu Deus, Alejandro! — gritou Soriano, correndo para ele com olhar mortificado. — Quando não o vi, tive medo de que tivesse morrido.

— Ainda não — rebateu o outro, sem de nada desconfiar. — Não chegou a hora de fazer de Rosa uma viúva. Graças ao meu amigo aqui — e apontou para o marinheiro — ainda pertenço ao mundo dos vivos. Obrigado.

O marujo sorriu em resposta, e Soriano engoliu o ódio junto com o suor e a água que escorriam de seu rosto. Tinha vontade de esganar aquele marinheiro intrometido, mas precisava se conter. Perdera, até ali, a sua maior chance de liquidar Alejandro sem levantar a menor suspeita. Outra oportunidade igual àquela, muito dificilmente surgiria.

Passados quatro dias, a tempestade amainou, e os homens conseguiram contabilizar os estragos. Velas e mastros haviam sido destruídos e, o que era pior, a água potável, misturada à do mar, não servia mais para o consumo.

— O que vamos fazer? — perguntou alguém.

— Precisamos desembarcar — anunciou Francisco, após breve reflexão.

— Mas senhor — objetou o imediato. — E os índios? Já não está claro que não são nada amistosos?

— Dessa vez estaremos preparados — afirmou ele, batendo no punho de sua espada.

Mesmo em dúvida e com medo, a tripulação desembarcou. A situação, que já era ruim, sem água ficaria muito pior. Enfrentar os selvagens lhes daria uma chance de sobrevivência. Sem água, acabariam morrendo. Não tinham alternativa. Precisavam encontrar outro poço onde reabastecer as pipas.

Com o máximo de cautela possível, mais uma vez, embrenharam-se na mata, procurando não chamar atenção nem dos animais silvestres. Depois de intermináveis horas, chegaram à margem de um rio. Francisco deu ordens para que alguns homens enchessem as pipas, enquanto outros, em estado de alerta, colocaram-se de vigília.

De nada adiantou. Sob a proteção da floresta, os índios se acercaram dos navegadores, ameaçando-os com flechas e lanças. Os homens de Francisco, embora temerosos, permaneciam firmes em sua guarda, armas em punho, mirando a selva sem se atrever a atirar. Os selvagens surgiam e desapareciam, invisíveis atrás das árvores, confundindo os tripulantes, que não sabiam para onde apontar seus mosquetes. De vez em quando, uma flecha zunia no ar e caía em meio aos aterrados espanhóis.

— Nem pensem em desistir — avisou Francisco. — Precisamos dessa água tanto quanto de nossas vidas. Sem ela, nem adianta voltarmos. Não temos chance de sobreviver.

— Senhor — suplicou Soriano —, podemos esperar nova chuva ou buscar água em outro local. Eles nos cercaram, e não podemos vê-los. Sabemos que estão lá, mas onde?

— Nada disso! Não somos covardes, somos homens! Não podemos nos deixar vencer por um bando de índios armados de flechas e pedras! Não enquanto não levarmos conosco esse líquido tão precioso!

Ninguém ousou mais discutir, e o temor da partida era uma realidade fria e cruel. Mesmo após encher todas as pipas, os exploradores não ousaram adentrar na floresta novamente. Paralisados de terror, sabiam-se sitiados pelos nativos, que os observavam à distância, camuflados pelas folhas. A tarde chegava ao fim e a noite avançava, redobrando o pânico e pondo os homens em estado de alerta total.

— Senhor, o que faremos? — indagou Alejandro.

— Vamos pernoitar. Acamparemos aqui mesmo, às margens do rio, e nos revezaremos na vigília.

Foi uma noite em que ninguém ousou dormir, temendo jamais voltar a acordar. Atentos ao menor ruído e com tochas acesas para espantar a escuridão, os homens permaneceram acordados, rezando para que amanhecessem o dia vivos e pudessem partir em segurança. Logo ao amanhecer, foram despertados com nova arremetida, e os homens já começavam a se desesperar, ameaçando abandonar seus postos e debandar, enquanto uma chuva de lanças desabava sobre eles.

— Vamos fugir! — gritou alguém.

— Ninguém sai daqui! Se formos embora, eles irão atrás de nós, e precisamos, desesperadamente, dessa água. Por ela lutaremos até que não sobre um único desses selvagens vivos.

Durante algum tempo foi possível resistir, mas os índios intensificaram o ataque, redobrando a brutalidade, e Francisco, finalmente, se viu obrigado a ceder. Ou partiam, ou pereceriam, sem chance alguma de sobreviver. Já tinham a água, agora, só lhes restava tentar voltar aos navios com vida. Sob uma saraivada de flechas e lanças, os navegantes iniciaram o caminho de volta, disparando seus mosquetes inutilmente. Os nativos, agora acostumados ao barulho que faziam, não os temiam mais e guardavam distância segura, fora do alcance das balas.

De repente, Alejandro soltou um grito esganiçado, carregado de medo diante de horripilante cena:

— Eles estão tentando matar o capitão!

Uma enorme quantidade de flechas atravessava o corpo de Francisco, que, apesar de gravemente ferido, ainda respirava e tentava lutar.

— Protejam-no! — berrou alguém.

Foi uma carnificina. Francisco de Córdova, com pelo menos dez flechadas no corpo, não podia mais resistir ao ataque sangrento dos índios, cujo número aumentava a cada minuto. Seus homens conseguiram ampará-lo e saíram arrastando-o pela floresta, sob uma espessa chuva de flechas.

Os nativos atacavam com ferocidade descomunal, mas havia algo estranho em sua investida. Eles feriam gravemente, porém, procuravam não matar os espanhóis, buscando capturá-los vivos.

— Malditos! — vociferou Alejandro. — Querem-nos para sacrifício.

Alejandro assistiu, aterrado, um português de barbas brancas ser arrastado pelos cabelos, mas nada pôde fazer para ajudá-lo. O ódio foi crescendo dentro dele, ao ver seus companheiros feridos, muitos mortos, e o capitão quase moribundo rastejando pela relva como uma serpente moribunda.

Por todo lado, jaziam também muitos índios mortos, e, embora a visão fosse aterradora, Alejandro não conseguiu conter a cobiça ao vislumbrar as joias em ouro que adornavam seus pescoços escuros e suas orelhas compridas. A exemplo de outros homens, pôs-se a recolher as peças que conseguia alcançar, guardando-as cuidadosamente dentro das calças e debaixo da túnica. De vez em quando, tinha que parar para se proteger de um ataque direto, disparando seu mosquete naqueles que se descuidavam e se punham ao alcance de sua mira.

Ia passando entre os cadáveres e recolhendo o que podia. Um colar particularmente brilhante quase ofuscou seus olhos, e ele, certificando-se de que não havia nenhum selvagem vivo nas proximidades, abaixou-se, hábil e ligeiro, e arrancou-o do pescoço do índio morto.

Foi quando uma dor aguda perpassou-lhe as costas. Alejandro se virou apavorado e, qual não foi o seu espanto ao se deparar, não com um índio carniceiro e cruel, como esperava, mas com o jovem Soriano, que ainda tinha as mãos trêmulas do golpe que, covardemente, acabara de desferir no companheiro.

— O que você fez? — indignou-se, sentindo pelo outro um misto de ódio e decepção.

— Eu? — retrucou Soriano com ironia. — Não fiz nada. Por acaso, essa lança me pertence? Não, claro que não. Então, quem o matou não fui eu, mas um desses selvagens malditos que o atacou pelas costas e que eu depois matei. Quem sabe aquele ali? — ele apontou para um índio caído de borco numa poça de sangue. — Não estou certo?

Soriano não conhecia Alejandro e subestimou sua força. A lança que lhe cravara não perfurou o pulmão, passando a milímetros de seu coração. Fortalecido por um ódio descomunal, Alejandro arrancou a lança de seu corpo, engolindo o grito que a dor lhe causou, e atirou-se sobre Soriano, travando com ele uma luta feroz.

Ambos agora lutavam pela própria vida, sabedores de que um dos dois deveria morrer. No desespero da fuga, nenhum de seus companheiros notou o que estava acontecendo, e apenas Alejandro e Soriano, agora inimigos, debatiam-se, desesperados, no embate de morte. O ódio de Alejandro redobrou sua força. Podia morrer ali, mas não vítima de perfídia. Reunindo o máximo de energia que a situação permitia, conseguiu derrubar Soriano no chão e, num gesto rápido e preciso, encostou no pescoço dele a lâmina afiada de sua espada.

— Diga, verme! — vociferou. — Por que fez isso comigo?

— Por favor... — balbuciou o outro, com medo. — Não me mate. Eu não queria feri-lo.

— Mentiroso, canalha! — tornou Alejandro, apertando ainda mais a lâmina contra a garganta de Soriano. — Exijo que me diga por que quer me matar. Por que, se só o que fiz foi lhe dar minha amizade? Vamos, patife, responda!

— Não foi culpa minha... Fui obrigado...

— Obrigado? Por quem? Quem o obrigou?

— Não posso dizer... eu morreria...

— Vai morrer agora, de qualquer jeito! Diga, covarde! Quem foi que o mandou me matar?

— Se eu disser... — balbuciou ele ofegante, os olhos turvos de um medo real — promete não me matar?

Alejandro não tinha a menor intenção de poupar a vida daquele traidor, mas precisava saber quem havia encomendado a sua morte.

— Prometo — respondeu entredentes.

— Foi o senhor Lúcio.

— O quê?! — exasperou-se Alejandro. — Isso é uma infâmia! Uma calúnia! Lúcio é meu melhor amigo.

A ponta da espada de Alejandro já começava a perfurar a garganta de Soriano, e uma gota de sangue vivo brotou em seu pescoço.

— É verdade, Alejandro. Foi o senhor Lúcio. Eu só fiz o que ele me mandou.

— Por quê? Por que Lúcio faria uma coisa dessas?

— Ele e sua esposa... são amantes.

— Mentiroso! — enfureceu-se Alejandro ainda mais. — Lúcio não é um traidor. Ao contrário de você, verme!

— Eu juro, meu senhor, é verdade. Lúcio queria matá-lo para poder desposar a senhora Rosa...

Alejandro não ouviu mais nada. Sentindo a presença de um índio a suas costas, puxou Soriano com extrema agilidade e atirou-o sobre o selvagem, que imobilizou os seus braços e saiu arrastando-o floresta adentro. Quase desfalecido e esvaindo-se em sangue, Alejandro rodou nos calcanhares e correu na direção oposta, torcendo para ainda conseguir alcançar seus companheiros. Os demais homens, perseguidos pelos indígenas, abandonaram as vasilhas d'água, que se derramava sobre a terra, para chegar com mais rapidez aos botes salvadores.

À medida que corria, Alejandro ouvia os gritos de Soriano diminuindo à distância, imaginando o destino cruel que os índios lhe dariam. Ao alcançar a praia, alguns homens já se atiravam ao mar, em busca dos batéis, nadando desajeitadamente por causa das feridas. Alejandro se jogou na água, sentindo o ferimento arder em contato com o sal. Nem deu importância. Impulsionou as pernas o mais que pôde, tentando desviar das pedras e flechas que os índios atiravam da areia. Alguns botes, atingidos pelos projéteis, se desequilibravam e emborcavam, sendo agarrados por mãos desesperadas, que os impulsionavam feito pranchas toscas.

Finalmente, o bergantim os resgatou, feridos e quase mortos. À exceção de um único homem, que estranhamente saíra ileso, todos os demais haviam se ferido gravemente. Alejandro mal respirava e apalpou o local em que Soriano lhe cravara aquela lança, sentindo uma dor lancinante espalhar-se por todo o peito.

Em terra, os índios gritavam e agitavam lanças e flechas, como num ritual macabro de guerra. Eles haviam saído vencedores em sua própria terra, e Alejandro engoliu a raiva juntamente com o sangue. Tomara-se de ódio por aqueles selvagens, transferindo a eles o ódio que sentia por Soriano, Lúcio e Rosa. Como num sonho, recordou as palavras de sua amiga Giselle, que o alertara sobre a possível traição da esposa. E ele não lhe dera ouvidos. Devia ter escutado a voz de uma mulher experiente feito Giselle, que conhecia tão bem os desejos e as fraquezas femininas.

Com os pensamentos ainda em Giselle, tombou a cabeça no chão do navio e desmaiou.

CAPÍTULO

4

Alejandro tinha a impressão de ouvir o crepitar do fogo do inferno em sua mente. Por seus olhos, pareciam passar chamas vivas e torturantes, que incendiavam o seu cérebro com a dor da traição. Ele se agitou em seu catre, virando o rosto para os lados e balbuciando palavras incompreensíveis. O corpo todo úmido e quente lhe dava a impressão de que havia mergulhado num poço de lava, consumindo-lhe a vida na turbulência do ódio.

Em agonia, abriu os olhos e saltou da cama, correndo para fora em busca de ar. Ao ver as chamas que manchavam de amarelo e rubro o mar que as espelhava, parou aterrado, certo de que o mundo, efetivamente, se acabava em fogo. Rapidamente, um homem se aproximou e tocou o seu ombro.

— Devia estar deitado, Alejandro — falou com bonomia. — Perdeu muito sangue.

Só então Alejandro sentiu a ardência no tórax e apalpou as feridas por onde a ponta da lança havia penetrado em seu corpo e saído do outro lado. Fixou os olhos no interlocutor e abaixou a cabeça, envergonhado por sentir tanto ódio diante do homem que o erguera da morte no dia em que fora atingido por uma verga solta. Alejandro apertou o ombro de Damian e encenou o melhor sorriso que conseguiu, apontando, em seguida, para o mar incandescente.

— O que está acontecendo?

— Tivemos que atear fogo no bergantim. Não podemos manobrar os três barcos, devido às condições da tripulação. Perdemos muitos homens, e, dos que sobreviveram, a maioria está ferida.

— E o capitão?

— Por pouco não o perdemos, mas não está nada bem.

— Você não desceu à terra, desceu?

— Não. Fiquei cuidando do navio.

— Sorte a sua. Não imagina o horror que passamos com aqueles selvagens.

— Já ouvi as histórias.

— E a água? — retrucou Alejandro, a garganta seca tornando roucas as suas palavras.

— Perdemos tudo.

A partir daquele dia, a desesperança se tornou companheira constante da tripulação. Alejandro ardia de febre e sede, a língua grossa, em fogo, e a garganta, de tão seca, dava a impressão de que explodiria, soltando as cordas vocais se tentasse falar.

Em dado momento, uma espécie de demência tomou conta do navio. Os marujos, alucinados, acorriam à amurada e atiravam baldes presos em cordas, bebendo água do mar na tentativa desesperada de matar a sede. Alejandro sentiu-se tentado a fazer o mesmo, porque a sede também lhe dava a ilusão de que o mar o saciaria. Mas ainda conseguia manter um mínimo de sanidade e resistia à tentação. Pegava água do mar, sim, mas para embeber a ferida, que aos poucos foi-se fechando.

A água salgada só fez piorar a situação, aumentando a sede e precipitando a morte. Por todo lado, homens adoeciam, acometidos de convulsões e fortes dores. Fracos em virtude das feridas e do corpo desidratado, logo começaram a morrer, e seus corpos iam sendo atirados ao mar.

Até Damian foi assaltado pela insanidade que a sede causticante causava em todos. Vendo os baldes descendo à água, tomou de um deles e atirou-o também, levantando-o avidamente para levá-lo à boca.

— Não cometa essa loucura! — gritou Alejandro, dando vigoroso tapa na mão de Damian e atirando para longe a água. — A sede só vai aumentar, fazendo a saliva parecer sal. Tente suportar, meu amigo, resista!

— Não posso... — gemeu Damian. — A sede me inflama a garganta...

Damian desmaiou. Delirava e falava coisas sem nexo, e Alejandro deitou-o no catre. A seu lado, vários doentes agonizavam, atendidos pelos poucos que ainda tinham alguma resistência.

— Não entendo por que ele adoeceu tão rápido — comentou Alejandro. — Permaneceu embarcado, não tem chagas. Há outros feridos em pior situação que ainda conseguem resistir.

— Damian reservou sua ração de água para você, que estava doente — contou um marujo. — Enquanto todos ainda se saciavam, ele deitava em sua boca a porção de água que lhe cabia. Por isso você não morreu.

— Por que ele fez isso? — a voz de Alejandro denotava surpresa e emoção.

— Quem é que vai saber? — respondeu o outro.

Os olhos de Alejandro se encheram de lágrimas. Aquele, sim, era um amigo de verdade, alguém por quem se valia a pena lutar e morrer. Ele alisou os cabelos engordurados de Damian e pousou a mão sobre seu coração.

— Farei de tudo para que você sobreviva. De hoje em diante, será meu único amigo.

Os navios prosseguiam em sua jornada de morte, até que, finalmente, avistaram terra outra vez.

— Acha seguro desembarcarmos? — alguém perguntou a Francisco.

Com o raciocínio comprometido pelas flechadas que levara, o capitão respondeu de forma quase inaudível:

— Temos que tentar.

Quinze homens foram mandados à terra, e os que ficaram mal podiam conter a ansiedade e a esperança. Quando voltaram, o desespero foi maior. A água recolhida era salobra, não servia para beber. Os homens quedaram desanimados, aguardando, sem forças, a chegada da morte iminente e, àquela altura, desejada como alívio para seus sofrimentos.

Em seu catre, Damian oscilava entre o delírio e a lucidez. Repetia frases desconexas e ininteligíveis, e Alejandro cuidava dele e de outros sem esperança de que sobrevivessem.

— Vamos todos morrer — diziam os marujos, desanimados.

— Não vamos, não — afirmava Alejandro, convicto. — Recuso-me a morrer antes de concretizar minha vingança.

— Não sei do que está falando, mas, de qualquer forma, estamos perdidos.

— A situação é de extrema gravidade, mas nos resta uma esperança. Alaminos[1] e os outros estão nos levando para La Florida[2], por uma rota que ele julga mais segura. O único problema é que teremos que nos defrontar com mais selvagens que, segundo eles, são ainda mais violentos.

Como era esperado, a recepção dos nativos foi deveras sangrenta. Alejandro, apesar da fraqueza, desembarcou com os outros e ainda conseguiu matar mais alguns índios, muito embora o esforço da luta reabrisse a ferida, ainda não totalmente cicatrizada. A batalha foi feroz, mas o destino, dessa vez, lutou ao lado dos espanhóis, que, apesar de exaustos e bastante machucados, conseguiram, finalmente, chegar aos navios com água potável.

A água foi logo distribuída, e os feridos foram os primeiros a beber. Como a sede era desesperadora, muitos bebiam avidamente e sem parar, vindo a desencarnar poucos dias depois. Damian, contudo, sobreviveu. Quando, por fim, se

---

1 Antón de Alaminos – um dos pilotos da expedição, juntamente com Camacho e Joan Álvarez.

2 Flórida, nos EUA, na época sob o domínio espanhol.

recuperou parcialmente, saiu em busca de Alejandro, indo encontrá-lo enfraquecido sobre um catre.

— Meu amigo — disse ao enfermo —, quando caí doente, lembro-me de tê-lo deixado bem. O que aconteceu?

— Mais índios — retrucou o outro.

— Você estava ferido! Ninguém ia exigir que desembarcasse de novo.

— Eu precisava ir, Damian. Não podia simplesmente ficar sentado e aguardar. Não é da minha natureza esperar a morte de braços cruzados.

— Mas agora, sua ferida inflamou outra vez — constatou Damian, levantando as bandagens que cobriam o corte de Alejandro.

— Eu vou ficar bom! — exclamou ele com uma certa fúria, erguendo o corpo e agarrando o braço do outro. — Tenho contas a ajustar com alguém.

— Muito me admira e alegra a sua determinação, mas tenha calma. Seja o que for que tiver em mente, pode contar com esse seu amigo aqui.

— Obrigado — respondeu Alejandro comovido. — Você é realmente um bom amigo. E isso me faz lembrar de uma coisa. Quero saber por que você deixou de beber água por minha causa.

Damian deu de ombros e respondeu com simplicidade:

— Achei que você precisava mais do que eu. E não me passou pela cabeça que fôssemos demorar tanto a encontrar água.

— Seu tolo, você podia ter morrido.

— Mas não morri. E nem você.

— Exatamente. Nem vou morrer. Como disse, tenho contas a acertar.

— Posso saber com quem?

— Com minha mulher e seu amante.

Damian ergueu as sobrancelhas, e Alejandro contou-lhe tudo. Quando terminou, o companheiro tinha o olhar distante e pensativo.

— Sua reivindicação é justa — disse depois de algum tempo. — Se minha mulher fizesse isso comigo, eu a mataria e ao cachorro que a seduziu.

— É exatamente o que pretendo fazer. É meu direito.

Com o fracasso da expedição, os navegantes retornaram a Cuba, e Alejandro deixou o navio avariado no porto, antegozando o momento em que ultimaria sua vingança contra Rosa e Lúcio. Antes, a conselho de Damian, se certificaria da veracidade do que Soriano dissera, para não cometer uma injustiça da qual se arrependeria depois. Além do mais, precisava se recuperar do ferimento, com todo o cuidado para que Rosa, aproveitando-se de seu estado debilitado, não concluísse, ela mesma, o serviço que Soriano não lograra terminar.

Alejandro chegou a casa amparado por Damian, e só o olhar estupefato de Rosa já seria suficiente para dar crédito à confissão de Soriano. Rosa parecia estar diante de um fantasma e, nos primeiros minutos, não conseguiu esboçar qualquer reação. Quando recobrou o equilíbrio e conseguiu falar, Damian o havia ajudado a deitar-se na cama e dava instruções para que ela cuidasse pessoalmente do ferimento.

— Ele já está fora de perigo — avisou Damian. — Mas sua saúde ainda é precária.

— O que foi que aconteceu, Alejandro? — indagou ela aterrada. — Não compreendo...

— Eu devia estar morto, não é? — Rosa se sobressaltou, mas ele prosseguiu como se não tivesse percebido. — Fomos atacados por selvagens durante toda a jornada e, por sorte, sobrevivi. Além disso, devo a minha vida a meu amigo Damian aqui, que conseguiu evitar que eu caísse do navio em meio a uma tempestade.

Rosa estava muda e pálida, olhando de Alejandro para Damian com olhar assustado e surpreso.

A informação da chegada de dois dos três navios que partiram naquela aventura logo se espalhou por toda ilha, e Lúcio, sabendo que muitos navegadores haviam perecido vítimas dos ataques dos índios, correu apressado para a casa da amante, certo de que a notícia da morte de Alejandro logo chegaria aos seus ouvidos. Foi abrindo portas num rompante e adentrou o quarto de Rosa com a certeza do sucesso de sua empreitada, quase desfalecendo ao encontrar Alejandro deitado no leito, ferido, porém, vivo.

— Alejandro... — balbuciou. — Mas... Você está vivo!

— É o que parece, não é? — tornou o outro com ar de ironia. — Embora isso pareça surpreender você.

— Surpreender-me? Sim, surpreendo-me com grata alegria. Ao ouvir as notícias e ver o estado em que os navios ficaram, temi por sua integridade.

— Quanta generosidade! — ironizou novamente. — Só os amigos sinceros lamentam profundamente a morte de um homem.

Lúcio olhou de soslaio para Rosa, que não ousava levantar a cabeça, tamanho o pavor que a atitude de Alejandro lhe infligia. Pelo tom de sua voz, estava claro que já sabia de tudo.

— E onde está Soriano? — indagou Lúcio, só então percebendo que deveria ter primeiro se preocupado com a ausência do falso sobrinho.

— Não se informou na capitania? — replicou Alejandro em tom de sarcasmo.

Lucio ficou confuso, já que era o primeiro lugar a que deveria ter ido para saber notícias do tão amado parente.

— Não... — tornou confuso. — Confesso que fiquei atarantado...

— Os índios o levaram.

— Levaram? Para onde?

— Só Deus sabe... Ou talvez saibam os deuses pagãos daqueles selvagens, porque me parece que é para eles que sacrificam pessoas.

— Sacrificam?

— Pois é. Soriano não deu sorte. Caiu nos braços de um selvagem, que o arrastou floresta adentro, sumindo com ele das minhas vistas. Por sorte não fui capturado também, ou hoje estaria estirado em alguma pedra de altar, com uma adaga cravada no coração, e meu sangue derramado pelas paredes de algum templo demoníaco. — Ele regozijava-se com o ar de horror de Lúcio e Rosa, e prosseguiu com toques de sadismo: — Pelo menos, foi o que vimos. Um sacerdote que tinha nos cabelos o sangue ainda fresco de sua vítima.

E, a julgar pela forma como aqueles índios nos perseguiam, evitando matar-nos e tentando nos prender, concluímos que o seu intento era, na verdade, fazer prisioneiros para oferecer em sacrifício a seus deuses diabólicos.

— E Soriano foi capturado por um desses? — revidou Lúcio, mortificado.

— Uma pena. Senti não poder ajudá-lo, mas tinha que salvar a própria pele. Diga a seu irmão que lamento muito a perda do filho amado.

— Ele... nem teve tempo de lhe dizer nada?

— O que poderia o pobre coitado me dizer? Só o que pude ouvir dele foram seus gritos de agonia desaparecendo no meio da mata.

Lúcio engoliu em seco e olhou para Rosa, cujo semblante avermelhado e rijo lhe dava uma ideia do temor que ela sentia.

— E o que houve com os navios? — continuou Lúcio, tentando aliviar a tensão.

— Foram as tempestades — explicou Alejandro. — Damian, meu novo amigo, foi quem me salvou de uma delas.

À exceção de Damian, ninguém sabia o esforço que Alejandro fazia para manter a conversa em um nível razoável de normalidade. Seu tórax ainda doía dos ferimentos, e ele sentia uma fraqueza mordaz se apoderando de seu corpo. Era preciso, contudo, demonstrar naturalidade, a fim de evitar que Rosa e Lúcio se deixassem seduzir pelo oportunismo e engendrar um plano maligno para acabar com a sua agora frágil vida.

O efeito satisfez Alejandro, que fitou Damian discretamente. O amigo permanecia parado ao lado da cama, mãos cruzadas sobre o peito, como um fiel cão de guarda. Enquanto isso, Rosa e Lúcio, acabrunhados, não sabiam ao certo o que dizer ou pensar.

Pela primeira vez desde que chegara, Lúcio olhou diretamente para Rosa, que devolveu o olhar com outro de genuíno pavor. Em seu íntimo, o pavor foi-se alastrando, junto com uma quase certeza de que não tinham ainda experimentado a fúria de Alejandro.

CAPÍTULO

5

Encoberta por um manto negro, com o capuz derrubado sobre o rosto, Rosa ia caminhando pelas ruas estreitas, procurando o lado escuro das calçadas, a fim de evitar ser vista. De vez em quando, parava e olhava ao redor e para trás, certificando-se de que não estava sendo seguida. Retomava a caminhada e ia avançando silenciosamente, sobressaltando-se ao menor sinal de movimento ou de barulho. Finalmente, chegou ao seu destino e bateu na porta, entrando apressada assim que ela se abriu.

Do lado de fora, imperceptível, Damian espreitava. A mando de Alejandro, vinha seguindo Rosa desde que ela deixara a casa. Ainda convalescendo, encontrava-se ele preso ao leito, e Rosa se aproveitava de sua debilidade para oferecer-lhe ervas soporíficas e se ausentar tão logo ele caísse no sono. Da primeira vez, a artimanha surtiu efeito. Todavia, no dia seguinte, Alejandro mandou chamar Damian e contou-lhe o ocorrido:

— Desconfio de que Rosa colocou alguma erva no chá para me fazer dormir. Excelente ideia! Quero que você fique de vigília todas as noites até que a veja sair e a siga. Quanto a mim, não beberei mais o remédio.

Assim foi feito. Dali em diante, todas as noites, Damian se colocava à espreita. E quando Rosa novamente ofereceu o chá a Alejandro, ele o despejou atrás da cama, sem que ela visse. Ele fingiu dormir, e ela, encobrindo-se com o manto, saiu, sem perceber que Damian a seguia à distância, oculto pelas sombras da noite.

Dentro da pequena casa de pedra, Lúcio a aguardava ansioso e tomou-a nos braços tão logo fechou a porta.

— Minha querida — sussurrou ele, coberto de paixão. — Não aguentava mais a torturante demora.

— Tive que esperar Alejandro dormir — respondeu ela, beijando-o ardentemente.

— Precisamos acabar com isso. Não podemos continuar nos encontrando desse jeito.

— O que podemos fazer? Matá-lo?

— Temos que concluir o que Soriano não conseguiu fazer. O tolo, idiota, deve ter sido morto pelo próprio Alejandro.

— Você acha que foi Alejandro quem o matou?

— Tenho minhas desconfianças. Essa história de índios levando-o para o meio da selva não me convenceu. Para mim, Alejandro fez o que Soriano deveria ter feito. Matou-o e colocou a culpa nos selvagens. E, se o matou, só pode ter sido por um motivo.

— Porque descobriu a verdade — completou Rosa, totalmente aturdida com as conjeturas de Lúcio.

— Exatamente.

— Soriano deve ter-lhe contado tudo.

— Isso não importa. O importante é que nós mesmos teremos que fazer o serviço.

— Não seria mais prudente contratarmos outra pessoa?

— Alejandro deve estar alerta. E depois, tem aquele touro que ele arranjou por amigo. Damian não desgruda do lado dele.

— Oh! Lúcio, o que vamos fazer? — ela se atirou em seus braços, chorando dolorosamente. — Eu o amo, não quero ter que me separar de você. Quero ser sua esposa, só sua.

— Você vai ser. Encontraremos um jeito de acabar com a vida dele.

— Tenho medo. E se eu for presa?

— Isso não vai acontecer. Não vou permitir. Podemos fugir para a Terra do Brasil, e ninguém nunca há de nos descobrir.

Rosa apertou a mão de Lúcio, sentindo esvair-se a confiança que tinha antes de Alejandro partir no navio. Lúcio começou a beijá-la e, em breve, o silêncio dominou o ambiente, entrecortado pelos gemidos de prazer de Rosa. Esquecera-se, por instantes, de Alejandro, envolvida no calor excitante do amado.

Com o ouvido colado contra a janela, Damian não perdia uma só palavra do que eles diziam. Quando Rosa entrou na casa, ele se aproximou e foi acompanhando a direção das vozes, que passaram de um cômodo a outro, seguindo o rastro da luz das velas. A casa era muito pequena, talvez dois ou três cômodos, e fora comprada por Lúcio para facilitar os seus encontros. Não distava muito da casa de Alejandro, para que Rosa pudesse caminhar sem ter que tomar nenhuma charrete ou carruagem, de forma a não chamar a atenção.

O plano o indignou, e ele partiu dali com a cabeça fervilhando de ideias de vingança. Alejandro era seu único amigo. Mesmo doente, não o abandonara e cuidara dele, assim como ele havia salvado a vida de Alejandro e cuidado de sua ferida. Tinham agora um pacto de vida, porque viviam graças aos cuidados recíprocos. Era em nome desse pacto que não pretendia deixar que Alejandro fosse enganado pela mulher e o amante, muito menos permitiria que o matassem.

Damian despertou Alejandro de seu sono leve. Durante boa parte da noite, Alejandro permanecera à espera de notícias sobre o possível encontro de Rosa e Lúcio. Como o amigo demorava a voltar, cochilou por instantes, e não foi preciso muito esforço para acordá-lo.

— Damian! — exclamou eufórico, totalmente desperto. — E então? Alguma notícia. Viu alguma coisa?

— Suas suspeitas têm fundamento. Segui Rosa até uma casinha perto daqui e ouvi sua conversa com Lúcio. Pretendem matá-lo e fugir para as Terras do Brasil.

Alejandro deu uma risada abafada, porém sinistra, e acrescentou com desdém:

— Talvez devêssemos deixá-los ir. Lá também só tem índios. Com um pouco de sorte, quem sabe eles não são devorados por uma tribo de canibais?

— Gostaria de fazer com eles o que fez com Soriano?

— Não, meu amigo, não é bem assim. Para Rosa e Lúcio, guardo uma vingança mais doce. Quero ter o prazer de acabar com suas vidas com minhas próprias mãos, e não posso roubar-me o prazer de vê-los agonizar e morrer.

— Sabe que vou ajudá-lo, não sabe? — Alejandro assentiu. — Você é o único amigo que tenho, e tudo farei que estiver ao meu alcance para que você lave sua honra.

— Obrigado, meu amigo. Em breve, muito em breve, alcançaremos sucesso.

— Como é que você pretende fazer isso? Eles não são tolos.

— Você vai ver. Mas por ora, é melhor que se vá. Não seria prudente que Rosa o visse aqui a esta hora da noite. Poderia pôr todo nosso plano a perder.

— Você já tem um plano?

Ele deu um sorriso enigmático e acrescentou:

— Na verdade, sim. Estou amadurecendo a ideia e logo, logo, você vai saber de tudo.

Damian ficou satisfeito. Despediu-se de Alejandro efusivamente e partiu antes que Rosa voltasse.

Durante o mês que se seguiu, Rosa não conseguiu mais ir ao encontro de Lúcio. Embora Alejandro já estivesse praticamente reabilitado de suas feridas, fingia fraqueza e alegava sentir muita dor, requisitando a companhia da esposa quase que diuturnamente. Ela já não suportava mais, contudo, não via meios de sair e ver o amante. Como Alejandro deixara de beber o chá, exigia que Rosa dormisse a seu lado, despertando sempre que ela se mexia.

Louco da vida, Lúcio aparecia ocasionalmente, mais para ver Rosa do que para visitar Alejandro. Para todos os efeitos, ainda era o melhor amigo dele. Vinha poucas vezes, desculpando a escassez de visitas com a enorme quantidade de afazeres que seu cargo público exigia. Tinha certeza de que Alejandro sabia a verdade e temia ser confrontado por ele, em seu próprio lar.

Todos os dias, Damian ia visitá-lo, e era nesses momentos que Rosa se afastava um pouco, a pretexto de deixá-los a sós para conversarem. Não conseguia sair de casa, mas ao menos se libertava da companhia desagradável de um marido inválido e repugnante. Isso permitia a Alejandro confabular secretamente com Damian, e o plano foi-se armando e estruturando, até que chegou o dia de, finalmente, ganhar vida.

Era o aniversário de Alejandro, que encomendou uma festa muito íntima para comemorar a data. Poucos amigos foram convidados, e Lúcio viu naquela festa a oportunidade que tanto esperava. Com muitas pessoas e a bebida a distrair Alejandro, seria mais fácil encontrar um momento a sós com a amante, longe das vistas do rival e de Damian.

Tudo estava planejado para acontecer naquela noite, se nenhum contratempo os impedisse. Lúcio foi dos primeiros a chegar, e Damian veio em seguida, com a esposa. O jantar foi servido, e os convidados se deliciaram com as iguarias que Rosa mandara preparar. Em seguida, um pouco de música e muita bebida.

Rosa e Lúcio sentiam uma explosão a percorrer-lhes os corpos cada vez que se viam, embora mal pudessem se falar. Durante toda a noite, aguardaram ansiosos um momento para ficarem sozinhos, mas Alejandro não lhes dava nenhuma oportunidade, solicitando a presença da mulher a seu lado por quase toda a festa.

Seguindo o combinado, Damian foi um dos últimos a sair, muito embora tomasse o cuidado de colocar o xale da mulher sobre o espaldar da cadeira, sem que ela se desse conta.

— Será que vai dar certo? — murmurou ele ao ouvido de Alejandro. — E se eles não caírem na nossa armadilha?

— Eles vão cair — sussurrou Alejandro de volta. — Faz tempo que não se deitam. Devem estar ardendo de um desejo incontrolável, e é isso que vai fazê-los abandonar a prudência.

Damian e a esposa saíram, e, logo em seguida, Alejandro levantou-se, apalpando as costelas com ar de sofrimento.

— Meus amigos, perdoem-me, mas preciso me recolher. Ainda estou convalescendo. Todavia, Rosa está aqui para alegrá-los. Fiquem e divirtam-se.

Como era de se esperar, os últimos convidados se retiraram logo após a saída de Alejandro, inclusive Lúcio. Rosa se despediu dele polidamente e mandou a criada para casa, a fim de não testemunhar o adultério.

— Mas senhora — objetou a moça —, há muito o que limpar.

— Amanhã você cuida disso. Sei que trabalhou demais e deve estar exausta. Pode ir.

A criada agradeceu e foi apanhar suas coisas. Assim que ela saiu, Rosa voltou correndo para a sala e abriu a porta devagarzinho, dando entrada sorrateira a Lúcio.

— Aguarde-me na saleta de chá. Vou ver se Alejandro está dormindo e, em breve, estarei com você.

Lúcio puxou-a e beijou-a sofregamente, relutando em largá-la. Ela se afastou dele com um gesto brusco e subiu para ver o marido. Encontrou-o ressonando na cama, recendendo a suor e vinho. Propositalmente, ela deixou cair a escova de cabelos, que ecoou surdamente no chão de pedras, mas Alejandro não acordou. Soltou um ronco mais grave, mastigou saliva e se virou para o outro lado, parecendo dormir pesadamente.

Contendo a repulsa, Rosa acercou-se dele pelo outro lado e aproximou o rosto o mais que pode. Ficou nessa posição por alguns minutos, experimentando para ver se o marido abria os olhos. Queria certificar-se, com absoluta certeza, de que ele não estava fingindo. Após um tempo razoável, ele não se moveu, e ela se convenceu de que ele, efetivamente, dormia embriagado.

Pé ante pé, Rosa saiu do quarto e fechou a porta, descendo as escadas às pressas, à procura de Lúcio. Ele a esperava na saleta, bebendo calmamente um cálice de vinho. Mal colocou a taça sobre a mesa, e Rosa já se atirava sobre ele, arrancando-lhe as roupas e puxando as mãos dele para cima de seus seios.

Nesse mesmo instante, sem que os amantes se dessem conta, Damian entrava por uma porta lateral, cuja chave, Alejandro lhe dera. Ouviu sussurros e gemidos e seguiu para a saleta, onde aguardou atrás da porta, sem entrar. Em poucos instantes, Alejandro surgiu armado. Durante algum tempo, permaneceu parado, ouvindo os sons característicos do sexo e tecendo na mente a cena grotesca do amor depravado da mulher.

— Você está bem? — perguntou Damian. — Quer desistir?

— Os descarados! — rosnou Alejandro, olhando para o amigo com olhar insano e vermelho de raiva. — Não hesitam em trair-me dentro da minha própria casa.

Com a espada na mão, Alejandro empurrou a porta, entrando com Damian em seu encalço. O que viu embrulhou seu estômago e encheu-o de um ódio tão fremente que ele mal conseguiu pensar. Rosa se mexia freneticamente sobre Lúcio, apertando-lhe os flancos com as coxas e espalhando no ar os seus gemidos de luxúria e os seus gritos de prazer, enquanto o amante, de olhos fechados, lhe apertava os seios e emitia sussurros lúbricos e palavras obscenas.

Ele quase não acreditava no que via e ouvia. Rosa, que o evitava o mais que podia, entregava-se a Lúcio com a lascívia de uma meretriz, em atitude que ele, até então, só experimentara no leito das prostitutas. Com Damian como testemunha, Alejandro puxou Rosa pelos cabelos, e ela, sem entender o que se passava, soltou um grito estridente de pavor.

— Sua vagabunda, meretriz, cadela! — esbravejou Alejandro, desferindo-lhe um murro no queixo.

Rosa tombou para trás com a boca ensanguentada, e Damian a segurou para que ela não fugisse.

— Alejandro, deixe-me explicar — suplicava Lúcio. — Nós não queríamos. Mas você ficou muito tempo longe... Pediu-me para tomar conta de Rosa...

— E você tomou conta tão bem que não apenas dormiu com ela, mas tramou a minha morte para poder ficar com a minha esposa e tudo que é meu.

— Não é nada disso...

À medida que ia tentando se desculpar, Lúcio se arrastava para trás, o corpo ainda desnudo repugnando e enfurecendo cada vez mais Alejandro, que o seguia com a ponta da espada apontada para seu pescoço.

— Por Deus, Alejandro — Rosa implorou. — Tenha piedade de nós. Expulse-nos, mande-nos embora, mas não nos mate.

— Mandá-los embora seria o mesmo que reconhecer a sua vitória. Não posso deixá-los livres para que sejam felizes à custa da minha desonra.

— Nós nos amamos! — confessou Rosa. — Não temos culpa de nos amar.

— Você é minha mulher, Rosa! — vociferou ele, os olhos injetados de sangue. — Como pôde me trair com meu melhor amigo e ainda tramar a minha morte? Pensam que não sei? Como acham que Soriano morreu? — ninguém disse nada. — Eu o entreguei aos índios! Fui eu. Tive-o sob a ponta da minha espada, como você agora, Lúcio, que rasteja como um covarde, e poupei a vida dele para que um índio truculento o levasse.

Lúcio e Rosa não sabiam o que dizer para sensibilizar Alejandro, que cuspia sobre o rival com o ódio do inimigo voraz.

— Poupe-nos, Alejandro, por favor — gemeu Lúcio. — Em nome dos nossos anos de amizade...

— Dos anos em que você me traiu, fingindo-se meu amigo para poder dormir com a minha mulher!

De forma inesperada, Lúcio tentou se levantar para correr, mas Alejandro foi mais rápido. Atravessou a espada no coração do outro e ficou assistindo a sua breve agonia, até que o último suspiro se esvaiu de sua boca. Matar Lúcio lhe deu grande prazer, e os gritos desesperados de Rosa só fizeram aumentar a sua sanha, fazendo com que ele a encarasse com um brilho de loucura no olhar. Rosa se debatia nos braços de Damian, tentando se soltar a todo custo.

— Por piedade, Alejandro, não me mate — ela chorava descontrolada. — Farei o que você quiser, serei sua prisioneira, nunca mais falarei com homem algum. Mas não me mate, pelo amor de Deus, não me mate!

— Se permitir que viva, cada vez que olhar para você desprezarei a mim mesmo, por deixar impune a sua traição.

Ele ficou olhando o corpo perfeito de Rosa, que já não mais lhe pertencia, e o ódio recrudesceu em seu coração. De repente, lembrou-se da amiga Giselle, que o advertira sobre aquilo, mas a quem não quisera dar ouvidos. Alejandro tomou Rosa das mãos de Damian e arrastou-a até o meio da sala.

— Vista-se — ordenou ele.

Aos prantos, ela se vestiu, na esperança de que a sua submissão o tocasse e ele a perdoasse, deixando-a viver. Mas não foi isso que aconteceu. Alejandro tornou a arrastá-la, dessa vez para o pátio interno, e jogou-a sobre o chão de pedras. Ela chorava cada vez mais e rastejou até ele, agarrando os seus joelhos e implorando entre lágrimas:

— Em nome de Deus, Alejandro, não me mate. Farei o que você quiser. — E, vendo que Damian os seguira com uma tocha, que iluminava parte do átrio, virou para ele os olhos em súplica e prosseguiu: — Você é amigo dele. Por favor, convença-o a ter piedade e não cometer esse crime.

— Adúlteras não merecem piedade. E não há crime maior do que a traição.

Assim instigado pelas palavras de Damian, Alejandro chutou-a para o chão e estendeu a mão, onde Damian depositou a tocha que trazia consigo.

— O que vai fazer? — horrorizou-se Rosa, sentindo o calor do fogo que Alejandro aproximava dela.

— Vê-la morrer lentamente — foi a resposta cruel e fria.

Na mesma hora, Alejandro ateou fogo em Rosa, regozijando-se com seus gritos lancinantes e as voltas desencontradas que ela dava sobre o próprio corpo, numa tentativa desesperada de extinguir as chamas.

Mas as chamas só se extinguiram muito tempo depois, quando a vida de Rosa já se havia esvaído.

CAPÍTULO

6

A água escorria da cascata em nuvens esbranquiçadas e densas, indo cair num lago transparente e fundo, onde Alejandro esfregava o corpo para soltar da pele o sangue ressecado dos índios que matara. Na margem, amarrada a uma árvore e com a boca amordaçada, uma mulher jovem e de pele morena acompanhava cada movimento dele, tentando imaginar o que aquele homem tão branco poderia querer com ela.

Depois que terminou de se lavar, Alejandro se atirou na relva verde e ficou olhando o céu azul, praticamente ignorando sua prisioneira, que não podia nem se mover, nem falar. De repente, um estalido na mata despertou os seus sentidos, e ele passou a mão no mosquete, fazendo pontaria na direção de onde provinha o barulho. Damian apareceu com ar cansado, deu uma olhada na mulher amarrada e sentou-se perto de Alejandro, que protestou mansamente:

— Devia tomar mais cuidado. Por pouco não atiro em você.

Damian sorriu e apontou para a mulher, indagando com ar de quem sabia a resposta:

— Mais uma? — Alejandro assentiu. — Não acha que está exagerando?

— Não — foi a resposta seca.

Em silêncio, Damian se retirou. Não tinha pena daqueles selvagens nem achava que deviam ser tratados como gente, mas Alejandro já ultrapassava os limites. Usava os índios para extravasar sua raiva e vingar-se da traição da mulher. Só que as índias não eram Rosa, e por mais que ele matasse, jamais se veria livre da lembrança do que ocorrera naquela noite.

O plano todo fora arquitetado cuidadosamente. Quando, no dia seguinte, a criada descobriu os corpos de Lúcio e de Rosa, Alejandro fora preso, mas conseguira se salvar alegando legítima defesa da honra. Damian servira como testemunha de que ele, enfermo e debilitado, fora vítima da traição da esposa e do melhor amigo, tendo flagrado-os em adultério em sua própria casa, na festa de seu aniversário. Que homem suportaria a visão desse crime sem perder a cabeça e liquidar os culpados?

No julgamento, Alejandro dissera que se recolhera um pouco mais cedo, em função de seu estado, e já estava quase dormindo quando ouvira um ruído estranho vindo do andar de baixo. Assustado, apanhou a espada e desceu, encontrando Damian ao pé da escada. O amigo voltara à sua casa para apanhar o xale que a mulher havia esquecido. Damian também ouvira o barulho e acompanhara o outro, que, por sua debilidade, podia acabar nas mãos de algum bandido.

Qual não foi o espanto de ambos, porém, ao descobrir Rosa e Lúcio em posição que nenhum ser humano decente ousaria relatar. Ainda assim, por insistência da defesa bem articulada, Alejandro narrou, em minúcias, os movimentos de luxúria e sem qualquer pudor em que flagrara os amantes, sua nudez, seus gestos e gemidos. Tal visão mortificara Alejandro, que permanecera algum tempo paralisado, enquanto Damian procurava ocultar o rosto daquela cena vergonhosa.

Foi quando ele, tomado de ira, empunhou a espada e cravou-a no peito do rival, ateando fogo nas vestes de Rosa num gesto tresloucado de fúria.

Nenhum juiz ousou discordar dos motivos mais do que justos de Alejandro. Surpreender a esposa, que ele, até então, julgava casta e pura, nos braços de quem ele acreditava ser o seu melhor amigo, foi um golpe duro demais. Qualquer homem perderia a cabeça e a razão e, num impulso vingativo, daria cabo da vida dos amantes. O depoimento de Damian, ademais, confirmava as alegações do réu, que foi absolvido por se encontrar no exercício de seu legítimo direito de defender, com sangue, a honra que a mulher indigna conspurcara.

Daí em diante, Alejandro se tomou de ódio pelas mulheres e sentia prazer em lhes infligir sofrimento e dor. Não raras eram as prostitutas que se queixavam de sua brutalidade, até que chegou ao ponto de nenhuma delas querer mais dormir com ele.

Passados quase dois anos de sua volta da aventura ao lado de Francisco de Córdova, Alejandro soube de uma nova expedição, dessa vez sob o comando de Hernán Cortés[1], partindo de Cuba rumo ao Iucatã, para conquista de outros povos. Alejandro não aguardou o convite. Apresentou-se ao chefe da expedição e ofereceu os seus serviços, seguindo com Damian em busca de ouro e de algo que lhe permitisse extravasar sua fúria e seu desgosto.

Apesar de não concordar com o modo que Alejandro escolhera para se vingar da vida, Damian não dizia nada. Afastou-se do lugar em que o amigo se encontrava e foi descansar, em sua tenda, do último ataque aos nativos.

Depois que ele se foi, Alejandro permaneceu alguns momentos quieto, fitando o vazio, até que soltou um suspiro e

---

1 Hernán Cortés – conquistador espanhol, responsável pela queda do Império Asteca, em 1519, notabilizado pela violência com que atacou e dizimou povoados inteiros.

se levantou, aproximando-se da índia. Desamarrou-a, e ela tentou fugir, desencadeando nele uma fúria sem igual. Desde que matara Rosa, Alejandro se enfurecia por qualquer motivo, principalmente com as mulheres, e costumava espancá-las até quase deixá-las sem vida.

Não foi outra a reação que teve com a índia. Alejandro agarrou-a com força e desferiu-lhe vários socos no rosto, deixando-a com as faces inchadas e vermelhas. A índia começou a chorar, mas ele não se compadeceu. Deitou-a no chão e violentou-a fria e cruelmente, e depois, quando a mulher começou a dizer coisas que ele não compreendia, sacou de uma faca e cortou o seu pescoço, arrematando com indiferença:

— Ora, cale a boca.

Era apenas mais uma selvagem insignificante, que nenhuma falta faria ao mundo civilizado. Depois que a matou, Alejandro limpou a faca na água do riacho e voltou para o acampamento. Ao longe, apenas alguns vestígios de fumaça cinzenta subiam do povoado que acabaram de queimar. Ele inspirou profundamente, como se quisesse engolir parte daquela fumaça de morte, e sorriu, satisfeito consigo mesmo. Matara muitos índios naquele dia, o que se tornara motivo de glória e satisfação para ele e os seus companheiros, que disputavam quem alcançaria, em número, a maior quantidade de selvagens abatidos.

Foram muitas as jornadas que Alejandro fez na campanha de Cortés, seguido por seu amigo Damian, que se orgulhava de ter matado quase tantos índios quanto ele. Mas faltava a Damian o entusiasmo da morte, algo que se via nitidamente nos olhos de Alejandro desde que incendiara o corpo de Rosa. Para Damian, matar os índios era parte da conquista, enquanto que, para Alejandro, era fonte de vingança e prazer.

No dia seguinte, Cortés saiu a cavalo com mais homens e alguns índios, estando Alejandro e Damian entre eles. Ao invadirem o primeiro povoado, Alejandro se distraiu fazendo pontaria nos indígenas que fugiam assustados, enquanto os companheiros ateavam fogo nas cabanas.

Quando Alejandro saltou do cavalo, já sabia o que iria fazer. Vendo as índias fugirem espavoridas, encurralou uma jovenzinha de seus quatorze anos e repetiu com ela o ritual macabro que se acostumara a realizar. Estuprou-a com violência, regozijando-se ante o seu desespero, e depois matou-a sem piedade.

No outro povoado, a mesma coisa, e no outro também, e em todos os outros que ele invadiu. Alejandro entrava nas vilas, matava muitos índios, tocava fogo em suas casas e estuprava as índias que cruzavam o seu caminho, liquidando-as logo após. Justificava-se com o cumprimento da tarefa, executando as ordens que o capitão lhe dava. Se Cortés mandava matar, ele matava. Se mandava queimar, queimava. E dos prisioneiros que faziam, muitos eram mulheres, postas à disposição dos homens para seu divertimento e lazer. Alejandro apenas usufruía o que julgava ser seu por direito, já que, conquistadores, aos espanhóis cabia dispor de suas vítimas como parte da pilhagem.

Após vários meses de ataques sangrentos, Alejandro começou a sentir os primeiros sintomas da doença. Tudo começou com um mal-estar que o deixou cansado e abatido. Haviam acabado de entrar em Tenochtitlán[2] e se instalado no palácio real. Uma índia foi designada para servir os soldados, e Alejandro, ao colocar os olhos sobre ela, desejou-a instantaneamente.

Enquanto ela o servia, ele a admirava e seguia todos os seus passos ao redor dos homens. Depois de comer, Alejandro se levantou e foi atrás dela, atraindo-a para a floresta com falsos sorrisos. A moça seguiu-o sem de nada desconfiar, certa de que se tratava de um mensageiro do deus Quetzalcoatl[3]. Aproveitando-se dessa crença, Alejandro a imobilizou e estava prestes a subjugá-la quando súbito mal-estar se apoderou de seu corpo. Uma dor profunda o trespassou, e ele soltou a índia que, apavorada, correu para o meio da selva.

Ainda pensou em ir atrás dela, mas a fadiga não permitiu. Como a campanha de Cortés já durava mais de um ano, ele

---

2 Tenochtitlán – capital do Império Asteca, atual cidade do México.
3 Quetzalcoatl – deus asteca com o qual Cortés foi confundido.

atribuiu o cansaço às lutas incessantes que empreendera contra os nativos. Talvez estivesse ficando velho e precisasse ir mais devagar. Dominado pela exaustão, sentindo o corpo dolorido e trêmulo, a cabeça explodindo de dor, resolveu se deitar por uns minutos.

Quando Damian entrou na barraca que dividia com ele, assustou-se com o seu estado. Alejandro, coberto até o pescoço, tinha gotículas de suor no rosto e no pescoço, e tiritava de frio.

— Alejandro — chamou Damian baixinho. — O que você tem?

Lentamente, Alejandro abriu os olhos e custou a focar o amigo. Quando finalmente o reconheceu, respondeu com voz sumida:

— Não sei... Sinto-me fraco, a cabeça dói, a garganta também... e o nariz... parece tampado...

Damian experimentou a testa do outro, que ardia em febre.

— Hum... acho que é melhor chamar o médico.

— Não é preciso — objetou Alejandro, segurando-o pelo punho. — É só um mal-estar. Amanhã estarei bem.

— Mas e se alguma índia lhe passou doença?

— Não... Deixe estar. Vou melhorar, você vai ver.

A melhora não veio. Três dias depois, Damian se apavorou com o que viu. Deitado de lado na cama, Alejandro apertava o estômago e se contorcia todo, em espasmos de dor que sacudiam o seu corpo.

— Alejandro — disse ele. — Você está piorando!

— O médico... — balbuciava ele. — Vá chamar o médico... Tenho... dores horríveis... Todo o meu corpo... a barriga...

Ele começou a vomitar violentamente, e Damian saiu correndo da barraca. Foi chamar o médico da expedição, que entrou apressado e sussurrou penalizado:

— Ele contraiu a doença[4]. Só nos resta esperar que resista.

— O que... o que eu tenho... doutor? — gaguejou Alejandro.

O médico não respondeu e fez com que Alejandro engolisse um preparado de ervas, que o fez dormir um pouco.

---

4 Varíola.

— O que eu faço, doutor? — indagou Damian, preocupado.

— Eu, no seu lugar, procuraria outro canto para dormir. Daqui para a frente, os sintomas só vão piorar, e a aparência dele vai se tornar repugnante. Você não vai querer presenciar isso. — Acercou-se bem de Damian e cochichou ao seu ouvido: — Sem contar que é contagioso. Altamente contagioso.

Damian olhou para o médico com ar assustado, mas ainda não havia se dado conta da gravidade da situação. Em nome da sua amizade, recusou-se a sair e permaneceu ao lado de Alejandro.

As pústulas começaram a aparecer pouco depois, primeiro na garganta, que ardia imensamente, e depois na boca, passando em seguida para o rosto e, por fim, espalhando-se por todo o corpo. Em toda sua extensão, a pele de Alejandro estava coberta de bolhas purulentas. Em outras barracas, alguns soldados padeciam do mesmo mal, e logo os enfermos foram isolados num local mais afastado do palácio.

O aspecto de Alejandro foi se tornando cada vez mais repulsivo, e a certeza da malignidade daquela enfermidade caiu feito um raio sobre a cabeça de Damian, enchendo-o de pavor. Muito embora ele quisesse permanecer ao lado de Alejandro, o temor de contrair a doença tornou-se tão intenso que, mesmo a contragosto, decidiu afastar-se. Corroía-se de remorso por abandonar o amigo numa hora daquelas e rememorava os momentos de maior perigo que atravessaram juntos.

— Nenhum ataque de índio é tão fatal quanto esta doença — advertiu o médico.

Foi impossível conter a disseminação do mal, que contaminou os índios e levou à morte mais de oitenta por cento da população, facilitando a tomada e destruição de Tenochtitlán. Alejandro, todavia, não participou de mais essa investida. Sem forças para combater tão maligna enfermidade, cerrou os olhos após intensa agonia, sozinho em sua tenda, longe da ilusão da glória e do calor das batalhas, dos selvagens e do amigo Damian.

CAPÍTULO

7

Ao despertar, Alejandro assustou-se com o que viu. Estava num lugar seco e muito quente, deitado sobre uma areia áspera e escaldante. Uma queimação espalhou-se pelas feridas, e ele apalpou-as suavemente. A umidade grudou em seus dedos, algo parecido com pus misturado a sangue. Enojado, virou-se para o lado e vomitou, contudo, o que saiu de sua boca foi um jorro quente de sangue.

A muito custo, conseguiu levantar-se. Parecia que se encontrava no deserto, visto que um calor asfixiante fazia arder sua garganta e ressecar sua língua. Precisava de água, mas não via nenhuma fonte ou rio nas proximidades. Ficou a imaginar que lugar seria aquele, porém, a única coisa que lhe ocorria era que Cortés talvez tivesse mandado atirá-lo em alguma fenda de montanha para padecer no inferno e queimar consigo a doença maldita.

Só que ele não morrera. Caíra no inferno, sim, mas continuava vivo e precisava descobrir uma maneira de voltar à superfície e fugir, ou Cortés mandaria matá-lo novamente. Sentiu um ódio profundo do capitão, que eliminava os enfermos que já não serviam mais, esquecendo-se de todos os momentos de perigo em que ele arriscara a própria vida para defender a causa do conquistador.

Alejandro sentia o corpo todo dolorido, no entanto, precisava controlar a dor e se esforçar, se quisesse sair vivo dali. A sede ainda era o pior, e ele estreitou a vista para ver se conseguia vislumbrar alguma coisa que fosse líquida. Nada. Procurando mais além, pareceu-lhe divisar a silhueta de uma pessoa e caminhou para lá.

Muito vagarosamente, arrastando a perna como um aleijão e mal conseguindo respirar, Alejandro se acercou do que pensou ser uma pessoa. Foi-se aproximando com ansiedade e estendeu a mão para o vulto, que se encontrava de costas para ele.

— Por favor... amigo... — balbuciou. — Ajude-me...

Foi quando o vulto se virou, e Alejandro estacou horrorizado. Agora com a visão mais nítida, notou que a pessoa era um índio e que seu corpo todo estava coberto de sangue. O índio se voltou para ele e soltou um grito lancinante, fazendo com que Alejandro rodasse nos calcanhares e tentasse correr, pois vira a lança se levantar na mão do inimigo.

Inútil a tentativa. Muito debilitado, não conseguiu se mover, e o índio chegou muito perto dele, quase colando o rosto ao seu, rosnando palavras ininteligíveis naquela língua nativa. Sentiu o cheiro de sangue que emanava de todos os poros do selvagem, e o estômago embrulhou. Instintivamente, virou o rosto para o lado, e novo jato de sangue amargo espirrou de sua boca.

Quando Alejandro tornou a virar o rosto para a frente, o índio havia desaparecido. Ele piscou várias vezes, para se certificar de que o que vira não era real.

— Devo estar delirando — disse em voz alta para si mesmo.

Ainda sentindo imensas dores, retomou a caminhada. Não sabia em que direção seguir, mas não fazia diferença. Estava certo de que a saída era para cima, contudo, nenhuma elevação havia. Por onde fora atirado naquela cratera, não saberia dizer. Tinha que procurar um lugar para subir.

Mais adiante, uma aglomeração de pessoas atraiu sua atenção. Chegando mais perto, ouviu lamentos e gritos que eriçaram todos os seus pelos. Apesar do medo, aproximou-se cautelosamente e notou que todos tinham o corpo coberto de fuligem, como se tivessem acabado de limpar uma chaminé.

As pessoas o viram e, por um momento, emudeceram, fitando Alejandro com um misto de ódio e medo. A um sinal do que deveria ser o líder, todos se empertigaram e puseram-se a urrar tão alto, que Alejandro tapou os ouvidos, embora continuasse escutando a gritaria, sem, contudo, compreender o que diziam.

A multidão se aproximou, e ele recuou novamente aterrado. O que ele julgava ser fuligem, na verdade, eram queimaduras enegrecidas cobrindo toda a pele de uma gente que ele constatou, horrorizado, serem novos índios. Alguns ainda soltavam fumaça, e um odor horrendo de carne carbonizada atacou as narinas de Alejandro, que, mais uma vez, foi acometido por forte náusea.

Vomitou sangue novamente. Tentou recuar, mas a dor nos membros lhe dificultou a escapada, e ele tropeçou nas próprias pernas, tombando no chão sobre as pústulas, que estouraram e o picavam feito agulhas fininhas e cortantes. Imediatamente, os índios queimados se atiraram sobre ele, que se encolheu todo para receber os golpes violentos da malta enfurecida.

Não podendo mais suportar a dor, Alejandro desmaiou. Ao abrir os olhos, sentiu uma viscosidade sob seu corpo e constatou que havia caído de borco em uma poça de sangue. Apesar dos músculos doridos, conseguiu levantar-se e começou a desconfiar de que havia algo de muito estranho naquele lugar e naquelas pessoas. Como podiam estar vivas com os corpos cobertos de sangue e queimaduras? Só se estivessem mortas. Mas, se havia pessoas mortas ali, era porque ele também tinha morrido e fora parar no inferno. Ou talvez tudo não passasse de um pesadelo causado pela insânia da doença, o que era mais provável.

Isso só pode ser uma alucinação, pensou. — Não posso estar morto, e isso não é o inferno. Sinto que respiro, estou vivo.

Foi assim por muito tempo, embora Alejandro não conseguisse precisar dias ou horas. Por onde passava, vinham índios ensanguentados ou carbonizados investindo contra ele. Até que, de repente, os ataques cessaram. Quando Alejandro já relaxava, acreditando que os índios não voltariam mais, uma nova investida aconteceu. Mas dessa vez, não eram índios. Eram índias. De toda parte, surgiam mulheres estranguladas e retalhadas, expondo o sexo ferido e ultrajado.

Um grupo de índias atirou-se sobre ele e, fazendo gestos obscenos, começou a provocá-lo, forçando-o a manter relações sexuais. Mesmo involuntariamente, Alejandro se excitou e assistiu, horrorizado, à dança erótica das mulheres sobre ele. Fazer sexo causava-lhe imensa dor, mas elas pareciam não se importar com as bolhas que se roçavam em seus corpos.

Quando um grupo terminava, lá vinha outro do mesmo jeito, tão rápido que ele nem conseguia fechar os olhos e descansar. Corpos mutilados e queimados, de todos os lados surgiam espectros tenebrosos a exigir que Alejandro se deitasse com eles. As mulheres o dominavam e riam dele, de seu pênis encaroçado e de suas lágrimas de súplica.

— Por favor, não façam mais isso — implorava ele, a garganta seca ainda sem água. — Não aguento mais. Prefiro morrer! Prefiro morrer! Oh! Deus, por favor, ajude-me!

Nesse momento, as mulheres desapareceram, e ele conseguiu dormir um pouco. Quando acordou, sentiu que não estava sozinho e se encolheu todo, temendo o assédio de mais índias. O ataque, contudo, não veio, e Alejandro experimentou olhar para os lados. Perto de onde estava, um homem o observava, o abdome aberto em imenso talho, bem abaixo do diafragma, por onde afluía uma grande quantidade de sangue.

— Não aguento mais — choramingou ele. — Mate-me, se quiser, mas não me torture mais com a visão do sangue.

Para sua surpresa, o homem respondeu em bom e audível espanhol:

— Não é possível matar quem já está morto.

Pelos primeiros segundos, Alejandro permaneceu fitando o interlocutor, puxando pela memória para se lembrar de onde é que o conhecia. Finalmente, a lembrança se fez presente, e ele deu um salto, aterrado e atônito:

— Você!?

Soriano começou a andar em volta dele, sem chegar muito próximo, e respondeu com uma certa frieza:

— Quem você esperava? Um anjo de asas brancas? Sou o que tem de melhor para atender o seu chamado.

O pavor dominava Alejandro, que interpretava a presença de Soriano como um ato de vingança.

— Não chamei ninguém.

Soriano ergueu uma sobrancelha e, afinando a voz, repetiu, debochadamente, as palavras do outro:

— Oh! Deus, por favor, ajude-me! — em seguida, fulminou-o com o olhar e, apontando o dedo ensanguentado para ele, disparou: — Não foi você quem disse isso?

— Foi, mas... não esperava que alguém ouvisse. Muito menos alguém feito você.

— Pois alguém ouviu, e não fui eu. Foi alguém que está acima de mim aqui nessa treva profunda, alguém que manda, mas que também recebe ordens de outro alguém, e por aí vai. Enfim, alguém mais poderoso do que eu ouviu a sua súplica patética e covarde, e me enviou para ajudá-lo.

— Ajudar-me em quê? Vai tirar-me daqui?

— Você não tem para onde ir, Alejandro. Essa vai ser a sua casa pelos próximos quinhentos anos.

— Ficou louco? Ninguém vive tanto tempo.

— Será que você é muito burro ou fui eu que não me fiz entender? Você está morto, idiota, morto! Acabou para o mundo lá de cima. Compreendeu agora?

Ao contrário do que o próprio Alejandro esperava de si mesmo, ele não se surpreendeu. Na verdade, já tinha essa desconfiança, embora seu coração se recusasse a acreditar, pois ainda se sentia vivo.

— Isso aqui é o inferno?

— De uma certa maneira, sim, se você compreender que só vêm para cá aqueles que têm do que temer.

— Temer?

— Quando o coração do homem é vil, faz com que ele tema que a treva que nele habita se vire contra si próprio. — Vendo que Alejandro não compreendera, esclareceu: — Os que aqui estão não são *almas*, são sombras escurecidas pela maldade. Como o mal traz o medo do retorno, todos aqueles que não se perdoam vêm parar aqui por suas próprias culpas, que se transformam em guias para esse mundo de trevas.

Soriano deu um passo na direção de Alejandro, que andou para trás e procurou a espada na cintura.

— Não se aproxime de mim — ele pediu, quase implorou. — Não suporto mais tanta vingança.

— Não vim aqui para me vingar de você, embora me agradasse ter o seu pescoço em minhas mãos.

— Se não veio se vingar, o que pretende então?

— Você é mesmo estúpido, não é? Já não disse que está morto?

— E você veio aqui só para me dizer isso?

— Recebi uma incumbência. Como você pediu ajuda, mandaram-me aqui para avisá-lo de que seu corpo de carne está morto e que você continua vivo em essência.

— E você?

— Acho que já deu para perceber que estou morto também.

— O que foi que lhe aconteceu?

— Ora, obrigado por perguntar — desdenhou Soriano. — Mas pensei que você soubesse. Quando me entregou nas mãos daquele selvagem carniceiro, devia saber o que estava fazendo.

— Eles o sacrificaram?

Soriano exibiu a ferida sangrenta aberta na barriga e re-trucou com mórbido prazer:

— Sabe o que é curioso nesses selvagens? É que conhecem procedimentos cirúrgicos melhor do que os médicos incom-petentes que temos na Coroa. O sacerdote foi tão preciso com a faca que cortou a minha barriga sem tocar nenhum osso, agarrou meu coração e puxou.

— Jesus Cristo! — horrorizou-se Alejandro.

— Ele não me ajudou, mas não porque tivesse me abando-nado. Fui eu que, simplesmente, nem me lembrei de que ele existia.

— Por favor, Soriano, pare com isso. Não estou me sen-tindo bem.

Soriano, contudo, pareceu ignorá-lo, deleitando-se com a reação de repulsa e pavor que suas palavras produziam.

— Na verdade — prosseguiu ele —, não vi quando ele cortou os ligamentos que prendiam meu coração ao corpo, porque... morri. Mas sei que ele o arrancou para fora e o le-vantou ainda pulsante. O mais engraçado foi que não senti raiva dele... nem de você, por querer me matar. Meu ódio foi porque, por sua causa, eu nunca mais tornaria a ver Cibele. Se fosse só pela minha vida, eu não me importaria tanto. Quanto vale a vida de um condenado? Mas Cibele... Tudo o que eu mais queria era estar ao lado dela, todavia, por sua causa, nunca mais tornei a vê-la. Nunca... — calou-se, en-golindo uma lágrima, e fulminou o outro com o olhar.

Nesse ponto, Alejandro se virou para o lado e vomitou sangue novamente, várias vezes, sentindo uma dor terrível no estômago e na garganta:

— Acho que isso ainda é pior do que a varíola — ironizou Soriano, já recuperado de sua momentânea fraqueza.

— Chega — murmurou Alejandro, quase sem conseguir falar.

— Será que você sabe por que vomita tanto sangue? — ele meneou a cabeça. — Porque todo sangue inocente que você derramou fluiu para dentro de você.

Alejandro escondeu o rosto entre as mãos e desatou a chorar convulsivamente:

— Oh! Deus, como me arrependo do que fiz! Só agora percebo o quanto fui cruel e orgulhoso.

— Ah! E sem falar na pobre Rosa e no tolo do Lúcio — Alejandro ergueu a cabeça e fitou Soriano. — Não se arrepende do que lhes fez também?

— Foi por causa deles que me permiti decair — confessou Alejandro, a voz sofrida e entrecortada por soluços. — Porque meu orgulho não me permitiu perdoar.

— Eles planejaram matar você. Então, você estava com a razão.

— Não devia ter devolvido na mesma moeda. Vingar-me só me trouxe sofrimento.

— Sabe, Alejandro, assim como você, estou tentando compreender que a razão está com Deus, que nunca erra.

— Está arrependido também? — surpreendeu-se.

— Quase. Só não consegui ainda perdoar o que você me fez.

Nada mais se fez ouvir. Soriano desvaneceu nas brumas, deixando Alejandro entregue a total solidão. Daquele momento em diante, o calor arrefeceu um pouco, e ele encontrou um poço de água lamacenta e malcheirosa, onde pôde, finalmente, saciar sua sede.

Alejandro não poderia precisar há quanto tempo estava vivendo naquele inferno. Desde o encontro com Soriano, os índios haviam desaparecido, e o insulamento lhe trouxe a reflexão. Sozinho, só lhe restavam seus pensamentos, e eles acabaram conduzindo-o para Deus.

Pela primeira vez em sua vida, Alejandro ajoelhou-se e rezou.

CAPÍTULO

8

Era noite, e o silêncio se espalhava pela ilha adormecida, somente interrompido pelo marulho das ondas que se despedaçavam na areia branca. A lua esbranquiçada dava seu toque especial ao mar, encobrindo as ondas como uma colcha de retalhos pálida e ondulante. Vento, não havia, e apenas uma brisa morna e suave corria pela areia, sem levantar muitos grãos nem interferir nas ondas.

Tudo quieto. Contrastando com o transcorrer pacífico da noite, o coração de Damian se agitava em sobressaltos de agonia e remorso. Desde a morte de Alejandro, não conseguia se perdoar por haver abandonado o amigo em momento tão doloroso. Mas o médico fora claro ao alertá-lo sobre aquela doença maldita, que deformava o rosto com suas bolhas purulentas. De que valeria morrer com Alejandro? Aquela não era uma forma aconselhável de prestar solidariedade.

Cerca de vinte anos haviam-se passado desde que Alejandro se fora. Damian nem sabia como ainda estava vivo, após ter fugido a nado da cidade índia, os bolsos carregados de ouro. Tivera que matar muitos selvagens, mas sobrevivera. Agora, Tenochtitlán estava destruída e os índios, praticamente dizimados. Com isso, Damian perdeu o interesse pelas conquistas sangrentas e recusou ingresso em nova expedição, cuja finalidade seria liquidar de vez os povos do litoral[1]. Estava cansado de tanto sangue.

A mulher o havia deixado e sumido no mundo, na companhia de um grumete recém-chegado de Portugal. Estranhamente, Damian nem sentiu raiva do fato. Chegou mesmo a experimentar um certo alívio por ficar sozinho, pois assim não se veria obrigado a compartilhar com ninguém o seu remorso.

Damian contava agora cinquenta e sete anos, e o peso das atrocidades de toda uma vida desabou sobre sua consciência. Queria lavar a alma de tantas maldades, sentir-se leve como alguém que nunca experimentara a morte. Sem pensar no que fazia ou por que fazia, desatou o cinturão de onde pendia a espada e deixou-a cair na areia, praticamente sem ruído.

Como se o mar pudesse limpá-lo de tanta sujeira, atirou-se entre as ondas e foi nadando em direção ao horizonte, até que os músculos se cansassem e o obrigassem a parar. Ao se virar, uma enorme quantidade de água se estendia entre ele e a praia. Havia nadado uma distância que agora seria impossível refazer. A terra parecia pequenina e inacessível, e ele sentiu o medo da morte se avizinhar. Quando entrara na água, não pensava em se matar. Era como se o oceano tivesse a força e o poder de purificá-lo de seus pecados e conduzi-lo ao perdão de si mesmo. Não queria morrer. Tinha medo de se deparar com seus inimigos do outro lado e das cobranças que lhe fariam. Não. Precisava desesperadamente voltar à praia. Ergueu os braços para a primeira braçada de volta, mas desistiu logo em seguida. Inútil. A dor muscular era grande e a distância, imensa, quase invencível.

Chorou arrependido, nos lábios o gosto salgado das lágrimas e da água do mar. Os pés, inutilmente, tentaram alcançar

---

1 Os maias.

74

alguma coisa sólida abaixo; não havia nada em que pudessem se apoiar. Cansado, seu rosto começou a afundar, para logo em seguida emergir das águas, na esperança vã de manter o nariz e a boca na superfície.

A cada minuto, afastava-se mais e mais da costa e das chances de sobrevivência. Caíra numa correnteza que o levou, lenta e mansamente, para mar aberto. Damian chorou. Queria voltar, mas não podia. A morte era inevitável, e ele precisava se curvar a ela, para não sofrer ainda mais do que sofria. Entre lágrimas, finalmente parou de resistir e entregou-se ao destino.

Durante muitos anos, ficou perdido no astral inferior, vagando entre seres miseráveis feito ele. Quando, finalmente, recebeu auxílio para abandonar aquele mundo de treva, encontrou-se com os velhos companheiros de jornada. O primeiro que viu após o restabelecimento foi Alejandro. O amigo emagrecera, muito embora seu rosto não exibisse mais as marcas da doença.

— Alejandro — balbuciou Damian, vendo-se de frente para o amigo. — Onde estamos?

— Em uma cidade no mundo invisível.

Durante alguns minutos, Damian permaneceu em silêncio, até que Alejandro prosseguiu:

— Não se sinta culpado pelo que me aconteceu. Muito mais do que eu, você soube ser meu amigo. Era natural que tivesse medo de tão horrível doença.

O espanto dominou Damian, que retrucou constrangido:

— Você não tem raiva de mim?

— Agora não. Nos primeiros anos de minha estada nesse mundo, carreguei imensa mágoa pelo seu abandono. Mas depois, percebi que o único responsável por tudo que me aconteceu fui eu mesmo.

— O que, exatamente, aconteceu a você?

Alejandro narrou a Damian tudo por que passara desde que desencarnara, e este fez o mesmo. Trocaram experiências, e Alejandro continuou a contar:

— Lúcio e Rosa também se encontram aqui.

— E...?

— Ainda guardam muito rancor de mim, e de você também. Sobretudo Lúcio, que o considerou um intruso em nossas vidas.

— Eu, um intruso? Mas não fui eu que me intrometi no casamento do meu melhor amigo.

— Mesmo assim. Lúcio não consegue entender por que você ficou do meu lado e compactuou com os assassinatos. Acusa-o de cumplicidade.

— Sei que fui cúmplice, mas eu realmente era seu amigo. Posso ter cometido um crime, porém, o que me moveu foi a amizade, não a traição.

— Infelizmente, não é assim que ele vê. Tomou-se de ódio por você também. Quando alguém toca no seu nome, ele reage com rispidez e desdém, chamando-o de covarde e bajulador, insinuando que havia algum motivo obscuro na nossa amizade.

— Que motivo? — indignou-se Damian.

— Acho que ele pensa que você esperava ser favorecido com ouro.

— Você sabe que isso não é verdade, não sabe? Eu nunca quis nada seu.

— Sei disso. Mesmo porque, eu nunca tive tanto dinheiro assim. E você não deveria se importar com as insinuações maldosas de Lúcio. Ele ainda não esqueceu o que lhe fizemos.

Damian ficou algum tempo pensativo, remoendo as palavras de Alejandro e imaginando até que ponto Lúcio o responsabilizava pela participação nos crimes. Depois de alguns instantes, como se quisesse desligar-se da imagem do outro, indagou subitamente:

— E Soriano? Também está aqui?

— Não.

— Ele não conseguiu perdoá-lo, então.

— Não. Mandaram-no me avisar que eu havia morrido, e hoje sei que essa foi uma tentativa de dissolver o ódio. Ele cumpriu o que lhe determinaram, não de boa vontade, mas foi categórico em afirmar que obedecia ordens, mas que não havia me perdoado.

— E agora? O que vai nos acontecer?

— Precisamos reencarnar, meu amigo. É só através da experiência no corpo físico que conseguiremos dissolver tanto ódio e tanta mágoa.

— Entendo. Mas, quanto tempo faz que estamos aqui?

— Estamos no ano de 1643.

— Mais de cem anos... — lamentou Damian. — Tanto tempo desperdiçado!

— Na verdade, nada se desperdiça na vida, e tudo por que passamos é repositório de experiências. É através delas que vamos lapidando nossa essência para um dia, alcançarmos a unidade com o divino.

— Você está estranho, Alejandro. Tão mudado.

— Aprendi muito durante esse tempo em que estive aqui. Passei setenta anos no umbral, e faz pouco mais de cinquenta que estou nessa cidade iluminada. Foi o suficiente para rever meus valores e modificar minha consciência.

— Será que eu chegarei a isso também?

— Você sempre foi melhor do que eu.

— Até parece...

— É verdade. Você não se comprazia em matar nem estuprar. Fazia o que achava que era certo.

— E isso me valeu esses anos todos na treva. Fui escravizado por espíritos mesquinhos.

— Que lhe deram proteção. Não fosse por eles, você hoje estaria preso a algum maioral que o obrigaria aos trabalhos mais sórdidos e cruéis. Não foi melhor assim?

— Bom, olhando por esse ângulo...

— Não devemos nos culpar por nossas ações. Cada um faz o que sabe e dá o que tem. A ninguém pode ser cobrado mais do que possui.

— Você não se sente culpado por tudo que fez?

— E como! Tenho medo de fazer tudo de novo, caso retorne à Terra.

— Tem medo? Mas então, como sugere que devemos reencarnar? Será que não é melhor ficar por aqui mesmo, já que é tão bom?

— Sei que é necessário. O que estou dizendo agora vem das minhas experiências na treva. Foi muito doloroso, horrível, aterrador. Aqui, tudo é perfeito. A vibração que existe no ar é de amor e compreensão. Por isso, é muito fácil sentir coisas boas. Mas me pergunto: será que eu realmente aprendi o valor da vida e do respeito ao meu semelhante? O que irá me manter firme no meu propósito de me modificar?

Damian o encarava abismado, voltando, para si mesmo, as perguntas que Alejandro se fazia.

— Não sei — murmurou ele. — Pergunto-me a mesma coisa.

— Precisamos experienciar situações difíceis. Só assim conseguiremos compreender, e essa compreensão será para sempre.

— Você diz que devemos sofrer? É isso?

— Disseram-me aqui que o sofrimento não é necessário. Que posso me reconciliar com a vida de uma maneira que não seja dolorosa. Eu, contudo, carrego muitas culpas. Como então me sentir merecedor de uma vida sem dores?

Damian silenciou e ficou encarando Alejandro, pensando na imensa quantidade de coisas que tinha para lhe dizer e que agora não importavam mais. Conseguiu abraçá-lo com carinho e tornou com sinceridade:

— Quero estar com você, Alejandro. Vá aonde você for, quero ir junto e ficar ao seu lado. Juntos, quem sabe não conseguiremos superar nossos erros e nos reconciliar com a vida? Podemos nos ajudar mutuamente.

Comovido, Alejandro apertou o ombro do amigo e declarou:

— Sua companhia será de grande ajuda. Mas quero que saiba que você não me deve nada. Sou grato por tudo o que fez por mim em vida.

— Não fiz nada por você. Salvei a sua vida num gesto impulsivo...

— Ainda assim, salvou.

— E contribuí para a sua ruína, servindo de cúmplice para o assassínio frio de duas pessoas. Vou ter que responder por isso.

— A sua consciência é quem vai lhe dizer por que atitudes você deve responder. Só lhe peço que pondere com a ignorância e a imaturidade, e se coloque disponível para o crescimento sem dor. Você pode fazer isso.

— Você não fez.

— Mas você pode.

Damian fitou-o em dúvida. Seus crimes eram muitos, e ele não estava bem certo se poderia livrar-se deles em uma única encarnação, ainda mais com a culpa que sentia. Tinha, contudo, que tentar. E era o que faria. Quitar-se-ia com os homens, com sua consciência e com a vida.

FALANDO SOBRE O PASSADO

Depois desses fatos tristes, segui o destino que a minha consciência traçou para mim. Não vou dizer que foi fácil. Senti na pele o sofrimento que infligi a outros, e foram muitos os momentos em que pensei desistir. Mas eu não podia. O crescimento de outras pessoas dependia, em parte, de mim, e eu precisava prosseguir. Se desistisse, o que seria daqueles que atrelaram seus destinos ao meu, na esperança de podermos, todos juntos, levar nossos espíritos adiante na senda da elevação espiritual?

As passagens que aqui deixo serem narradas não tiveram nenhum outro intuito além de mostrar todo o processo por que passei e que culminou na minha reforma. Falar do sofrimento não dói em mim, embora muitas pessoas não consigam ainda encarar com naturalidade e respeito as dores que foram criadas nesse mundo. E fomos nós que as criamos, com o nosso orgulho e a nossa falta de amor. Por que então precisamos fugir, com pavor, de nossa própria criação?

Não falo do sofrimento como algo bom, mas necessário, na medida em que ainda não conseguimos acreditar no poder transformador do amor. Não digo que é preciso sofrer para alcançar algum tipo de elevação espiritual, mas também não podemos negar que é através do sofrimento que o homem vem conquistando novos valores. Podia e pode ser diferente. Ninguém precisa sofrer para ser feliz. Há muitos caminhos que conduzem ao estado de bem-aventurança, e só aqueles que conseguem compreender e respeitar a verdadeira dor é que podem se livrar dela.

É preciso viver para conhecer, experienciar para discernir, sentir para se libertar. Provar para poder dizer: eu não quero e não preciso mais disso. Apenas entendemos que não precisamos da dor depois de termos passado por ela.

Só deixa de sofrer quem já vivenciou o sofrimento e alcançou o estado de compreensão de que ele não é o único caminho para o crescimento moral do Ser.

2ª PARTE - ARACÉLI

Aracéli — Alejandro
Gastão — Damian
Licínio — Lúcio
Esmeraldina — Rosa
Airumã — Cibele

CAPÍTULO

9

Padre Gastão havia acabado de encerrar a missa quando ouviu, do lado de fora da pequena igreja de madeira, um alarido estrondoso e infernal. Uma gritaria foi ecoando pela vila, e o ruído de patas de cavalos pisando firme na pedraria do chão provocou gritos de espanto e medo, e o som do pranto das crianças invadiu os ouvidos do pároco.

— Mas o que, diabos, está havendo por aqui? — blasfemou o padre, persignando-se em seguida.

Nem precisou chegar à porta para saber do ocorrido. Aracéli entrou esbaforida e assustada, os olhos esbugalhados de espanto.

— Padre Gastão! — exclamou ela. — Esses homens a cavalo... Estão por toda parte, assustando as crianças!

— Tenha calma, Aracéli. Vou procurar ver o que está acontecendo.

Depois que o padre saiu, Aracéli sentou-se num dos bancos da igreja e ficou escutando o alarido. Aos poucos, suas pálpebras foram pesando e, à medida que o ruído lá fora diminuía, seus olhos iam, lentamente se fechando, e ela acabou adormecendo. Poucos instantes depois, foi despertada pela mão de Gastão, que apertava seu ombro com doçura. Ela abriu os olhos lentamente e fixou-os no padre, que sorria para ela com bonomia.

— Tenha calma. Já está tudo resolvido.

— O que foi aquilo? — indagou ela, esfregando os olhos e levantando-se devagar.

— Aventureiros, como sempre, em busca de ouro e fortuna. Um tal senhor Licínio... Acorrem a Vila Rica na ilusão do Eldorado. Onde já se viu?

Aracéli não disse nada. Pouco entendia daqueles assuntos e não lhe interessavam as loucuras do homem branco em busca do metal dourado.

Quando Aracéli nasceu, o pai, português, havia morrido numa disputa por uma jazida de ouro, assassinado por um paulista enfurecido. O choque antecipou o parto de sua esposa índia, e Aracéli veio ao mundo minutos antes do falecimento da mãe. Órfã, a pequena índia permaneceu aos cuidados de padre Gastão, que, compadecido da sorte da menina, criou-a nos arredores da paróquia, dando-lhe educação religiosa e apropriada.

Aracéli tornou-se uma moça muito bonita, culta e generosa, embora um pouco rebelde. Tinha as feições do pai e a cor da mãe, o que lhe emprestava um ar, ao mesmo tempo, exótico e gracioso. Cuidava da casa de padre Gastão e o amava como o único pai que conhecera em toda a sua vida.

Ao entrar na cidade, Licínio veio cheio de esperanças e com a certeza de que terminaria de concretizar o seu sonho de se tornar um fidalgo e receber um título de barão da Coroa. Não que ainda não possuísse dinheiro. Fizera sua fortuna traficando escravos para os senhores de engenho, mas agora estava cansado de lidar com os negros e suas constantes revoltas. Por isso, ao juntar uma boa quantia, partiu em busca de novas chances. Ouviu falar no Arraial do Padre Faria[1] e em suas possibilidades mineradoras. Quando soube de sua recente transformação em sede do Conselho, não hesitou. Partiu para a recém-inaugurada Vila Rica na certeza de que se consolidaria na mineração. Vencida a concorrência com vários outros pretendentes, ganhou o direito de explorar uma considerável área de garimpo, que iria torná-lo muito mais rico do que já era.

Casado com Esmeraldina, tinha um filho de cinco anos, de nome Teodoro, a quem idolatrava. Os dois permaneciam ainda na capital, à espera de que ele arranjasse uma casa grande e confortável e começasse a mandar seus escravos para a garimpagem.

Licínio passou a primeira noite numa hospedagem local e, no dia seguinte, saiu em busca de uma casa que lhe servisse. Depois de muito perambular, encontrou o que procurava. Era um pequeno sítio, nos arredores da cidade, onde o filho poderia crescer em meio a árvores frutíferas e correr em liberdade pelos campos. Além disso, a distância do centro manteria a esposa longe dos olhares cobiçosos de garimpeiros e mineradores.

Finalizada a compra, faltava-lhe apenas arranjar uma mucama para servir de ama-seca ao filho. Uma escrava novinha, com disposição para brinquedos infantis, lhe serviria bem. Ele não sabia onde procurar nem a quem recorrer, mas talvez o padre pudesse ajudá-lo. Lembrava-se bem do padre. Era um homem magro e baixinho, que ficara enfurecido porque ele entrara com seus cavalos pisoteando fortemente o chão. Licínio achara graça e não revidara. Era-lhe interessante travar amizade com as autoridades e os clérigos, porque era com eles que poderia obter ajuda e favores.

A porta da igreja estava aberta, contudo, não havia ninguém por ali. Andando de um lado a outro, foi informado de

---

1 Arraial do Padre Faria – um dos arraiais que deu origem a Vila Rica, atual Ouro Preto (MG), fundada em 1711.

que o padre se encontrava atrás, na casa paroquial. Dirigiu-se para lá e bateu à porta, e foi o próprio padre quem atendeu.

— Ah! Senhor Licínio — surpreendeu-se ele. — O que o traz aqui?

— Preciso de um favor — retrucou Licínio, passando para o lado de dentro.

— Já encontrou casa?

— Já, sim. Um sítio encantador, não muito longe do centro da cidade.

— Conheço o lugar, bem como a viúva que o vendeu. O marido morreu no garimpo...

— Lamentável...

— São coisas da vida. Mas, bem, deixemos isso de lado e diga-me: o que o trouxe aqui?

— Bom, agora que encontrei um lugar para fixar minha residência, preciso de uma ama-seca para o meu filho, um menino de apenas cinco anos, um primor de criança. Por acaso o senhor não conhece aí uma negrinha jovem que esteja à venda?

Padre Gastão fitou-o com ar de desgosto e repulsa, mas não emitiu nenhum comentário. Deu um muxoxo e respondeu com secura:

— Não.

Licínio notou a contrariedade do padre e logo deduziu que ele era daqueles que condenavam a escravatura. Como não era sua intenção criar polêmicas nem estabelecer divergências ou debates filosóficos nem religiosos, mudou o tom de voz e rebateu com simpatia:

— Mas nem uma mocinha que esteja à procura de trabalho? — ele meneou a cabeça. — Olhe que pago bem.

— Não conheço ninguém — continuou o padre, agora com um tom glacial que fez gelar os ouvidos de Licínio.

— Mas nem uma...

A frase parou no ar, e Licínio estacou, de boca aberta, olhando para a figura que acabara de passar pela porta.

— Está fazendo um calor danado, padre Gastão! E está faltando de tudo lá na venda do seu Ferreira.

Aracéli percebeu a presença de Licínio e deu-lhe um sorriso formal, passando para a cozinha abraçada ao saco de compras. Ele acompanhou os seus passos, sentindo a boca salivar, estupefato com a beleza da moça.

— Quem é a menina? — indagou ele, analisando os seus movimentos na cozinha contígua.

— É Aracéli.

— Ela trabalha para o senhor?

— Ela foi criada por mim. É como se fosse minha filha.

— Entendo. E será que o senhor, como bom cristão, alma generosa que é, não poderia me ceder a moça para cuidar do meu Teodoro? Seria só até eu encontrar alguém.

— Aracéli não está interessada.

— Como é que o senhor sabe? Ainda nem perguntamos a ela.

Padre Gastão tinha vontade de mandar aquele homem embora dali, mas a educação e o dever não permitiam. Nisso, Aracéli voltou segurando uma bandeja com dois copos e uma jarra. Pousou-a na mesa e serviu o refresco.

— Fiz uma limonada para os senhores — anunciou ela, entregando um dos copos a Licínio e o outro ao padre. — Está muito quente, e achei que gostariam de se refrescar.

— Obrigado, minha filha — falou Gastão, louco de vontade de mandá-la para o quarto.

— De nada.

Antes que ela pudesse se virar para ir embora, Licínio retornou de seu estupor e chamou-a de volta:

— Por favor, Aracéli, fique mais um pouco. Gostaria de falar com você.

Espantada, a moça se virou para ele e olhou discretamente para padre Gastão, que fez um gesto para que ela se sentasse.

— Este é o senhor Licínio, Aracéli. Ele acabou de chegar à cidade.

— Senhor Licínio? Não é o homem que entrou no outro dia, assustando a todos com os cascos dos cavalos?

Licínio soltou uma gargalhada e retrucou com prazer:

— Eu mesmo, mocinha. Mas já me desculpei com o bom padre pelos transtornos que causei.

— O senhor Licínio está à procura de uma ama-seca, mas já lhe disse que não conheço ninguém.

— Pensei se você não gostaria de trabalhar para mim — sugeriu Licínio, fitando-a com crescente admiração.

— Eu?! — surpreendeu-se Aracéli. — Mas senhor, nunca trabalhei fora daqui. Só sei servir ao padre Gastão.

— Será que o padre quer você só para ele?

— Não é nada disso — interrompeu Gastão. — É que Aracéli não está acostumada.

— Ora, mas é só para cuidar de uma criança de cinco anos. Um menino lindo e inteligente. E você pode ganhar muitas coisas bonitas da patroa. Dona Esmeraldina é generosa e aprecia a companhia de jovens feito você. Não seria uma ótima oportunidade para experimentar coisas novas?

— Aracéli é só uma criança de dezesseis anos inexperiente e ingênua — arrematou o padre.

— Não sou, não! — contestou ela, com veemência. — Já sou uma moça, padre Gastão. E trabalhar fora talvez seja bom para mim. Nunca vou a lugar algum além da venda do seu Ferreira.

— Viu só? — exultou Licínio. — Ela quer.

— E o senhor vai me pagar?

Licínio balançou a cabeça e olhou de soslaio para o padre, que parecia enfurecido, embora se esforçasse para não demonstrar.

— Isso não é comum — objetou o padre. — O normal é que esse trabalho seja feito por uma negra, e o senhor pode perfeitamente adquirir uma, do jeito que está procurando, no mercado de escravos.

O olhar de espanto de Aracéli foi genuíno. Ela nunca ouvira Gastão dizer aquelas coisas. Pois se ele era radicalmente contra a escravidão, como é que agora aconselhava o senhor Licínio a comprar uma escrava?

— Padre Gastão! — exclamou Aracéli. — Como pode sugerir uma barbaridade dessas? Não é o senhor que vive dizendo que a liberdade não tem preço e que ninguém deveria comercializar seus semelhantes? O senhor mesmo diz que isso é uma vergonha!

Ele queria desesperadamente dizer-lhe que estava falando aquele absurdo tão grande só para protegê-la, mas ela não entenderia. Criara Aracéli envolta em uma campânula de proteção, afastando-a de tudo que pudesse fazer-lhe mal, principalmente homens feito Licínio. Ela havia se transformado numa moça realmente bonita e sedutora, embora não se desse conta disso.

— É para o seu bem — disse ele simplesmente.

Aracéli não discutiu. Conhecia muito bem o padre para duvidar do que ele dizia. Embora não compreendesse por que ele falava coisas tão estranhas e contraditórias, não o questionou.

— Bom, senhor Licínio, se padre Gastão não quer, então não posso ir.

— É melhor então que eu compre uma escrava? — retrucou ele com raiva.

— O senhor é quem sabe — falou ela.

Licínio retirou-se furioso. Aquilo não terminaria assim. Ver Aracéli fora como ser atingido por um furacão, e ele precisava acalmar a turbulência que se instalara dentro dele. Ela era uma jovem fresquinha e tenra, bem do jeito que ele gostava. E virgem. Só de pensar na virgindade de Aracéli, sentiu-se invadido por uma onda incontrolável de desejo.

— Preciso tê-la — disse para si mesmo. — Custe o que custar.

Não havia nada que o dinheiro não pudesse comprar, e ele estava disposto a pagar o mais alto preço pela inocência de Aracéli.

CAPÍTULO

10

Esmeraldina e o pequeno Teodoro somente foram chamados a Vila Rica quando a casa já estava pronta para recebê-los. Licínio espalhou escravos por toda propriedade, mandou cuidar do pomar e do jardim, e decorar os quartos ao gosto de cada um. Queria que, quando a mulher e o filho chegassem, pensassem que entravam numa casa de sonhos.

— Finalmente! — exclamou Licínio, beijando Esmeraldina na face e erguendo Teodoro no colo.

O menino envolveu o pescoço do pai e estalou-lhe um beijo no rosto:

— Saudades do papai...

— Meu menino, minha vida! — e, virando-se para Esmeraldina, prosseguiu: — Como foi a viagem?

A mulher fez cara de repulsa e respondeu com desdém:

— Horrível, como sempre. Só você para nos tirar de Salvador e nos trazer para este fim de mundo.

— Não é um fim de mundo — objetou Licínio, com indignação. — É aqui que estão a fortuna, a riqueza, o ouro!

— Ouro? — repetiu Teodoro, impressionado porque sabia que ouro era algo bonito e brilhante, mas cujo valor real desconhecia.

— Muito ouro, meu filho. E quando sua mãe estiver com o pescoço e as orelhas pesados de tanto ouro, quero ver se vai continuar com essa cara de desprezo.

— Isso são modos de falar comigo, Licínio? E na frente da criança?

Esmeraldina retirou o menino dos braços do marido e entregou-o à escrava idosa que a acompanhava.

— Leve-o para brincar lá fora — ordenou. — Está um lindo dia de sol.

Depois que eles saíram, Esmeraldina pôs-se a inspecionar cada canto da casa, inclusive algumas peças em ouro e prata que Licínio havia comprado. Ele não dizia nada, apenas acompanhava os seus gestos e observava o ar de surpresa que ela fazia ao constatar a riqueza de seu novo lar.

— Não posso negar que você se esmerou — reconheceu ela, fascinada e satisfeita com o luxo que a cercava. — Talvez você tenha razão... acho que vou gostar daqui.

— Fiz tudo isso por você e por Teodoro. Quero que se sintam vivendo num palácio.

— Você já começou a trabalhar?

— Sim. Logo que cheguei, mandei os escravos para o garimpo. Não se preocupe, Dina, vamos ficar muito mais ricos do que já somos.

Os olhos da mulher brilharam, e ela seguiu alisando os móveis, até que parou e fixou o olhar penetrante no marido.

— E a aia? — indagou. — Já encontrou alguém?

— Estou procurando.

— Você sabe que não gosto que Teodoro fique em companhia daquelas velhas. Ele precisa de uma mocinha que brinque com ele. E essas escravas que você deixou para mim não prestam para nada.

— Não tenho culpa se a última morreu.

— Nem eu. Como é que eu ia saber que aquela ferida na perna ia infeccionar, e ela ia morrer?

— Bom, deixe isso para lá. São coisas que acontecem. Temos é que agradecer porque quem rasgou a perna naquele prego foi a estúpida da negra, e não o nosso Teodoro.

— É, mas agora preciso de outra escrava.

— Eu estou de olho numa menina que vi em casa de um padre. É uma garota índia, de seus dezesseis anos, ótima para brincar com Teodoro.

— Índia? Não sei não, Licínio, nunca tivemos escravas índias.

— Essa não é escrava. Foi criada pelo padre, e é por isso que é a pessoa ideal para o nosso filho. Tem boa educação, é limpinha e de boa aparência. Muito melhor do que essas negras que a gente precisa toda hora mandar se lavar.

— Índios são selvagens. Quem me garante que essa menina não é alguma espécie de canibal?

— Que canibal, que nada! Aracéli foi civilizada pelo padre.

— Esse é o nome dela? Aracéli? — ele assentiu. — E os pais dela, onde estão?

— Acho que morreram. E ela não tem jeito de ser totalmente índia. Possui feições finas e delicadas, como as de um europeu, embora sua pele seja bem da cor do jambo.

Esmeraldina não percebeu a excessiva empolgação com que Licínio descrevia Aracéli, preocupada que estava em colocar uma selvagem dentro de casa.

— Tem certeza de que ela serve para Teodoro?

— Absoluta! Você tem que ver a menina. É esperta, inteligente, lin... — ele ia dizer linda, mas corrigiu a tempo: — limpinha, como já disse. E você mesma diz que não gosta das negras.

— E não gosto mesmo. São feias e sujas, com aquela carapinha espetando o rostinho inocente de Teodoro.

— Pois então? Aracéli não é assim. Tem os cabelos negros mais lisos e lustrosos que já vi.

— Bom, isso é uma vantagem, realmente. É... pensando bem, você tem razão. Creio que ela deve servir.

— Só tem um problema.

— Que problema?

— O padre não quer deixá-la vir trabalhar conosco.

— Por que não?

— Ora, por que não... Porque ela serve a ele, por isso. Ele não quer perder a criada.

— E se lhe oferecêssemos dinheiro?

— Esqueça. Esse padre não é do tipo que se deixa comprar. Parece gostar de causas nobres e ser muito correto.

Esmeraldina pensou por alguns minutos. Não podia deixar que um simples padre se opusesse à sua vontade e saísse vencedor.

— Acho melhor irmos falar pessoalmente com ele. Levaremos Teodoro. Não há quem não se encante com ele e, vendo-o, talvez o padre mude de ideia.

Foi no domingo seguinte que padre Gastão e Aracéli conheceram Esmeraldina e Teodoro. Logo após a missa matinal, Licínio os apresentou. Aracéli logo se encantou com o menino, e ele com ela. A simpatia foi recíproca. Esmeraldina não era uma mulher afetiva nem carinhosa, e a criança se ressentia disso. Assim, quando Aracéli tomou-o nos braços e começou a fazer brincadeiras com ele, Teodoro imediatamente sentiu a sua afeição.

— Teodoro gostou de Aracéli — observou Licínio, enquanto padre Gastão cumprimentava Esmeraldina.

— Pois é, padre, como o senhor deve saber, Teodoro e eu chegamos ainda essa semana de Salvador — tagarelava Esmeraldina. — E uma moça como Aracéli, para cuidar de nosso Teodoro, seria o ideal. É claro que podemos comprar uma escrava, mas acho que não seria aconselhável, tendo uma menina tão fina e educada bem aqui perto de nós. E livre. Não acha que seria um bom exemplo para o nosso filho ter uma criada que não fosse escrava?

— Perdão — falou o padre. — A senhora é contra a escravidão?

Espertamente, Esmeraldina havia dito aquilo. É claro que ela não era contra a escravidão. Afinal, onde encontrariam mão de obra barata sem o concurso dos negros? Todavia, pelo que Licínio lhe contara do padre, era óbvio que ele era contrário à escravatura, e fingir-se solidária a sua causa a faria simpática aos olhos dele.

— Acho que os negros são gente, como todo mundo, e devia haver uma lei que proibisse a sua captura.

Ela nem olhou para Licínio, que abriu a boca, estupefato, pois nunca ouvira a mulher falar daquele jeito. Segundos depois, ele sorriu intimamente, já percebendo o jogo da esposa para conquistar a confiança do padre.

— Mas a senhora tem escravos, não tem?

— Infelizmente, padre Gastão — retrucou ela baixinho —, quem manda é o marido. Mas por mim, nós não teríamos nenhum. Foi por isso que, quando Licínio falou em Aracéli, logo pensei que seria um bom começo.

— É verdade.

— E depois, Teodoro adorou Aracéli. Olhe só como os dois se deram bem.

Aracéli e Teodoro corriam pelo pátio da igreja, brincando de esconder, e ele dava gargalhadas cada vez que ela o segurava pela cintura e o rodopiava no ar.

— São duas crianças — comentou Licínio, sentindo, outra vez, a boca salivar ao ver os seios de Aracéli subindo e descendo por baixo do vestido simples, mas ele desviou os olhos rapidamente, para que o padre nada notasse.

Realmente, a cena comoveu padre Gastão. Fazia muito tempo que Aracéli não tinha contato com ninguém além dele. Os pais das outras crianças não permitiam que seus filhos brincassem com um *filhote de índio*, como diziam pejorativamente, e ela passou a infância sozinha.

Contudo, havia Licínio. Gastão temia que houvesse intenções ocultas no interesse dele por Aracéli. Ou seriam o apego e a preocupação excessiva que o faziam imaginar uma maldade que realmente não existia? O que ele notava agora da relação entre Licínio e a família era de muito carinho e atenção, e talvez Aracéli representasse para ele apenas o que ele dizia ser: uma criada jovem para cuidar de seu filho pequeno.

— Por favor, padre Gastão, permita que ela vá — implorou Esmeraldina, que se irritava quando contrariada. — Nosso filho é pequenino, precisa de alguém com a educação de Aracéli para servir de exemplo a ele. Não pode nos ajudar?

— Bem... — hesitou o padre. — Parece mesmo que eles se deram bem.

— Quer dizer então que ela pode ir?

— Não sei. Vamos perguntar a ela.

Na mesma hora, Aracéli concordou. Se antes já queria ir, que diria agora, que conhecera Teodoro e se apaixonara por ele? Não podia perder a oportunidade de cuidar de uma criança tão doce e meiga.

Ficou acertado que Aracéli dormiria com o menino, mas viria para casa aos domingos. No dia seguinte, lá estava ela, pronta para seu primeiro dia de trabalho. Ficou impressionada com a riqueza e o luxo do casarão de Licínio e adorou o jardim e o pomar, onde havia muitas árvores para subir e muitas frutas para colher.

No quarto de Teodoro, vários livros de história trazidos de Portugal enfeitavam as prateleiras, e brinquedos coloridos que Aracéli jamais havia visto se espalhavam pelo chão. Ela estava encantada com aquele mundo de brilho que sequer imaginava existir.

E Teodoro então, era uma criança adorável. O menino também gostara muito de Aracéli, que se transformara numa espécie de irmã mais velha com quem ele podia brincar. Tudo parecia perfeito para os dois. Aracéli só não sabia que, nos momentos de brincadeira, os olhares de Licínio eram muito mais para ela do que para o filho.

CAPÍTULO

11

— Onde estão seus pais, Aracéli?

A vozinha miúda de Teodoro chegou aos ouvidos de Aracéli, que abriu os olhos e tentou focá-los no menino. O sol estava muito forte, e os dois haviam-se deitado embaixo de uma árvore para fugir do calor.

— Eles morreram.

— Que pena. Não queria que meus pais morressem.

— Eles não vão morrer.

— Você é índia?

— Sou meio índia. Minha mãe era índia, mas meu pai era português.

— O que é português?

— É quem nasce em Portugal.

— Você sabe falar a língua dos índios?

— Um pouco. O meu nome, por exemplo, significa altar do céu. Não é bonito?

— É lindo. E o meu, o que quer dizer?

— Não sei. Você não tem nome de índio.

— A sua mãe morava numa tribo?

— Morava. Padre Gastão me contou que ela foi capturada pelos bandeirantes, e meu pai a comprou, porque gostou dela.

— Não entendi. O que são bandeirantes?

Aracéli passou a mão sobre os cabelos de Teodoro e perguntou sorrindo:

— Não quer nadar?

— Quero!

Os dois estavam sozinhos perto de um riacho ao qual sempre iam e onde costumavam tirar as roupas para nadar. O que diria Esmeraldina se soubesse daquela loucura? Na certa mandaria a menina embora, horrorizada com a sua falta de pudor e o seu descaramento. Para Aracéli, não havia mal algum naquilo, talvez porque o seu sangue índio não guardasse registros de censura, e ela se deliciava sentindo a água bater em seu corpo nu.

Embora Teodoro nunca houvesse tomado um banho de rio na sua vida, adorou a experiência ao lado de Aracéli. Os dois tiravam toda a roupa e se atiravam no riacho, espargindo água por todo lado. Depois, deitavam-se ao sol para se secar, vestiam-se e voltavam para casa.

O sol já ia se pondo quando Aracéli decidiu que era hora de voltar. Não queria que Teodoro se atrasasse para o jantar, ou Dona Esmeraldina reclamaria. Aproximava-se de casa quando Licínio a avistou e nem percebeu que ele, da janela, acompanhava todos os seus passos, passando a língua nos lábios, consumido pelo desejo. Quando ela se aproximou ainda mais, ele saiu para a varanda.

— Aracéli — chamou ele, assim que ela cruzou o seu caminho.

— Pois não, senhor.

— Onde vocês estavam? Seus cabelos estão molhados.

Ele segurou a ponta dos cabelos ainda úmidos de Aracéli, esfregando-os entre os dedos como se experimentasse uma peça da mais fina seda.

— Estávamos nadando — respondeu ela, com naturalidade.

— Nadando? Onde?

— No riacho lá embaixo.

Ele ficou observando-a, pensativo, até que tornou:

— Mas suas roupas estão secas.

— Isso é porque a gente nada pelado — falou Teodoro, de forma inocente.

O sentimento de Licínio deveria ser de horror, no entanto, seu coração deu um salto, e o desejo ardeu numa espécie de febre maldita, resultado da imagem que sua imaginação construiu das gotas douradas escorrendo pelo corpo úmido e fresco de Aracéli.

— Pelados? — foi só o que conseguiu balbuciar.

— O senhor vê algum problema nisso? — redarguiu ela, notando o ar de espanto dele.

— Você costuma fazer isso sempre?

Impulsionado pela paixão ardente, Licínio agora falava e agia com mais desenvoltura, imaginando a facilidade que aquilo poderia representar para a realização de seu intento.

— Padre Gastão às vezes ralha comigo, mas nunca me proibiu.

— Nunca a proibiu?

— Ele diz que é o meu lado índio que gosta de liberdade.

— Entendo... Bem, Aracéli, não sou eu que vou censurar a sua liberdade índia. E acho que é bom para Teodoro experimentar um pouco dessa liberdade também. Contudo, advirto-a para que não deixe Esmeraldina saber. Ela não compreenderia e poderia proibi-los de voltar ao riacho. Ou, pior, poderia mesmo mandá-la embora.

— Não quero que Aracéli vá embora — protestou Teodoro com veemência.

— Então não conte nada a sua mãe.

— Não vou contar.

— Desculpe-me, senhor Licínio, mas padre Gastão me ensinou a não mentir, e não me agrada esconder a verdade de sua esposa. Se ela não aprova o que faço, então, não farei mais.

— De jeito nenhum! Por que vai roubar do menino esses momentos de inocente deleite?

— Porque o senhor disse que sua esposa não gosta.

— Ela não compreende. Foi criada por padrões rígidos de moral e desconhece a *liberdade* dos índios — ele frisou bem a palavra liberdade, mas Aracéli não conseguiu captar-lhe o sentido. — E você não precisa mentir. Basta lhe ocultar.

— Não sei. Padre Gastão não gostaria.

— Padre Gastão não está aqui e não manda na minha casa. E eu, como seu patrão, quero que você ensine meu filho a nadar. Não é nada de mais. Existe apenas uma pequena divergência, entre mim e minha mulher, no modo como criamos Teodoro. E eu sou o homem da casa, sou eu quem decide.

Ela o fitou em dúvida, no fundo, ciente de que o que Licínio pedia não era o mais correto. Contudo, não queria contrariá-lo e não pretendia desagradar Esmeraldina porque, àquela altura, não podia mais prescindir da companhia de Teodoro.

— Não vamos dizer nada a mamãe, não é, Aracéli? — suplicou o menino. — Por favor, diga que não vamos.

— Não, não vamos — concordou ela, embora não muito satisfeita.

— E também não vão parar de nadar no rio, não é? — questionou Licínio.

— Não vamos, não, vamos, Aracéli? — insistiu Teodoro.

— Também não.

— Viu, papai? Não precisa se preocupar com mamãe.

— Não, não preciso — concordou ele, olhando bem dentro dos olhos negros da moça e imaginando até que ponto ela seria inocente e não perceberia o que ele realmente desejava dela.

Naquele momento, algo despontou em Aracéli. Não era apenas a dúvida, mas uma desconfiança das palavras de Licínio. Ela não sabia ainda identificar o desejo que ele sentia por ela nem imaginava o que ele poderia estar tramando. Sua intuição apenas lhe dizia que algo não estava certo na conduta do patrão. Todavia, pensar em afastar-se de Teodoro era muito doloroso. Aracéli não se lembrava de ter sido tão feliz em toda sua vida. Adorava aquele menino e não pretendia separar-se dele.

Por isso, Aracéli silenciou e, naquele domingo, quando voltou para casa e padre Gastão lhe perguntou se tudo estava bem, ela disse que sim. Não queria mentir, mas o fato era que não saberia o que lhe dizer. Licínio não lhe fizera nada, sequer uma ameaça, e ela desconhecia o quão devastador o desejo de um homem apaixonado poderia ser.

— Dona Esmeraldina pediu-me para ir inaugurar a pequena capela que ela mandou construir atrás de sua casa — falou Gastão, atribuindo ao cansaço o mutismo de Aracéli. — Você sabia que ela estava construindo uma capela?

— Sabia.

— Por sua causa, acho que acabaram se apegando a mim. Minha paróquia não é a mais próxima da casa deles, nem a mais rica.

— Talvez eles gostem do senhor.

— Deve ser isso — ele se sentou ao lado dela para jantar e prosseguiu: — E como estão indo as coisas por lá?

— Muito bem. Teodoro é um menino adorável.

— Você gostou mesmo dele, não foi?

— Muito.

Embora Aracéli nada dissesse sobre o banho de rio, Gastão, em sintonia com os seus pensamentos, captou-lhes o sentido e, sem saber, foi orientando:

— Você deve tomar cuidado com o fato de ser índia. Muitas coisas que você faz aqui não são permitidas em uma casa como a do senhor Licínio.

— Como assim? — tornou ela, espantada.

— Você sabe que nunca lhe proibi os costumes de seu povo. Você tem certas liberdades que ninguém jamais permitiria aos filhos. Eu compreendo isso, porque, inclusive, acho injusto o que fizeram a sua gente. Você deveria estar lá, junto a sua tribo.

— A minha tribo não existe mais.

— Infelizmente. O seu pai foi um homem muito bom para a sua mãe e amou-a de verdade. Viveu com ela muitos anos antes de você nascer e ensinou-lhe a nossa língua. E ela queria que você fosse criada como os de seu povo. Depois que ela morreu, não pude devolver você aos seus. Tive medo de que eles não a aceitassem por causa do seu sangue branco. Desculpa... A verdade mesmo é que não pude mais ficar sem você. Quem é que segura uma criança nos braços e depois consegue se separar dela?

— Por que está me contando essas coisas?

— Não sei — respondeu ele, com sinceridade. — De repente, senti um aperto no coração, um medo infinito de perder você.

— Não diga isso, padre Gastão. Eu só vou lá para trabalhar. Minha casa é aqui.

— Não é isso que me preocupa. Se você quiser se mudar para lá para ser feliz, eu não me oponho. Não sei... sinto um perigo no ar que não consigo definir. Ou talvez saiba, mas não queira acreditar.

— Assim o senhor me assusta.

— Não quero assustá-la, contudo, talvez seja melhor que você volte para casa. Dona Esmeraldina pode arranjar outra pessoa.

— Não posso fazer isso.

— É para o seu bem, criança. Você já se divertiu bastante por lá.

— Não se trata de divertimento. A verdade é que me afeiçoei ao menino.

— Compreendo, mas ele tem mãe. E você pode arrumar um trabalho junto aos órfãos, se gosta de cuidar de crianças.

— O senhor não está entendendo, padre. Eu também segurei nos braços uma criança. E agora é difícil para mim separar-me dela.

— Está falando sério? Você gosta tanto assim desse menino?

— Gosto. E sinto que ele não só gosta, mas precisa de mim. Não posso deixá-lo agora.

Padre Gastão suspirou profundamente e afagou a cabeça de Aracéli, sentindo uma ternura sem igual por aquela menina a quem amava como filha. Sabia, contudo, o que era afeiçoar-se a uma criança e compreendia por que ela não podia afastar-se de Teodoro.

— Muito bem, então — aquiesceu ele. — Mas tome cuidado, por favor. Não faça nada que não seja comum entre os brancos. Pelo amor de Deus, Aracéli!

— Não se preocupe, padre. Sei me comportar direitinho — ela se levantou e deu-lhe um abraço apertado, sussurrando em seu ouvido: — Amo-o muito, meu pai.

Emocionado, Gastão segurou as lágrimas nos olhos. Não queria chorar na frente dela para não demonstrar excessiva preocupação. Agora, só lhe restava orar para que tudo não passasse de um engano seu, e Aracéli não estivesse exposta a nenhum perigo.

CAPÍTULO 12

Assim que Esmeraldina entrou no quarto, foi surpreendida pela impetuosidade de Licínio, que a tomou nos braços e beijou-a longamente, vendo em seu rosto as feições morenas de Aracéli. Durante os primeiros segundos, ela se deixou beijar e depois afastou-se dele com um empurrão sutil, apertando a gola do robe para que ele não vislumbrasse o seu corpo.

— O que deu em você? — indagou ela. — Não pode esperar?

— Esperar pelo quê? — rebateu ele, mal conseguindo conter a febre que o dominava.

— Teodoro acabou de dormir e está sozinho. Tenho que prestar atenção a qualquer ruído em seu quarto.

— Por que não coloca uma escrava com ele, só por esta noite?

— Agora que ele se acostumou com Aracéli, não quer ninguém mais dormindo com ele. Isso é um problema.

— Como assim?

— Esse menino está muito apegado àquela índia. Quase nem se importa mais comigo.

— Ele se importa tanto quanto você se importa com ele.

— Mas que infâmia! — zangou-se ela. — Tenho meus compromissos, porém, você não pode negar que sou boa mãe.

— Você vive cercada de mercadores e mascates. Não se cansa de comprar coisas que nem usa?

— Ora essa, não foi você quem disse que nos tornaríamos cada vez mais ricos? Então? O que faço é apenas gastar para ostentar a nossa fortuna.

— Então não reclame que o menino não se importa com você.

Antes que Esmeraldina respondesse, ele a puxou novamente, mas ela se esquivou. Ainda não havida dado por encerrada a discussão.

— Você não acha que Teodoro está muito apegado a Aracéli?

— De novo com isso? Por favor, Dina, deixe Aracéli para lá. Venha, preciso de você.

Sem dar importância aos apelos do marido, Esmeraldina continuava a falar:

— Ele realmente está muito apegado a Aracéli. Quando fui colocá-lo para dormir, ele estava chorando, dizendo que sentia saudades dela.

— Ele é só uma criança, e ela satisfaz todas as suas vontades.

— Eles passam tempo demais juntos. Talvez seja melhor mudarmos um pouco as coisas.

— Mudarmos como?

— A Marocas tem uma criada francesa. Você precisa ver só. Um luxo! Imagine o nosso filho aprendendo a falar francês e desfilando pela cidade no colo de uma lourinha com sotaque! Muito mais fino do que a cor de jambo e os vestidos sem graça de Aracéli. E até o nome da moça é mais gracioso: Marry. Elegante, não acha?

— Você não está pensando em mandar Aracéli embora, está?

— Quem sabe? Marocas me disse que pode tentar achar uma outra francesa, se eu quiser. Acho que seria muito mais apropriado do que aquela caboclinha.

— Você está inventando coisas. Pois não tínhamos concordado que a índia daria uma boa ama-seca?

— Isso foi antes de eu conhecer a francesinha.

— Nada disso! Nem pense em trocar Aracéli por uma francesa. Você não está pensando no bem-estar de nosso filho. Teodoro morre se ficar sem Aracéli.

— Ele é só um menino. Com o tempo, esquece.

— Não, Dina, de jeito nenhum. E como é que fica a minha cara diante do padre, depois de tudo o que fiz para trazer Aracéli para cá?

— Desde quando você se importa com padre?

— Você não mandou construir a capela? E não o chamou para abençoá-la? Pois então? Se o dispensarmos agora, ficaremos mal perante a sociedade.

— Quem foi que falou em dispensá-lo? Inaugurar a capela não tem nada a ver com Aracéli. E, se quer mesmo saber, acho até que ele vai gostar que ela volte para casa.

— Escute aqui, Esmeraldina! — esbravejou ele, mas de tal forma alterado, que ela se assustou e se encolheu. — Eu a proíbo de despedir Aracéli. Teodoro gosta dela, e não vou permitir que você o magoe. Pelo bem do nosso filho, ela fica.

Estava encerrada a discussão. Licínio ficou tão indignado e enfurecido que até perdeu o desejo de fazer sexo com a mulher. Na verdade, queria usá-la para saciar a fome que sentia de Aracéli, mas ela o deixara realmente aborrecido. Ele, que fizera de tudo para trazer Aracéli para junto de si, não poderia permitir que a mulher, por um capricho fútil, a substituísse por uma francesa insossa e idiota.

Quanto mais pensava em Aracéli, mais Licínio enlouquecia. Fazia já alguns meses que ela estava trabalhando em sua casa e, até agora, ele não se atrevera a procurá-la. Descobrir que ela costumava nadar nua no riacho deixara-o deveras transtornado. Por que lhe contara aquela particularidade? Talvez estivesse se insinuando e tentando provocá-lo. Era no que ele queria acreditar.

Na segunda-feira, ela chegou cedo e foi ao encontro de Teodoro, que se atirou em seus braços tão logo a avistou.

Pelo canto do olho, Esmeraldina a observava com um certo desdém, sem perceber a insânia no olhar do marido. A partir de então, Licínio seguia Aracéli por todos os lados e procurava sempre estar por perto nos lugares e momentos em que ela passava. Só não se atrevia a descer até o riacho, com medo de sua própria reação, de não conseguir se conter e dominá-la na presença do filho.

Após o jantar daquela noite, Esmeraldina esperou até que Aracéli retirasse Teodoro da mesa e comentou com o marido:

— Hoje cedo chegou uma carta de Salvador. Minha irmã teve seu quinto bebê.

— Que ótimo — disse ele, sem nenhuma emoção.

— É um menino. Finalmente, depois de quatro filhas.

— Bom para o seu cunhado.

— Estive pensando em visitá-la. Faz tempo que não vou a Salvador e poderia aproveitar para matar as saudades de papai e mamãe também.

Licínio olhou-a estupefato, mal contendo a súbita euforia de ver naquela viagem a oportunidade que tanto queria para estar a sós com Aracéli.

— Se você quiser ir, por mim, está tudo bem — anunciou, com voz contida.

— Sabia que você compreenderia.

— Quando é que pretende partir?

— Creio que em duas semanas estará bom. É o tempo de inaugurar a capela e preparar um novo enxoval para mim e Teodoro.

— O quê? — surpreendeu-se ele. — Pretende levar Teodoro?

— Ele precisa ver os avós. Não quero que se esqueça dos meus pais.

— Você só pode estar brincando, Dina. Teodoro não pode ir... e padre Gastão não vai permitir que você leve Aracéli com ele.

— Quem falou em levar Aracéli? Vou convidar Marocas para ir comigo, e talvez ela me ceda sua criada francesa.

Aquela notícia era inesperada. Sem Teodoro ali, não haveria motivo para que Aracéli permanecesse. Não podia permitir.

— De jeito nenhum! — protestou ele, dando um salto da cadeira. — Teodoro não sai daqui.

— Mas o que é isso agora, Licínio?

— Não quero ficar longe do meu filho — exasperou-se ele. — Se quer ir, vá sozinha, eu não me oponho. Mas Teodoro fica.

— Você não está sendo sensato. Teodoro é criança e deve acompanhar a mãe.

— Deixá-lo comigo só vai beneficiar você, que estará mais livre para ir aos bailes de que tanto gosta.

— Você está sendo injusto! — objetou ela com veemência. — Resolveu agora que eu não dou importância a meu filho, mas isso não é verdade. Sempre que posso, tenho-o junto a mim.

— Está certo, Dina, não vamos brigar — reconsiderou ele, com medo de despertar suspeitas na mulher. — Mas eu lhe peço que deixe Teodoro comigo. Nem bem ele se recuperou da primeira viagem, já vai ter que fazer uma segunda? E pense um pouco em mim. Vou ficar meses sem ver a minha mulher. Terei também que me separar de meu filho?

— Será por pouco tempo.

— Para mim, será como a eternidade. Você vai para Salvador se divertir com a sua família. E eu? Quem estará aqui para me confortar quando a saudade for insuportável?

Ela permaneceu algum tempo em silêncio, encarando-o e refletindo no que ele lhe dissera. Ele fingia tão bem que ela não conseguiu perceber a dissimulação em suas palavras e acabou sentindo pena dele, de sua solidão naqueles muitos meses. Aracéli nem lhe passou pela cabeça. Licínio era esperto e nunca a deixara perceber a paixão que rugia em seu peito qual besta insana prestes a emergir.

— Muito bem — suspirou Esmeraldina. —Talvez você tenha razão. A viagem é mesmo muito cansativa para uma criança de cinco anos, e não quero que você se sinta tão só. Irei sozinha.

Licínio mal cabia em si de contentamento. Puxou a mulher e deu-lhe um beijo demorado e ardoroso, já imaginando como seria o gosto dos lábios carnudos de Aracéli colados ao seu. Pensar na cabocla só fez aumentar o seu desejo, e ele amou Esmeraldina com a paixão que alimentava pela outra.

A inauguração da capela aconteceu no domingo e, duas semanas depois, Esmeraldina partiu. Durante os dias que precederam a viagem, Licínio agiu como um marido dedicado, cobrindo a mulher de carinhos e atenções, satisfazendo seus desejos e mimando-a de todos os modos. Pouco olhava para Aracéli e só falava com ela o necessário para dar ordens relacionadas ao filho.

Quando a carruagem atravessou o portão e ganhou a estrada, Licínio encarou Aracéli pela primeira vez naquelas duas semanas. Ela segurava Teodoro no colo e erguia a mãozinha do menino em um gesto de adeus.

— Não fique triste, Teozinho — falou com ternura. — Sua mãe volta logo.

Ao colocar a criança no chão, Aracéli notou que Licínio a fitava insistentemente. Um rubor lhe subiu pelo rosto, contudo, antes que ele pudesse dizer alguma coisa, um burrico adentrou o pátio do casarão, e Licínio percebeu insatisfeito que se tratava de padre Gastão.

— O senhor por aqui, padre? — perguntou, disfarçando a contrariedade.

— Vim para me despedir e quase não chego a tempo. Cruzei com a carruagem agorinha mesmo e acenei para Dona Esmeraldina.

— Que bom — retrucou Licínio, com ar de mofa. — E agora, padre, se me der licença, preciso ver como estão as coisas no garimpo.

Licínio saiu furioso. Estava havia tanto tempo esperando por Aracéli que, por um momento, deixou-se levar pela ansiedade e quase armou um bote precipitado. Não fosse a chegada daquele padre intrometido, teria dado um jeito de se desembaraçar de Teodoro e levar Aracéli para seu quarto.

No pátio, Aracéli abraçou padre Gastão, enquanto Teodoro se distraía seguindo o rastro de algumas formigas.

— É sempre bom vê-lo, padre.

— Quero falar com você, Aracéli. Estive pensando muito e não acho que seja prudente você ficar sozinha aqui com o senhor Licínio.

— Mas padre, não posso deixar Teodoro sozinho. Não há ninguém para cuidar dele.

— O senhor Licínio tem muitas escravas. Alguma há de servir.

— Mas o menino já se acostumou comigo! E foi por isso que Dona Esmeraldina não o levou com ela.

— Você não entende... — padre Gastão olhou ao redor e puxou Aracéli pela mão, afastando-se com ela da casa. — Licínio não é confiável. E se ele lhe fizer alguma coisa?

Aracéli compreendeu o porquê do temor de Gastão e ficou alguns minutos pensativa. Quando falou, foi com cautela, escolhendo bem as palavras:

— O senhor está imaginando coisas. O senhor Licínio me trata bem porque eu cuido do filho dele. Só isso.

— Quisera eu ter a sua certeza, mas meu coração não se engana.

— Não precisa se preocupar. Acho que o senhor Licínio não vai me fazer nada e, além do mais, sei me cuidar. Estou sempre com Teodoro, e ele não seria louco de me atacar na frente do menino... seria?

— Não digo que ele vá atacá-la. Mas um homem vivido como ele tem lá as suas manhas. Homens feito Licínio sempre conseguem o que querem.

— Não a mim! Não sou uma coisa que ele possa obter nem pretendo me deixar seduzir. E, se quer saber, acho que o senhor exagera. Não creio que o senhor Licínio tenha algum interesse em mim. Ele é um homem rico, tem uma esposa linda e elegante, por que haveria de querer uma cabocla bronca feito eu?

Não adiantava discutir. Os jovens sempre têm a mania de achar que os mais velhos é que não sabem das coisas, e Aracéli não era diferente. Padre Gastão, não conseguiria convencê-la a sair daquela casa e deixar o menino.

— Que Deus a proteja, Aracéli — desabafou ele, quase em lágrimas. — E que livre do seu caminho todo mal que você não precise encontrar.

Depois disso, ele se foi, o coração confrangido pela impotência em proteger Aracéli. Ele queria desesperadamente livrá-la daquele perigo, não via meios. Só lhe restava orar.

CAPÍTULO

13

Naquela noite, Aracéli sonhou. Ela estava caminhando por uma espécie de ravina e tinha o corpo todo pintado de vermelho. A princípio, achou que era tinta indígena, mas logo percebeu que se enganara. Ela passou a mão pelo corpo e sentiu a quentura do sangue. Ouviu uma gargalhada sonora e olhou espantada na direção de onde ela partia. Parado mais adiante, um índio segurava um coração palpitante e executava uma dança demoníaca, rindo às alturas, enquanto um homem branco chorava e apertava o peito, tentando conter o fluxo de sangue que afluía de um corte profundo na altura do abdome.

Acordou assustada e levantou-se de um salto, olhando para baixo como se esperasse ver sangue na umidade que fazia grudar a camisola. Enganara-se. A roupa continuava branca como sempre, sem nenhum vestígio de sangue, colada ao corpo pelo efeito do suor. Na cama ao lado, Teodoro dormia tranquilamente, e ela escancarou a janela, deixando que o ar fresco da noite a envolvesse e lhe trouxesse alívio. Tornou a deitar-se, sentindo uma espécie de presença maligna a seu lado, e orou. Em poucos instantes, a sensação passou, e ela adormeceu novamente, dessa vez, sem sonhar. O espírito que estivera junto dela havia desaparecido.

No dia seguinte, levou Teodoro para brincar do lado de fora, torcendo para não encontrar Licínio, mas ele não apareceu. No outro dia, também não. No terceiro, encontraram-se ao jantar. Ele sentou Teodoro no colo e ficou brincando com o menino, até que a comida foi servida, e ele entregou o filho novamente a Aracéli. Ao passar a criança para seu colo, seus dedos acidentalmente se tocaram, e Licínio retirou os seus, apressado, abaixando os olhos e evitando encará-la mais do que o necessário.

Por dentro, ele quase explodia. Só ele sabia o esforço que precisava fazer para não arrancar a roupa de Aracéli, acariciá-la, beijá-la e amá-la com ardor e fúria. E quando sentira a pele macia dela próximo de sua mão, teve que retirá-la às pressas, como se os dedos dela estivessem em brasa, queimando-lhe a pele com a força ígnea do desejo. Não podia se descontrolar. Não na frente do filho.

E ainda havia o padre. Licínio tinha certeza de que Gastão conhecia as suas intenções. Questionava-se se Aracéli também havia percebido alguma coisa e, em caso positivo, por que não ia embora. Se permanecia, não seria porque ela também ansiava estar com ele?

Era preciso disfarçar. Não queria arruinar o seu casamento nem que padre Gastão fizesse algum tipo de escândalo porque ele resolvera se divertir com sua indiazinha de estimação. Por isso, só por isso, Licínio procurava não demonstrar o vulcão prestes a explodir dentro de seu corpo. Tinha que se conter e aguardar o momento mais oportuno.

O sol, naqueles dias, reluzia com um calor excessivo, marcando de forma abrasiva os longos dias de verão. Acostumada a banhar-se nos rios, Aracéli saía logo cedo com Teodoro para nadar no riacho. Da janela de seu quarto, Licínio a acompanhava com os olhos, louco de vontade de segui-la. Certa manhã, não resistiu mais. Vestiu-se apressadamente e saiu sem que ninguém percebesse. Seguiu-os a uma distância segura e ocultou-se atrás de uns arbustos, sem fazer qualquer ruído.

De forma inocente, Aracéli e Teodoro se despiram e se atiraram no riacho, cuja água cristalina e refrescante logo os cingiu. Aracéli dava mergulhos e emergia perto de Teodoro, levantando o corpo dele e atirando-o na água. O menino soltava gargalhadas de prazer e se apertava ao pescoço de Aracéli, que o envolvia, e afundavam juntos.

A visão do corpo nu de Aracéli foi causando uma espécie de febre em Licínio, que chegou a invejar o filho por experimentar o contato dos seios morenos da índia. Licínio sentia-se no lugar do menino, abraçando-a e apertando-a, alisando todo o seu corpo e beijando-a em suas partes mais íntimas. Quanto mais pensava, mais se excitava, e estava certo de que não conseguiria mais conter o desejo ardente. Precisava dar um jeito de afastar Teodoro de Aracéli.

Enquanto os dois se deliciavam de forma inocente na água, ele retornou para casa e mandou chamar Zenaide, escrava bajuladora, que tudo fazia para cair nas boas graças de seus senhores.

— Vá buscar Teodoro na beira do rio — ordenou. — Traga-o imediatamente, sem nem mesmo vesti-lo nem esperar por Aracéli. Leve-o para o quarto e fique com ele lá. E não saia para nada, ouviu bem? Ou vai se ver comigo.

— Sim, sinhô — foi a resposta da escrava.

Ela saiu, e Licínio foi atrás dela, pisando de leve para que ela não o notasse. Seguiu-a até a beira do riacho e retomou seu lugar atrás dos arbustos. Ao ver os dois nus dentro da água, Zenaide estacou boquiaberta e pôs as mãos nas cadeiras, falando com autoridade:

— Sinhô Licínio mandou buscar o menino. Quer que leve *ele* agora.

Aracéli olhou para Teodoro e fez um gesto para que ele saísse de dentro do rio. A escrava, mais que depressa, agarrou o menino pelo punho e saiu arrastando-o, sem nem mesmo dar-lhe chance de se vestir. Teodoro começou a gritar, e Aracéli saiu da água, o corpo dourado reluzindo ao sol.

— Espere um minuto — protestou ela. — Deixe-nos, ao menos, nos vestir.

— Sinhô Licínio mandou levar o menino assim mesmo, pelado — comunicou Zenaide, escandalizada com a nudez de Aracéli. — E você devia se envergonhar de andar por aí desse jeito.

Sem ligar para os protestos de Teodoro e de Aracéli, a escrava pegou-o no colo e foi saindo com ele, indignada com a atitude da índia.

— Você é que devia se envergonhar de agir dessa maneira — gritou Aracéli revoltada. — Fala como os brancos, mas se esquece de que é negra. Não tem respeito pelo seu povo?

Zenaide se enfureceu e parou abruptamente, virando-se para Aracéli com o ódio estampado no olhar.

— Isso não é da sua conta! Eu nasci na casa de sinhá Esmeraldina, recebi educação civilizada. E ela não me ensinou a andar pelada por aí, como uma desavergonhada!

A vontade de Licínio era esganar aquela negra. Ele não a mandara questionar as atitudes de Aracéli nem lhe dar lições de moral. Queria apenas que ela tirasse o filho dali e deixasse o caminho livre para ele se aproximar.

— Ponha Teodoro no chão — falou Aracéli com firmeza. — Ele vai para casa comigo.

— Não vai, não! — objetou ela com rispidez, temendo perder a oportunidade de provar ao seu senhor que era boa escrava e sabia obedecer ordens. — Sinhô Licínio mandou que eu levasse *ele*, e é isso que vou fazer.

Teodoro se debatia no colo de Zenaide, que saiu com ele a passos apressados, deixando Aracéli, também furiosa, parada na beira do rio com o vestido na mão. A escrava se afastou correndo, e ela começou a se vestir às pressas, tencionando alcançá-la antes que chegasse à casa.

Logo que Zenaide passou, Licínio saiu de seu esconderijo, certificando-se de que ela não podia mais vê-lo nem ouvi-lo.

Com a boca seca, aproximou-se de Aracéli, ocupada em desdobrar o vestido que tivera que despir porque, na pressa, vestira-o pelo lado do avesso. A sombra de Licínio chegou mais perto, e ela ergueu os olhos, assustada. Instintivamente, encobriu o corpo com a roupa e exclamou:

— Senhor Licínio! Teodoro... saiu agora mesmo com Zenaide. O senhor não os viu?

Ele não respondeu. Chegou bem perto dela e segurou-lhe as mãos, baixando-as de seu corpo para exibir-lhe a nudez. Aracéli fez força para não se descobrir, mas ele conseguiu dominá-la facilmente e retirou o vestido das mãos dela, olhando-a com uma lascívia assustadora.

— Você é linda — balbuciou ele. — Linda...

Ele aproximou-se ainda mais, ao ponto de Aracéli sentir em seu rosto a respiração ofegante dele.

— Por favor, me solte — implorou ela. — Está me machucando.

Ele não soltava. Ao invés disso, puxou-a para si e comprimiu os seus lábios, forçando-a a corresponder-lhe o beijo. Aracéli tentou se soltar, mas ele dobrou os braços dela para trás e estreitou-lhe o corpo bem de encontro ao seu. Ela estava completamente nua, e ele a deitou com facilidade na areia, deitando-se por cima dela.

— Fique quieta — ordenou ele. — Não quero machucá-la.

Ao mesmo tempo em que era firme, Licínio agia com cuidado, evitando feri-la. Aracéli tentou resistir, lutando para escapar, excitando-o ainda mais. Sentir o corpo dela se debatendo sob o seu foi aumentando a sua volúpia, até que ele não conseguiu mais se conter. Ouviu o grito lancinante de Aracéli quando a penetrou e tapou a sua boca, para que ninguém mais a ouvisse. O corpo dela acompanhava o vaivém do de Licínio, até que ela cessou de se debater e apenas chorou de mansinho.

Quando ele terminou, os olhos de Aracéli estavam secos e seu corpo, imóvel. Por um momento, Licínio pensou que a tivesse matado, mas o seu peito arfante mostrou que ela estava viva, e bem viva. Licínio saiu de cima dela e abotoou as calças, enquanto ela permanecia deitada, a virgindade perdida manchando de vermelho a areia do riacho. Não fosse isso, nada denunciaria o que acabara de acontecer. Ele fora cuidadoso e não deixara manchas em sua pele, que permanecia viçosa como sempre.

— Levante-se — falou ele por fim. — Não aconteceu nada de mais.

As palavras dele a encheram de indignação, e Aracéli, finalmente, saiu de seu torpor:

— Por que fez isso comigo, senhor Licínio, por quê?

— Do que está se queixando? Não foi você quem disse que foi criada com toda a liberdade dos índios?

Ela abaixou os olhos, magoada, e chorou novamente, dobrando os joelhos para ocultar os seios desnudos.

— Padre Gastão tentou me alertar, mas eu não quis escutá-lo. O senhor é um monstro.

Por um instante, ele sentiu pena dela e apanhou a sua roupa.

— Não sou um monstro, Aracéli — disse ele, estendendo-lhe o vestido. — O monstro estava dentro de mim, e foi você quem o ajudou a sair.

— Cada um deve domar seus próprios monstros. Não é justo usar os outros para redimir o que lhe pertence.

— Você não está entendendo. Eu queria você. Só você.

— Mas eu não queria o senhor.

— Não queria? Ora, não foi tão ruim assim, foi? — ele se abaixou e afagou o rosto dela. — Fui gentil e não a machuquei. Não vá me dizer que não gostou nem um pouquinho.

Ela não respondeu e afastou a mão dele, levantando-se para vestir-se, vagarosamente. Enquanto se vestia, Licínio foi sentindo o desejo inflando o seu corpo novamente, mas não fez nada.

— Não precisa responder — continuou ele. — Sei que gostou.

Ela o olhou com desprezo e revidou com azedume:

— Iluda-se o quanto quiser. Pouco me importa. A partir de hoje, não fico mais aqui. Vou apanhar minhas coisas e voltar para casa.

— Não vai não — objetou ele com firmeza. — Você tem responsabilidades aqui.

— Sinto muito, senhor Licínio. Amo muito Teodoro, mas não posso mais ficar. O senhor me dá nojo.

O comentário o desagradou, e ele se deixou insuflar pelo orgulho, sentindo necessidade de demonstrar-lhe a sua superioridade.

— Nem pense em me deixar. Você fica, enquanto eu assim determinar. Do contrário, algo muito ruim pode acontecer.

— Está me ameaçando? Pois não tenho medo do senhor, ouviu?

— Sei que não. Você é jovem, forte e corajosa. Mas padre Gastão... bem, ele não é mais nenhum jovenzinho. Vive para cima e para baixo montado naquele burrico, e você sabe, acidentes acontecem...

— O senhor não seria capaz! — horrorizou-se ela.

— Não? Pois então, experimente deixar-me para ver. Depois não diga que não avisei.

— Cafajeste! — esbravejou ela, partindo para cima dele e tentando arranhá-lo no rosto.

Licínio riu alto e segurou-a pelos punhos, ao mesmo tempo em que dizia:

— Você é mesmo uma gata selvagem, não é? Não faz mal, gosto disso. Mas é bom que você não confunda as coisas — ele a fuzilou com um olhar de crueldade. — Serei tolerante com a sua selvageria, desde que você me obedeça e faça direitinho o que eu mandar. Ou acabo com você e o seu paizinho de saias. Ouviu bem?

As lágrimas que escorriam pelo rosto de Aracéli eram de revolta, não de submissão. Licínio, contudo, não viu a diferença nem se importaria com ela.

— Ouviu bem? — repetiu ele em tom autoritário e aterrador, ao qual ela assentiu com ódio. — Ótimo. E agora, deixe--me explicar-lhe como você deve proceder. Quero que todas as noites, depois que Teodoro dormir, você desça até aqui com um cobertor limpo e perfumado. Espere-me. Assim que

Esmeraldina pegar no sono, virei atrás de você. Por enquanto, como minha mulher está viajando, virei logo em seguida. E você será boazinha. Muito boazinha. Fará tudo o que eu mandar, sem se queixar, nem chorar, nem gemer. Compreendeu?

Ela engoliu em seco e respondeu entre soluços de ira:

— O senhor não pode...

— Posso. Posso o que quiser. De hoje em diante, serei o seu dono.

— Ninguém é meu dono! — objetou ela, a raiva misturando-se à indignação. — Sou livre, não sou escrava.

— A sua liberdade é essa que agora lhe dou — arrematou ele com frieza, soltando os pulsos dela e empurrando-a levemente para longe. — E posso retomá-la a hora que desejar.

Ele segurou-a outra vez pelos punhos e puxou-a para si, beijando-a na boca. Aracéli lutou novamente, e Licínio a afastou dele, olhando-a com ar entre divertido e intimidador, sem dizer nada. Naquele olhar, Aracéli reconheceu o peso da ameaça e temeu, sobretudo, pela vida de padre Gastão. Licínio falava sério, e ela sabia bem do que ele era capaz. Mesmo a contragosto, no emaranhado do desprezo por si mesma, do medo e de um ódio fremente daquele homem, viu-se obrigada a ceder.

Sentindo o tremor de seus braços, Licínio soube que havia vencido. Ela podia morder-se de ódio, no entanto, o medo era maior. Suas ameaças eram bem reais, e ele contava com o amor de Aracéli pelo padre para garantir a obediência dela. Ela agora lhe pertencia.

Com essa certeza, ele a puxou para novo beijo e, dessa vez, ela não resistiu.

CAPÍTULO

14

Veio o domingo, e Aracéli não apareceu em casa de padre Gastão. No outro domingo, também não, e quando chegou o terceiro e Aracéli não veio, Gastão achou que já era hora de verificar o que estava acontecendo. Montado em seu burrico, partiu para a casa de Licínio.

Foi informado de que ela estava na beira do riacho mais abaixo, e ele encaminhou-se para lá. À distância, ouvia a voz de Teodoro, embora não conseguisse escutar o que Aracéli dizia. Mais próximo, identificou as palavras do menino, que a interpelava:

— Por que você não entra, Aracéli? A água está fresca e gostosa.

— Não estou com vontade, Teozinho. Estou bem aqui, tomando conta de você.

— Mas você sempre gostou da água...

Ele parou de falar e encarou o padre, que se acercou de Aracéli. Ela se levantou apressada, julgando tratar-se de Licínio,

mas relaxou os músculos e distendeu a face num sorriso verdadeiro, atirando-se nos braços de seu pai.

— Como está a minha menina? — perguntou ele, acari-
ciando-lhe os cabelos.

— Aracéli está esquisita — respondeu Teodoro. — Não
quer mais brincar e, há dias, não entra na água.

— Aconteceu alguma coisa? — retrucou ele, segurando o
queixo miúdo de Aracéli.

— Nada, padre. Eu apenas me cansei dessas brincadeiras.

— Está cansada de mim? — era o menino. — Você vai embora?
Aracéli fez que não com a cabeça, e Teodoro saiu da água.

— Venha se vestir — disse ela, estendendo-lhe as roupas.

— Mas primeiro a gente não se seca?

Teodoro se estirou ao sol, e Aracéli começou a dobrar suas
roupas, evitando encarar padre Gastão.

— Aracéli — chamou, e ela voltou o rosto para ele. — Eu a
criei desde que nasceu. Conheço-a melhor do que ninguém
e sei que alguma coisa está errada. O que é?

— Impressão sua, padre. Estou só um pouco cansada. Tenho
trabalhado demais.

— É por isso que não tem ido para casa aos domingos?

— Dona Esmeraldina não está... e Teodoro precisa de mim.

— Você está mentindo. Sei que é difícil fazermos coisas
às quais não estamos acostumados, e como você não está
acostumada a mentir, não está mentindo direito. — Ela não
disse nada e, quando seus olhos começaram a lacrimejar,
voltou o rosto apressada. — Foi o senhor Licínio? Ele lhe fez
alguma coisa?

— Não, padre. Ele não me fez nada.

Desvencilhando-se dele, Aracéli foi sentar-se ao lado
de Teodoro, que abriu os olhos quando ela passou pela sua
frente, barrando a claridade do sol. Padre Gastão aproximou-se também e ficou contemplando-a vestir o menino.

— Já vamos voltar? — indagou a criança.

— Está na hora do almoço, e você sabe que seu pai não
gosta que se atrase.

— Padre Gastão vai almoçar com a gente?

— Depende de seu pai.

Depois de vestido, Teodoro deu a mão a Aracéli e a padre Gastão, e os três voltaram para casa em silêncio, só quebrado pelas ingênuas observações do menino, que apreciava os pássaros e os insetos. Da janela da sala, Licínio viu-os se aproximando e fez um muxoxo de desagrado. Não queria aquele padre intrometido interpondo-se entre ele e Aracéli. Ainda assim, saiu para cumprimentá-lo, a fim de não levantar suspeitas.

— Muito boa tarde, padre Gastão — saudou ele, estendendo a mão para o outro. — O que o traz ao meu humilde lar?

— Vim ver como Aracéli está passando. Ela não tem ido para casa, e fiquei preocupado.

— Como pode ver, ela está muito bem, cuidando de Teodoro. Não é, meu filho?

— É, sim, papai.

— O nosso trato, contudo, não foi esse — rebateu o padre. — Consenti que Aracéli viesse cuidar do menino com a condição de que fosse para casa aos domingos. Ela ainda é uma criança.

— Ela não é mais criança, padre — rebateu Licínio, com uma estranha entonação que Gastão não conseguiu definir. — Já tem dezesseis anos. Idade bastante para se casar.

— Você vai se casar, Aracéli? — retrucou Teodoro, de forma inocente.

Ela meneou a cabeça e falou com uma certa ousadia:

— Gostaria de ir para casa hoje, se não se importa, senhor Licínio. Quero estar com padre Gastão.

— Na verdade, importo-me sim — declarou Licínio. — E o padre deve ter coisas mais importantes a fazer do que ficar paparicando você. Não tem missas para rezar hoje?

— Já celebrei as missas matinais, e agora, só tem a das dezoito horas.

— Ainda me resta tempo para aproveitar sua companhia — continuou Aracéli. — Sinto muitas saudades de meu pai.

O olhar de Licínio era assustador, ao menos para Aracéli. Ele deu um sorriso irônico, mexendo apenas o canto da boca e, olhando para o burrico do padre, acrescentou em tom mordaz:

— Bela montaria a sua, padre. Mas não é perigosa?

— O quê? — fez Gastão, o pensamento ligado em Aracéli. — Ah! O burrico? Não, é seguro.

— É preciso tomar cuidado com esses animais. Às vezes, são imprevisíveis.

Padre Gastão não compreendeu a referência ao burro, mas Aracéli identificou a ameaça velada.

— Por que o padre não almoça conosco? — tornou Teodoro. — Assim, Aracéli fica feliz e não precisa ir embora.

Aracéli deu graças a Deus pela interferência de Teodoro e, para sua surpresa, ouviu a voz grave de Licínio:

— É uma boa ideia, meu filho. Vá, Aracéli, vá avisar na cozinha que temos um convidado para o almoço. E você, hoje, se sentará conosco.

Pouco à vontade, Aracéli sentou-se à mesa para almoçar, aproveitando ao máximo a companhia de padre Gastão. Ele ficou até as três horas, quando teve que partir por causa da missa das seis. Despediu-se de Licínio e de Teodoro, e Aracéli acompanhou-o até o portão.

— Gostaria que ficasse — disse ela, segurando a mão do padre e levando-a ao rosto.

— Você pode voltar comigo. Não há nada que a prenda aqui. Ele não tem poder sobre você.

— Não se trata disso — retrucou ela, a voz já embargada pela emoção. — Não quero deixar Teodoro sozinho.

— Tem muita gente nessa casa para que o menino se sinta sozinho.

— Gosto de Teodoro. É por ele que fico.

Não era a verdade integral, mas também não era mentira. Padre Gastão suspirou profundamente e abraçou-a com ternura, pousando-lhe demorado beijo na testa. Em seguida, montou em seu burrico e partiu.

À noite, depois que Teodoro dormiu, Aracéli apanhou o cobertor e foi ao encontro de Licínio, que já a aguardava na beira do rio. Ela mal teve tempo de estender a manta, porque Licínio a puxou pelos cabelos e deu-lhe um beijo asfixiante, ao qual ela não pôde fugir.

— O que pensa que está fazendo? — rugiu ele, os olhos chispando de cólera. — Quer pôr tudo a perder?

— Não fiz nada — gemeu ela.

— Você e esse padreco têm algum segredo. O que é? São amantes?

A insinuação causou-lhe tanta indignação que, sem sentir, Aracéli estalou-lhe uma bofetada no rosto, provocando uma fúria em Licínio que ela nunca havia visto. Na mesma hora, ele devolveu o bofetão, mas com tamanha violência que Aracéli rodopiou sobre si mesma e se estatelou no chão, a vermelhidão começando a se espalhar pela face morena.

— Nunca mais, enquanto viver, torne a fazer uma coisa dessas — esbravejou ele. — Se não quiser experimentar a força do meu punho ou a ponta do meu chicote.

Aracéli estava aturdida demais para falar e permaneceu sentada no chão, engolindo as lágrimas e os soluços. Não daria a Licínio o gostinho de vê-la chorando porque havia apanhado. Ele, porém, parecia não se dar conta de seu drama interior. Com uma brutalidade desconhecida, atirou-se sobre ela e forçou-a ao sexo. Aracéli se submeteu, permitindo que crescesse dentro do peito o ódio que sentia por ele.

Quando ele terminou, puxou-a para si e fez com que ela deitasse a cabeça sobre seu peito.

— Não queria bater-lhe, Aracéli, mas você provocou. Não admito que mulher alguma me bata na face. — Ela não disse nada. — E quanto a você e ao padre, admito que exagerei. Peço que me perdoe a insinuação maldosa. Sei que são como pai e filha, mas o caso é que fiquei com ciúmes ao ver vocês se abraçando. Gostaria que você sentisse por mim o mesmo que sente por ele.

As palavras de Licínio causaram imenso espanto em Aracéli, que ergueu a cabeça e o encarou.

— Padre Gastão me conquistou pelo amor. O senhor me domina pelo medo. Como pode pretender que meus sentimentos por ambos sejam iguais?

— Não quero que sinta medo de mim.

— Não tenho medo do senhor. Temo a sua maldade e o que ela pode fazer a meu pai.

— É isso, Aracéli? Acha que sou mau?

— O senhor é mau. E não gosto do senhor.

A menina tinha coragem, o que causou imensa admiração em Licínio. Contudo, ele não podia permitir que Aracéli o tratasse como um igual e revidou com rispidez:

— Você não precisa gostar de mim. Basta me obedecer.

A discussão estava encerrada, porque Licínio se deitou sobre Aracéli novamente. A vontade dela era empurrá-lo para longe e fugir correndo dali, mas sabia que ele concretizaria suas ameaças, e a vida de padre Gastão correria perigo. Por Teodoro, não temia. Apesar de gostar do menino, tinha certeza de que Licínio amava o filho acima de qualquer coisa e nada faria contra ele.

Por enquanto, sua única opção era se submeter.

CAPÍTULO

15

Não havia dúvidas na cabeça de Gastão de que algo muito errado estava acontecendo em casa de Licínio. Aracéli estava diferente, mais séria e calada. Ela, que sempre fora uma moça alegre, parecia haver perdido o viço da juventude, e ele estava certo de que Licínio tinha alguma coisa a ver com aquilo. No entanto, não havia nada que ele pudesse fazer. Tentara convencer Aracéli a voltar para casa, mas ela se recusara, alegando responsabilidades para com Teodoro. No íntimo de Gastão, todavia, ele sabia que aquilo não era verdade.

Só lhe restavam suas orações. Homem de fé, acostumara-se a rezar por tudo, para pedir e agradecer, ou simplesmente para desafogar seu coração. E, todas as noites, ele orava para que Deus protegesse Aracéli das garras de Licínio.

Com o passar dos dias, Gastão acostumou-se a visitar a menina aos domingos, já que ela não aparecia mais em sua casa. Sempre que a via, ela estava com ar cansado e triste, mas não havia meios de fazê-la contar o que a afligia. Até que, finalmente, Esmeraldina retornou de Salvador.

— Padre Gastão, que surpresa agradável! — exclamou ela, beijando a mão do clérigo.

— Dona Esmeraldina! — retrucou Gastão, feliz por vê-la de volta. — Quando foi que chegou?

— Ontem à noite. Foi uma viagem terrível, o senhor nem queira saber. Cheguei e logo fui dormir.

— E a família, como está?

— Oh! Muito bem. Meu sobrinho é lindo, e meu cunhado não cabe em si de contentamento.

— Fico satisfeito que esteja tudo bem.

— A propósito, padre, já que está aqui, não se importaria de rezar uma missa? Faz tempo que a capela está fechada, porque Licínio não se incomoda com religião.

— Pois deveria. A religião aproxima o homem de Deus e o ajuda a compreender a vida.

— Quer dizer então que posso contar com o senhor para a missa?

— Lamentavelmente, não vim preparado para a celebração...

— Ah! Isso não é empecilho. Mando um escravo agora mesmo a sua casa buscar o necessário.

— Mas eu preciso estar de volta para a missa das seis!

— Veja bem, padre, não é longe. A cavalo, chega-se rapidamente.

— Está certo, dona Esmeraldina, desde que eu possa levar Aracéli comigo esta tarde.

— Nem sei por que ela ainda está aqui, se o combinado foi que voltaria para casa aos domingos.

— É que Aracéli não quis deixar Teodoro sozinho. Como a senhora estava ausente, ela se dispôs a ficar.

— Bom, isso agora não será mais necessário. Ela pode retomar a rotina.

Ao receber a notícia de que Aracéli voltaria para casa naquela tarde, Licínio quase espumou de raiva. Após o primeiro momento de cólera, a reflexão levou-o a concluir que, no momento, seria o mais aconselhável. Esmeraldina passara três meses fora, e o esperado era que ele cumprisse o seu papel de marido. Não seria prudente que ele fosse ao encontro de Aracéli naquela noite.

A moça recebeu com entusiasmo a notícia de que iria para casa, ao menos, por uma noite. Sentia saudades de seu lar, da igreja e dos cuidados que tinha com padre Gastão. Sem falar nos passeios que estava acostumada a fazer pelas matas atrás do pátio da igreja.

Logo após a missa, Esmeraldina mandou que uma carruagem levasse padre Gastão e Aracéli em casa. Com o burrico amarrado atrás, eles partiram, e o coração da índia, pela primeira vez naqueles três meses, festejou a alegria e a liberdade.

— Feliz por estar indo para casa? — indagou Gastão, vendo que ela respirava profundamente o ar que entrava pela janela.

— Muito! Queria não ter mais que voltar.

Aracéli dissera aquilo num impulso, que o padre não deixou passar despercebido.

— Por que não quer mais voltar? Pensei que gostasse do menino.

— Eu gosto... — balbuciou ela. — Mas é que sinto saudades de casa.

— Você não está sendo bem tratada naquela casa, minha filha. Eu sinto isso.

— Bobagem, padre. Teozinho é um amor de menino.

— Não me refiro à criança. Sei o quanto Teodoro a aprecia. Falo do senhor Licínio e da senhora Esmeraldina.

— Eles são apenas vaidosos — falou ela com cautela. — Mas não me incomodam.

Habilmente, Aracéli desviou a conversa para assuntos mais amenos, e Gastão não insistiu. Se havia algo errado, em seu tempo certo, ele iria descobrir. No momento, queria aproveitar a companhia da filha para conversarem e lerem juntos, como costumavam fazer.

Naquela noite, Licínio obrigou-se a amar a mulher, pensando que amava Aracéli. Esmeraldina não era velha, mas seu corpo já não guardava mais o frescor da juventude, castigado que fora pela gestação e o parto, ao passo que Aracéli possuía ainda as formas rígidas e macias. Mesmo assim, Licínio fez o que era esperado, rapidamente e sem muito entusiasmo.

— Como ficaram as coisas por aqui? — indagou ela depois, enquanto passava a escova no cabelo.

— Muito bem.

— E Teodoro? Ele parece não ter sentido muito a minha falta.

— Isso é porque Aracéli não saiu do lado dele. Ela ficou o tempo todo aqui, abrindo mão até de voltar para casa aos domingos.

— Padre Gastão parece não ter gostado de tanta dedicação.

— Padre Gastão é ciumento e quer a índia só para ele.

— Talvez seja melhor mesmo devolvê-la. Você sabe que tenho minhas restrições a Aracéli.

— Você acabou de chegar de uma viagem longa e exaustiva. Não acha melhor deixar isso para depois?

— Tem razão. Não quero me desgastar desnecessariamente.

— Ainda mais depois dessa noite — finalizou ele, carregando na doçura da voz e abraçando-a por trás.

Ela sorriu e apertou os braços dele. Encarando-o pelo espelho, questionou:

— E você? O que fez na minha ausência?

— O de sempre. Fui ao garimpo, perambulei pela cidade, fiz-lhe algumas compras...

— Compras?

Os olhos de Esmeraldina brilharam, enquanto Licínio apanhava no baú um pacote bem embrulhado em veludo vinho. Estendeu-o para ela, que o apanhou e o desembrulhou avidamente. Dentro, um maravilhoso colar de ouro e rubis reluziu à luz das velas. Ela apanhou o colar e o revirou entre os dedos, espantada com a quantidade de pedras incrustadas no metal dourado.

— Então? Gostou?

— Se gostei? É maravilhoso!

— E isso não é tudo. Passou por aqui um mercador de sedas, e veja o que consegui.

Mais uma vez, ele abriu o baú e dele retirou três peças da mais pura seda, desenrolando-as sobre a cama.

— Licínio! — exclamou ela, experimentando a maciez do tecido. — Mas são lindas!

— E de boa qualidade. E veja só o que mais!

Novamente, de dentro do baú surgiu um frasco de perfume, que ele destampou e ofereceu ao nariz de Esmeraldina, que o inspirou profundamente.

— Hum...! — fez ela, maravilhada. — Que aroma!

— Direto da França, meu bem.

— E o que mais? — exaltou-se ela, pulando sobre o baú e tentando levantar-lhe a tampa. — O que mais há nesse baú do tesouro?

Licínio abriu o baú, e dentro ainda havia dois leques de pena de pavão, três pares de sapatos cintilantes, mais três peças de joias: um colar de pérolas, um brinco de brilhantes e um bracelete de ouro e prata.

— Meu Deus! Como você conseguiu tudo isso?

— Somos pessoas ricas, Dina. Tudo se compra com dinheiro.

Na verdade, as três últimas joias, Licínio ganhara em apostas de dados com amigos abastados que frequentavam a mesma taverna, tendo negociado o restante com um mascate. Tudo para impressionar Esmeraldina e impedir que ela o crivasse de perguntas sobre o que fizera em sua ausência e, principalmente, sobre Aracéli.

— É tudo tão maravilhoso! — disse ela embevecida. — Oh! Licínio, você é um homem extraordinário. Realmente sabe como agradar uma mulher.

— Sei como agradar a minha mulher. Só a minha esposa merece tudo isso e muito mais.

O efeito dos presentes foi o esperado. Inebriada com tantas riquezas, Esmeraldina deixou de lado a curiosidade e a preocupação com o marido, ocupada que estava em experimentar tudo o que ganhara. Licínio sorriu intimamente, satisfeito consigo mesmo. Conhecia a ambição da mulher, que ele podia sempre usar em seu benefício.

Quando ela se cansou e foram dormir, Licínio custou a pegar no sono, remoendo a falta que Aracéli fazia. Acostumara-se a estar com ela todas as noites, ainda que não fizessem amor, quando ele se satisfazia em admirá-la ou simplesmente acariciar o seu corpo.

Dali em diante, precisava ter cuidado para que Esmeraldina nunca descobrisse sobre Aracéli. Se isso acontecesse, ele lamentaria muito, mas teria que se livrar dela. Como a índia não era sua escrava, ele não poderia simplesmente mandá-la de volta para a senzala e calar a sua boca. Havia o padre intrometido que bem poderia comprometer a sua reputação.

Pensar naquilo lhe causava angústia, porque Licínio não queria se desfazer de Aracéli. Mas sabia que, entre ela e a esposa, não haveria dúvidas sobre qual das duas escolher. Esmeraldina era a mulher virtuosa e elegante com quem se casara, aquela que mantinha o respeito de seu nome. Aracéli não passava de uma cabocla anônima, rude e sem trato, cuja serventia se limitava aos estreitos limites de um cobertor. Entre as duas, ficava com Esmeraldina. Com Aracéli dava vazão a seus instintos mais primitivos, ao passo que Esmeraldina lhe evocava a civilidade e a honradez. E ele tinha que manter estas últimas se quisesse conservar sua respeitabilidade e, no futuro, conquistar um título de nobreza.

CAPÍTULO

16

Foi com alívio que Licínio viu Aracéli chegar na segunda-
-feira, logo pela manhã. Por mais que a houvesse ameaçado,
temia que ela, vendo-se a sós com o padre, lhe contasse tudo
e decidisse não voltar. Se ela tomasse essa atitude, ele teria
que reagir, e matar o padre era algo que, embora previsível,
não seria o mais aconselhável.

Sem oportunidade de falar com ela, Licínio se conformava
em olhá-la à distância. Embora Esmeraldina não houvesse
percebido nada de errado na conduta do marido, vivia atrás
dele pela casa e não lhe dava chance de ficar a sós com Aracéli. Ao se deitarem, ela adormeceu abraçada a ele e, quando
Licínio se levantou, sentindo o vazio na cama, abriu os olhos
ainda a tempo de vê-lo se encaminhando para a porta.

— Vai a algum lugar? — perguntou ela, sonolenta.

— Preciso urinar — respondeu ele, mas mudou de ideia e
voltou para a cama.

— Você não queria urinar? — replicou Esmeraldina.

— Perdi a vontade. Vamos dormir.

Naquela noite, Licínio não foi ao encontro de Aracéli. Para ela, foi uma alegria. Esperou até bem depois da meia-noite, quando então desistiu e voltou para o quarto de Teodoro. Na noite seguinte, ele também não apareceu, nem na outra, nem na próxima, nem nas noites seguintes. Certa de que, com a volta da mulher, Licínio se cansara dela, Aracéli respirou aliviada e deixou de comparecer à beira do riacho.

Ao contrário do que ela imaginava, Licínio não se cansara dela. Muito pelo contrário. A cada dia, seu desejo aumentava mais e mais, insatisfeito com o amor insosso que Esmeraldina lhe oferecia. Apenas não conseguia se ausentar, porque ela se agarrava a ele e despertava todas as vezes em que saía do seu lado.

Até que ele, saturado de uma paixão mal saciada, resolveu tomar suas providências. Ao jantar, carregou nas taças de vinho, incentivando a mulher a beber, até que ela, zonza e com o rosto afogueado, acabou adormecendo pesadamente, dando a Licínio a chance de sair sem ser notado.

Chegando ao lugar do encontro, qual não foi a sua surpresa ao constatar que Aracéli não estava ali. Licínio ficou furioso e gritou alto, tão alto que espantou as corujas próximas. Voltou para casa enraivecido e foi direto ao quarto do filho. Aracéli dormia tranquilamente ao lado do menino, e ele a sacudiu com força, tapando a sua boca para que ela não gritasse de susto.

— Venha comigo — ordenou num sussurro exasperado.

Trôpega de sono, Aracéli obedeceu. Levantou-se e saiu do jeito que estava, de camisola e sem apanhar o cobertor. Ela o foi seguindo pelo corredor e saiu atrás dele, temendo ser surpreendida por alguém. Licínio, contudo, parecia não se incomodar com uma possível aparição de Esmeraldina.

Chegando à beira do riacho, Licínio puxou Aracéli com violência e rasgou sua camisola, deitando-a no chão com impetuosidade.

— Nunca mais me deixe esperando — dizia ele, ao mesmo tempo em que investia contra ela. — Você é minha, Aracéli, minha! Você me deve isso!

Ela não compreendeu bem e chorou baixinho. Só quando ele terminou foi que ela tentou se explicar:

— Vim as outras noites, mas o senhor não apareceu. Então, pensei que tivesse se cansado de mim.

— Nunca! Não vim porque não consegui me desvencilhar de Esmeraldina, mas nunca vou me cansar de você. Devia saber disso. Não se lembra do que lhe disse? — ela não respondeu.

— Não se recorda de que lhe mandei vir todas as noites? Pois é isso que você tem que fazer. Se eu não vier, é porque não pude. Então, você volta para o quarto e vem na noite seguinte. Quero que faça isso sempre, quer eu compareça, quer não. Entendeu?

Ela assentiu e buscou a camisola rasgada para encobrir o corpo, porque começava a chover.

— Como vou voltar para casa desse jeito? E se dona Esmeraldina me vir?

— Minha mulher dorme um sono pesado, depois que eu a embebedei. Foi a única maneira que encontrei de sair e vir ao seu encontro.

— Senhor Licínio... — começou ela a dizer pausadamente — será que não é hora de pararmos de nos encontrar? Pode ficar perigoso...

— De jeito nenhum! Não posso prescindir de você, Aracéli. Se quiser, pode se sentir envaidecida, mas você me enlouquece de um jeito que nenhuma outra mulher consegue. Nem Esmeraldina, nem as rameiras com quem andei. Você é especial e é minha.

— Não sou sua. O senhor me usa, mas eu não lhe pertenço.

— Engano seu. Você pertence a mim, e é meu direito fazer com você o que bem entender.

— Não! — bradou ela de um salto. — Jamais pertencerei ao senhor nem a ninguém. Minha alma é livre, e aprisionar o meu corpo não vai me impedir de ir ao encontro dessa liberdade. O senhor é quem está preso: na sua ignorância, na tirania e na ilusão de que é maior do que Deus!

Dizendo isso, Aracéli rodou nos calcanhares e correu de volta à casa, deixando Licínio espantado e sem ação. Ele pensou em correr atrás dela, mas seria abandonar a prudência. Já fora ao seu quarto no meio da noite. Retornar lá com a raiva que estava acabaria acordando todo mundo na casa. Não. No dia seguinte, lhe daria a lição que ela merecia.

Ele mal conseguiu dormir naquela noite. A todo instante, acordava com as palavras de Aracéli ressoando em seus ouvidos, e uma febre rancorosa foi tomando conta dele. Ao café da manhã, ele não conseguia disfarçar a raiva. Não dizia nada, mas olhava para ela como quem está prestes a trucidar o inimigo, e tanto ódio acabou despertando a atenção de Esmeraldina.

— O que foi que Aracéli fez? — perguntou ela.

— Nada — respondeu ele assustado. — Por quê?

— Você olha para ela como se quisesse devorá-la viva. Ela lhe fez alguma coisa?

— Não.

— Maltratou Teodoro?

— Não.

— Então, o que é?

— Nada, já disse.

Depois que Esmeraldina o questionou, Licínio procurou disfarçar e não olhou mais para Aracéli, embora seu coração saltasse do peito toda vez que ela passava. Teve que aguardar até a noite para vê-la, temendo que ela não comparecesse. Como havia feito antes, serviu uma dose excessiva de vinho à mulher e, assim que ela pegou no sono, saiu do quarto.

Aracéli já o aguardava, enrolada no cobertor para se proteger da chuva. Ele se aproximou e, sem dizer nada, puxou-a para cima, beijando-a com furor. Em seguida, atirou longe o cobertor e rasgou novamente a sua camisola, deitando-a sobre a areia fria. Ele estava sendo mais bruto do que o habitual, e Aracéli gemeu de dor. Licínio fez com ela o que quis. Quando terminou, os olhos dela estavam secos, mas transmitiam um ódio que ele foi capaz de sentir.

— Você me odeia, não é? — ela não respondeu. — Se pudesse, me mataria, mas sou eu quem tem esse poder. Se me matar, seu destino é a forca, e seu paizinho de saias vai ficar muito triste.

Mas eu... posso fazer com você o que bem entender. — Ele passou as mãos em volta do pescoço de Aracéli e começou a apertar. — Posso acabar com você aqui mesmo, agora, e nada irá me acontecer. Sabe por quê? Porque você não é nada nem ninguém. É uma caboclinha atrevida, mas mais insignificante do que um inseto. E o que é que se faz com os insetos? Nós os esmagamos. Posso esmagar você sem nenhuma consequência. Então? Quem é que ousa falar em liberdade? Eu sou livre para fazer com você o que bem entender, mas você não pode sequer pensar em me atacar ou agredir. Sua vida me pertence, está em minhas mãos, eu é que sou livre para decidir o que fazer com você.

Enquanto falava, Licínio ia estrangulando-a aos pouquinhos, enquanto Aracéli se debatia, tentando desesperadamente puxar as mãos dele de seu pescoço. O desespero dela dava-lhe um prazer mórbido, e ele continuou a apertar, até ela quase desmaiar. Quando sentiu que ela estava prestes a desfalecer, Licínio a soltou, e o ar penetrou pela garganta de Aracéli com a rapidez de um cometa, inflando seus pulmões como uma rajada de vento. Ela tossiu e se engasgou várias vezes, para divertimento de Licínio.

Logo que ela se recuperou, excitado pela proximidade da morte de Aracéli, Licínio a subjugou novamente, mas, dessa vez, ela lutou contra ele. Debateu-se sob seu corpo, aumentando ainda mais o desejo dele. Ela era pequena, e ele facilmente a dominou.

— Chega... — implorou ela num sussurro — Não aguento mais... Por que não me matou? Preferia morrer.

— Acha mesmo que eu aniquilaria o meu brinquedo favorito? Onde é que eu ia arranjar outra caboclinha apetitosa feito você?

Aracéli o encarou com ressentimento e rancor. Naquele momento sentia que as palavras seriam inúteis para traduzir toda a angústia que lhe ia na alma. Ela simplesmente balançou a cabeça e começou a se levantar, puxando o cobertor por sobre o corpo. Já nem tinha mais o que vestir.

Enrolada na coberta, o corpo todo dolorido da brutalidade e da humilhação, ela virou as costas a Licínio, mas, antes que começasse a retornar, ele a puxou pela mão, obrigando-a a ficar de frente para ele.

— Não fique triste nem com raiva, Aracéli — falou em tom mais ameno. — Gosto de você, mas não posso permitir rebeldias. Perdê-la me levaria à loucura, por isso, não me obrigue a livrar-me de você. Não seria bom para nenhum de nós.

Ela puxou a mão com força e correu para casa, atirando-se na cama e chorando copiosamente. Teodoro ouviu o seu pranto e abriu os olhos, espantado ao perceber que era ela quem chorava.

— Aracéli — chamou ele, saltando para a cama dela e a abraçando, sem nem perceber que ela estava nua por debaixo do cobertor. — O que aconteceu, Aracéli? Foi um sonho ruim?

— Ah! Teodoro...

Ela abraçou-se a ele, e chorou ainda mais, ouvindo a vozinha miúda do menino, que repetia com amorosidade:

— Não chore, Aracéli, eu estou aqui. Não vou deixar nenhum monstro pegar você.

As palavras de Teodoro só fizeram aumentar o seu pranto. Agarrada a ele, Aracéli chorava e soluçava, não se importando mais com quem pudesse ouvi-la. Do lado de fora, Licínio escutava com o ouvido grudado à porta. Ouviu indistintamente o seu choro e o consolo de Teodoro. Pé ante pé, abandonou a porta do quarto do filho e voltou para sua cama.

— O que foi que houve? — perguntou Esmeraldina, sonolenta.

— Nada. Fui urinar.

Alguma coisa muito errada estava acontecendo naquela casa, e essa certeza desanuviou o efeito do álcool do cérebro de Esmeraldina, que esfregou os olhos com vigor, lutando para restabelecer a sobriedade. Os olhares de Licínio para Aracéli, que ela surpreendera várias vezes, retornaram-lhe à lembrança. Seria possível que o marido estivesse se engraçando para aquela selvagem? Ela deitou a cabeça sobre o peito dele e inspirou fundamente. Um cheiro que misturava suor e sexo infiltrou-se em suas narinas, e ela afastou-se enojada.

— Por onde você andou? — inquiriu duramente.

— Fui urinar, já disse.

— Você cheira como quem acabou de fazer sexo.

Ele quase pulou da cama, mas conseguiu manter a calma aparente e redarguiu com mal contida indiferença:

— Você está sonhando. Cheiros não dizem nada.

Cheiros diziam tudo, e ela conhecia muito bem aqueles odores. Não retrucou, porém. Queria certificar-se de suas desconfianças, para depois então agir. Havia muitos escravos naquela casa, e não seria difícil encontrar algum que tivesse o que contar.

CAPÍTULO 17

Havia quietude e silêncio quando a janela do quarto de Teodoro se abriu lentamente. De modo sorrateiro e quase imperceptível, Aracéli se esgueirou pela janela e saltou para o lado de fora, sem emitir qualquer ruído. Caiu e rolou para o chão, apanhando a trouxa com suas poucas roupas. Levantou-se, sacudiu o corpo dos pedaços de grama e ainda deu uma última olhada para cima, pensando no quanto Teodoro ficaria triste quando acordasse e não a visse. Lamentava por ele, porque aprendera a amá-lo de verdade, assim como sabia que o amor do menino também era verdadeiro. Contudo, não podia mais suportar tanta humilhação.

Como uma lebre, correu para fora do pátio, sempre se ocultando nas sombras da noite. Foi correndo o mais que pôde sem fazer barulho e só parou quando a casa já não era mais visível à distância, caminhando então para dentro da noite.

Na casa de padre Gastão, tudo ainda permanecia quieto. Em breve ele despertaria para suas obrigações matinais, mas, por enquanto, as janelas estavam cerradas e não havia nenhuma lamparina acesa além daquela que guarnecia o pequenino altar em seu quarto. Aracéli experimentou a porta. Estava trancada, e ela bateu levemente. Tornou a bater, dessa vez aplicando mais força, e aguardou até que um ruído lá dentro anunciou que padre Gastão havia acordado.

— Quem é? — perguntou ele, do outro lado da porta.

— Sou eu, padre, Aracéli. Deixe-me entrar.

A porta abriu-se imediatamente, mostrando um Gastão lívido e assustado.

— Aracéli! Por Deus, o que foi que houve?

Ao invés de responder, ela se atirou nos braços dele e desatou a chorar. Gastão levou-a para dentro e trancou a porta, conduzindo-a até seu quarto. Ela se sentou na cama e alisou a colcha de retalhos que ela mesma costurara, pousando a cabeça na almofada macia e umedecendo-a com suas lágrimas.

— O que foi que houve, Aracéli? — repetiu o padre. — O que fizeram a você?

Ela olhou para ele e enxugou os olhos. Não queria preocupá-lo com o mal que já estava feito e não havia como desfazer.

— Não posso mais ficar naquela casa, pai — anunciou.

— Por que não? Eles a trataram mal? O senhor Licínio lhe fez alguma coisa?

Engolindo em seco, ela respondeu com cautela:

— Não. Mas ele é uma pessoa detestável e gosta de me humilhar.

— Como? O que ele fez?

— Prefiro não falar.

— Você tem que me contar, Aracéli! É preciso que eu saiba para que possa protegê-la.

— Não tenho o que contar. Eu apenas não gosto de ser humilhada só porque sou índia.

— Então é isso? Ele a humilha porque você é índia? — ela assentiu, e ele continuou: — Não acredito. Você não está acostumada a mentir e não sabe fazê-lo direito. Mas não importa. Estou feliz porque voltou sã e salva. Todos os dias fico orando para que você retorne em segurança, e hoje, Deus ouviu as minhas preces. Vamos rezar e agradecer.

Padre Gastão apanhou-a pela mão e foi ajoelhar-se com ela diante do altar. Após a breve oração, a alma de Aracéli se aquietou, embalada pela sensação de bem-estar que se espalhara no ambiente. Depois disso, ela se deitou em sua cama e, mansamente, adormeceu.

Do lado de fora, um espírito espumava de ódio. Estava conseguindo ultimar a sua vingança graças à sintonia que estabelecera com Licínio e Esmeraldina. Soriano não conseguira ainda perdoar Alejandro por tê-lo entregado aos índios. Tivera a oportunidade, muitos anos antes, quando fora enviado para esclarecê-lo sobre a sua morte. Contudo, fizera aquilo em obediência a seus superiores quando, na verdade, o que gostaria mesmo era de cravar os dentes na jugular de Alejandro para vê-lo sangrar até a morte.

Alejandro mudara muito. De espanhol sanguinário a cabocla ingênua era um grande passo. E aquele idiota do Damian ainda pensava que era seu salvador. O que dera nele para escolher a roupagem clerical? Será que os anos de trevas o haviam modificado tanto assim? Era provável, porque ele parecia sincero em sua vocação. Soriano não pôde deixar de achar aquilo tudo muito estranho, mas a esquisitice do outro não lhe interessava. O único problema era a aura que criara ao seu redor e em volta de sua casa, que não lhe permitia aproximar-se.

Com Aracéli se passara algo semelhante. Estranho como o sofrimento muda a vida das pessoas. Alejandro fora um homem cruel e arrogante, mas a índia era bem diferente disso. Ainda guardava um pouco de seu orgulho, que ela lutava com todas as forças para dominar. De onde estava, Soriano tinha o privilégio de perceber aquelas coisas.

Até Aracéli encontrar Licínio, ele fora obrigado a se manter afastado. Quando, porém, a moça caíra nas garras do garimpeiro, ele conseguira se aproximar. Enquanto morava com o padre, Aracéli vivia cercada pelas energias poderosas das rezas dele, que o mantinham afastado, impedindo-o de se juntar a ela. Mas na casa de Licínio era diferente. A sintonia com o antigo rival de Alejandro era perfeita para que ele pudesse dar vazão a seu desejo de vingança, e ainda podia contar com a raiva de Aracéli para fortalecer ainda mais a conexão entre eles.

Não era possível, contudo, que ela se mudasse novamente para a casa do padre. Soriano, particularmente, não tinha nada contra ele, porque mal conhecera Damian em vida. Haviam-se cruzado poucas vezes no navio, e a única lembrança significativa que tinha dele era do dia em que salvara Alejandro de se precipitar no mar revolto. Já Licínio era diferente, pois tinha todos os motivos para odiá-lo também. E, de mais a mais, não fora Damian cúmplice do ato cruel e sanguinário que tirara a vida de Lúcio e de Rosa?

Que coisa engraçada, Soriano pensou. Lúcio virara Licínio. Rosa, Esmeraldina. Damian, padre Gastão. E Alejandro, que era um homem másculo, viril, arrogante e muito valente, se transformara naquela coisinha minúscula que era Aracéli. Em seu íntimo, Soriano se questionou por que apenas ele não se transformara em ninguém. Passados quase duzentos anos, permanecia o mesmo Soriano espanhol, habitando o mesmo mundo de sombras, servindo aos mesmos senhores do mal. Por que só a ele não fora dada a chance de uma nova vida?

Subitamente, lembrou-se de Cibele. Será que ela também recebera uma nova chance? Desde que desencarnara, nunca mais teve notícias suas. Teria ela reencarnado também? De repente, sentiu imensa saudade da noiva que nunca mais tornou a ver. Na certa, certificando-se de que ele não retornaria de sua expedição criminosa, esquecera-se dele e casara-se com outro. Não. Cibele devia ser um anjo, e anjos não se ocupavam com os que eram parte do inferno.

Soriano balançou a cabeça para afastar aqueles pensamentos de desânimo. Não adiantava nada ficar se lamentando. Tinha que aproveitar que recebera permissão para ultimar sua vingança antes que o chefão mudasse de ideia e mandasse chamá-lo de volta para algum serviço sujo. Ali onde estava, entretanto, não obteria sucesso. Precisava estimular aqueles que lhe eram receptivos, ou seja, Lúcio e Rosa.

Ninguém percebeu a fuga de Aracéli até que o dia amanheceu. Teodoro foi o primeiro a dar o sinal. Ao despertar, a moça não estava ali para ajudá-lo a se lavar e vestir, como sempre fazia. O menino se levantou assustado e, não vendo Aracéli, pôs-se a chorar, atraindo a atenção de uma escrava, que correu a chamar Esmeraldina. A mulher entrou no quarto correndo, seguida por Licínio, que pegou o filho no colo e tentou acalmá-lo.

— Aracéli sumiu — soluçava ele. — O monstro a levou embora!

— Que monstro, que nada, Teodoro — retorquiu Esmeraldina. — Ela simplesmente não tem responsabilidade alguma. Eu não falei, Licínio?

Licínio não respondeu, mas o menino continuou a lamentar:

— Foi o monstro, mamãe, eu sei. Ela estava chorando, com medo dele, e ele voltou para levá-la.

— Aracéli estava chorando ontem à noite?

— Estava.

— Por quê?

— Por causa do monstro.

Licínio afagou o menino e não olhou para Esmeraldina, que o fitava com desconfiança.

— O monstro não pegou Aracéli — tranquilizou ele. — Ela só foi visitar padre Gastão, mas logo estará de volta.

— Não, não, papai, não foi isso. O senhor não sabe, não viu...

— Eu sei. Pode acreditar em seu pai. Vou sair agora mesmo e trazê-la de volta.

Ele deu um beijo no menino e, sem encarar a mulher, pegou seu cavalo e partiu a galope para a casa do padre. Gastão rezava a primeira missa matinal, e Aracéli não estava com ele. Licínio foi até a casa do clérigo, nos fundos da igreja, e espiou pela janela. Aracéli estava lá dentro, varrendo o chão, e, mais do que viu, ela sentiu a presença dele e estacou assustada. Havia tanto ódio no olhar dele que ela sentiu como se uma onda a empurrasse para trás e teve que se segurar para não cair.

— Abra a porta, Aracéli — ordenou ele, mas ela não se moveu.

— Abra antes que eu a arrebente ou pule a janela.

Ela abriu. Não temia Licínio naquele momento, porque ele não seria louco de tentar nada contra ela na casa de padre Gastão. Todavia, não precisava de um escândalo em sua porta nem dos comentários dos fiéis.

— O que o senhor quer? — perguntou ela, afastando-se dele.

— Vim buscá-la. Teodoro pergunta por você. Está preocupado, achando que algum monstro a levou.

— Diga a ele que estou bem, que fugi para longe do monstro e não vou mais voltar.

Ela pensou que ele fosse bater-lhe, mas ele, calmamente, puxou uma cadeira e se sentou.

— Acho que você não compreendeu bem. Teodoro reclama a sua presença, e eu a exijo. Creio que não preciso dizer o que irá acontecer se não vier comigo.

— Não vou voltar, senhor Licínio. Não aguento mais viver como sua escrava. Eu nasci livre. Lamento por Teodoro, mas não posso mais me sujeitar aos seus desvarios. Eu sou uma pessoa, não gosto de ser tratada como um inseto, e até os insetos são dignos de respeito.

— Você continua atrevida, falando o que quer e sem pensar.

Nesse momento, padre Gastão irrompeu pela porta. Vira quando Licínio entrara na igreja e, dominado pela aflição, tratara de encurtar a missa e terminá-la logo. Aracéli suspirou aliviada, enquanto Licínio permanecia impassível.

— Algum problema? — indagou Gastão, aproximando-se de Aracéli.

— Nenhum, padre — retrucou Aracéli. — O senhor Licínio já estava de saída.

Licínio não contestou. Com um sorriso mordaz, se levantou.

— É verdade, já estou indo — e, dando tapinhas no ombro de Gastão, concluiu: — Que bom que é um homem forte, padre.

Saiu. Gastão não compreendeu o comentário, mas Aracéli ficou alarmada. Tinha esperanças de que Licínio não concretizasse suas ameaças, que se cansasse dela e arranjasse outra escrava para satisfazer seus desejos. Todavia, o olhar maldoso que ele lançara para ela não lhe deixava dúvidas: Licínio seria capaz de tudo para tê-la de volta.

— Padre — começou ela a dizer —, tenho medo do que o senhor Licínio é capaz.

— Ele não pode obrigá-la a voltar.

— Mas pode atentar contra o senhor. E se ele fizer alguma coisa para feri-lo?

— Não acredito nisso. Nada vai me acontecer.

— Tenho medo — ela se atirou em seus braços e chorou. — Tenho medo do que ele é capaz.

Gastão acariciava os cabelos de Aracéli, até que perguntou:

— Minha filha, responda-me com sinceridade: aconteceu alguma coisa entre vocês? — ela não disse nada. — O senhor Licínio lhe fez algo que não deveria? Vamos, pode me dizer. Não tenha medo.

Ela quase contou, mas não queria preocupá-lo com algo que já não tinha mais remédio. Todavia, mentir que nada acontecera não o convenceria, e ela resolveu relatar parte da verdade:

— Ele tentou. Quer que eu seja sua amante.

— E você?

— Eu o odeio.

Gastão sabia que a pergunta não fora bem respondida, mas conformou-se. Pela própria vibração de Aracéli, sentia que Licínio havia ultrapassado o limite da mera tentativa. Todavia, não desejava violar a intimidade dela, sabendo o quanto seria doloroso e vergonhoso narrar os ultrajes a que Licínio poderia tê-la submetido. E aquilo não tinha mais importância. O importante era que ela voltara para sua casa e não precisaria mais retornar ao convívio daquele homem detestável.

— Eu jamais deveria ter consentido que você fosse trabalhar em casa dele — lamentou-se o padre.

— Fui porque quis, porque queria experimentar coisas novas, e acabei me afeiçoando a Teodoro. A única coisa que me entristece é saber que vou fazê-lo sofrer.

— Ele é criança, logo esquece. E tem mãe.

Teodoro não teria tempo de esquecer, porque Licínio não esqueceria e, mais cedo do que Aracéli imaginava, daria seu jeito para levá-la de volta.

Licínio entrou em casa espumando de ódio. Aquilo não ficaria assim. Aracéli não era ninguém para desobedecer-lhe, e o padre não tinha o direito de se interpor entre eles. Teodoro correu para ele, pedindo colo, e ele levantou o menino, por instantes se esquecendo do próprio ódio.

— Onde está Aracéli, papai?

— Ela está em casa de padre Gastão, como lhe disse. Precisa ajudá-lo em algumas coisas e depois voltará.

— Ufa! — desabafou ele. — Não foi o monstro então?

— Não existem monstros, meu filho. Aracéli está bem, mandou lembranças e pediu que você aguardasse por ela. Em breve, estará com você outra vez.

— Que bom.

Ao colocar o menino de volta no chão, Licínio percebeu a presença de Esmeraldina, que o fitava com ar de suspeita e indignação. Ela deu ordens para que uma escrava levasse o filho e, quando se viram a sós, anunciou:

— Enviei um bilhete a Marocas, pedindo que me arranje uma criada francesa.

— O quê? Ficou louca?

— Aracéli foi embora. Melhor assim. Teodoro precisa de uma pessoa de classe para cuidar dele.

A vontade de Licínio era agarrar a mulher pelos ombros e proibi-la terminantemente de colocar qualquer outra pessoa no lugar de Aracéli, mas não podia ser tão imprudente.

— Espere apenas um pouco mais — pediu ele, afagando-lhe as mãos e fitando-a com uma ternura forçada. — Por Teodoro, que gosta tanto dela. Se ela não voltar até o final da semana, você pode sair em busca de sua criada francesa, e eu até a ajudarei.

Esmeraldina não tinha a menor vontade de consentir que aquela selvagem sem linha retornasse a sua casa, mas não queria desgostar o marido e acabou concordando, após um logo suspiro de resignação:

— Está bem. Mas é só até o final da semana, nem um dia a mais. Na segunda-feira, já terei outra pessoa para o lugar de Aracéli.

Até segunda-feira era tempo mais do que suficiente para dar um susto na cabocla e trazê-la de volta. Licínio mandou tirar do garimpo dois escravos de sua mais alta confiança, homens fortes, robustos e, acima de tudo, obedientes. Deu-lhes as instruções devidas, recomendando-lhes que não falhassem, ou se veriam em maus lençóis.

No dia seguinte, na hora do almoço, um bilhete chegou às mãos de padre Gastão:

"Por favô, padri, venha em meu aussílio. Meu maridu tá morrendo, i por aqui só tem insetu que num tem respeito ninhum por nóis; num tem ningum padri pra lhe dá a istrema unção. É urgenti! Moru na istradiña du mato seco, duas curva dispois du morro di San Sebastian. Gradecida i que Deus lhi pagui".

Manuela.

O sacerdote terminou de ler a mensagem, tocado pela simplicidade daquela gente que nem sabia escrever direito. Apanhou as suas coisas e, imediatamente, pôs-se a caminho, montado em seu burrico. Já estava no portão quando Aracéli vinha chegando, descalça, a saia dobrada servindo de cesta para as goiabas que colhera na mata.

— Aonde vai, padre?

— Ministrar uma extrema-unção. Não me demoro.

— Vou fazer doce de goiaba para quando o senhor chegar.

Ele riu e pôs o burrinho em movimento, seguindo devagar pela rua. A casa da mulher ficava um pouco distante da igreja, e ele esperava chegar a tempo de aliviar o coração do moribundo. Preocupado em atender pessoas que, ele pensava, precisavam de sua ajuda, nem lhe passou pela cabeça que aquele pedido de socorro nada era senão uma armadilha.

Em casa, Aracéli jogou as goiabas dentro de uma bacia e foi lavar as mãos. Depois de secá-las, apanhou uma faca e sentou-se para descascá-las e tirar-lhes os caroços. Foi quando viu o papel sujo e amassado esquecido na ponta da mesa. Ela limpou as mãos no avental e apanhou o papel. Depois que o leu, soltou-o no chão e escancarou a porta, correndo para a rua, na esperança de alcançar padre Gastão. Ele, porém, já havia sumido de vista. Aracéli seguiu o calçamento à sua procura, mas nem sinal dele. Desesperada, pôs-se a chorar.

Ninguém a ajudou nem parou para perguntar o que estava acontecendo. Ela ainda tentou pedir um cavalo emprestado para ir atrás dele, mas não havia quem se dispusesse a emprestar-lhe. Tampouco conseguiu uma carruagem, nem carroça, nem charrete. Nada. Ninguém estava disposto a colaborar com as estripulias de uma cabocla matreira e descalça.

Desanimada, voltou para casa, intimamente rezando para que nenhum mal acontecesse ao clérigo. A referência a insetos naquele bilhete mal escrito deixou-a desconfiada de que Licínio estava por trás de tudo e teria armado um plano para fazer mal ao clérigo.

Ao entrar em casa, parou estarrecida. Sentado na mesma cadeira do outro dia, Licínio comia uma goiaba e fitava, pela janela, a floresta mais atrás.

— Entre, Aracéli — falou ele em tom impassível. — E feche a porta.

Ela obedeceu e sentou-se defronte a ele, sem saber se o agredia ou se implorava para que ele não machucasse seu pai. Por fim, perguntou:

— Onde está padre Gastão?

— Pelo que li aqui — ironizou ele, apanhando o bilhete do chão —, ele foi dar uma extrema-unção.

— Nós sabemos que isso é mentira. Foi o senhor quem armou essa arapuca.

— Talvez... E talvez possa desarmá-la. Só vai depender de você.

— Ainda há tempo de desfazer tudo isso?

— É claro. Você não acha que eu iria planejar ferir o seu paizinho de saias sem antes lhe dar a chance de se arrepender e remediar o que fez, acha?

— Por Deus, senhor Licínio, o senhor não pode ser assim tão insensível! Deixe-nos em paz. Eu não sou ninguém, e o senhor é rico, pode ter a mulher que quiser.

— Acontece, Aracéli, que eu quero você — ela abaixou a cabeça, lutando para segurar as lágrimas, e ele prosseguiu: — Façamos o seguinte: você volta comigo e o padre retorna para casa ileso. Não acha que é uma troca justa?

— Se o senhor já deu ordens para alguém feri-lo, como pretende impedir uma desgraça?

— Minha cara, o lugar é longe e, montado naquele burrico, ele vai levar, no mínimo, uma hora para chegar. E acontece que eu tenho dois homens a meu serviço: um está na curva da estrada, aguardando que ele passe para assaltá-lo e dar-lhe uma surra como retribuição pela sua pobreza. O outro está lá fora, à espera de um sinal meu para que voe em seu cavalo, passe a frente do padre e avise o companheiro de que o plano está desfeito. Padre Gastão irá passar, não vai encontrar estradinha alguma e vai retornar indignado, julgando-se ví-tima de alguma brincadeira de mau gosto.

— O senhor é cruel... Como pode ter idealizado um plano sórdido feito esse?

— Você me dá trabalho. Tive que ficar plantado aqui es-perando você sair para o mato e deixar o padre sozinho para então mandar o rapaz entregar o bilhete. Foi cansativo, mas valeu a pena, sabe? Por você, sou capaz de tudo... menos de sacrificar o meu filho e o meu casamento, é claro. E então? O que me diz? Volta comigo ou prefere cuidar das feridas de padre Gastão? — ela engoliu em seco e não respondeu. — Acho bom pensar depressa. O tempo está passando, e pode ser que meu homem se atrase para salvá-lo. E só Deus sabe o quanto um padre, já de certa idade, pode resistir...

— Por favor, não me obrigue a voltar para aquela casa.

— Oh! Mas não estou obrigando-a! Você volta se quiser. Mas depois, não lamente as consequências quando vir o es-trago na cara do padre. Ou o seu corpo num caixão...

Aracéli sentiu um calafrio só de pensar em seu pai morto. Licínio, contudo, não tinha mais paciência de esperar que ela se decidisse e arrematou:

— Muito bem. A escolha é sua.

Disse isso e saiu. Nem bem cruzou o portal e Aracéli já es-tava atrás dele, gritando em desespero:

— Espere! Não faça isso. Eu vou com o senhor, mas por favor, não deixe que façam mal a padre Gastão! Impeça seus homens de feri-lo, eu imploro!

— Agora não sei se dá mais tempo. Você demorou muito a se decidir.

— Não! Faço qualquer coisa para salvar padre Gastão. Deito-me com o senhor aqui, agora, mas o senhor tem que salvá-lo!

Licínio deixou escapar o sarcástico riso da vitória. Deu um assobio curto, e logo um escravo apareceu.

— Pode ir, Rufino. O plano está desfeito. Depressa! Não quero que nada aconteça ao padre.

O homem saiu desabalado, e Licínio se virou para Aracéli. Não havia pensado na possibilidade de possuí-la na cama do padre, mas a ideia o agradou.

— Venha — chamou ele, passando na frente dela. — Vai ser bom fazer amor com você em uma cama, para variar. Ainda mais no leito sagrado e imaculado de seu paizinho.

— Não... — sussurrou ela, horrorizada. — Na cama de padre Gastão, não. Não podemos. Venha para a minha...

— Na sua cama não será tão divertido. Agora, se quiser que eu mude de ideia e vá atrás do meu escravo...

A imagem de padre Gastão todo ensanguentado no lombo do burrico fez Aracéli se decidir e conduzir Licínio ao quarto de seu pai. O ambiente era limpo e perfumado, como o resto da casa. A cama era simples, mas muito bem arrumada e convidativa, com aquela colcha branca de rendas esticada sobre ela. Licínio experimentou o colchão e riu satisfeito. Agarrou a colcha com uma das mãos e puxou-a com força, exibindo o alvo e perfumado lençol. Estendeu a mão para Aracéli, que a apanhou e sentou no colo dele, lutando, como sempre, para não chorar.

— Seja boazinha comigo — considerou ele, alisando o corpo da menina e beijando o seu ouvido. — E serei bom para você.

Aracéli entregou-se sem resistir, engolindo a dor da derrota e de mais aquela humilhação. A sensação de estar vilipendiando o leito sagrado de padre Gastão ainda piorava a sua angústia, e ela se deixava usar por Licínio da forma que ele queria, na esperança de que ele terminasse logo e encerrasse aquela profanação.

Licínio demorou mais do que o usual, regozijando-se com a vitória sobre Aracéli e a conspurcação do lar e do leito imaculados do padre. A sensação de ilicitude divina só fazia aumentar o seu prazer, e ele concluiu o ato sexual sem pressa, aproveitando cada momento de dor e constrangimento de Aracéli.

Ao final, ele a beijou longamente e se levantou saciado.

— Vista-se — ordenou ele em seu tom autoritário de sempre. — E vamos embora.

— Não vamos esperar padre Gastão? — retrucou ela incrédula, trocando rapidamente o lençol e esticando novamente a colcha. Pretendia queimá-lo mais tarde, para que seu pai não se deitasse sobre um leito de heresias.

— Padre Gastão vai demorar a chegar, e eu tenho pressa.

— Mas... ele vai ficar preocupado, pensando que algo me aconteceu.

— Você é uma indiazinha esperta e culta, não é? Pois então, escreva-lhe um bilhete. Garanto que ele vai entender.

Aracéli não resistiu e chorou baixinho. Sem contestar, apanhou a pena e o papel e escreveu um bilhete lacônico, informando Gastão que tivera que voltar a casa de Licínio para cuidar de Teodoro, que adoecera em face de sua ausência.

— Está muito bom — elogiou Licínio, tirando o papel das mãos de Aracéli depois que ela escreveu. — Sem lamúrias nem choramingas. Agora, vamos.

— Preciso apanhar algumas roupas.

— Seja rápida.

Aracéli juntou umas poucas roupas numa trouxinha feita com o lençol que tirara da cama e saiu atrás de Licínio, não se esquecendo de colocar o bilhete na escrivaninha de padre Gastão. Fechou a porta com cuidado e seguiu-o até onde ele havia deixado a carruagem. Entrou em silêncio e fitou o vazio, sentindo que o vazio se espalhava pelo seu corpo e dominava sua alma.

CAPÍTULO 19

Só quando chegou a casa foi que padre Gastão compreendeu o motivo daquela troça. Ele não conseguira encontrar o lugar indicado no bilhete e, a princípio, julgara que fora vítima de algum galhofeiro sem fé. Só que não era brincadeira, mas uma estratégia de Licínio para levar Aracéli embora. E o bilhete que ela deixara não o convenceu. Tinha certeza de que Aracéli fora obrigada a partir.

A viagem de ida e volta até a casa fictícia minara-lhe as forças, e ele não poderia ir, naquele mesmo dia, à casa de Licínio buscar Aracéli. Tinha que esperar até a manhã seguinte.

A chegada de Aracéli foi recebida com alegria por Teodoro e desprezo por Esmeraldina. Ela abraçou o menino e cumprimentou a todos, seguindo com ele para o quarto.

— Que bom que o monstro não pegou você, Aracéli — comentou Teodoro.

Ela sorriu e o abraçou, imaginando que fora um monstro que a trouxera de volta e jamais a deixaria partir.

Padre Gastão foi vê-la logo cedo. Aracéli o abraçou de um jeito comedido, felicitando-se interiormente por ver que ele não sofrera nenhum arranhão.

— O que deu em você para partir sem me avisar, minha filha? — indagou ele, assim que se viu a sós com ela, caminhando pelo quintal do casarão.

— Não viu o meu bilhete?

— Vi. No entanto, Teodoro não me parece doente. Por que continua a mentir para mim?

— Não quero mentir para o senhor — sussurrou ela, olhando ao redor e constatando que Licínio estava a uma das janelas, vigiando todos os seus movimentos. — Só queria que estivesse bem.

— Ele a obrigou, não foi? Foi ele quem inventou aquela história toda de extrema-unção só para afastar-me de casa e obrigá-la a voltar. Que argumentos ele usou para convencê-la? — ela não respondeu. — Sei que ele fez alguma coisa. Ele a ameaçou?

— Não.

— Bateu em você?

— Não.

— Atentou contra a sua honra?

Nesse ponto, ela o fitou com amargura e retrucou com um quase desespero:

— O que é a honra, padre? É o que aparentamos no mundo externo ou é a dignidade que carregamos na alma? — ele não respondeu, confuso, e ela prosseguiu: — Mais importante do que tudo, para mim, é saber que o senhor está vivo e bem. O senhor é a minha honra, porque são os seus valores que carrego em minha alma, e não a degradação a que qualquer homem possa submeter o meu corpo.

— O que quer dizer com isso? — horrorizou-se ele. — O que o senhor Licínio fez a você?

— Nada que eu não merecesse.

— Não entendo, Aracéli. O que está dizendo?

— Não é o senhor mesmo quem diz que nada acontece no mundo que não seja da vontade de Deus? — ele assentiu. —

Então, por algum motivo, Ele deve achar importante e justo que eu... que nós estejamos passando por tudo isso. Do contrário, nada nos aconteceria.

— Não sei bem o que lhe aconteceu, mas não se revolte contra Deus.

— Ao contrário, padre, é graças a Ele que consigo suportar a dor, exatamente por saber que tudo há de ter um motivo e que Deus somente quer o meu bem. É Ele quem me dá forças.

— Por Deus, Aracéli, o que foi que esse homem fez a você?

— Nada.

— Ele fez, e imagino o que seja. Mas você não precisa temê-lo nem se sujeitar a ele. Pode voltar para casa comigo, podemos até nos mudar daqui.

— O senhor não compreende. Ele irá atrás de mim aonde quer que eu vá. E o pior é o que poderá lhe acontecer caso eu não faça a vontade dele.

— Não tenho medo dele. Não tenho medo de ninguém que seja parte deste mundo, porque aqui, não há quem seja mais poderoso do que Deus. E, como você mesma disse, tudo se processa segundo os Seus desígnios.

— Os desígnios de Deus são um mistério, e é por isso que faço a minha parte: para que eu colabore na realização de Sua obra.

— Minha menina... Quanto amadurecimento em uma alma tão jovem!

— Não se preocupe comigo, pai. Estou bem e tenho Teodoro para me confortar.

Efetivamente, o menino era a única ilha naquele oceano de torpezas, e era através dele que Aracéli via a bondade de Deus. Parecia que Ele lhe enviara um anjo bom para ajudá-la a suportar os reveses da vida. Ela procurou tranquilizar padre Gastão, que voltou para sua paróquia sem conseguir convencê-la a partir com ele.

Nas noites que se seguiram, Licínio não foi à beira do riacho, temendo alimentar as suspeitas de Esmeraldina. Realmente, ela possuía lá as suas desconfianças, mas não queria despertar a curiosidade dos escravos antes que a dúvida tivesse um fundamento real. Mesmo assim, Aracéli comparecia, por ordem de Licínio, que não queria ter a decepção de chegar à beira do córrego, ardendo de desejo, e não encontrar a amante pronta para saciar-lhe a fome.

Assim que Esmeraldina pareceu desligar-se de Aracéli, Licínio voltou ao riacho, e ela lá estava, aguardando por ele. Agora, porém, estava diferente. Não lhe respondia mais nem se debatia sob seu corpo, entregando-se a ele com uma passividade irritante. Licínio gostava de demonstrar sua superioridade, o que só seria possível se ela o provocasse ou contradissesse. Ela, contudo, nada fazia. Limitava-se a se deitar sobre o cobertor e permitir que ele a usasse como bem entendesse. Depois, quando ele dava a noite por encerrada, ela simplesmente se levantava e ia embora.

Licínio voltava para o quarto decepcionado. Gostava da vivacidade e do vigor de Aracéli. Sua resistência o estimulava, excitava-o sua rebeldia. Só que Aracéli, após o susto com o padre, passara a agir como uma boneca sem vida ou uma estátua fria. Quem sabe não era uma estratégia para que ele se cansasse dela e a despedisse? Ainda assim, ela exercia sobre ele inexplicável fascínio e, fosse como fosse que ela agisse, ele jamais a deixaria partir.

— Onde você esteve? — ele ouviu a voz de Esmeraldina assim que entrou no quarto. — Foi urinar?

— Se você já sabe, por que pergunta?

Mais uma vez, ele vinha cheirando a suor e sexo. Fazia tempo que Licínio não se ausentava à noite, e agora, refletindo melhor, Esmeraldina percebia que ele não saíra desde que Aracéli se fora, somente voltando a fazê-lo depois de seu retorno.

Estranhamente, naquela noite, Licínio lhe servira vinho em excesso, causando-lhe uma sonolência gostosa e irresistível.

Logo ferrara no sono, até que, de repente, sentira uma espécie de cutucão nas costelas e abrira os olhos. Não vira o espírito ávido de Soriano, que fora quem a despertara, mas percebera uma presença no quarto e chamara pelo marido. Licínio não respondera, e ela custara a se convencer de que estava só. O lugar vazio dele a sobressaltara, e ela se pôs desperta, até que ele entrou em seguida.

— Com quem esteve? — era Esmeraldina novamente.

— Não preciso de companhia para urinar. Estava sozinho.

Ela não disse nada e se virou para o lado, imaginando se Aracéli passara a noite toda no quarto de Teodoro. Custou muito a dormir e, no dia seguinte, assim que Licínio saiu para vistoriar o garimpo, mandou reunir os escravos.

— Muito bem — começou ela em tom imponente e intimidador. — Quero saber se alguém percebeu algum movimento estranho na casa nos últimos tempos. Qualquer coisa. — Ninguém disse nada, e ela prosseguiu, apontando para uma escrava mais velha: — Você! Viu alguma coisa?

A escrava meneou a cabeça e falou com os olhos voltados para o chão:

— Não vi nada, sinhá.

— E você? — indagou à outra, que também balançou a cabeça em negativa. — Será possível que ninguém percebeu nada estranho ultimamente? Nem quando estive fora?

Uma escrava novinha e magricela deu um passo à frente e anunciou:

— Aconteceu uma coisa, sinhá.

— O que foi, Zenaide? Pode falar.

— Não sei se tem importância...

— Deixe que eu decido o que é importante. Fale logo. O que você sabe?

Zenaide olhou para os demais, dando mostras de que estava prestes a revelar um importante e comprometedor segredo, e Esmeraldina fez sinal para que os outros escravos saíssem. Só então ela começou a contar:

— Bom, uma vez, a senhora estava viajando, e o sinhô Licínio me mandou buscar Teodoro na beira do córrego lá embaixo. Eu fui. Cheguei lá, o menino estava nadando sem roupas com aquela índia.

Esmeraldina ergueu uma sobrancelha e inquiriu:

— Aracéli também estava sem roupas?

— Estava.

— O que mais?

— Eu apanhei o menino, conforme sinhô Licínio mandou, e ela ficou reclamando. Queria que ele se vestisse, mas o sinhô me deu ordens para levar *ele* como estivesse. Não queria esperar. Eu achei que não era certo sair andando com o menino pelado por aí, mas não podia desobedecer sinhô Licínio. Peguei o menino no colo e voltei para casa.

— E Aracéli?

— Ficou lá, lutando com a roupa. Eu chamei *ela* de desavergonhada, mas ela não se importou, não. Essa gente índia não tem pudor, sinhá Esmeraldina.

— E depois?

— Bom, depois que eu entrei com o menino, não vi mais nada. O sinhô Licínio havia saído, e fui eu que tive que vestir Teodoro, porque a índia ficou lá de moleza e não voltou.

— Ela não voltou? Hum... E você tem certeza de que o senhor Licínio não estava em casa?

— Eu procurei *ele* para dizer que o menino já havia chegado, mas não encontrei.

Durante alguns minutos, Esmeraldina ficou remoendo a dúvida e a raiva, até que tomou uma decisão:

— Vou incumbi-la de uma tarefa, Zenaide. Acha que conseguirá cumpri-la?

A escrava estufou o peito e respondeu, cheia de si:

— O que a sinhá mandar. Sou boa em cumprir ordens.

— Pois bem. O que irei lhe dizer deve ficar apenas entre nós. Se descobrir que você contou a alguém, mando cortar-lhe a língua.

— Cruz-credo, sinhá! Não conto nada, não.

— Muito bem. Quero que você vigie Aracéli.

— Vigiar aquela índia malcriada?

— À noite. Se ela sair do quarto de Teodoro, quero que a siga.

— Por quê?

— Porque eu estou mandando! — aborreceu-se. — E se você a vir com o meu marido ou com qualquer outro homem, fique quieta e corra para me contar. Mesmo que eu esteja dormindo, quero que me acorde.

— Sim, sinhá.

— E lembre-se: não diga nada a ninguém. Se você se sair bem, far-lhe-ei um agrado.

Zenaide deu um largo sorriso, imaginando que Esmeraldina a presentearia com alguma joia maravilhosa, já antegozando um colar de esmeraldas em seu pescoço. E seria muito bom descobrir algum pecado daquela índia metida, que se julgava superior só porque era cria de um padre.

Sinhá Esmeraldina iria ver do que ela era capaz. Não iria falhar.

CAPÍTULO

20

Aracéli dormia um sono agitado, com o espírito de Soriano parado a seu lado, fitando seu rosto com ódio. Aquele artifício de reencarnar como mulher não serviu para ludibriá-lo, pois ele conhecia bem as suas artimanhas. Estava ligado a Alejandro pelo ódio, e somente depois de ultimar a sua vingança é que poderia descansar.

Subitamente, uma luz começou a brilhar perto da janela, e ele procurou as sombras para se ocultar. Se fosse algum espírito iluminado, seria visto de qualquer jeito, mas a ilusão de estar encoberto lhe trouxe segurança, e ele recuou para dentro da penumbra. Aos poucos, uma figura feminina foi-se delineando em meio à claridade suave, até que ganhou corpo, e a forma translúcida de sua antiga noiva, Cibele, surgiu diante de seus olhos.

Ele deu um salto da escuridão e se postou em frente a ela, sem voz, imaginando de que paraíso estelar teria surgido aquela presença. Cibele sorriu para ele, que permanecia retraído, sem saber se acreditava ou não na forma que seus olhos viam.

— Não tenha medo, Soriano — falou o espectro de luz. — Sou eu mesma, Cibele.

— Não... não é possível — gaguejou ele. — Cibele me abandonou há muitos anos.

— Só porque você não me via não significa que não estive a seu lado.

— Você esteve?

— Não pude unir nossos corpos astrais, porque você optou por viver num mundo no qual eu não podia penetrar. Mas muitas foram as vezes em que rezei por você e senti o seu apelo quando pensava em mim.

— Ah! Cibele! Como eu gostaria de poder tocá-la novamente. Tenho me sentido tão só aqui...

— Por que não vai embora?

Ele riu amargamente e respondeu com tristeza:

— Para onde? Não há nada para mim além deste mundo.

— Quanto pessimismo! Somos espíritos livres. Podemos ir aonde quisermos.

— Não é bem assim... Existem aqueles que me aprisionaram na treva e não me permitiriam sair.

— Quem o aprisiona são as suas culpas. É por causa delas que você mantém vivo o vínculo que o prende a seus captores. Se romper a sintonia com eles, vai conseguir sair.

— Como?

— Comece a pensar de forma diferente. Reconheça e aceite a culpa como elemento transformador. Depois, descarte-a. Você não precisa dela para manter viva a sua essência.

— Você fala em culpas com muita propriedade, mas quem tem do que se culpar é aquele assassino ali!

Soriano apontou para Aracéli, e Cibele apanhou a mão dele, fechando-a na sua.

— Por que aponta os crimes de outro quando você mesmo foi autor de muitos crimes? — indagou ela, virando a mão de Soriano para o peito dele e abrindo-a sobre o coração.

— Você também foi um assassino e só não matou Alejandro porque ele foi mais ágil e mais esperto.

— Você não sabe o que ele fez comigo! — esbravejou, esquivando-se da aura de luminosidade de Cibele e procurando um canto de sombras. — Entregou-me para aqueles índios do inferno. E veja!

Soriano rasgou a camisa, exibindo o talho no abdome, por onde ainda afluía grande quantidade de sangue.

— Eu morri e não paro de sangrar. É a minha sina, a maldição que ele fez recair sobre mim!

Sem se importar com o sangue que agora jorrava e descia até o chão, Cibele o abraçou, envolvendo-o num halo cintilante e suave.

— Esse mundo é repleto de ilusões. O sangue que se derrama de você flui primeiro da sua mente. Se você deixar de acreditar na ferida, deixar de senti-la e vir a si mesmo como um homem são, seu corpo fluídico vai se recompor e você vai ver que não há nada aí além do que deveria estar.

Ela colocou uma das mãos sobre a ferida aberta e outra na fronte de Soriano, e o sangue encharcou os seus dedos. Após curtíssimo momento, como por milagre, a sangueira estancou, e as manchas vermelhas se dissiparam no ar feito éter. Não havia, em lugar algum, vestígio de sangue.

— Você fez um milagre! — exclamou Soriano, embevecido. — Cibele, você é um anjo de luz!

— Não fiz nada de mais. Eu apenas desviei, momentaneamente, o seu padrão mental da ferida sangrenta. Todavia, se você não alimentar essa crença, se a sua mente se voltar outra vez para a convicção de que há um talho na sua barriga que não para de sangrar, não serei eu que poderei conter o sangramento.

Em poucos instantes, como que cumprindo uma profecia, o sangue voltou a jorrar do abdome de Soriano, que o apertou freneticamente, na esperança vã de fazê-lo parar.

— Faça alguma coisa! — implorou ele. — Ponha as suas mãos milagrosas novamente sobre mim!

— Não crie ilusões desnecessárias, Soriano. Você é o responsável pela cura de si mesmo. Já lhe mostrei o caminho, cabe agora a você segui-lo ou não.

Soriano arriou no chão e começou a chorar, enquanto Cibele permanecia quieta, em silenciosa oração. Aos poucos, um fio energético e invisível foi-se estendendo para ele e penetrando por todo o seu corpo fluídico, levando-lhe uma sensação de conforto e paz. Como ele conseguira se acalmar, a prece de Cibele foi capaz de estabelecer uma união com a mente de Soriano, afastando de seus pensamentos a sensação da ferida.

O sangue parou de jorrar, e embora o talho permanecesse aberto no mesmo lugar, apenas um filete avermelhado percorria-lhe a extensão. Cibele estendeu a mão e alisou os cabelos de Soriano, que levantou os olhos e a encarou com gratidão.

— Leve-me daqui, Cibele — pediu ele. — Não aguento mais.

— Para vir comigo, basta querer.

Ele apanhou a mão dela, mas, assim que se levantou, colocou-se de frente ao leito de Aracéli, e o antigo ódio ressurgiu com toda intensidade.

— E ela? — perguntou, indicando Aracéli.

— Vai prosseguir com a sua vida.

— Se eu for embora, perderei o contato com ela?

— Certamente.

Ele soltou a mão de Cibele e se aproximou da cama.

— Não posso permitir que ela viva uma vida de felicidade enquanto eu me martirizo nesse inferno.

— Disse-o bem, Soriano. É você quem se martiriza. Ninguém está lhe impondo o sofrimento.

— Ela! Ela fez isso comigo!

— Alejandro encontrou seus próprios meios de se reequilibrar com a vida. Por que não pensa em uma maneira de fazer o mesmo?

— Não posso permitir que ela seja feliz.

— Ela não é feliz. Não vê o que seu amigo Lúcio faz com ela?

— Bem feito!

— Não é bem feito nem mal feito. É o necessário, porque ela assim acreditou que seria. Aracéli já tem o seu fardo para carregar. Será que precisa de você para se debruçar sobre ele e acrescentar-lhe mais peso?

Soriano se voltou e fitou Cibele nos olhos, sentindo o quanto ainda a amava. O amor, contudo, não era mais poderoso do que o ódio que alimentava por Aracéli.

— O que deseja, Cibele? — perguntou ele com voz sofrida.

— Não desejo propriamente nada. Pensei apenas que poderia despertar em você a compreensão da vida e a vontade de se modificar.

— Eu gostaria. Mas não saio do lado dessa assassina enquanto não conseguir me vingar.

— Posso saber como seria essa vingança?

— Ela tem que morrer. Do lado de cá, vou providenciar a sua derrota definitiva.

— Ela já esteve do lado de cá, e você nada pôde contra ela. Ao contrário, foi o encarregado de seu esclarecimento a respeito da morte de seu corpo físico. Por que acha que, agora que Alejandro se modificou e se transformou em Aracéli, muito mais amadurecida, confiante e digna, você vai conseguir o seu intento?

— Eu tenho que tentar. Se não conseguir aprisioná-la, ao menos, a terei feito sofrer e morrer.

— Morrer não é a pior coisa que pode acontecer a alguém em vida. Ao contrário, a morte é a chave da prisão. Só quando morremos nos libertamos das ilusões deste mundo e começamos a vislumbrar o caminho da verdade.

— Você fala muito bonito Cibele, mas isso não é para mim. Vou conseguir matar Aracéli, você vai ver.

— Você não tem esse poder.

— Mas conheço quem tem e tudo vou fazer para inspirá-lo. Ou você vai tentar me impedir?

— Não posso. Não da maneira como você pensa.

— E de que maneira seria?

— Eu vou retornar, Soriano.

— Como assim, retornar?

— Vou reencarnar.

— Você vai voltar para lá? — ele apontou para o quarto e continuou sonhador. — Como eu gostaria de estar no seu lugar!

— Você pode, não estar no meu lugar, mas comigo.

— Como?

— Posso esperar por você. Podemos planejar alguma coisa juntos.

— Você pode me esperar para ser minha mulher?

— Posso. Mas você vai ter que desistir de Aracéli.

— O que me pede é impossível, é maior do que minhas forças. Vingar-me de Alejandro é um sentimento poderoso que está infiltrado em meu próprio sangue.

— É por isso que ele não para de fluir. Quer mostrar a você o desperdício de energia que é a vingança.

Ele hesitou por uns momentos, e Aracéli remexeu-se na cama, atraindo sua atenção. Soriano permaneceu alguns minutos explorando o sono dela, para ver se teria acesso a seu corpo fluídico, mas ele estava adormecido junto com o físico e protegido por uma espécie de cerca energética que impedia sua aproximação.

— Amo você, Cibele — declarou ele, encarando-a com olhos úmidos. — Mas não posso desistir de Alejandro. Não depois de tudo por que passei para vê-lo sofrer. Fico feliz que você tenha a chance de reencarnar e gostaria de estar com você. Mas não posso. Tentarei acompanhar a sua nova jornada e, quem sabe, mais tarde, numa próxima vida, não poderemos nos reencontrar?

— Tudo é possível. E foi com essa esperança que pensei convencê-lo. Você não mudaria de ideia nem se soubesse que, prejudicando Aracéli, vai também me atingir?

— Isso é impossível! Você e Aracéli nada têm em comum. Ela está do lado de lá, e você, do lado da luz.

— Por enquanto. Não disse a você que vou reencarnar?

— Sim, mas...

— Vou reencarnar como filha de Aracéli, Soriano. E se você a matar, estará matando também a mim.

— Não!

— Os arranjos já estão feitos. Em breve, Aracéli vai engravidar de Licínio, e será a mim que ela carregará no ventre.

— Você não pode fazer isso!

— Já fiz. Foi a única maneira que encontrei de tentar evitar que você continue alimentando esse ódio insano. Isso tem que acabar.

— Você não compreende. Licínio não vai deixar Aracéli viver se souber que ela espera um filho seu.

— Pois então, tente impedi-lo. Com a mesma força que você busca matar Aracéli, lute pela minha vida. É a sua chance de se reencontrar com Deus.

— Mas você disse que podia me esperar!

— E foi por isso que Aracéli não engravidou ainda. Porque eu tinha que falar com você primeiro e lhe dar essa chance. Mas você não a aceitou.

— Espere! Posso mudar de ideia. E se eu reconsiderar? Quero que você me espere. Vou voltar com você, e vamos reencarnar juntos. Por favor, não cometa essa loucura de reencarnar como filha de Aracéli.

— Suas palavras não são sinceras, Soriano. Posso ler em sua mente os sinais da mentira. Assim que eu desistir, você vai retomar os seus planos de vingança e se esquecer do compromisso que assumiu comigo.

Soriano silenciou. Ela tinha razão. Não estava sendo sincero nem conseguiria mudar de atitude tão rapidamente. O que ele pretendia, na verdade, era demover Cibele daquela ideia tenebrosa, porque não poderia prejudicar Aracéli se isso afetasse também a sua amada.

— Sinto muito — desabafou ele. — Eu queria que fosse assim, mas você tem razão. Não estou preparado para desistir de Alejandro.

— Você terá todos os motivos para reconsiderar. Ao pensar em destruir Aracéli, pense que me destruirá junto com ela. Antes ou após o meu nascimento, estaremos unidas em tudo, seja para o que de bom nos acontecer, seja para o que for ruim.

Diante do ar estarrecido de Soriano, Cibele se despediu. Pousou-lhe um beijo terno nos lábios e esvaneceu num halo de luz, antes que ele pudesse protestar ou dizer qualquer outra coisa. Mesmo após a sua saída, sentia-se envolvido em doce perfume, que refrescava o seu coração e desanuviava sua mente, dando-lhe a oportunidade de raciocinar sem a trava da vingança.

Ele achava que o ódio por Alejandro era maior do que o amor que sentia por Cibele, mas ela conseguira plantar a dúvida em seu coração. Realmente, era mais fácil vingar-se do desafeto sabendo que a amada estava em segurança e muito bem protegida. Todavia, como atentar contra a vida do outro e, ao mesmo tempo, aniquilar a única mulher que amava e por quem teria dado a vida para defender? Seria ele capaz de tirar a vida de alguém assim?

A resposta mais provável era que não.

CAPÍTULO 21

Nada do ocorrido naquela noite ficou registrado na mente de Aracéli, que sequer tomara conhecimento do drama que se desenrolara bem diante de seu leito. Conseguira até dormir mais tranquila, porque Licínio, temendo a atitude da mulher, não fora ao seu encontro naquela noite. Zenaide, contudo, a seguira até a beira do rio, e no dia seguinte, quando Licínio saiu para vistoriar o garimpo, foi logo contar tudo a Esmeraldina.

— E então, menina, o que foi que você viu? — indagou a mulher.

— Aracéli saiu do quarto no meio da noite, sinhá. Foi até a beira do rio, estendeu o cobertor e ficou lá sentada, olhando as estrelas.

— Ninguém apareceu?

— Ninguém.

— Muito bem. Pode ir.

Então era lá que eles se encontravam? Na beira do riacho, bem perto de casa? O que Zenaide lhe dissera fazia sentido.

Ela ficara acordada até tarde e adormecera com o corpo quase todo sobre o do marido, de forma que, se ele tivesse saído, ela teria percebido. Também não bebera vinho ao jantar. Licínio adquirira o hábito de servir-lhe além do necessário, e ela não pretendia mais se deixar embebedar para facilitar-lhe as fugas.

Na noite seguinte, o mesmo sucedeu. Esmeraldina recusou o vinho e custou muito a dormir, despertando ao menor sinal de ruído ou movimento dentro do quarto. Com isso, Licínio não conseguiu sair, e o que Zenaide teve a contar foi o mesmo do dia anterior. Aracéli saíra sozinha, esticara o cobertor e depois voltara para casa.

Na terceira noite, tudo igual, embora Esmeraldina já demonstrasse os sinais do cansaço que a falta de sono produzia. Mais uma noite, e ela começou a cochilar tão logo se deitou, mas ainda despertava quando percebia que Licínio se mexia a seu lado. Na quinta noite, contudo, não resistiu mais. As noites mal dormidas começaram a pesar, e ela ferrou no sono assim que seu corpo bateu na cama. Licínio esperou até que ela começasse a roncar e experimentou movimentar-se. Esmeraldina soltou um ronco alto e virou para o lado, mastigando a língua enquanto se encolhia sob o lençol.

Certificando-se de que ela dormia pesadamente, Licínio se levantou. Vestiu-se e saiu porta afora feito uma bala de canhão. Rápido e cheio de um fogo que lhe devorava as entranhas. Aracéli o aguardava no lugar de sempre, deitada no cobertor e de olhos cerrados. Licínio chegou apressado e, sem dizer nada, começou a despi-la, dando início ao seu ritual de amor.

De trás dos arbustos, Zenaide quase tombou sobre eles, tamanho o espanto que experimentava. Finalmente, alguém aparecera e, para sua felicidade, era justo o seu senhor. Esmeraldina havia lhe recomendado que voltasse ao quarto e a avisasse imediatamente, mas o fascínio da cena a paralisou. Uma inveja muda arrebatou o coração da escrava, que se pôs a imaginar-se no lugar de Aracéli, desfrutando da alegria de ser a preferida de Licínio.

Perdida em seus devaneios, Zenaide quase deixou a oportunidade escapar. Contudo, percebendo que Licínio havia terminado, e temendo que Esmeraldina lhe desse uma surra, abandonou o seu posto e voltou correndo, sacudindo a mulher com veemência.

— Acorde, sinhá Esmeraldina, ele está lá! O sinhô Licínio está lá na beira do riacho com Aracéli!

Esmeraldina teve que sacudir a cabeça várias vezes até perceber o que estava acontecendo. Ao ver a escrava gritando a seu lado, compreendeu tudo. O lugar de Licínio estava vazio, o que significava que ele estava nos braços daquela índia vagabunda.

— O que está dizendo, Zenaide? — sobressaltou-se Esmeraldina, enquanto acendia a vela na mesinha. — Que meu marido está lá na beira do rio com aquela cabocla?

— Sim, sinhá. Já deve até estar voltando.

— Por que não veio logo me avisar, sua estúpida? Não mandei que viesse falar comigo assim que alguém aparecesse por lá?

— Ai, sinhá, não me castigue, não. Fiquei com medo de sair de trás dos arbustos e sinhô Licínio me ver.

— Saia daqui! Não quero que ele a encontre.

A escrava saiu correndo, bem a tempo de sumir de vistas quando Licínio chegou. Ele estranhou a luz em seu quarto e teve um mau pressentimento. Mesmo assim, entrou. Esmeraldina estava sentada em uma poltrona, as mãos fechadas sobre o colo, fitando-o com ar austero e frio.

— Dina! — espantou-se ele. — O que está fazendo acordada?

— Eu é que lhe pergunto, Licínio. Por que não está em sua cama? E não me diga que foi urinar. Não aguento mais ver você ultrajar a minha inteligência.

Ele se aproximou em silêncio, sem saber o que dizer, e ajoelhou-se ao lado dela.

— Você é a única mulher que eu amo — desabafou em tom que pareceu de desculpa.

— Ainda assim, você sai do nosso quarto sorrateiramente, no meio da noite, para se encontrar com aquela selvagem indecente e sem-vergonha!

— Do que está falando?

— Não adianta fingir, Licínio! Já sei de tudo. Você foi visto com aquela índia na beira do riacho, fazendo sabe-se lá o quê!

— Quem foi que lhe contou uma infâmia dessas?

— Atreve-se a dizer que é mentira? Por acaso você me toma por alguma camponesa ingênua e estúpida? Sei muito bem que você e Aracéli andam dormindo juntos.

Ela começou a caminhar nervosamente pelo quarto, e Licínio a acompanhava aturdido, dando voltas ao redor do próprio corpo, tentando encontrar uma desculpa convincente para dar. Não havia nenhuma. Esmeraldina era uma mulher vivida e inteligente, e qualquer coisa que ele dissesse soaria como um insulto.

— Perdoe-me, Dina — gemeu ele, vendo-se encurralado e sob pressão. — Ela não significa nada. Nada! Você é a mulher que eu amo.

— Então você confessa! Admite que se deitou com aquela índia? — ele assentiu envergonhado. — Que decepção, Licínio! E logo com uma cabocla suja?

— Ela não é suja...

— Não a defenda! Jamais ouse defender outra mulher em minha presença!

— Por Deus, Dina, ouça-me. Aracéli não representa nada para mim. É só um brinquedo, um objeto, uma coisa. Só me serve para o sexo. Não sinto nada por ela além de desejo. É a você que eu amo.

— Suponho que isso deveria me servir de consolo.

— Não seja irônica.

— Você é quem está de ironias! Como pode chegar aqui e, descaradamente, admitir que dormia com a índia? Não tem vergonha? E o respeito? Perdeu o respeito por mim e por si mesmo?

— Tente compreender. Eu sou homem... ela ficou se insinuando. Você foi viajar, me deixou sozinho. Queria ter você, e você não estava aqui. No princípio, consegui me controlar. Mas a fome de sexo foi aumentando com a sua ausência, até que, um dia, não resisti mais. Quando Aracéli me provocou...

— Chega!

— Coloque-se no meu lugar — prosseguiu ele, sem dar ouvidos ao protesto de Esmeraldina. — Que homem se priva de sexo por muito tempo? Com certeza, nenhum. Você me deixou abandonado por quase três meses, Dina. Três meses! Por pouco, não enlouqueci.

— E resolveu se atirar nos braços da primeira vagabunda que apareceu, não foi?

— O que mais eu podia fazer? Aracéli ficava por aí, me provocando com aquele jeito brejeiro. Por várias vezes me contou o quanto era livre. Um dia, mandei Zenaide buscar Teodoro na beira do rio e, como ela estava demorando, fui ao seu encontro. Qual não foi a minha surpresa ao encontrar Aracéli completamente nua, junto com nosso filho. Imagine só o exemplo que ela estava dando a ele. Nadando nus, os dois! — Ele fez uma pausa dramática, avaliando a reação dela, e prosseguiu: — Embora indignado, o pudor me impediu de me aproximar. Não queria que a escrava e meu filho vissem o meu constrangimento diante da nudez da cabocla. Mas não podia permitir aquele descaramento. Aracéli não tinha o direito de expor nosso filho a tanta falta de vergonha. Esperei até que Zenaide o levasse para dentro e só então me aproximei. Queria repreender Aracéli com todo o ímpeto de minha cólera, mas sabe o que ela fez? Atirou-se sobre mim e começou a me beijar e acariciar o meu corpo em partes que nem você, que é minha mulher, se atreve a tocar.

Nesse momento, Esmeraldina não conseguiu conter a repulsa e gritou contrariada:

— Basta! Poupe-me da sordidez de sua lascívia. Não quero escutar mais nada.

— Digo isso só para que você compreenda como é difícil para um homem sozinho resistir à provocação das mulheres. Aracéli pode ser índia, mas é jovem e bonita. Como acha que eu poderia resistir à tentação?

— Ela era virgem?

— Virgem? Que nada! — mentiu, e a mentira lhe deu um nó na garganta, que ele procurou engolir. — Já deve ter tido muitos homens antes de mim.

— E foi essa mulher que você trouxe para dentro da nossa casa, para cuidar de nosso filho!

— Como é que eu ia saber?

— Quando descobriu, devia tê-la mandado embora.

— Devia, mas não fiz. Esse foi o meu erro. Os prazeres que ela me oferecia eram tantos e tão diversos, que não consegui. Por isso, me penitencio e peço, humildemente, o seu perdão.

Ele se atirou aos pés de Esmeraldina, beijando-os em sinal de arrependimento e submissão. Foi tão convincente em seu teatro que ela se comoveu. Por uns instantes, tentou manter a postura da mulher austera e inflexível, mas logo se deixou amolecer e passou a mão gentilmente sobre a cabeça de Licínio.

— Não devia perdoá-lo — falou com altivez. — Mas compreendo a sua fraqueza de homem. Aracéli é que não presta e deve, imediatamente, ser afastada desta casa.

— Como quiser, minha querida — concordou ele, mantendo a cabeça abaixada para que ela não percebesse a sua contrariedade.

— Quero que a mande de volta a padre Gastão agora mesmo. E diga a ele que, a partir de hoje, não precisaremos mais de seus serviços religiosos. Vou encontrar outro padre que não carregue uma meretriz na barra da batina.

A cabeça de Licínio girava com rapidez, tentando encontrar uma solução para aquele dilema. Não podia simplesmente desfazer-se de Aracéli. Não estava ainda preparado para ficar sem o seu corpo quente e a sua boca macia. No entanto, não tinha forças para contrariar Esmeraldina, e o medo de que ela o deixasse foi-se transformando em pânico. Se não podia prescindir do corpo de Aracéli, era-lhe impossível viver sem a alma de Esmeraldina.

— Vou providenciar isso agora mesmo — anunciou ele, beijando a bainha da camisola da mulher. — E obrigado, amor da minha vida, por me perdoar e me dar uma segunda chance. Verá que não a decepcionarei e tudo farei para corrigir o meu erro.

Ele se levantou e beijou-lhe as mãos com reverência, saindo apressado para o quarto de Teodoro, onde Aracéli devia estar dormindo tranquilamente. No trajeto até os aposentos do filho, foi lutando com a mente para descobrir um meio de preservar as duas mulheres. Esmeraldina, que já o perdoara, continuava intocável em seu lar. Quanto a Aracéli, já sabia o que fazer.

CAPÍTULO

22

— Levante-se e vista-se! — ordenou Licínio, batendo nos ombros de Aracéli com exagerada impetuosidade.

Com o sono ainda leve de quem acabou de adormecer, Aracéli abriu os olhos rapidamente, surpreendendo-se com o olhar terrível e assustador de Licínio.

— Levante-se, já disse! — repetiu ele, quase derrubando-a da cama.

— O que aconteceu? — opôs ela, tentando erguer o corpo em meio aos sacolejos.

— Não discuta comigo, vagabunda! — exasperou-se. — Seus dias nesta casa terminam hoje.

Com a gritaria, Teodoro despertou e fitou os dois, cheio de susto. Sem nada entender, começou a chorar e saltou no pescoço de Aracéli.

— O que é isso, Aracéli? — choramingou o menino. — O monstro voltou?

— Não é o monstro — acalmou ela. — É seu pai.

O olhar de espanto do menino, que não reconhecera Licínio gesticulando no escuro, atravessou o coração do homem como uma agulha incandescente. Não queria deixar marcada no filho uma imagem de monstro, mas não tinha jeito. Ele agarrou a criança com força e puxou-a do colo de Aracéli, fazendo-a berrar e se debater.

— Me solta, me larga! — gritava ele. — Quero ficar com Aracéli!

— Lamento, meu filho, mas, de agora em diante, Aracéli não trabalha mais aqui — e, virando-se para a moça, continuou a esbravejar: — O que está esperando? Não ouviu a minha ordem, meretriz?

Aracéli se levantou magoada. Ele estava fazendo um estardalhaço, atraindo a atenção dos escravos, que assomavam à porta sem coragem de entrar. O mais rapidamente que pôde, Aracéli se vestiu e juntou suas coisas. Licínio fez sinal para os escravos, e Zenaide se adiantou, pegando Teodoro de seus braços. O olhar de triunfo que lançou a Aracéli esclareceu tudo, tanto para ela quanto para Licínio.

Teodoro passou para o colo de Zenaide aos prantos, batendo nela e esticando os braços para alcançar Aracéli. A índia passou por todos de cabeça erguida e, ao cruzar com Zenaide, aproximou a cabeça do ouvido do menino e soprou:

— Não chore, Teodoro. Mesmo que eu vá embora, meu coração permanecerá junto ao seu.

O menino a fitou em lágrimas, porém, se acalmou. Todas as pessoas da casa estavam nas proximidades, menos Esmeraldina. Licínio passou por eles também e agarrou o braço de Aracéli, puxando-a para o lado de fora.

— Fomos descobertos — foi só o que conseguiu sussurrar, enquanto saía com ela de casa.

Ele já havia dado ordens para que encilhassem dois cavalos e saiu puxando a montaria de Aracéli. Cavalgaram por um bom tempo, e ela começou a temer por sua vida. Do jeito que ele estava, parecia que ia matá-la. Chegaram a um casebre em ruínas e entraram.

— O que vai fazer comigo? — perguntou ela, mal ocultando o receio. — Por que me trouxe aqui? Que lugar é esse?

— Não faça tantas perguntas — respondeu ele, fitando-a diretamente nos olhos. — E não tenha medo, nada vai lhe acontecer. Vejo este casebre sempre que venho ao garimpo. Não sei a quem pertence, mas vai servir para você passar a noite. Amanhã, verei o que fazer com você.

— Acha mesmo que eu vou ficar aqui?

Ele apanhou uma corda e esticou-a, anunciando com certo sadismo:

— Tenho certeza.

Era demais a humilhação. Aracéli pensava que já havia se submetido a tudo, mas aquilo ultrapassava todo tipo de aviltamento a que alguém podia se expor.

— Não faça isso — horrorizou-se. — Não sou um animal para ser amarrado.

— Acontece que, se eu a deixar solta, você vai voltar correndo para a barra da saia do seu paizinho. E isso, não posso permitir.

— Não vou fugir. Por favor, aceite a minha palavra.

Ele a olhou em dúvida e retrucou:

— E se você fugir?

— Se fugir, o senhor sabe onde me encontrar e conhece os meios para me castigar.

Licínio a fitou em dúvida, mas acabou concordando:

— Está certo. Vou dar-lhe um voto de confiança. Mas lembre-se: se tentar me enganar, nunca mais tornará a ver o seu padreco.

— Não se preocupe, dou-lhe a minha palavra.

— Ótimo.

— Será que o senhor não poderia contar a padre Gastão o que aconteceu?

— O quê? Dizer a ele que você é meu objeto de deleite? Nada me daria mais prazer, mas talvez não seja aconselhável no momento.

— Ele não sabe o que houve. Vai procurar por mim e ficar preocupado.

— Talvez você tenha razão. Foi uma das exigências de Esmeraldina que padre Gastão não reze mais missas em minha casa.

— Como foi que ela descobriu?

— Tenho quase certeza de que foi Zenaide quem contou, mas isso não importa agora.

— E como foi que Zenaide soube?

— Esmeraldina estava desconfiada e deve ter botado Zenaide para nos espionar. Isso também não me interessa. O fato é que não posso arriscar a felicidade do meu casamento.

— Por que não me deixa partir? — revidou ela, em súplica. — Já não está cansado de mim? E agora que dona Esmeraldina descobriu, não poderemos mais nos ver. Por favor, deixe-me voltar para a casa de meu pai.

— Nunca! Só depois de morta é que poderá me deixar.

— Por Deus, senhor Licínio, tenha piedade! Não suporto mais viver assim.

— Pode chorar à vontade. Você me pertence, e é bom que jamais se esqueça disso. Se quer manter a integridade de padre Gastão, não me desafie. Você sabe do que sou capaz. E agora, vou deixá-la. Ainda tenho uma missão a cumprir com ele.

— Diga-lhe que estou bem.

Licínio não respondeu, mas finalizou com ar ameaçador:

— Amanhã, quando voltar, nem pense em não estar aqui.

— Eu estarei.

Licínio não tinha certeza se havia agido corretamente deixando Aracéli solta, mas precisava confiar nela. O medo que a menina sentia de que ele machucasse padre Gastão era a garantia de que ela lhe obedeceria, e ele relaxou, certo de que ela não fugiria. Não enquanto o padre estivesse ao alcance de sua mira.

Dali, foi correndo para a igrejinha. Tudo estava às escuras, e ele passou pela lateral até chegar a casa do clérigo, atrás. Bateu na porta e esperou. Gastão logo veio abrir, talvez na esperança de que, de uma hora para outra, Aracéli voltasse para casa.

— Senhor Licínio! — alarmou-se. — Aconteceu alguma coisa a Aracéli?

— Deixe-me entrar — anunciou ele com superioridade. — Precisamos conversar.

Padre Gastão franqueou-lhe a passagem, e Licínio se instalou na cadeira que já ocupara antes. Deu uma olhada para o quarto do clérigo, com a cama desfeita, e sentiu o gosto da vitória umedecendo-lhe os lábios.

— Por Deus, homem — era a voz de Gastão, interrompendo seu regozijo — diga-me logo o que aconteceu a Aracéli.

— Bem, padre — falou Licínio —, eu não estaria aqui a essa hora se não tivesse acontecido nada. Todavia, para tranquilizá-lo, aviso-o de que Aracéli está bem.

— Oh! — exclamou ele, fazendo o sinal da cruz. — Graças a Deus!

— Ela está bem e sob a minha proteção, embora não esteja mais em minha casa.

— Não está? Mas como? Para onde ela foi?

— Fui obrigado a escondê-la, depois que minha mulher descobriu que somos amantes.

Ele terminou a frase olhando bem fundo nos olhos de Gastão, aproveitando cada esgar de susto e indignação no rosto do sacerdote.

— O senhor não sabia? — prosseguiu Licínio. — Pensei que Aracéli lhe tivesse contado.

— Ela não tinha por que me contar, embora eu já soubesse — retrucou ele, friamente.

— Pois é. Essas indiazinhas são assim mesmo. Difíceis de serem domadas, sempre fazem o que querem. Aracéli se entregou a mim espontaneamente, não sem antes implorar que eu a possuísse.

— Está mentindo! — revoltou-se Gastão. — Aracéli não é esse tipo de mulher.

— Imagino que deva ser uma decepção para o senhor saber que a sua joia rara já passou por várias lapidações. Mas não se preocupe: isso é para deixá-la cada vez melhor.

— Se veio aqui só para me envenenar com as suas infâmias, já pode ir embora — rebateu Gastão, remoendo a ira.

— Na verdade, vim para lhe dizer que minha mulher não o quer mais em nossa casa. Sabe como é, o senhor é o alcoviteiro da caboclinha.

— Eu não iria mais a sua casa nem que Deus me ordenasse!

— Blasfemando, padre? Quem diria!

— Para onde levou Aracéli? Quero vê-la.

— Infelizmente, isso não vai ser possível.

— O que fez com ela? Onde a escondeu?

— Não fiz nada, e ela está segura, muito mais segura comigo do que com você. Aliás, acho até que ela prefere a minha companhia à sua.

— Pode me provocar o quanto quiser. Só me interessa o bem-estar de minha filha.

— Filha? Ela não é sua filha. Aposto que vocês já foram amantes. É isso. Você ficou velho e ela não conseguiu apagar a fogueira que arde dentro dela e me procurou. Diga-me, padre: alguma vez ela o beijou naquelas partes ocultas e íntimas, cujo desejo só a santidade da batina conhece?

Licínio estava passando dos limites. O que ele dizia era uma provocação desnecessária, um desrespeito, um insulto à dignidade e à honra de Aracéli, que sempre fora uma menina decente. Gastão tinha certeza de que ela só se entregara aos caprichos daquele brutamontes porque ele a obrigara e ameaçara, inclusive, matá-lo.

Sem pensar nas consequências, Gastão atirou-se sobre o outro com fúria e revolta, procurando acertar-lhe um soco no queixo. Licínio riu às gargalhadas, debochando da incapacidade e da fragilidade do sacerdote, que jamais agredira alguém em toda a sua vida.

— Herege! Canalha! Patife! — bramia o clérigo, tentando esmurrar Licínio.

O outro se esquivava com facilidade e continuava a rir, até que se cansou e juntou as mãos ao redor do pescoço de Gastão, fazendo-o parar de tentar agredi-lo e começar a se debater.

— Já fiz o mesmo com Aracéli, padre! — rilhou entredentes.
— Não a matei porque ela me interessa. Mas o senhor... não tem serventia alguma para mim.

Empurrou-o para longe, e ele bateu no fogão, arfando e buscando o ar com agonia.

— Cachorro! — grunhiu Gastão, aparentemente sem medo de uma nova agressão.

— Para um padre, até que o seu repertório de imprecações é bem extenso. Será que está pensando em largar a batina? Por Aracéli, vale a pena. Mas não se apresse. Ela já tem dono, e não é você.

— Saia daqui!

— Com todo prazer — ironizou.

Sustentando a arrogância e o ar de vitória, Licínio passou por Gastão e foi apanhar seu cavalo. Até que gostara de humilhar o padre. Por um momento, considerou devolver-lhe Aracéli, todavia, pensando melhor, mantê-la naquele casebre talvez fosse mais proveitoso. Longe de casa, poderia passar mais tempo com ela, sem se preocupar com a vigilância de Esmeraldina. Bastava descobrir a quem pertencia aquele casebre abandonado e, se fosse o caso, comprá-lo. Podia decorá-lo e deixar Aracéli vivendo ali, onde seria só dele. Com as constantes ameaças a padre Gastão, ela continuaria se submetendo mais e mais, sem nem sequer pensar em fugir.

Admirando e elogiando a própria esperteza, esporeou o cavalo. Antes de tomar qualquer atitude com relação a Aracéli, precisava reconquistar a confiança de Esmeraldina.

CAPÍTULO

23

Não foi preciso que Licínio comprasse a velha choupana, abandonada por garimpeiros que haviam partido para uma residência melhor. Apenas levou alguns escravos e mandou que reformassem o lugar, tornando-o limpo e, na medida do possível, acolhedor. Aracéli desejava fugir, contudo, tinha medo do que poderia acontecer a seu pai.

— Quero ver padre Gastão — falou ela certa vez. — Já faz quase dois meses que estou aqui, e o senhor não me permite vê-lo.

— Para quê? Para tentar fugir? — retrucou ele com desdém. — De jeito nenhum!

— Se eu quisesse fugir, já o teria feito. Não estou presa nem amarrada. Bastava simplesmente abrir a porta e sair.

— Isso lá é verdade. Até que você tem sido boazinha e merece uma recompensa. Está certo. Vou providenciar sua visita ao padre. Mas não lhe conte nada a respeito deste esconderijo. Nem uma palavra sobre o local desta cabana, ou nunca mais tornará a vê-lo.

— Por que teme tanto padre Gastão? Ele nada pode contra alguém poderoso feito o senhor.

— Eu não o temo. Apenas não o quero se intrometendo em nossos assuntos.

No final da semana, Licínio levou Aracéli, pessoalmente, para visitar padre Gastão. Assim que ele ouviu a voz de Aracéli, que entrara correndo no pátio da igreja, saiu apressado para abraçá-la. Por sorte ela chegara entre o horário das missas, de modo que ele teve tempo de ficar com ela.

— Minha filha! — exclamou ele. — Quanta saudade!

— Oh! Padre, pai! Deus sabe o quanto senti a sua falta!

— Vamos deixar dessas choramingas — interrompeu Licínio, fazendo cara de nojo. — Às oito em ponto, mandarei alguém vir buscá-la, Aracéli. Não se esqueça do que lhe falei.

O clérigo olhou para Aracéli com ar interrogador, mas ela não disse nada. Depois que ele foi embora, Gastão passou o braço ao redor dos ombros dela e levou-a para dentro de casa.

— O que o senhor Licínio quis dizer com aquele: *não se esqueça do que lhe falei?*

— Ele não quer que o senhor saiba onde estou escondida — confessou ela, com olhos que revelavam profunda tristeza.

Gastão sentiu vontade de protestar, mas nada falou. Aracéli já havia sofrido demais, e talvez fosse melhor mesmo ele não saber. Do contrário, poderia ir visitá-la muitas vezes e provocar a ira de Licínio.

Foi imensa sua alegria ao caminhar por entre os móveis simples, porém, bem cuidados, e os cômodos cheios de luz. Passou pela cozinha, que também servia de sala, e pelos dois quartos, sentindo como amava aquele lugar.

— Há quanto tempo não durmo em meu quarto — considerou ela. — Sinto tantas saudades de minha vida aqui!

— Por que você não volta? Aqui é seu verdadeiro lar.

— O senhor sabe que não posso. Licínio não permitiria.

— Ao diabo com Licínio! — exasperou-se ele, logo em seguida fazendo o sinal da cruz. — Veja a que ponto esse homem me levou. Estou até praguejando contra Deus por causa dos desmandos daquele herege.

— O senhor Licínio é poderoso. Não sei do que seria capaz.

— Não a estou reconhecendo, minha filha. Você, que sempre foi uma moça livre e corajosa, com medo de um simples garimpeiro?

— Ele é mau — ela sussurrou, sentindo as lágrimas forçarem-lhe a vista. — Posso sentir a crueldade em suas palavras e seus gestos. Não tenho medo dele, pois várias foram as vezes em que o enfrentei. Temo, contudo, pelo que ele possa fazer àqueles a quem amo.

— Preocupe-se com você, Aracéli. Contra mim, ele nada pode. Sou um velho, já estou mesmo no fim da vida. Você, contudo, ainda é jovem, tem muito o que viver.

— Não é verdade, padre, e nós sabemos disso — ela abaixou os olhos e segurou a mão dele. — Licínio me tirou todas as chances de ser feliz.

— Cachorro! Quando penso no que ele a obriga a fazer...

— Não quero falar sobre isso. Pensar já me traz vergonha e humilhação. Falar seria uma dor insuportável.

Ele a abraçou e retrucou em lágrimas:

— A culpa foi minha. Deus falou ao meu coração que Licínio era uma pessoa egoísta e cruel. Mas eu não soube compreendê-lo.

— O senhor não tem culpa de nada. Fui eu quem quis ir trabalhar em casa dele.

— Não, minha filha, Deus falou comigo muito antes de Licínio entrar em nossas vidas, quando sua mãe me pediu que a entregasse ao seu povo. Naquela época, senti o quanto você poderia sofrer vivendo entre brancos mesquinhos e carregados de preconceito. Mas pensei que pudesse compensar isso com o meu amor. Não foi suficiente...

— Não diga isso! Seu amor foi o que de melhor eu poderia receber. E depois, esquece-se de que meu pai era branco? Quem lhe garante que o meu povo iria aceitar uma criança sem sangue puro de índio? E se eles me rejeitassem também?

— Oh! Meu Deus, não sei mais o que é certo! Só o que sei é que você está sofrendo, e eu me sinto impotente para fazer qualquer coisa que a ajude. Sou um fraco, não posso enfrentar o senhor Licínio.

— Não quero que faça isso. O senhor não foi preparado para a luta. É um homem de Deus, um homem que veio ao mundo para semear a paz, não para empunhar armas.

— Sou um homem de Deus, mas não sou Deus. Apenas Ele não se revoltaria contra o que está acontecendo.

— Revolta, padre? Justo o senhor, falando em revolta?

— Sou humano, e o que o senhor Licínio está fazendo com você faz despertar o lado mais sombrio que o meu sacerdócio tenta ocultar.

Aracéli sentiu toda a força das palavras de Gastão, só então percebendo quantas lutas interiores ele devia travar consigo mesmo.

— Tem razão — falou ela. — Perdoe-me. Acostumei-me tanto a vê-lo como o padre que dirige almas que me esqueci de que o senhor também é uma alma que precisa de direção.

— Talvez eu precise até mais do que os outros, porque tenho responsabilidades para com aqueles que vêm me procurar. Se eu errar o caminho, todos que estão atrás de mim errarão também.

— Será que um sacerdote tem mesmo a função de conduzir as almas? Talvez ele tenha apenas que ajudá-las a encontrar o seu próprio caminho.

— Mas como é que eu posso ajudar alguém a encontrar o seu caminho se eu mesmo me perdi do meu?

— Não sei, padre, mas agora, refletindo em tudo o que o senhor me disse, acho que a sua responsabilidade com as pessoas não pode ir além da orientação e dos conselhos.

— Sim, mas em que posso orientá-las, se me distanciei dos ensinamentos de Deus e pequei contra um irmão, desejando até mesmo a sua morte?

— Acho que pecado é uma palavra muito forte e pouco caridosa. Agora há pouco, o senhor mesmo me disse que era humano e tinha um lado sombrio. Por que lutar contra ele? Não seria mais fácil deixá-lo sair para, conhecendo-o, poder dominá-lo?

Ele a olhou espantado e respondeu, cheio de admiração:

— Você é uma alma nobre, Aracéli. Tem sentimentos que só podem ter sido adquiridos em algum lugar de suas vidas passadas.

— O senhor acredita nisso?

Gastão deu de ombros e acrescentou em dúvida:

— Não sei bem. A Igreja diz que é impossível, mas os índios acreditam, e é algo a se pensar.

— Também acredito — revelou ela, após breve reflexão. — E sinto, em minha alma, que o senhor Licínio e eu já nos encontramos em outra vida, e é por isso que ele faz essas coisas comigo. Acha que lhe devo alguma coisa.

— E você, pelo visto, também acredita que deve. Do contrário, não ficaria assim tão ligada a ele.

— E se for verdade? — ponderou ela. — Será que não é melhor deixar que ele satisfaça a sua vingança e depois me deixe em paz?

— Esse raciocínio atenta contra a bondade e o amor de Deus. Vingança não é um sentimento que seja estimulado por Ele. Não, minha filha, não acredito que ninguém deva permitir a vingança, que só vai gerar mais vingança. O mal tem que acabar.

— Mas, padre, se há mesmo outras vidas, então, o senhor Licínio só pode estar se vingando de algo que eu tenha lhe feito.

— Pode ser, mas não acredito que tenha que ser assim. Você já parou para pensar que Deus pode tê-los reunido aqui, não para dar a Licínio a oportunidade de vingança, mas para que o ódio se desfaça e vocês aprendam a se amar?

— Como então explica a atitude dele?

— Acho que ele ainda não amadureceu espiritualmente e pensa, equivocadamente, que a vingança lhe trará alívio. Mas não trará. Isso é uma ilusão. A vingança é uma ilusão que só traz sofrimento. Ninguém pode ser feliz com a consciência presa na culpa e na dor.

Aracéli se calou e ficou olhando para o clérigo, meditando sobre o que haviam conversado. Realmente, havia muito mais coisas envolvidas naquela trama do que uma simples coincidência.

— Talvez a minha consciência também esteja presa na culpa, e é por isso que eu não consigo realmente ser feliz.

Gastão puxou a cabeça de Aracéli e pousou-a sobre seu ombro, falando com indescritível doçura:

— Não sei por que você está passando por isso nem por que fui eleito o seu mentor. Todavia, precisamos unir nossas forças em prece e confiar na bondade daquela que nos guia. Eu, especialmente, tenho me desviado um pouco do caminho da oração, porque a minha alma se confrange toda vez que meu coração chora por você. Não podemos questionar os propósitos da vida, porque ela sempre nos conduz pela senda do crescimento. Precisamos confiar.

— Oh! Padre! — chorou Aracéli, abraçando-se com força a ele.

Ele afagou seus cabelos e beijou sua cabeça. Assim entrelaçados, elevaram os pensamentos em prece, e, súbito, uma paz reconfortante foi-se espalhando no ambiente e em seus corpos.

— Venha escutar a missa das oito — chamou ele, quando já revigorados pela chama poderosa da oração e da fé.

Aracéli assistiu à missa e ajudou padre Gastão a ornamentar a igreja com flores para um batizado que aconteceria ao meio-dia. Ela se emocionou ao ver a criança nos braços da madrinha, lembrando-se do pequeno Teodoro, que devia sentir muito a sua falta, assim como sentia a dele.

Do lado de fora da igreja, o espírito de Soriano encontrava-se sentado em uma pedra, atirando gravetos invisíveis nos pássaros que voejavam por ali. Os passarinhos, alheios à sua presença, continuavam catando pequeninos galhos físicos para levar aos ninhos.

— Mas que droga! — praguejou ele. — Por que é que nunca consigo seguir Aracéli até lá dentro?

Ele permaneceu parado, olhando para o alto como se esperasse que alguma voz invisível lhe respondesse, mas nada aconteceu. Seus pensamentos se voltaram para Cibele, e ele ficou imaginando por que ela não voltara para falar com ele. Será que já cumprira seu plano de reencarnar?

Soriano amassou um graveto, atirando-o longe, e ele foi despedaçar-se no tronco de uma árvore, transformando-se numa névoa castanha que se desfez no ar. Pacientemente, aguardou até o final do batizado, quando Aracéli surgiu em companhia de padre Gastão.

— Vou catar goiabas para fazer-lhe um doce — Soriano ouviu-a dizer.

Quando ela passou, ele se levantou e foi atrás dela. Aracéli entrou em casa com Gastão e, minutos depois, saiu, embrenhando-se na mata logo atrás. Soriano a seguiu, e uma sensação esquisita foi-se apossando dele. Viu-se, de repente, em outra selva, muito tempo atrás, seguindo Alejandro para tirar-lhe a vida.

A lembrança de seu antigo e pérfido intento causou-lhe estranho choque. Em sua sanha vingativa, não evocava o motivo que levara Alejandro a infligir-lhe tão horrenda morte. Fora ele que atraíra para si mesmo aquele destino trágico. Se não tivesse se deixado levar pela ambição, teria terminado os seus dias feliz ao lado de Cibele. Mas queria dar-lhe uma vida de princesa, mesmo contra os desejos dela, que só desejava casar-se com ele e levar uma vida simples e plena de amor.

Parou abruptamente, sem coragem de continuar a seguir Aracéli. Aquela floresta era outra, dizia a si mesmo, entretanto, não conseguia vencer o terror e prosseguir. Paralisado em seu terror, não pôde avançar, até que Aracéli retornou com as goiabas. Ela passou por ele sem se dar conta de sua presença e entrou em casa, feliz.

Subitamente, sentiu uma umidade morna descendo pelo seu corpo. A ferida voltara a sangrar, e Soriano apalpou o ventre na esperança de conter o fluxo. Não conseguiu. Tentou lembrar-se do que Cibele lhe dissera, porém, a mente embotada não encontrava a lembrança.

— O que está acontecendo comigo? — gemeu alto, mas nenhuma voz lhe respondeu.

Seus pés haviam se desgrudado da terra, mas, ainda assim, não podia correr. Uma estranha força o prendia ali, como se suas pernas vestissem calças de chumbo. De onde estava, ele via e ouvia tudo o que se passava no interior da casa de padre Gastão.

Foi obrigado a assistir o carinho com que ela lhe preparara o doce e os elogios que ele lhe fizera. Depois, acompanhou as conversas edificantes e reflexivas a que se entregavam e surpreendeu-se com a luminosidade rósea que envolvia toda a casa do padre.

Jamais havia percebido aquela luz tão brilhante e suave ao mesmo tempo. Só agora, que se encontrava impossibilitado de fugir, era que certos detalhes se lhe revelavam. Soriano, consumido pelo desejo de vingança, nunca compreendera realmente por que não conseguia entrar na casa do sacerdote. Pensava que o lar de um padre era o santuário de Deus. Agora, contudo, compreendia que não.

O que o impedia de entrar na casa de Gastão era a aura de proteção que o amor ergueu em derredor. Por que nunca notara isso? Porque só naquele momento foi que o seu coração, tocado pela ternura de Cibele, conseguiu identificar um sentimento que ainda existia dentro dele, muito embora, naqueles anos todos, ele houvesse se esquecido de evocar.

CAPÍTULO
24

Licínio tapava os ouvidos e caminhava de um lado a outro do quarto, tentando não escutar a gritaria que Teodoro espalhava pela casa toda. Fugindo da babá francesa, o menino se escondia nos cantos mais improváveis, pondo-se a berrar todas as vezes em que ela o encontrava e tentava pegá-lo no colo.

— Viu o que você conseguiu, afastando Aracéli de Teodoro? — Licínio acusou Esmeraldina. — O menino parece estar possuído.

— Cruz-credo, Licínio! — Esmeraldina persignou-se e o encarou com zanga. — Teodoro foi mal acostumado por aquela índia. Agora vai receber educação de verdade.

O berreiro diminuiu, e ele destapou o ouvido, acercando-se da mulher e tomando-lhe as mãos.

— Quando é que você vai me perdoar, Dina? — sussurrou com ar súplice. — Será que já não me puniu o bastante?

— Como posso perdoá-lo se você ainda pensa naquela sem-vergonha?

— Engano seu. Eu apenas acho que Aracéli era boa para Teodoro.

— E para você também, não é mesmo?

— Não diga isso, minha querida. Já lhe falei que Aracéli foi apenas mais uma prostituta. Você é que é minha esposa, a mulher pura e merecedora de todo o meu respeito e admiração.

— Não me venha com bajulações. Você ainda não me contou o que fez com ela.

— Eu a devolvi a padre Gastão, já disse.

— Ela que fique por lá! Teodoro está muito bem com Aneci.

— Bem se vê — ironizou ele. — Ele só falta bater naquela francesa branquela e sem-sal.

— Isso é porque ele ainda não se acostumou. Aneci é boazinha e vai pegar o jeito.

— Se ele vier um dia a compreender o que ela diz. Quem é que entende aquela fala nasalada e arrastada de erres?

— É muito fino. E quer saber? Não quero mais ouvir falar naquela cabocla desavergonhada. Se sente tanta falta dela assim, pode ir se juntar a ela na casa do padre. Aproveite e peça a ele para casar vocês dois.

— Que sacrilégio, Dina! Já sou casado e não quero outra mulher além de você.

— Pois então, chega de falar em Aracéli! Ou vou pensar que você ainda a deseja e que a encontra às escondidas.

— Isso é um disparate! Nunca mais fui à casa de padre Gastão. Pergunte a quem quiser.

Ela o fitou em dúvida, mas não disse nada. Era melhor não cutucar muito, ou acabaria perdendo o moral. Para Licínio, era um alerta. Ele estava levando Aracéli aos domingos para ver padre Gastão, mas tinha que parar com aquilo. Alguém poderia vê-lo, e o que não faltavam eram mexeriqueiros que se compraziam em envenenar a vida alheia.

No dia seguinte, ele levou a notícia a Aracéli:

— Você não vai mais poder ver padre Gastão com tanta frequência. Minha mulher está ficando desconfiada e pode descobrir que a escondi.

— Mas senhor Licínio, isso não é justo. Vivo aqui sozinha, e padre Gastão é minha única alegria.

— Lamento, Aracéli, mas minha mulher vem em primeiro lugar.

— Pois então, permita que ele venha me ver. Ao menos uma vez.

— Não, de jeito nenhum!

— Por quê? O que ele poderá fazer contra o senhor se descobrir onde estou?

— Quem é que vai saber o que a cabeça daquele padre é capaz de tramar?

— Se o senhor tem medo de que ele me facilite a fuga, não deveria. Sabe muito bem que, se eu quisesse fugir, já o teria feito. Não envolveria padre Gastão nisso.

— Vou fazer o seguinte — retrucou ele, para encerrar o assunto. — Uma vez por mês, mando um escravo levá-la até ele. E é só.

Havia rancor nos olhos dela quando Aracéli os voltou para ele:

— Tenho vivido em silêncio por todo esse tempo, obedecendo às suas ordens e submetendo-me a sua luxúria. Não vou permitir que me afaste de padre Gastão novamente.

— Você não tem que permitir nada. Será que ainda não se convenceu de que quem manda aqui sou eu? Mando nesta casa, em você e até em padre Gastão. E agora, chega dessa conversa. Tenho sede do seu corpo.

Ele a puxou bruscamente e a beijou, mas ela o afastou com um gesto súbito. Tapando a boca com uma das mãos, correu porta afora, bem a tempo de evitar vomitar no soalho da sala.

— O que você tem? — perguntou ele, entre a preocupação e a desconfiança.

— Não sei dizer. Devo ter comido alguma coisa estragada. Desde ontem que não me sinto bem.

Aracéli voltou para dentro, e ele ficou olhando-a com ar de suspeita. Seria possível que ela... Afastou o pensamento com a rapidez de um relâmpago, temendo que o pior tivesse acontecido.

— Como está o seu sangramento? — sondou ele, e ela silenciou, com medo da reação dele ao saber que estava grávida.
— Vamos, responda-me: como está o seu sangramento?
— Não é o que está pensando...

Licínio não disse mais nada. Saiu desabalado pela porta, montou no cavalo e disparou pela estrada poeirenta. Voltou duas horas depois, acompanhado de um homem que ela nunca havia visto.

— Venha cá, Aracéli — ordenou ele, puxando-a bruscamente pelo braço. — Tire a roupa e deite-se aí.
— O quê? — espantou-se ela. — Quer que eu me dispa diante de um estranho?
— Ele não é um estranho. É um médico e veio examinar você.
— Não estou doente — objetou ela, de má vontade.
— Sabemos que não está, não é mesmo? Mas o doutor está aqui para tirar a prova.
— Não preciso de médico.

Ela apertou a gola do vestido, como se quisesse proteger o corpo, e foi se afastando para o canto da parede. O doutor fitou Licínio com impaciência e falou com irritação:
— Vamos logo com isso, senhor Licínio. Tenho muitos pacientes para atender.

O médico concordara em atender o seu chamado porque Licínio lhe pagara uma importância muito além dos seus honorários, mas não podia reter-se ali por muito tempo. Já bastante agastado, Licínio segurou Aracéli pelo pulso e atirou-a na cama, falando com rispidez:
— Tire logo essa roupa, se não quiser que eu a rasgue.
— Não é preciso — contestou ela novamente. — Já sei o que ele vai encontrar.
— Mas eu quero saber! — vociferou Licínio.
— Eu estou grávida! — confessou ela, retendo os soluços.

Licínio se atirou sobre ela, que tentava afastá-lo a tapas. Deitou-a com brutalidade e rasgou toda a sua roupa.
— Examine-a! — gritou para o médico, enquanto ela chorava de humilhação.

O doutor fez um breve exame, mas só de olhar para a barriga de Aracéli, já dava para reconhecer a gestação.

— Não sei como o senhor não percebeu — disse ele. — O ventre já demonstra um leve sinal de elevação.

— Arranque-o! — ordenou ensandecido. — Agora mesmo, arranque-o! Não quero um bastardo na família.

O médico guardou seus instrumentos na maleta e fixou bem o olhar em Licínio. Não entendia por que aquela gente se deitava com miseráveis feito as índias para depois se surpreenderem quando engravidavam. Contudo, não lhe cabia questionar os motivos de homens ricos feito Licínio, e ele simplesmente anunciou:

— Lamento, mas o que me pede é impossível. Há leis que o clero fez aprovar impedindo tal prática.

— Não há leis aqui entre nós. Faça o aborto e será regiamente recompensado.

— Não carrego comigo os instrumentos necessários e não estou familiarizado com essa operação. Todavia, se essa for mesmo a sua vontade, posso arranjar quem o faça, mediante quantia módica.

— O que está esperando, homem? Vá agora mesmo buscar essa pessoa!

— Para agora, não prometo. Amanhã, contudo, lhe enviarei uma parteira.

— Parteira? Isso é alguma piada?

— Uma mulher que está acostumada a esses serviços. Pague-a e tudo ficará bem.

— Está certo. Até amanhã, então. Mas não se atrase!

O médico apanhou a maleta e já ia saindo, quando voltou para dentro e, encarando Aracéli com desdém, indagou:

— Por que não manda que ela mesma faça? Esse povo índio conhece as ervas melhor do que ninguém. Duvido que ela não saiba de uma que seja abortiva.

Disse isso e saiu. Licínio voltou-se para Aracéli, mas ela foi logo se adiantando:

— Não é verdade, senhor Licínio. Eu nada sei sobre ervas. Fui criada por um padre, desconheço os segredos de meu povo.

— Idiota — murmurou ele.

— Por favor, deixe-me ficar com a criança. Para servir de alegria aos meus dias.

— Acha mesmo que vou permitir que você crie um bastardo? Um filho para se igualar a Teodoro? É muita audácia! Filhos, só os tenho com minha mulher legítima, que é e sempre será Esmeraldina. Você não é ninguém, Aracéli. É só... uma caboclinha apetitosa que me serve de distração. — Ele segurou-a pelos punhos, encarando-a com chispas nos olhos. — Minha cabocla, minha! Posso fazer com você o que bem entender. Quem vai descobrir? Quem irá se importar?

Aracéli não aguentava mais a humilhação. Ele a empurrou violentamente, e ela encolheu-se na cama, as lágrimas transbordando de seus olhos aos borbotões. Vendo-a tão frágil e tão indefesa, Licínio não teve compaixão, mas sentiu crescer dentro do peito a sensação de poder absoluto que detinha sobre ela. Aproximou-se do leito em que ela estava, nua e toda encolhida, e puxou os seus braços que abraçavam os joelhos. Forçou-a a deitar-se novamente e beijou-a com fúria. Ela nem tinha mais forças para resistir. Apenas gemia baixinho e chorava, implorando a Deus que a levasse e a seu filho ainda não nascido.

Ele mordeu-lhe os lábios e olhou para ela, comprazendo-se com suas lágrimas. Ela estava deitada de costas, o corpo todo trêmulo exposto à luz das velas. Licínio foi admirando-lhe as formas, até que seus olhos ultrapassaram as coxas e se detiveram sobre o ventre. A elevação minúscula trespassou a sua vista como um dardo incandescente, e um ódio surdo se apossou dele. Instintivamente, fechou o punho e desferiu violento murro na barriga de Aracéli, que se dobrou sobre si mesma, presa de infinita dor e agonia.

O golpe foi tão forte que ela sentiu-se sufocar, um gosto acre de sangue subindo-lhe à boca. Debruçou-se sobre o ventre e vomitou em cima da cama, fazendo com que Licínio se afastasse, enojado.

— Por que fez isso? — gemeu ela, mal conseguindo articular as palavras.

Na esperança de que o feto não houvesse resistido ao golpe, Licínio permaneceu afastado, olhando com ansiedade para as coxas de Aracéli. Nenhum sangue desceu por ali, e a ideia de desferir-lhe um novo soco o assaltou, porém, algo deteve a sua mão. Talvez fosse melhor desfazer-se da cria com a erva abortiva que a parteira iria ministrar a Aracéli no dia seguinte.

Mal contendo a ansiedade, Licínio, logo pela manhã, partiu em busca do médico, que lhe forneceu o endereço da parteira. Ela estava prestes a sair para um parto, mas a soma em ouro que ele lhe ofereceu encheu os olhos da mulher de cobiça, e ela desistiu de atender à parturiente para ir com ele.

Aracéli estava na cabana, vigiada por Rufino, escravo de confiança de Licínio, e se encolheu quando ele chegou, tentando proteger a barriga com as mãos.

— Espere lá fora — disse ele para o escravo.

Rufino se foi, e Licínio aproximou-se de Aracéli com a parteira, que a encarava com ar divertido. A mulher abriu sua sacola e dela retirou um frasquinho. Entornou o conteúdo numa caneca e estendeu-a para Aracéli.

— Beba — falou com autoridade.

Aracéli não bebeu. Deu um tapa na caneca, que voou longe, derramando todo o líquido no chão. O sangue de Licínio começou a borbulhar nas veias, e ele agarrou a moça pelos ombros, sacudindo-a violentamente.

— Idiota! — vociferou ele. — Mil vezes idiota! O que foi que você fez?

Ela tentou se esquivar, mas Licínio a prendia com firmeza, fulminando-a com seu olhar de ódio.

— Deixe estar, senhor — sossegou-o a parteira. — Já prevendo essa reação, trouxe mais poções.

Ela abriu um novo frasco, e dessa vez, Licínio estava preparado. Deitou Aracéli na cama e imobilizou-a, enquanto segurava a cabeça dela para trás, forçando-a a abrir a boca. Num gesto rápido e preciso, a mulher deitou o líquido, que desceu pela sua garganta, fazendo com que Aracéli engasgasse e tossisse. Certificando-se de que ela engolira tudo, Licínio a soltou.

— Pode ir agora — falou para a mulher. — Já fez a sua parte. E lembre-se: nem uma palavra!

— Pode contar com a minha discrição, senhor. Não direi nada a ninguém.

A mulher não sabia quem ele era nem onde morava, nem lhe importava. Só o que queria era o dinheiro.

Aracéli ficou jogada sobre a cama, chorando amargamente a perda do filho que nem chegara a nascer. Nada disso comovia Licínio. Ele permaneceu alguns instantes a mirá-la com irritação, até que disse secamente:

— Quando esse filho descer pelas suas pernas, poderemos retomar nossa vida. Por ora, você me dá nojo. — Ele colocou a cabeça para fora da cabana, e o escravo reapareceu. — Tome conta dela. Amanhã voltarei para ver como estão as coisas.

Em seguida, partiu. Aracéli olhou para Rufino, que permanecia parado na porta, impassível. Naquele momento, sentiu que nada mais possuía que pudesse prendê-la à vida, ao mesmo tempo em que uma força invisível lhe dizia que não era hora de desistir.

CAPÍTULO

25

Um dia se foi, e nada aconteceu. Passaram-se mais dois, três, quatro dias sem que Aracéli desse mostras de que havia abortado a criança. As ervas que a mulher lhe ministrara não surtiram efeito.

Em casa, Licínio dava mostras de aflição ao caminhar de um lado a outro em seu gabinete ou ficar parado, o olhar perdido e a mente mergulhada no mar do desespero. Como era de se esperar, Esmeraldina percebeu-lhe o desassossego, e uma desconfiança indizível roubou-lhe a tranquilidade.

— O que está acontecendo? — perguntou ela.

Como é que Licínio iria lhe dizer que a índia que ela tanto detestava carregava no ventre um filho seu?

— Problemas no garimpo — mentiu ele.

A resposta de Licínio não a satisfez, mas ela fingiu acreditar. Fosse o que fosse que estivesse acontecendo, era melhor não saber. Se havia problemas com a índia, que ele resolvesse sozinho.

Não era apenas Esmeraldina quem percebia a preocupação de Licínio. Os escravos também haviam notado, principalmente Zenaide, que ainda remoía o despeito por ter recebido de presente, ao invés da maravilhosa joia com que sonhara, apenas um xale velho e puído.

Nesse ínterim, padre Gastão se contorcia de preocupação. Aracéli não aparecera naquele domingo, e Licínio não mandara ninguém avisar. Nos dias que se seguiram, a todo instante, ele corria para a porta de casa ou pausava a liturgia sempre que escutava o ruído de alguém entrando atrasado na igreja. Mas nunca era Aracéli.

Quando ela não apareceu no domingo seguinte, tomou uma decisão: esperou até o término das missas matinais, montou em seu burrico e partiu para a casa de Licínio. O homem tinha que lhe dar alguma explicação.

Chegou perto da hora do almoço, e um escravo correu a anunciar a sua chegada.

— Padre Gastão? — surpreendeu-se Esmeraldina. — Aqui? Mas o que será que ele quer?

É claro que Licínio sabia o motivo que levara o outro a procurá-lo em sua casa e foi tomado de imensa raiva pela atitude do padre. Sem responder à mulher, saiu apressado ao encontro de Gastão. Ele estava na sala, em pé perto da porta, e Licínio agarrou-o pelo braço, puxando-o para o lado de fora. Passou pela lateral da casa e foi com ele para os fundos, levando-o até um tronco de árvore cuidadosamente talhado para servir de banco e estrategicamente colocado à sombra de uma mangueira.

— O que está fazendo aqui? — rilhou entredentes. — Minha esposa já não disse que não o quer em nossa casa?

— Quero saber onde está Aracéli. Exijo que me responda.

— O senhor não exige nada! Aracéli não lhe pertence mais. Ela é minha!

— Ou o senhor me conta o que fez com ela, ou vou agora mesmo procurar sua esposa e dizer a ela que o senhor mantém Aracéli escondida.

— Quieto! — sibilou ele, apertando o braço do clérigo. — Faça isso e nunca mais a verá com vida.

— Está ameaçando-a de morte? Se quer que eu me cale diante dessa barbaridade, vai ter que me matar também!

— Muito nobre de sua parte, padre, mas sua vida não tem valor para mim. O senhor não é nada!

— Solte-me — replicou ele baixinho. — Ou vou começar a gritar.

— O senhor parece um maricas — desdenhou ele. — Já usa saias e se comporta como uma mulher. Vamos, dê os seus gritinhos!

As humilhações não atingiam padre Gastão, que só se importava com Aracéli. Alguma coisa em seu íntimo ficava martelando e dizendo que ela não estava bem.

— O que fez com Aracéli? — retrucou Gastão, olhando ao redor para ver se a via.

Com medo de que a atitude do padre acabasse atraindo a atenção de Esmeraldina, que devia estar em casa morta de curiosidade, Licínio respondeu calmamente:

— Ela não está aqui.

— Onde ela está?

— Em um lugar seguro.

— Que lugar é esse?

— Não posso dizer-lhe. Mas asseguro-lhe que ela está bem.

— Por que não a levou para visitar-me? Faz dois domingos que não a vejo.

— Não posso mais levá-la sempre. Vai ter que se contentar com visitas esporádicas, de acordo com a minha disponibilidade.

— Alguma coisa está acontecendo, senhor Licínio, sei que está. Exijo saber o que é.

— Não está acontecendo nada!

Nesse instante, a silhueta de Esmeraldina delineou-se na porta, e Licínio quis acabar logo com aquela conversa, para se livrar do padre o mais rápido possível e voltar para a esposa antes que ela resolvesse sair.

— Olhe, padre — disse ele, em tom mais ameno —, Aracéli está tendo uns probleminhas, mas nada que não se resolva.

— Ela está doente? — ele meneou a cabeça, e Gastão ficou algum tempo parado, pensando, até que exprimiu alarmado: — Ela está grávida!

O olhar silente de Licínio já dizia tudo, e Gastão abaixou a cabeça, escondendo entre as mãos os olhos umedecidos.

— Fale baixo, homem! — repreendeu Licínio, olhando ao redor. — Que isso não saia daqui, ou as consequências serão altamente desastrosas.

— Minha pobre menina... sozinha, com uma criança no ventre. Por favor, senhor Licínio, deixe-me vê-la. Permita-me levá-la de volta para casa. Cuidarei dela e da criança como sempre cuidei, e ninguém nunca ficará sabendo que o filho é seu.

A proposta até que era tentadora, mas ele não podia deixar arma tão poderosa nas mãos de seus inimigos. Só se o padre sumisse dali com Aracéli... Tudo ficaria bem, e ele não precisaria mais se preocupar com a índia nem com seu filho bastardo.

— Pensando melhor, padre, talvez o senhor esteja com a razão. Acho que já é mesmo hora de Aracéli desaparecer da minha vida.

— Deus seja louvado! Podemos ir buscá-la imediatamente.

— Calma, não se apresse. Eu não disse que ia buscá-la. Apenas concordei que seria boa ideia sumir com Aracéli da minha vida. Ela não pode continuar aqui. É perigoso demais. As más línguas falam, e logo Esmeraldina ficará sabendo. É imperioso que minha mulher não descubra nada. Muito menos Teodoro, meu único e legítimo herdeiro.

— Seu filho é uma criança amorosa e ficaria feliz com um irmãozinho vindo de Aracéli...

— Jamais ouse dizer isso novamente! — rugiu Licínio com raiva, apertando os ombros de Gastão. — Meu filho, um menino branco, de linhagem pura, jamais poderia se misturar a um bastardo mestiço e rude.

Gastão engoliu em seco, mas não se deixou abater:

— Perdoe-me se o ofendi, senhor Licínio. Só o que quero é ter de volta minha Aracéli.

— *Minha* Aracéli — corrigiu ele. — Posso devolvê-la ao senhor com uma condição.

— O que quiser.

— Que o senhor a pegue e suma com ela daqui para sempre.

— Isso não é problema. Posso pedir a meus superiores que me transfiram...

— De preferência, para uma paróquia do outro lado da colônia — interrompeu Licínio.

— O que o senhor quiser.

— Não posso permitir que Aracéli crie o bastardo — divagou ele.

— Não será preciso. Nós iremos embora daqui, e o senhor não terá notícias da criança.

— Não lhe dirá quem é o seu pai?

— Nunca.

— Jura?

— Juro — respondeu o clérigo, sem titubear. — Farei o que for preciso para salvar a vida de Aracéli e do filho que ela carrega.

— Ótimo. Providencie tudo para a partida e, quando estiver preparado, mande avisar-me. Só então trarei Aracéli.

— Pensei que o senhor fosse levá-la de volta imediatamente.

— Nada disso. Não posso me arriscar a expor a barriga dela. Já está ficando volumosa, sabe?

— E daí? Ninguém sabe de nada, e Aracéli vai ficar dentro de casa. Garanto-lhe que não vai aparecer em público.

— Não vou colocar em risco a honra de minha mulher e meu filho. Sempre há os mexeriqueiros, e alguém pode fazer um comentário maldoso. O senhor sabe como são essas coisas de maledicência, não sabe? A intriga logo se espalha, e aí, mesmo que não seja real, é no que todo mundo acredita. Ainda mais no meu caso, em que o mexerico é verídico.

— Mas Aracéli pode estar precisando de ajuda. Uma menina sozinha e grávida...

— Não se preocupe com isso. Aracéli não é mais menina há muito tempo. É uma mulher, e que mulher! O senhor nem imagina o quanto de experiência ela adquiriu comigo.

— Nada disso me interessa — cortou o padre, rispidamente.

— Pense no lado positivo — prosseguiu Licínio, deleitando-se com a repulsa de Gastão. — O senhor não vai mais precisar trabalhar para a Igreja. Pode ir viver com Aracéli e fazê-la trabalhar para o senhor, fazendo... você sabe o quê. Garanto que não lhe faltarão clientes.

— Devia se envergonhar! — exasperou-se Gastão, pondo-se de pé e encarando-o com revolta. — Eu sou um sacerdote, e Aracéli é uma menina que foi violada em sua inocência. Nada que o senhor faça poderá macular a alma dela, que é pura e está livre dos *seus* pecados.

Ele acentuou bem as últimas palavras, apontando um dedo acusador para Licínio. Por uns momentos, o homem pareceu que ia reagir, mas logo relaxou as faces e sorriu maliciosa e sarcasticamente.

— Pode ir agora, padre — falou Licínio, enxotando o outro com um gesto de mãos. — E não se esqueça: quando tudo estiver pronto para a partida, avise-me. Entrego-lhe Aracéli, e vocês somem no mesmo dia.

Gastão sabia que não adiantaria mais tentar discutir com Licínio. Levantou-se furioso e voltou para o lugar onde havia deixado o burrico, retornando com incontida raiva a crescer-lhe no peito. Era-lhe difícil honrar a expressão do sacerdócio diante de um demônio feito Licínio.

Contudo, uma chance se abria. Ele estava disposto a aceitar qualquer paróquia, mesmo no mais remoto rincão, desde que levasse Aracéli consigo. E era isso mesmo que faria. Levaria sua filha dali, para um lugar onde ela pudesse criar a criança longe das atrocidades de Licínio.

Depois que Gastão se foi, Licínio permaneceu ainda alguns minutos sentado no banco e aguardando até que a emoção daquele encontro se dissipasse entre as árvores. Esmeraldina devia estar esperando que ele entrasse para despejar sobre ele uma saraivada de perguntas, para as quais exigiria respostas convincentes.

Enquanto permanecia reunindo forças para enfrentar a mulher, um vulto pequenino se esgueirou entre as árvores, ocultando-se no mato e nos arbustos. Sem que ninguém percebesse, Zenaide os havia seguido. Ao perceber que a visita era de padre Gastão, tratara de se pôr em alerta. Quando Licínio o apanhou pelo braço, Zenaide foi espiar da janela e viu-os se encaminharem para os fundos da casa. Da porta da cozinha, não foi difícil divisá-los no banco do pomar, e ela conseguiu escapulir sem ser notada e aproximar-se em total silêncio, disfarçando o som de seus passos com o rebuliço das aves refestelando-se ao sol.

Aproximou-se cautelosamente e tomou lugar no arbusto mais próximo, de onde tinha certeza de que não seria vista. Ouvidos aguçados, pôs-se a escutar. A distância que havia entre eles não era pequena, de forma que ela ouvia parcialmente a conversa, pescando, aqui e ali, uma palavra de indignação ou raiva pronunciada em tom mais elevado.

Embora não conseguisse captar todo o sentido do diálogo, a menção à gravidez de Aracéli chegou nítida aos ouvidos dela. Ouvira claramente a afirmação do padre de que Aracéli estava grávida, e a reação de Licínio, que o mandara falar baixo. Era difícil, para ambos, manter o tom ameno da conversação, e eles se exaltavam a todo instante, tornando o colóquio perfeitamente audível.

De posse da preciosa informação, Zenaide aguardou até que padre Gastão se levantasse, para voltar à casa. Por sorte, Licínio ficara onde estava, dando-lhe a oportunidade de chegar primeiro e contar a novidade a Esmeraldina.

— O que foi, Zenaide? — perguntou a mulher de má vontade, mais interessada no retorno do marido. — Estou ocupada.

— Não quer saber o que sinhô Licínio estava conversando com o padre? — retorquiu ela, em tom malicioso e divertido.

— O que você sabe disso?

— Eu ouvi tudinho o que eles disseram.

— Como?

— Sou esperta, sinhá. Quando vi o sinhô correndo com o padre para o pomar, logo vi que devia ser para tratar de alguma coisa com Aracéli. E foi isso mesmo. O padre veio aqui para saber da índia.

— Tem certeza?

— Tenho, sim. O padre estava muito preocupado.

Zenaide fazia mistério de propósito, guardando a melhor parte para o final.

— Mas então, Aracéli não voltou a morar com ele — imaginou Esmeraldina.

— Não, sinhá. Sinhô Licínio escondeu *ela*.

— Onde?

— Isso, eu não sei. Mas sei de uma coisa que é muito pior e que a sinhá vai ficar furiosa se souber.

— O que é? Vamos, criatura, conte-me logo! Ou quer levar uma surra?

Antegozando cada palavra, Zenaide contou a Esmeraldina sobre a gravidez de Aracéli e o plano de Licínio e do padre para levá-la para longe. Ficou observando o rosto da mulher ir mudando de cor a cada parte da revelação, desde o lívido, quase desmaiado, até o rubro lustroso e explosivo.

— Infame! — esbravejou ela, por fim. — Canalha! Patife! Vil! Imundo! Obsceno! Degradado! Desprezível!

Esmeraldina seguia com seu repertório de pragas, que Zenaide, à exceção de imundo, não conhecia. Imaginou, contudo, que não deviam ser palavras boas, do contrário, ela não estaria com o rosto em chamas e a língua cuspindo fogo.

Em pouco tempo, Licínio recuperou o ânimo e resolveu voltar para dentro de casa. Ao aproximar-se do quarto, ouviu a voz estridente da mulher, e as imprecações perfuraram seus ouvidos. Por um momento, tomado de susto pela energia de ódio que ela espalhara no ambiente, Licínio sentiu medo e pensou em voltar. Seria possível que ela houvesse escutado a sua conversa com padre Gastão? A imagem de Esmeraldina saindo sorrateiramente de casa e embrenhando-se na mata para ouvi-los não casou bem com o que ele conhecia da mulher, e Licínio teve certeza de que ela nada escutara pessoalmente.

Precisava, contudo, enfrentar a sanha descontrolada da mulher e descobrir do que se tratava. Enchendo-se de coragem, ele abriu a porta do quarto e entrou. A primeira coisa que viu foi Zenaide parada a um canto e, num átimo, compreendeu tudo. Já andava mesmo desconfiado de que fora ela quem o delatara à mulher. Ele deu uma olhada ameaçadora para a escrava e aproximou-se da esposa, que gritava com Zenaide, de costas para ele.

— Dina — chamou ele, e ela se virou para olhá-lo. — O que foi que houve?

— Saia daqui, Zenaide — ordenou ela friamente.

A escrava se foi, e Licínio desejou ir atrás dela para aplicar-lhe uma sova, no entanto, o ar intimidador de Esmeraldina o paralisou. Cuidaria da escrava depois.

— Posso saber o que está acontecendo? — insistiu ele, já conhecendo a resposta.

— Como se atreve a entrar aqui assim, seu descarado? Depois de tudo o que fez?

Ela avançou para ele com ar tão aterrador, que Licínio recuou, temendo que ela tivesse em mãos alguma faca oculta.

— Do que está falando? — tornou ele, não querendo fazer revelações antes de ser acusado.

— Você sabe do que estou falando! De você e de sua prostituta índia!

— O que foi que lhe contaram, Dina?

— Não me obrigue a repetir as infâmias que ouvi a seu respeito! Seria uma humilhação desnecessária. Já não basta eu saber que a sua amante está esperando um filho seu, e com as bênçãos de um padre da Igreja?

— Você se deixa impressionar pelas palavras de uma negra? Vai dar crédito ao que Zenaide contou?

— E ela mentiu, por acaso? Vai me dizer que Aracéli não está grávida?

Não adiantava mais mentir, e a afirmação de Licínio buscava uma brecha para a desculpa:

— Sim, mas...

Todo o sangue de Esmeraldina borbulhou, tornando seu corpo tão quente quanto a cratera de um vulcão, e ela vociferou, cuspindo lavas:

— Mas o quê? Ela está grávida, mas o filho pode ser de qualquer um? É nisso que espera que eu acredite?

— Não... Mas estou tomando minhas providências. Vou fazer com que ela desapareça de nossas vidas para sempre.

— O único jeito de fazê-la desaparecer para sempre é acabar com a vida dela — sugeriu Esmeraldina, os olhos ofuscantes como a sombra do mal.

— Você quer dizer, matá-la?

— A ela e ao seu bastardo imundo! Ou pensa que vou dividir o lugar de Teodoro com uma criança morena, de sangue selvagem?

— Não precisa. Padre Gastão irá levá-la embora...

— Aonde quer que ela vá, o fruto do seu pecado vai estar com ela, pairando sobre nossas cabeças como um machado inimigo prestes a nos desfechar o golpe fatal.

— Você exagera. Ela é apenas uma índia, nada pode contra nós, que somos ricos e poderosos. E eu estou prestes a receber o título de barão.

— Pior ainda! Espera exibir o seu título sobre a desonra de um bastardo?

— Não é bem assim, Dina. Vou lhes dar dinheiro, e eles vão sumir.

— E voltar um dia para exigir os direitos do seu bastardo?

— Eles não farão isso. Tenho a palavra de padre Gastão. Além do mais, a criança não terá direito algum. Apenas Teodoro é fruto de nossa união abençoada. Aracéli é só... uma prostituta cabocla.

— Pois eu exijo que essa prostituta morra, bem como o filho que está emprenhado nela. Ou você a ama tanto que não pode ficar sem ela? É isso, Licínio? Você a ama, a ela e a seu filho, mais do que a Teodoro e a mim?

— Não cometa um sacrilégio desses! Você e Teodoro são tudo o que tenho. Aracéli serviu apenas para minha diversão.

— Pois está na hora de você cancelar seus divertimentos. Acabe com ela e com aquele padre indecente, se ele ousar interferir.

— Tenha calma, Dina. Matar Aracéli é uma coisa: ela é índia, e ninguém vai se importar com uma índia a menos no mundo. Mas padre Gastão é um homem da Igreja. Pode ser que haja algum tipo de reação.

— Não me interessa! — vociferou ela ensandecida. — Só o que quero é que se livre da cabocla! Livre-se daquela ordinária, ou voltarei para a casa de meus pais em Salvador, levando Teodoro comigo. E ninguém vai conseguir me impedir.

— Você não faria isso. Seria uma vergonha para a sua honra de mulher casada.

— E uma desonra a pesar na sua pretensão ao baronato.

— Não faça isso, Dina, eu lhe imploro — ele se atirou a seus pés, beijando-os em sinal de humilhação. — Sou capaz de qualquer coisa por você e Teodoro. Mas por favor, não me abandone. De nada valem títulos e ouro sem o seu amor e o de meu filho.

— Como ousa falar em amor depois de tudo o que fez?

— Não confunda as coisas, minha querida. Aracéli é apenas um joguete, um capricho da minha vaidade masculina. Nada é se comparada a você. Você é a minha doçura, minha vida, sustentáculo da minha existência, a única mulher que amo e por quem vale a pena viver. E Teodoro... não tenho palavras para descrever, mas eu seria um homem pela metade se perdesse o amor e o respeito do único ser que posso chamar, verdadeiramente, de filho.

As declarações de Licínio foram consideradas satisfatórias por Esmeraldina, que deixou escapar o sorriso arrogante da vitória.

— Se é assim — prosseguiu ela com a superioridade do triunfo —, faça o que lhe peço: mate Aracéli e livre-nos de sua cria espúria. É a única maneira de me manter a seu lado.

Controlando o pânico, Licínio conseguiu retrucar, com aparente segurança:

— Farei como você me ordena, porque a sua vontade é lei. Hoje mesmo, providenciarei alguém que dê desfecho a esse drama.

— Não. Você tem que fazer isso pessoalmente. Só assim vou acreditar que não a ama e não se importa com ela nem com seu filho bastardo. E quero ver o seu corpo sem vida. Será uma prova de amor e fidelidade a mim.

Aquela ordem era inesperada, e Licínio saiu derrotado, deixando a Esmeraldina o sabor da vitória. Não contava com aquela determinação. Encarregar Rufino de dar cabo de Aracéli não seria tão ruim. Matá-la pessoalmente exigiria dele muita coragem e frieza. Tudo por causa daquela maldita escrava! Quando voltasse, pensaria no castigo mais apropriado para Zenaide. Por ora, tinha que se concentrar na dolorosa tarefa de, com suas próprias mãos, tirar a vida de Aracéli e levar seu corpo inerte para saciar a sede de vingança de sua mulher.

CAPÍTULO

27

Na frente de Licínio, partiu Soriano, aterrado. Do lado invisível, acompanhara toda a conversa, sem perder qualquer detalhe. Assim que soubera que Aracéli havia engravidado, perdera o sossego. A hesitação que sentira a princípio cedera ao amor que tinha por Cibele. Um aborto poderia causar a ela muita dor e sofrimento, e ele já a fizera sofrer demais; ela não merecia mais uma tragédia em sua vida.

Decidiu que poderia se vingar de Alejandro depois. O importante agora era preservar a integridade de Cibele, e se ela escolhera o ventre de Aracéli para se abrigar, era essa a pessoa que ele precisava proteger em primeiro lugar.

Quando Licínio desferira aquele soco inesperado na barriga de Aracéli, Soriano sentiu como se o murro tivesse sido endereçado a ele também, só de imaginar o que teria sentido Cibele lá dentro, recebendo em seu corpo pequenino e indefeso aquele golpe violento. Por proteção divina, o murro não danificou o envoltório físico da criança, muito embora

Cibele, em estado quase adormecido, ainda não totalmente ligada ao feto, tivesse tido uma espécie de convulsão.

Aquilo foi o estopim na mente de Soriano. Ele não chegara a ver, mas percebera o sofrimento de Cibele através de uma corrente magnética que o ligava a ela pelos laços afetivos que ela, recentemente, fora despertar. Em desespero, Soriano soprou ao ouvido de Licínio que deveria esperar pela parteira, ao invés de usar de violência, e surpreendeu-se quando ele assentiu à sua ideia. Mal sabia que, num plano invisível e superior ao seu, espíritos iluminados enviavam, à distância, fluidos capazes de atuar na mente do encarnado e desestimular o golpe fatal.

Quando Licínio mandara chamar a parteira, o próprio Soriano envidara esforços para impedir o assassinato da amada, convocando seus comparsas para ajudar. Por determinação superior, espíritos treinados na manipulação de energias foram enviados para obstar o aborto. Haviam adquirido o conhecimento nos muitos anos passados no astral inferior, protegendo antigos companheiros de trevas. Espíritos de luz poderiam ter ido pessoalmente, mas eles acabariam assustando Soriano, despreparado para o contato com seres mais elevados. Foi por isso que, em respeito a ele, somente espíritos seus conhecidos compareceram, portando elementos fluídicos neutralizadores da energia abortiva das ervas que Aracéli havia ingerido.

Encerrado o trabalho silencioso, os espíritos se despediram de Soriano e voltaram a seu próprio mundo de sombras, muito embora o gesto de auxílio, prestado de boa vontade e sem queixas, lhes tivesse conquistado a simpatia e a admiração dos seres superiores, angariando créditos a seu favor. Como resultado, a poção, inexplicavelmente, não surtiu efeito, e a gestação de Aracéli prosseguiu incólume.

Agora, contudo, Licínio pretendia matá-la com suas próprias mãos, e contra o ato consciente e determinado dos encarnados, os espíritos nada podiam. Soriano lhe sopraria conselhos, chamando-o à razão e tentando despertá-lo para a impropriedade do crime. Mas não havia espírito que conseguisse segurar-lhe a mão e impedir o golpe.

Como Licínio não era acessível, envolvido que estava pela energia de ódio de Esmeraldina e pela sua própria vibração de medo e o desejo de se ver livre de um estorvo, Soriano nada conseguiu com ele. Licínio, nem de longe, percebeu-lhe as palavras. O jeito mesmo era tentar Aracéli.

Encontrou-a adormecida. No cômodo contíguo, Rufino tirara as botas e se distraía esculpindo, com a ponta do facão, imagens toscas de madeira. O corpo astral de Aracéli permanecia flutuando alguns centímetros acima do físico, e Soriano o tocou gentilmente. Ela despertou e, reconhecendo-o, quis fugir, mas ele foi mais rápido e segurou-a pela mão, impedindo-a de retornar ao corpo e desfazer o contato com ele.

— Espere um momento — falou ele, transmitindo-lhe uma certa calma. — Não quero lhe fazer mal.

— Já sonhei com você — rebateu ela, desconfiada. — Do que me acusa?

— Não estou aqui para acusá-la. Vim para avisá-la de que você corre grande perigo. Licínio está, agora mesmo, vindo aqui para matá-la.

Ela não duvidou nem um momento, sentindo a vibração de veracidade nas palavras dele. Instintivamente, colocou a mão sobre o ventre diáfano e rebateu com angústia:

— E agora? O que devo fazer?

— Você tem que fugir.

— E o escravo lá fora?

— Tem que haver algum jeito de passar por ele.

— Ele é grande e é mau. Não vai ter piedade nem me deixar sair.

Nesse momento, um estrondo se fez ouvir, e Licínio irrompeu pelo quarto. Na mesma hora, o envoltório físico de Aracéli despertou, puxando de volta o seu corpo fluídico, que não reteve quase nada do breve diálogo que mantivera com Soriano. Apenas a sensação de perigo permaneceu, e, ao olhar para Licínio, sua alma evocou o alerta de que ele estava ali para matá-la.

— Vá para casa imediatamente! — ordenou ele a Rufino, que o seguira até o quarto. Não queria testemunhas de sua covardia.

O escravo não pensou duas vezes. Conhecia bem o patrão e identificava, como ninguém, quando ele estava dominado pela fúria. Mais que depressa, enfiou as botinas, apanhou a escultura malfeita do que deveria representar um de seus deuses africanos e saiu, pensando na alegria de sua companheira ao receber o rústico presente.

Em desespero, Soriano gritava e tentava, em vão, acertar o rosto de Licínio, atirando sobre ele réplicas astrais dos objetos presentes. Nada surtia efeito, porque o invólucro físico e grosseiro de Licínio não sentia as vibrações provenientes daquele outro plano. Mesmo assim, Soriano ia jogando sobre ele o que encontrava, coisas que iam sumindo no ar à medida que a matéria sutil que as compunha se diluía na atmosfera.

Veio o facão que o escravo, na pressa de sair e recolher o presente da amada, esquecera deitado sobre a mesa. Atirar aquela réplica astral sobre Licínio não adiantaria. Tampouco podia levar o facão físico a Aracéli, que não era dotada de sensibilidade para auxiliar a movê-lo. O jeito então era mudar de método. Chegou para perto dela e pôs-se a gritar o mais alto que podia:

— A faca! O escravo esqueceu a faca!

No princípio, Aracéli não percebeu a movimentação invisível, preocupada que estava com a ameaçadora aproximação de Licínio.

— O que você quer? — perguntou ela, aterrada.

— Por que não me obedeceu, Aracéli? — retrucou Licínio, o olhar ensandecido de ódio. — Por que não tirou do ventre essa coisa indesejável?

— Não foi culpa minha. As ervas que a mulher me deu não fizeram efeito.

— E agora, veja no que deu. Vou ser obrigado a me desfazer de você.

Ela engoliu em seco e sondou em pânico:

— Como assim?

— O idiota do padre foi me procurar hoje — prosseguiu ele, como se ela não estivesse ali. — E sabe o que aconteceu? Aquela estúpida da Zenaide ouviu tudo o que conversamos e correu a contar a Esmeraldina. Você pode imaginar o escândalo que ela fez.

À medida que ia falando, Licínio foi se aproximando de Aracéli, que recuava para a sala, com Soriano gritando e gesticulando a seu lado, apontando para o facão que jazia sobre a mesa.

— Pegue a faca, Aracéli, a faca!

— Minha mulher me perdoou — continuou ele. — Mas impôs condições. Será que você é capaz de adivinhar que condições seriam essas? — Ele chorava enquanto falava, dando mostras de um quase desespero. — E agora... o que posso fazer? Diga-me, Aracéli, que escolha eu tenho? Ela me mandou acabar com você e o seu filho... nosso filho.

— Por favor... — suplicou ela, andando para trás e batendo nos poucos móveis que havia espalhados pela sala.

— Eu tentei, Aracéli, juro. Tentei poupá-la, mas Esmeraldina foi implacável. Está no direito dela, acho, livrar-se da rival que ameaça a sua família. Não quis aceitar o plano que eu havia traçado com padre Gastão...

— Padre Gastão? — repetiu ela, sentindo um lume de esperança aquecer-lhe o peito.

— Falei que ele foi me procurar. Era para ele sumir com você de Vila Rica, ir para bem longe. O coitado deve estar até agora fazendo os preparativos de uma viagem que não vai acontecer. Pobre padre... — Ele deu um soluço alto e emendou: — Minha pobre Aracéli... Prometo que não vou deixá-la sofrer...

— Por Deus, senhor Licínio, poupe-me! Eu juro que fujo com padre Gastão e nunca mais apareço por aqui. Mas não me mate. Pelo nosso filho, deixe-nos viver!

— Não posso — sussurrou ele. — Como gostaria de poder, mas não posso. Fiz uma promessa a Esmeraldina.

— Ela não vai saber. Diga que me matou e me enterrou ou entregou meu corpo para as onças comerem. Mas por favor, poupe-nos!

— Não posso, Aracéli, não posso! Prometi a ela que lhe mostraria seu corpo sem vida.

Licínio estava em lágrimas, mas não retrocedeu. Foi como se estivesse possuído por uma sanha assassina incontrolável e maligna. Num gesto rápido, atirou-se sobre Aracéli, que tombou em cima da mesa, e envolveu-lhe o pescoço miúdo com suas mãos de bruto. O corpo da menina se dobrou sobre o móvel, e o ar, lentamente, começou a faltar-lhe nos pulmões. Desesperada, ela tentou afastar as mãos de seu agressor da garganta e, ante a inutilidade da luta, começou a debater-se em agonia, atirando para longe as estátuas inacabadas que o escravo deixara ali.

— A faca! — gritava Soriano, tentando direcionar sua mão. — Pegue a faca!

Guiados pelos fluidos que o espírito atirava na direção dela, os dedos de Aracéli tocaram a lâmina fria e, como se escavassem a salvação, conseguiram puxá-la, virando-a freneticamente para firmar nas mãos o cabo grosseiro. Ela estava prestes a desfalecer, mas Soriano fazia irradiar em sua direção vibrações imperceptíveis e débeis, suficientemente fortes para auxiliá-la a sustentar o peso do facão e erguê-lo.

O gesto foi tão rápido que Aracéli nem se apercebeu de que havia cravado a faca nas costas robustas de Licínio. Só quando ele afrouxou a pressão em seu pescoço e começou a se agitar numa espécie de dança fantasmagórica, foi que ela se deu conta de que ele tentava alcançar com a mão o cabo do facão enfiado no dorso. Inútil, porém. A faca entrara fundo, perfurando-lhe os pulmões e sufocando-o com o sangue que afluía aos borbotões.

Sob o olhar aterrado de Aracéli, Licínio sentiu que a vida lhe esvaía. Esticou as mãos para a frente, na tentativa de alcançá-la, mas seus dedos estreitaram o vazio. Paralisada, a moça assistia a agonia daquele homem que roubara sua alegria e sua juventude, mas que ela não permitiria roubar-lhe também o filho.

Os olhos de Licínio tornaram-se opacos, e ele desmoronou no chão com estrépito, agitando-se em todas as direções como alguém que não aceita a irreversibilidade da morte. Ele resistia, o olhar colérico fincado em Aracéli, derramando sobre ela toda a força de seu ódio. Custou muito para Licínio perder a consciência, até que, por fim, cuspindo sangue e estertorando diabolicamente, ele arregalou os olhos e expirou, deixando impressa em Aracéli a visão assustadora de seu olhar maligno em seu derradeiro instante de vida.

— Agora fuja! — berrou Soriano, a quem foi dado ver os espíritos trevosos que arrastaram um Licínio inconsciente para o fundo da terra.

Como se ouvisse as palavras do espírito, Aracéli rodou nos calcanhares e destrancou a porta, ganhando o mato com a rapidez de uma lebre. O ar fresco da noite clareou-lhe o raciocínio, fazendo-a perceber que, se quisesse chegar a algum lugar sem ser alcançada, teria que arranjar montaria urgente.

Aracéli montou como um raio no cavalo de Licínio, que seguiu em disparada pela estrada. Por sorte, a lua reluzia argêntea, iluminando a estrada de barro batido por onde pisoteavam os cascos do animal. Foi circundando a cidade, até se aproximar dos fundos da casa de padre Gastão. Soltou o cavalo mais ao longe e afugentou-o. Correndo pela mata, adentrou o pátio e esmurrou a porta:

— Padre Gastão! Padre Gastão!

Não foi preciso chamar muito. Assim que ouviu a voz dela, Gastão escancarou a porta, recebendo-a em seus braços.

— Aracéli, graças a Deus! Como eu rezei para que você pudesse voltar.

— Eu o matei, padre! — desabafou ela aos tropeços, com a voz grave e assustada. — Matei o senhor Licínio!

— Meu Deus!

Ele recuou aterrado, passando a tranca na porta e correndo a fechar as cortinas. Vislumbrou, rapidamente, a barriga ainda não muito volumosa, mas de uma gravidez visível.

— Ele ia me matar. A mim e a meu filho. Mas uma voz ficava na minha cabeça... e tinha uma faca... eu o matei... não queria, mas ele ia me matar!

— Onde foi que isso aconteceu?

— Na cabana onde ele me mantinha prisioneira.

— A que horas?

— Agora! Foi agora, padre! O escravo saiu, mas vai voltar. E, quando voltar, vai encontrar o senhor Licínio com a faca nas costas. E eu vou ser presa e enforcada! Não ligo para mim, mas o que será do meu filho?

— Você precisa fugir — alertou ele, com urgência na voz. — Quando Dona Esmeraldina descobrir o que você fez, não vai descansar até vê-la morta.

— Para onde eu vou?

— Você vai viver com o seu povo.

— Sozinha? E se eles não me aceitarem?

— É mais fácil a aceitarem sozinha do que em companhia de um padre branco, que eles odeiam.

— Mas e o senhor? O que aquela mulher horrível fará ao senhor depois que eu me for?

— Nada. Eu não fiz nada. Foi o marido dela quem seduziu você. Não se preocupe comigo. Pense em você e na criança. Eu estarei bem.

— Como poderei encontrar alguém de meu povo? Não sei nem onde procurar.

— Você sabe caminhar nas matas e não tem medo da noite, tem? — ela meneou a cabeça. — Pois então, caminhe o mais que puder para longe de Vila Rica. Embrenhe-se na floresta e só pare quando encontrar uma tribo.

— E se eles forem canibais?

Gastão não havia pensado naquela possibilidade, mas algo em seu íntimo lhe dizia que Aracéli não corria aquele risco.

— Temos que confiar em Deus. Você estará mais segura entre os índios do que na cidade, onde só a morte a aguarda. Vá e tenha seu filho em paz.

Enquanto falava, Gastão ia arrumando coisas para Aracéli levar. Roupas, ela não tinha. Havia deixado tudo na cabana quando fugira. O padre lhe deu uma batina e um casaco, que ela poderia improvisar como vestido. Colocou pão, queijo e frutas numa cesta, e entregou tudo a ela.

— É o suficiente para você começar. Água, você encontrará nos rios. Quanto à comida, a terra é abundante e não faltarão frutas nem peixes. E agora vá. Não se demore mais. Em breve, toda a milícia estará à sua procura.

Aracéli abraçou-se a ele, sentindo inigualável tristeza por ter que abandonar de vez a sua vida. Deixaria para trás a segurança da casa de padre Gastão, o único que a amara em toda a sua vida, para arriscar-se numa aventura incerta e misteriosa. Tudo para salvar a vida do filho que carregava no ventre.

— Oh! Padre! — chorou ela, apertando-se ao pescoço dele. — Sentirei tanto a sua falta!

— Também sentirei a sua e rezarei todos os dias por você e pela criança.

— Não sei se conseguirei viver sem o senhor.

— É preciso. Se ficar, vão matar você. Por favor, Aracéli, vá. Não pense que é fácil me despedir de você, mas só em nome de todo amor que lhe tenho é que sou capaz...

Ele se calou, a voz embargada pela emoção. Ela o apertou ainda mais e deu-lhe um beijo demorado na face. Quando o soltou, as lágrimas em seus olhos cintilavam como coriscos.

— Adeus, padre — arrematou ela. — E obrigada por ter sido o esteio da minha vida.

Gastão pôs as mãos em suas faces e acrescentou:

— Vá. E não se esqueça de mim.

Ela se afastou dele, as lágrimas gozando da liberdade de seu rosto, e concluiu:

— Jamais.

Em seguida, virou as costas para ele e sumiu na floresta.

CAPÍTULO

28

Preocupada com a demora de Licínio, Esmeraldina começou a indagar dos escravos se o haviam visto. Ninguém sabia
dele, à exceção de Rufino, que ficou alarmado. Escravo de
confiança, gozava de liberdade para sair a hora em que bem
entendesse, pois não tinha pretensões de fuga. Preocupado,
partiu em silêncio para a cabana.

Chegando lá, sua maior surpresa. O cavalo de Licínio havia
desaparecido. A porta encontrava-se escancarada, e a sala,
uma bagunça. Rufino entrou com um mau pressentimento
e logo avistou o corpo de Licínio estirado no chão, os olhos
ainda abertos sem qualquer expressão, o sangue coagulado
grudado nas vestes e no chão. Aterrado, rodou nos calcanhares e voltou correndo para casa.

— Preciso falar-lhe, sinhá Esmeraldina — anunciou ele
com urgência na voz. — Encontrei o patrão agora mesmo,
morto, numa cabana na estrada que leva ao garimpo.

— O quê? — ela pareceu não compreender.

— Disse que o sinhô Licínio está morto. Foi assassinado.

Rufino teve que correr para amparar Esmeraldina, que caiu no chão, desmaiada. As escravas mais velhas acudiram, dando-lhe tapinhas no rosto para despertá-la, e até Teodoro, que já se acostumara com a criada francesa, veio lá de dentro, alarmado.

— Mamãe, mamãe! — chamava ele, pensando que ela havia morrido.

Ouvindo a voz do filho, Esmeraldina acordou e começou a concatenar as ideias, só então compreendendo o significado das palavras de Rufino.

— Licínio... — balbuciou ela — morto?

— Papai está morto? — repetiu o menino, incrédulo.

Ante o silêncio geral, Teodoro começou a chorar, e Esmeraldina, pondo-se de pé, ordenou atarantada:

— Aneci, leve-o para o quarto.

A criada apanhou o menino com jeito e saiu com ele, tentando acalmar o seu pranto. Depois que eles se foram, Esmeraldina sentou-se, abanando o rosto, do qual havia fugido toda a cor.

— Conte-me agora o que aconteceu — disse para o escravo.

— O que aconteceu, não sei, sinhá. Só sei que, quando cheguei lá, o patrão estava morto, com uma faca nas costas.

— Quem fez isso? — ele hesitou. — Pode falar, Rufino. Sei tudo sobre aquela índia. Foi ela, não foi?

Havia ódio, muito ódio na voz de Esmeraldina, e o escravo não conseguiu esconder-lhe nada.

— Lamento, sinhá, mas deve ter sido ela mesma. Quando saí, deixei o patrão sozinho com ela.

— Aquela maldita! — vociferou ela, não se incomodando com a presença de Rufino. — Onde está?

— Não sei. Mas, como o cavalo do patrão desapareceu, imagino que ela o roubou.

— Sim, e só pode ter ido a um lugar. Vá correndo chamar a milícia, Rufino. Talvez ainda tenhamos tempo de pegar a assassina.

Rufino conduziu os guardas até o local do crime, e, seguindo as ordens de Esmeraldina, foram procurar Aracéli em casa de padre Gastão. Prevenido daquela possibilidade, Gastão os recebeu com surpresa e fingida preocupação:

— Não posso acreditar no que estão dizendo! Aracéli não seria capaz de uma atrocidade dessas!

— Dona Esmeraldina diz que foi ela, e nós acreditamos. E depois, o negro confirmou que deixou o senhor Licínio sozinho com a índia.

— Meu Deus! — lamentou ele, forçando os olhos para chorar. — O que terá levado Aracéli a um ato tão desesperado?

— Ela era amante do senhor Licínio.

— Eu bem que desconfiava... — prosseguiu ele, intimamente pedindo perdão a Deus pelas suas mentiras, cujo único propósito era salvar a vida de Aracéli. — E onde está ela?

— Nós esperávamos que o senhor pudesse nos dizer. Ela roubou o cavalo dele e sumiu.

— Pois não veio me procurar.

— Talvez seja verdade, senhor — falou um dos guardas. — Se ela fugiu a cavalo, não veio aqui. Não há marcas de cascos lá fora nem nas matas próximas.

— Eu não disse? — continuou padre Gastão. — Minha pobre Aracéli. Deve estar perdida e assustada.

— Precisamos encontrá-la. Se a vir, mande nos avisar.

— Sim, claro. Tenho certeza de que não foi Aracéli quem fez isso, e tem de haver uma explicação para tudo.

— Não acredite nisso. E lembre-se: avise-nos, ou mandaremos prendê-lo por cumplicidade.

Gastão balançou a cabeça em assentimento e retrucou:

— O que acontecerá a ela se for presa?

— A pena, para esses casos, é a morte por enforcamento.

— Meu Deus! — exclamou ele, aumentando a expressão de horror que genuinamente sentia.

O pavor de Gastão era tão grande que ele temeu ser descoberto. Os guardas, contudo, nada perceberam e acabaram indo embora, deixando-o a sós com seus pensamentos.

Onde estaria Aracéli àquela hora? Bem longe, era o que esperava.

Aracéli caminhou a noite inteira, seguindo as estrelas. Só parou para beber água no rio uma vez, retomando a caminhada em seguida. Para sobreviver, tinha que contar com a vantagem sobre a milícia, e, se parasse para descansar, daria a eles tempo de vencer a diferença e alcançá-la. A lua continuava a ajudá-la, com seu prateado brilhante a iluminar toda a floresta.

A seu lado, o espírito de Soriano a acompanhava, preocupado com Cibele, adormecida na barriga dela. Vencera o medo de mato e penetrara na selva junto com Aracéli. Se encontrasse algum índio do tipo daqueles maias, eles nada poderiam contra ele. Mas, e contra Cibele?

Aracéli prosseguia incansável, na esperança de avistar alguma tribo pacífica, mas não via nenhuma. A ideia de índios canibais a assaltou, porém, lembrando-se da fé de padre Gastão, afastou o pensamento e prosseguiu, certa de que não se depararia com selvagens daquele tipo. Só muito tarde da noite foi que desabou exausta e adormeceu por duas horas.

Antes do amanhecer, prosseguiu caminhando, orientando-se pelo sol para não se perder. Em dado momento, parou para se alimentar. Como o cansaço a dominava, permitiu-se descansar enquanto comia. Um pouco mais refeita, levantou-se e continuou a viagem, o tempo todo orando para que Deus não a desamparasse e lhe mostrasse o caminho mais seguro para uma tribo amistosa.

Ao anoitecer, seu estado de exaustão era crítico, havia bolhas em seus pés, pontilhadas de gotículas de sangue, e ela não conseguiu dar nem mais um passo. Precisava urgentemente dormir. Pensou em acender uma fogueira, mas teve medo de que alguém visse a fumaça e encontrasse seu rastro. Devia estar bem longe de Vila Rica, todavia, era preciso muito cuidado. Ajeitou um cantinho no mato e, pela primeira vez, invocou os deuses de seu povo, que padre Gastão havia lhe ensinado, pedindo-lhes proteção. Não queria terminar comida por uma onça.

De manhãzinha, Aracéli sentiu uma movimentação por perto e forçou os olhos a se abrirem, a muito custo identificando o lugar em que estava. Foi piscando lentamente, enquadrando as imagens ao redor, e raios de sol salpicaram o seu rosto, insinuando-se por entre as copas das árvores. Por todo lado, a floresta a envolvia, e ela balançou a cabeça, confusa, até que percebeu o som de risadas nas proximidades, risadas infantis. Olhares curiosos a fitavam, e ela se levantou de um salto. Dois meninos índios conversavam em sua língua, rindo alto e apontando para suas vestes. Ela reconheceu o idioma tupi e agradeceu em silêncio, porque era o único que entendia e que sabia falar.

— Podem me levar a sua tribo? — pediu ela.

Ela falava corretamente, embora com uma certa dificuldade, e os meninos, a princípio, não a compreenderam. Mas ela apontou para a mata e repetiu a pergunta. Um dos meninos, então, deu mostras de tê-la entendido e partiu correndo na frente, com o outro atrás e Aracéli no encalço dos dois.

Correndo pelo meio da floresta, Aracéli não os perdia de vista. Parecia mesmo que os dois queriam pregar-lhe uma peça, fazendo com que ela se distanciasse deles. Os pés de Aracéli, apesar de doloridos, também foram treinados descalços na selva, e as bolhas não a impediram de segui-los.

Subitamente, a tribo surgiu diante dela, incrustada numa clareira no meio da mata. Aracéli ficou maravilhada com o que viu. De um lado, extensa área dedicada à lavoura e, de outro, uma aglomeração de ocas construídas com troncos de árvores e recobertas por folhas de palmeiras.

Havia enorme movimentação na tribo, e Aracéli foi-se aproximando devagar. Sendo ela mestiça, com lindos cabelos negros e lisos, os índios não perceberam que se tratava de uma estranha. Só quando a mãe de um dos meninos o chamou e percebeu Aracéli perto dele, foi que a presença de alguém de fora foi anunciada.

Os índios, assustados, reuniram-se em círculo ao redor dela, fitando-a com ar entre hostil e curioso. Alguns apontavam suas lanças, enquanto outros limitavam-se a observá-la. Embora ela se parecesse com uma índia, estava claro que não era como eles.

Ela também estava assustada, pois era a primeira vez que mantinha contato com alguém de seu povo que não estivesse acostumado ao modo de vida dos brancos. Precisava tomar alguma atitude para demonstrar a eles que ela não representava nenhuma ameaça. Assim, buscou dentro de si as palavras exatas e falou em perfeito tupi:

— Vim aqui em paz, fugindo do homem branco. Podem me ajudar?

Quando ela colocou a mão sobre a barriga, uma das mulheres notou sua gravidez, e os demais silenciaram. Os que lhe apontavam lanças as abaixaram, e a mulher se aproximou.

— O que aconteceu com você? — perguntou ela.

— Caminhei dois dias inteiros. Matei um homem branco...

A menção do assassínio de um branco pareceu agradar os índios, que relaxaram os músculos e a saudaram. Muitos chegaram mais para perto e tocaram suas vestes, outros retiraram-lhe o saco das mãos e o abriram, expondo o seu conteúdo. Provaram o pão e o queijo, e apenas cheiraram as frutas, que já conheciam. Desdobraram a batina, para imediatamente atirá-la longe, dando visível mostra de que já conheciam os padres.

— O homem que me deu esta foi quem me criou — esclareceu ela. — Não é igual aos que tentaram dominar os índios. Foi ele quem me mandou procurá-los, para que pudesse viver em paz e segurança, aprender com vocês e criar o meu filho.

Eles compreenderam e concordaram, a maioria já simpatizando com Aracéli.

— Quem lhe falou sobre nós? — perguntou um índio com aparência de guerreiro.

— Ninguém me falou. Padre Gastão me orientou a me embrenhar na floresta e vir procurá-los. Rezei para que Tupã me guiasse e me trouxesse até uma tribo amiga.

Ela conhecia seus deuses, o que agradou ainda mais os indígenas. Aracéli não lhes pareceu uma ameaça, e eles a acolheram na tribo. Cercando-a por todos os lados, foram conduzindo-a até uma das ocas. Aracéli deixou-se levar. Ao chegar ao meio da tribo, olhou para trás. Na beira da floresta, o saco com seus poucos pertences encontrava-se espalhado no chão. Não precisaria mais deles. Agora, tinha um novo lar e, estranhamente, ela percebeu que seria ali que encontraria a verdadeira vida.

CAPÍTULO
29

As dores do parto finalmente cessaram, e Aracéli ouviu o choro insistente e forte do bebê que acabara de nascer. A índia que ajudara no parto exibiu a menina lívida, e Aracéli a fitou por uns momentos, sentindo um misto de alegria e tristeza por aquela criança que fora fruto do desamor. Aracéli virou o rosto, como se quisesse esconder as lágrimas de sua filha, e vislumbrou o dia recém-nascido pela fresta da oca, onde apenas uma única estrela cintilava, soberana, no azul pálido do céu da manhã.

— Airumã... — balbuciou ela.

E foi assim que a menina recebeu o nome da Estrela D'alva, na língua nativa dos tupis, marcando o seu nascimento, simultâneo ao nascer do dia.

Os índios estranharam um pouco a coloração descorada de Airumã, contudo, nada perguntaram. Desde a sua chegada, Aracéli se demonstrara uma moça dócil e meiga, muito corajosa e decidida, sempre pronta a ajudar no que fosse preciso.

A mulher de um dos guerreiros que integrava o *nheengaba*[1], tendo recebido-a na entrada da tribo, foi a primeira a se afeiçoar a Aracéli. A gravidez se desenvolvera toda sob o olhar atento de Guaiani. O marido de Guaiani, satisfeito com a presença de uma índia jovem em sua oca, demonstrou intenções de casar-se com Aracéli, mas depois desistiu. Ele e Guaiani já estavam ficando velhos, e era melhor deixar a moça para algum bravo guerreiro.

Foi o que aconteceu, e Piraju foi o escolhido para desposar Aracéli. Jovem e destemido, apaixonou-se por ela desde o primeiro instante em que a viu. Acompanhou com paciência toda a gestação dela e, após o nascimento de Airumã, finalmente, o casamento foi realizado.

Aracéli mudou-se com Airumã para a oca de Piraju. Enquanto o marido saía para a caça, ela auxiliava as mulheres nos trabalhos agrícolas e na fabricação da cerâmica. Airumã, por sua vez, foi crescendo juntamente com as outras crianças, participando de suas brincadeiras e aprendendo os costumes do povo indígena.

Finalmente, a felicidade chegara para Aracéli. Ela ainda se ressentia dos acontecimentos passados e sentia muita falta de padre Gastão e de Teodoro, por quem orava todas as noites para que a perdoasse. Não queria ter matado o pai do menino, mas fora obrigada para salvar a própria vida. Piraju participava de suas aflições como amigo e marido apaixonado, preocupado em dar-lhe alegria e fazer de Airumã uma verdadeira índia, para compensar a pele desbotada que herdara do homem branco.

Nas horas vagas, Piraju ensinava Aracéli a atirar com o arco e flecha e a caçar, além de levá-la para longas travessias a canoa, pelos rios da região.

— Padre Gastão estava certo — dizia ela a Piraju. — Minha vida é aqui, entre os de meu povo.

— Você foi a mais linda oferenda no altar de Rudá[2] — declarou ele certa vez, em referência ao significado do nome de

---

1 Nheengaba – espécie de conselho.
2 Rudá – deus do amor, na mitologia tupi.

Aracéli. — Que Jaci[3] nos proteja para sempre e nos dê ainda muitos filhos.

Aracéli sorria para ele e afagava seu rosto.

— Nunca pensei que pudesse amar alguém em toda a minha vida — tornou ela. — Minha felicidade, contudo, não é completa, pois sinto muitas saudades de padre Gastão.

— Você não pode mais ver esse homem — objetou Piraju com veemência. — É o homem branco que nos causa destruição. Não sabe que muitas tribos foram completamente destruídas pela fúria de sua ambição?

— Padre Gastão não é assim. Pois se foi ele quem me enviou para cá!

— Ele pode ser diferente, mas aqueles que convivem com ele não são.

— Você tem razão, e ele sabia disso. Foi por isso que me enviou para cá, e eu não penso em voltar. Apenas sinto falta do único pai que conheci.

Piraju colocou sua mão sobre a de Aracéli, levando ambas ao coração da moça, e acrescentou:

— Você é o clarão da lua que afugenta as sombras que espreitam na mata. Qualquer um que sinta o seu toque se transforma, imediatamente, em luz.

Ela levou a mão dele aos lábios e retrucou emocionada:

— Se você fosse um homem branco, seria um poeta. Nunca ninguém me disse coisas tão bonitas. Sei, contudo, que essas palavras tão doces transbordam de um coração apaixonado. Não sou essa mulher de quem você está falando.

— Você é isso e muito mais.

— Já matei um homem, Piraju. Deixei uma criança sem pai...

Ele colocou o dedo sobre os lábios de Aracéli e revidou com firmeza:

— O destino do inimigo é o sacrifício. Aquele homem não tinha o direito de tomá-la à força.

— Não quero mais falar sobre isso — murmurou, pousando a cabeça sobre o ombro dele. — Guardo uma única coisa boa que Licínio me deu, que foi Airumã.

---

3 Jaci – A Lua, deusa protetora dos amantes e da reprodução.

— Ela não é filha dele. Seu espírito se fundiu ao da tribo, e ela agora pertence ao nosso povo.

A noite avançava rapidamente, e Aracéli voltou para junto da tribo com Piraju. Em sua oca, Airumã dormia tranquila, os longos cabelos lisos e negros, herdados da mãe, derramados para fora da borda da rede. Ela se aproximou da filha e beijou-a no rosto, sentindo o quanto a amava. Piraju alisou a cabeça da menina, guardou o arco e a flecha, e foram se deitar.

Não era apenas Aracéli quem sofria a dor da saudade. Padre Gastão também sentia muita falta da menina e se perdia em horas de reflexão, imaginando onde ela estaria e se teria dado à luz em segurança. Sempre que lhe chegava aos ouvidos a notícia do extermínio de alguma tribo, ele se sobressaltava e fazia todas as orações que conhecia, não apenas pelas pobres almas atingidas, mas para que Aracéli estivesse bem. Se ela e a criança fossem mortas pelo ataque dos bandeirantes, ele nunca ficaria sabendo.

O assassinato de Licínio permaneceu sem solução, e a milícia logo parou de procurar Aracéli, convencida de que ela havia fugido e se embrenhara no mato. Por mais que Esmeraldina tentasse, não conseguiu incriminar padre Gastão, que ameaçou levar a público a relação de Licínio com a cabocla.

Além de Esmeraldina, apenas Teodoro sentiu a morte de Licínio. Muito apegado ao pai, não compreendia por que ele havia sumido, juntamente com Aracéli.

— Porque foi Aracéli quem o matou! — acusava Esmeraldina. — Aquela índia maligna assassinou o seu pai!

— Mas mamãe — contrapôs ele —, Aracéli é minha amiga.

— Ela nunca foi sua amiga. Apenas o enganou para poder se aproveitar de seu pai.

— Como assim? Não entendo...

— Porque você é ainda muito pequeno. Por ora, basta você saber que seu pai foi morto por causa da perfídia daquela índia, que se fingia de amiga para tomar tudo o que temos. Como não conseguiu, matou-o.

Teodoro chorava, e Esmeraldina aproveitava para incutir-lhe mais e mais veneno, alimentando no menino um ódio crescente de Aracéli e, por extensão, de todos os índios.

— Aracéli não gostava de mim? — indagava ele, ainda pequenino.

— Se gostasse mesmo de você, não o teria abandonado quando seu pai a repeliu. E matou-o por causa disso. Porque ele descobriu suas artimanhas e a feitiçaria que ela havia feito para afastá-lo da família.

— Aracéli era boa comigo...

— Só enquanto foi amante de seu pai. Quando ele a chutou, não hesitou em abandonar você. Não se iluda, meu filho, os índios são traiçoeiros e maus. Têm o instinto cruel e maléfico. Eles são a encarnação do mal, e Aracéli não era diferente. Os índios não prestam, são assassinos natos, frios e sanguinários. É bom que você nunca se esqueça de que foi uma índia que matou o seu pai.

Teodoro era pequeno e não sabia das mentiras que uma mulher ciumenta, ferida em seu orgulho, era capaz de inventar. Cresceu ouvindo as acusações da mãe contra Aracéli e os índios. No princípio, seu coraçãozinho encheu-se de tristeza, que cedeu lugar à indignação e, mais tarde, já adulto, transformou-se num ódio cego e sequioso de vingança por todos os índios.

Foi esse ódio que escreveu o seu futuro, fazendo dele um feroz inimigo de todo povo indígena, incansável e sanguinário. Especializou-se em caçar índios e, a cada um que matava, pensava em Aracéli. Ela era a mulher pérfida e cruel que determinara o homem em que ele se tornara, e que o iludira e enganara, até conseguir matar o menino dentro dele.

CAPÍTULO

30

Muito antes de Teodoro se tornar caçador de índios, as vidas de Aracéli e de Airumã tomaram novo rumo. Ela e padre Gastão nunca mais tornaram a se ver em vida, e somente após o desenlace dele foi que ficou sabendo o que acontecera à sua protegida.

Por quase sete anos, Aracéli viveu entre os índios uma vida de paz e serenidade que jamais experimentara no mundo dos brancos. Eles a tratavam como igual e adotaram Airumã como filha nativa da tribo. Suas diferenças de pele e de cultura não incomodaram os índios, e o casamento com Piraju serviu para consagrar, definitivamente, os laços de Aracéli com o seu povo.

Todos os dias eram vividos com a intensidade que só os índios conheciam. Naquele dia, o destino havia traçado seu rumo, sem que ninguém de nada soubesse. Como de costume, Aracéli entrou na oca após ter ido se lavar no rio e ficou admirando o marido e o filho que acabara de nascer. Era um menino robusto, cor de jambo feito o pai, que Piraju se distraía em embalar. Airumã, agora com seis anos, lhe fazia companhia e admirava a graciosidade do irmão.

— Ele é lindo, mamãe! — comentou a menina, assim que ela entrou. — E se parece com meu pai.

Piraju olhou para Aracéli e sorriu, afagando, com a mão livre, a cabecinha de Airumã.

— E você é uma linda princesa que desceu do céu em forma de estrela — elogiou ele. — A primeira estrela do dia e a última a ir embora à noite. Não podia ter menos brilho.

Airumã sorriu satisfeita e agarrou-se às pernas do pai, que as sacudiu gentilmente, como um balanço, enquanto Aracéli corria para segurá-la.

— Vamos, deixe seu pai embalar seu irmão.

A noite caiu, e a família de Piraju se preparou para dormir. Aracéli colocou Airumã na rede e ajeitou o bebê no estrado ao lado, indo deitar-se com o marido. A quietude baixou sobre a aldeia, e apenas um pio ocasional de coruja se fazia ouvir. Toda tribo dormia tranquila, enquanto a madrugada silente avançava sem se incomodar com os ruídos peregrinos da noite.

Foi quando o mundo pareceu desabar. Um barulho ensurdecedor se alastrou pela aldeia, e os gritos aterrados e indistintos se misturaram a estampidos retumbantes e infernais. Rapidamente, Aracéli e Piraju despertaram, e as crianças puseram-se a gritar assustadas. Os adultos correram para fora, e a cena que viram os encheu de horror. Vários homens a cavalo invadiam a aldeia, disparando seus mosquetões ruidosos e derrubando, a golpes de machete, aqueles que tentavam opor-lhes resistência.

Os gritos de pavor eram de assombrar. Por mais que os índios tentassem se defender, a sanha assassina dos bandeirantes era maior. Armados com artilharia pesada, que os índios não conheciam, iam abatendo cada homem, mulher e criança que lhes surgisse na frente.

No momento em que perceberam a invasão, Piraju e Aracéli apanharam seus arcos e flechas e puseram-se a atirar, na tentativa inútil de defender os filhos. Dentro da oca, Airumã segurava no colo o irmãozinho, enquanto os pais se entregavam à batalha do lado de fora.

Piraju foi o primeiro a tombar. Uma bala o atravessou na altura do coração, e outra varou-lhe a perna. Caído de borco, ele agonizava, enquanto Aracéli, tomada de ódio e pavor, só pensava em defender, com a vida, a vida dos próprios filhos. Um homem chegou correndo a cavalo, sacudindo pesada corrente, com a qual acertou o seu flanco. Aracéli caiu ao chão, gemendo de dor e raiva, e assistiu, coberta de pânico, um outro homem se aproximar da cabana, onde os gritos do filhinho recém-nascido se sobressaíam no meio da balbúrdia geral. Com uma tocha, o homem ateou fogo à oca, fazendo recair sobre Aracéli invisível força que a fez levantar e cambalear em direção ao arco. Apanhou-o com as mãos trêmulas e conseguiu armá-lo com a flecha, disparando-a num lançamento certeiro que varou a garganta do agressor.

O homem caiu do cavalo, morto, e ela iniciou o que parecia uma longa caminhada até a oca incendiada. Não conseguiu alcançá-la, porque um tiro a atingiu pelas costas, levando-a novamente ao chão, dessa vez sem forças remanescentes. Aracéli ainda tentou rastejar até a cabana, que as chamas haviam rapidamente consumido, na esperança de sentir um alento da vida dos filhos. Inútil, porém. De sua oca, apenas o crepitar das chamas era o que se podia ouvir. Os filhos, há muito haviam silenciado seu lamento de medo e dor.

Em pouco tempo, tudo estava acabado. Os bandeirantes haviam logrado mais uma vitória, desbravando a selva e dizimando outra aldeia indígena, levando à morte centenas de índios e aprisionando outros tantos.

Os corpos sutis da maioria foram logo acolhidos por espíritos preparados para a tragédia, e Aracéli despencou numa espécie de sono confortador. Seus últimos pensamentos, um pouco antes de morrer, haviam-se voltado para padre Gastão e, em seguida, para os filhos.

Naquele exato momento, Gastão dormia um sono agitado. Não sonhou com guerras nem com morticínios, mas Aracéli lhe apareceu com semblante triste e lágrimas nos olhos. Ele esticou os braços para ela, que tentou alcançá-los, no entanto, uma espécie de redemoinho a sugou para trás.

Gastão acordou suando frio e se levantou para beber água. Do lado de fora de sua casa, tudo permanecia quieto. Ele abriu a janela e espiou, pensando se o sonho não seria um sinal de que Aracéli estaria voltando. À noite, contudo, permanecia igual, sem qualquer movimento que lhe perturbasse o sossego.

As notícias dos feitos dos bandeirantes chegavam ao seu conhecimento como uma grande vitória, e Gastão as recebia consternado. Várias tribos eram dizimadas, e muitos índios, feitos prisioneiros, eram levados, em sua maioria, para São Paulo. O padre se perguntava se Aracéli e o filho estariam entre elas e se haviam sobrevivido, mas nenhuma resposta obtinha.

Transferira-se para São Paulo, para ver se encontrava Aracéli ou alguma criança branca descoberta em alguma tribo. Sempre que os bandeirantes chegavam com uma nova leva de índios, lá ia o padre, na esperança de encontrá-la viva. Mas Aracéli não estava entre os índios aprisionados nem ninguém nunca ouvira falar de uma criança branca vivendo entre eles.

Os bandeirantes, já acostumados com as frequentes visitas do clérigo aos prisioneiros, riam de sua esquisitice e faziam troça de sua insistência.

— Está sonhando, padre — disse um deles, certa vez. — Brancos vivendo entre os índios, só se fosse no caldeirão.

— A moça era uma cabocla muito bonita, e talvez ninguém notasse a diferença. Agora, a criança devia ser mais branca.

— Era menino ou menina?

— Não sei, não a vi nascer.

— Adentramos muitas tribos e não nos deparamos com nenhuma criança branca. E se o senhor não sabe nem para onde a moça foi, fica impossível, para nós, lhe dizermos qualquer coisa.

— Não é possível que ninguém a tenha visto...

— Quem lhe garante que ela foi viver com os índios? Ela pode ter fugido para outro lugar. Se era tão bonita como o senhor falou, e civilizada também, pode ser que esteja em algum bordel.

— Não Aracéli! Ela foi viver com os índios, disso tenho certeza. Faz quinze anos que ela partiu, e a criança, hoje, deve estar com cerca de quatorze anos.

— Quinze anos! — desdenhou um dos homens. — Ora, padre, pense bem. Sua indiazinha, agora, já deve até ser avó!

Os bandeirantes riam às escâncaras, e Gastão afastou-se desanimado. Não sabia que Aracéli, há muito, deixara o mundo da matéria. Sem que ele percebesse, um rapaz de pouco mais de vinte anos, de aparência distinta e nada parecido com o restante da tropa, seguiu atrás dele. Acercou-se de Gastão e tocou-lhe o braço, falando com gentileza:

— Já faz muito tempo que o senhor perdeu sua índia, padre. Se ela estiver viva, hoje deve ser outra pessoa.

Gastão olhou para ele com tristeza e retrucou:

— O senhor me parece familiar. Já nos vimos antes?

— Creio que não — respondeu o moço, sem o encarar. — Apenas me comove a sua persistência.

O padre enxugou uma lágrima e acrescentou:

— O senhor não faz ideia do que passei. Se soubesse, teria insistido também.

— Não sei. Gastar tanto tempo assim com uma índia me parece desperdício. Na certa, seus fiéis precisam muito mais do senhor do que uma selvagem ingrata.

— Aracéli não é selvagem, muito menos ingrata. Foi uma moça a quem a sorte não sorriu, mas que jamais se deixou derrotar diante do infortúnio.

Os olhos do rapaz reluziram, e seu semblante empalideceu por alguns momentos.

— Por que diz isso, padre? — retorquiu acabrunhado. — Não me parece que uma índia tenha muito do que se orgulhar.

— Diz isso porque não conheceu Aracéli. Ela era rara e especial.

— Por quê? O que aconteceu a ela de tão fantástico?

— Nada que possa interessar a um jovem feito você. São apenas lembranças dolorosas de um velho que não consegue deixar o passado.

— Engano seu. Gosto de ouvir histórias e, quem sabe, conhecendo a sua e a de sua índia, eu não possa ajudar?

Gastão fitou-o em dúvida, mas alguma coisa naquele olhar deixou nele a vontade de contar tudo sobre a vida de Aracéli.

— Venha comigo até minha casa e lhe direi.

O rapaz foi seguindo Gastão até a paróquia, vazia àquela hora, e sentou-se com ele em um banco mais atrás. O padre reuniu forças e começou a falar. Contou tudo ao rapaz, desde o nascimento de Aracéli até sua partida de Vila Rica, carregando na barriga o filho bastardo de seu malfeitor. O moço ouvia tudo com a respiração presa, sem pestanejar. Quando Gastão finalmente terminou, ele estava chorando.

— O senhor disse que ela foi vítima desse tal Licínio?

— O homem fez com ela o que quis. E depois, quando ela engravidou e a mulher exigiu que a matasse, Aracéli conseguiu se defender e matou-o primeiro. Mas foi legítima defesa!

— E ela fugiu...

— Fugiu pela mata, e ninguém nunca mais a viu. Se tivesse ficado, Licínio a teria matado.

— E o menino de quem ela cuidou? O que foi feito dele?

— Teodoro? Não sei. Nunca mais o vi nem ouvi falar dele. Deve estar, até hoje, morando em Vila Rica. O pai era garimpeiro, muito rico.

O rapaz engoliu em seco e, olhos pregados no chão, falou em tom abatido:

— Vou confessar uma coisa para o senhor, padre. O que fazemos aos índios não é nada bonito de se ver. Muitos deles nem chegam a compreender o que está acontecendo. Morrem antes mesmo de sair das tocas. Mulheres e crianças, geralmente, são feitas prisioneiras, mas muitas padecem dentro daquelas choupanas, ou queimadas, ou asfixiadas pela fumaça. Nem têm tempo de sair, e nós nem chegamos a colocar os olhos sobre elas.

Gastão, já bastante emocionado, chorava de mansinho, agora imaginando a carnificina que resultava da entrada dos bandeirantes nas aldeias.

— Por que faz isso, meu filho? — retorquiu com amargura. — Por que toda essa violência contra seres que têm tanto direito à vida como você? Eles só querem viver em paz.

— Pensei que estava me vingando — justificou ele, pesaroso.

— Vingando-se? Mas de quê, meu Deus?

— Dessa mesma Aracéli que o senhor agora afirma que matou meu pai para se defender.

Gastão abriu a boca, mortificado.

— O que está dizendo?

— Isso mesmo que o senhor ouviu. Licínio Figueira era meu pai, que minha mãe jurou ter sido morto pelas mãos pérfidas de Aracéli. Passei a minha vida toda alimentando pelos índios um ódio descomunal, tão grande que só conseguia aplacar vendo-os morrer. E hoje o senhor me diz que Aracéli nada mais fez do que tentar salvar a vida das garras de um homem sanguinário e maldito? Meu pai, a quem tanto amava, era um fornicador torpe e cruel?

— Jesus Cristo! — exclamou o padre, persignando-se várias vezes. — O senhor é... Teodoro Figueira? O menino Teodoro?

— Em pessoa, embora não mais tão menino.

— Por isso achei seu rosto familiar...

— Saí de Vila Rica assim que completei dezoito anos e me juntei aos bandeirantes. Larguei minha vida de luxo e riqueza porque minha mãe me fez jurar que mataria muitos índios, para vingar a morte de meu pai. E eu acreditei nela. Acreditei que Aracéli, que me amara com sinceridade, fora capaz de me usar e me trair só para se deitar com meu pai e se aproveitar da nossa fortuna.

— Meu filho — confortou Gastão, pousando a mão sobre a dele. — Não alimente mais ódios desnecessários. Sua mãe sempre foi uma mulher perdida nas ilusões do mundo, sem noção de amor ou compaixão. Não a culpe por não ter algo melhor para dar. Ela fez o que achou certo.

— Minha mãe morreu deixando que eu acreditasse que Aracéli era uma mentirosa. Por causa dela, cometi todos esses crimes!

— Você não pode mudar o pensamento dela nem apagar o que você fez. Mas sua alma lamenta o caminho que tomou e clama por uma chance de se modificar.

— Como, padre? Como posso apagar todo mal que já fiz?

— Fazendo o bem. Largue essa vida de conquistador sanguinário e abrace uma causa mais nobre.

— Sou um homem perdido, padre. Para mim, não há mais perdão. Só me resta voltar ao meu posto e prosseguir...

— Não faça isso! Você nada tem a ver com aqueles verdugos. É um homem bom, embora transtornado por uma mentira e seduzido pela vingança.

— Oh! Padre! Por que fui me deixar levar pelas palavras de minha mãe, sem averiguar o que realmente aconteceu?

— Não se culpe. Você era apenas uma criança, entregue aos desvarios de uma mãe ignorante e inconsequente. Mas é jovem. Ainda tem tempo de largar essa vida.

— Matei tantos índios... e me orgulhava disso...

— Será que se orgulhava mesmo?

Teodoro olhou rapidamente para padre Gastão e abaixou novamente os olhos, rebatendo num sussurro:

— Não. Eu tinha vergonha de mim mesmo, de minha torpeza. Quanto mais matava, menos sentia o prazer da vingança e mais me odiava por estar descontando nos inocentes a frustração que sentia pela traição de Aracéli.

— Porque ela nunca o traiu. No fundo, seu coração sabia disso, e era por esse motivo que você não conseguia se comprazer. E você não é um assassino.

— Sou um assassino, sim. Depois de tantas vidas roubadas sob a fúria do meu mosquete, de que outra coisa posso me chamar?

— Mude de vida, Teodoro. Posso ajudá-lo a se reencontrar com Deus.

— Deus não vai perdoar os meus crimes.

— Deus perdoa todos os crimes, desde que o pedido seja sincero.

— Sou sincero em minha dor, padre. Nunca me arrependi tanto de algo que fiz.

— Pois então, afaste-se dos bandeirantes. Você não é como eles.

Teodoro permaneceu algum tempo em silêncio, a testa pousada sobre a mão de Gastão. Quando falou, havia sinceridade e dor em sua voz:

— Perdoe-me, padre! Em nome de Deus, não peço absolvição, mas apenas a chance de mostrar à vida que ainda posso ser bom!

Ele chorava descontrolado, e Gastão abraçou-o com carinho de pai. Daquele momento em diante, Teodoro se separou dos bandeirantes e, guiado pelo padre, abraçou a vida religiosa. Nunca mais tornou a erguer uma espada ou a segurar um mosquete. Passou o resto de seus dias dedicado à causa dos índios, ajudando tantos quanto pôde e recolhendo-os em sua casa.

Ele e Gastão se tornaram como pai e filho, e nenhum dos dois nunca mais ouviu falar de Aracéli.

CAPÍTULO
31

Havia ainda muito ódio no coração de Licínio e Esmeraldina quando reencontraram Aracéli no mundo espiritual. Foi difícil para eles ficarem frente a frente com ela, e Licínio repetia, a todo instante, as mesmas palavras rancorosas:

— Assassina. Por duas vezes, assassina.

Não conseguia perdoar nem compreendia que fora o responsável por sua própria morte como Licínio. Para ele, Aracéli lhe devia, e era seu direito cobrar. Por mais que os amigos espirituais tentassem, Licínio e Esmeraldina identificavam-se, ainda, com Lúcio e Rosa, sem conseguir enxergar que a vida os impelia à reconciliação e ao amor.

Só o tempo e novas experiências seriam capazes de diluir tanto ódio.

Durante longos anos à frente, Soriano permaneceu vagando pelo mundo, remoendo no peito a frustração e a culpa por não ter conseguido salvar a vida de Cibele, reencarnada como Airumã. Seus esforços para conter a fúria sangrenta dos bandeirantes não surtiram efeito, e ele não fora capaz de impedir o ataque. Tentara derrubar muitos dos cavalos, mas em vão. Chegara mesmo a criar lanças, manipulando matéria astral, mas de nada adiantara. As lanças atravessavam os corpos dos agressores sem os ferir, e a única coisa que ele pôde fazer fora assistir, inerte, à destruição de uma tribo inteira.

Parado do lado de fora da oca incendiada, Soriano chorava de desespero. Não podia vencer as chamas e resgatar o espírito de Cibele, mas tinha certeza de que alguém o fizera. Estranhamente, ao pensar em salvar Cibele do fogo, desejara salvar também o pequenino que ela segurava no colo, e mesmo a queda de Aracéli e Piraju lhe causara revolta e tristeza.

Enquanto Aracéli criava Airumã, ou Cibele, Soriano viu e sentiu o amor com que ela se dedicara à menina. Aos poucos, foi percebendo em Aracéli uma alma mais nobre do que aquela que, muitos anos atrás, o atirara nas mãos dos índios maias. Ela havia se modificado, conforme a própria Cibele dissera, e ele teve a oportunidade de acompanhar essa mudança e constatar o quanto era sincera.

Seria impossível odiar alguém que tratava tão bem a mulher que ele amava. O que se iniciara como um desejo desesperado de salvar a vida de Cibele acabara se transformando em admiração e respeito. Se antes odiava Aracéli, Soriano agora a respeitava e admirava. Só lamentava não ter podido ajudá-la a salvar-se e aos filhos.

Era estranho, mas Soriano não pensara apenas em Cibele. O extermínio de toda a tribo lhe provocara forte comoção. No princípio, entrar em uma aldeia indígena lhe causou arrepios. Ainda guardava viva a lembrança de seu sacrifício pelos maias. Nos primeiros tempos, ficou olhando à distância, sem penetrar, com medo, principalmente, do pajé, que parecia ver e sentir a sua presença.

Temendo a sua feitiçaria, Soriano não se aproximava. Além do mais, o pajé queimava ervas que o mantinham afastado, e ele ficava do lado de fora, rondando a taba na esperança de vislumbrar Aracéli e a menina. Só de vez em quando, Soriano conseguia se aproximar. Percebendo que os índios não faziam sacrifícios humanos, foi ganhando coragem e aprendeu a ludibriar a atenção do pajé. Evitava fazer-se visível e não se aproximava dele, desaparecendo quando ele surgia.

Soriano não compreendia, mas o fato era que aquele pajé parecia ter um poder semelhante ao de padre Gastão. O padre, com as suas orações, mantinha-o afastado tanto quanto o pajé, com suas ervas. Entretanto, Soriano agora não queria mais o mal de ninguém.

Tudo fora em vão. Tanto esforço ele fizera para preservar a vida de Cibele, para tudo se desmanchar em fogo. Soriano ficou perdido. Não conseguia ver nem sentir para onde Cibele havia sido levada. Já haviam se passado alguns anos, ele supunha, sem que tivesse qualquer sinal ou notícia da noiva. Perdido, vagueava pelo mundo, tentando achar Cibele, mas ela não se encontrava em lugar nenhum. Provavelmente, pensava ele, algum ser de luz a levara para o lado de cima e não permitia mais que ela se ocupasse com as coisas cá de baixo.

Sempre que podia, Soriano ia ao encontro de padre Gastão. Acompanhara de perto sua incessante procura por Aracéli e tentara lhe dizer, em sonho, que ela havia morrido, mas ou o padre não o escutava, ou se recusava a acreditar. Acordava desses sonhos com o corpo suado e se entregava a suas orações, pedindo a Deus que não fosse verdade e que sua Aracéli estivesse viva.

Um dia, notou que Aracéli havia ido visitar padre Gastão em sonho. À distância, acompanhou a chegada da índia, mas não entrou na casa do padre. Quando ela saiu, Soriano a chamou:

— Aracéli.

A moça não guardava raiva nem ressentimentos de Soriano. Depois que desencarnara, reconhecera no rapaz o mesmo homem que entregara nas mãos do índio, tantos séculos atrás, e tentava, intimamente, o seu perdão. Ouvindo aquela voz que a chamava, aproximou-se:

— Sei quem você é, Soriano — disse ela, encarando-o com bondade. — E conheço a sua dor.

— Eu só quero notícias — choramingou ele. — Onde está Cibele?

— Ela está bem. Teve muitos traumas do incêndio, mas está se recuperando.

— Quero vê-la.

— Em breve.

Ele a fitou por uns momentos, com o coração dilacerado. Havia tantas coisas que gostaria de lhe dizer, mas a língua se travara no medo, na vergonha e no orgulho.

— Eu... — balbuciou — sei que a prejudiquei...

— A mim? Ou a Cibele?

— As duas.

— Não, meu amigo, você só prejudicou a si próprio. Cibele e eu continuamos a nossa jornada, mas e você? Há quantos anos ficou esquecido de si mesmo, perambulando por um mundo que já não é mais o seu?

Ele abaixou os olhos úmidos e respondeu lentamente:

— Primeiro, fiquei acorrentado ao ódio. Depois, quando você reencarnou, prendi-me à vingança. Mais tarde, deixei-me ficar pelo apego a Cibele. E agora, o que me prende é a culpa.

— Tudo isso contribuiu para o seu amadurecimento. Tenho certeza de que hoje você é uma pessoa diferente.

— Pessoa? Eu nem ao menos sou uma pessoa. Não passo de um espectro miserável...

— Você é um ser humano, Soriano. Despir-se de um corpo de carne não o transformou em fera.

— Diz isso porque está em uma situação vantajosa. Está bem-assistida, protegida em algum lugar de luz. Mas eu... sou um desgraçado...

— Por que você gasta a sua energia com palavras que trazem peso ao seu coração? Por que, ao invés de se lamentar e amaldiçoar, não se lembra das coisas boas que fez?

— Que coisas boas? Quando estava vivo, recebi dinheiro para matar você. Depois que morri, fiz o que pude para me vingar, e hoje estou aqui, neste inferno sem fim.

— Quando vivo, você fez o máximo que podia para um homem ignorante, assim como eu. Por sorte, você ficou a serviço de alguém poderoso na treva, enquanto eu tive por companhia apenas o sofrimento e a dor. Ainda assim, você venceu o ódio e veio em meu auxílio para esclarecer-me sobre meu desenlace.

— Fui obrigado.

— Mas veio. Cumpriu a tarefa para a qual foi designado. Depois, quando eu encarnei, você deixou de lado o desejo de vingança e passou a me proteger. Hoje sei que foi a sua inspiração que guiou a minha mão para a faca com a qual matei Licínio e fugi.

— Eu só fiz aquilo porque você carregava no ventre a única pessoa que amei na vida.

— Vê como o amor é mais forte? Tantos anos você se entregou ao ódio e à vingança, mas bastou apenas alguns poucos momentos para transformar tudo isso em nome do amor. Não percebe?

— Não se iluda. Fiz o que fiz por Cibele, não por você.

— No começo, sim. Mas sei como você se sentiu quando viu aqueles homens dizimarem minha tribo. Seu coração se confrangeu.

— Foi um morticínio... Lembrei-me do que fizemos há muitos anos.

— Você, hoje, faria a mesma coisa?

— Não.

— Por quê?

— Através de você e Cibele vi a vida daquelas pessoas e compreendi que não temos o direito de matar ou nos julgar melhores.

— Você compreendeu, no astral, o que eu só pude aprender através da reencarnação.

— E daí? Aonde foi que isso me levou? Ainda estou perdido, e você já se reconciliou consigo mesma.

— Você também já se reconciliou com você mesmo. Só está preso aqui por causa de Cibele. Não consegue se perdoar por ela ter morrido.

— Foi tudo em vão... — lamentou com um soluço. — Tentei salvar-lhe a vida, mas o destino foi mais rápido e cruel.

— A vida apenas se encarregou de seguir o seu curso. E você também devia seguir o seu.

— Como assim?

— Já é hora de partir, Soriano. Há muito tempo você não faz mais parte desse mundo. Seus pensamentos agora mudaram, sua consciência tomou novos rumos. Por que permanecer aqui?

— Não vou seguir com você, se é o que está sugerindo.

— Ainda me odeia?

— Não, nem um pouco. Mas não posso sair daqui enquanto não vir Cibele.

— Você pode vê-la no lugar em que ela se encontra.

— E se ela não estiver lá?

— Acha que estou mentindo para você?

— Você pode estar enganada. Pensar uma coisa e ser outra. Quero ter certeza. Preciso me certificar de que Cibele está bem e me perdoa.

Aracéli suspirou profundamente. Sabia que não adiantava mais insistir. Aproveitara a oportunidade para conversar com Soriano, mas somente Cibele poderia convencê-lo a sair dali.

— Muito bem, Soriano, vou respeitar sua vontade — disse Aracéli. — Quando Airumã puder, virá ao seu encontro.

Ela se foi. Por muito tempo ainda, Soriano continuou vagando entre a floresta e a cidade. Ia da aldeia incendiada à casa de padre Gastão e, por vezes, encontrava Aracéli. Cumprimentava-a e conversava com ela. Falavam sobre os velhos tempos e os sentimentos que já não eram mais os mesmos. Eram conversas proveitosas, esclarecedoras e reconfortantes. Cada vez mais, o ódio inicial de Soriano ia se dissolvendo e se transformando em amizade. Há muito, Aracéli deixara de ser sua inimiga.

Um dia, Soriano perambulava pelo local que um dia fora a aldeia de Piraju quando ouviu um barulho na mata. Olhou sem interesse, certo de que um animal estava se aproximando. Soriano acostumara-se com os animais da selva, que não podiam lhe fazer mal. Acompanhava-os, por vezes, e até tocava o pelo das onças, rindo porque só em espírito tinha coragem para fazer aquilo.

Ele ficou aguardando até que o animal surgisse mas, ao invés disso, uma menina passou correndo pela sua frente. Acostumado a circular entre os vivos, Soriano reconheceu o espírito e saiu atrás dela. Será que era Cibele? Seguiu-a até uma clareira mais adiante e viu quando ela se sentou em uma enorme pedra à sombra de uma árvore. Aproximou-se, sentindo o coração disparar. Ela estava de costas, os cabelos negros jogados sobre os ombros, e ele se aproximou. Mesmo sem vê-la, sabia que era a menina Airumã.

Soriano ajoelhou-se e tocou o seu ombro. Lentamente, a menina foi-se virando, até ficar de frente para ele. De repente, não era mais a pequenina Airumã que ele tinha diante de si, mas a mulher doce e meiga que um dia fora sua noiva. Ele não suportou a visão. Caiu aos seus pés e pôs-se a soluçar, murmurando entre lágrimas:

— Perdoe-me! Minha querida, perdoe-me! Não pude salvá-la! Você me deu a chance, e eu não consegui livrá-la daquela morte horrenda!

Gentilmente, Cibele o ergueu e sentou-o ao lado dela, pousando a cabeça dele sobre seu colo. Acariciou-lhe os cabelos e permitiu que ele extravasasse o pranto. Ficaram ali por muito tempo, até que a noite veio, e as estrelas perfuraram o tapete do céu, sem a luz esbranquiçada da lua para roubar-lhes a cintilação.

Soriano havia adormecido no colo de Cibele, tomado pela exaustão dos últimos anos de procura. Quando finalmente acordou, permaneceu olhando-a em silêncio, sem saber o que dizer, com medo de que ela, de repente, se esvanecesse no ar.

— Do que tem medo, Soriano? — falou ela com voz dulcíssima.

— De tornar a perdê-la.

— Em momento algum isso vai acontecer. Mesmo quando estava distante, meu coração permaneceu junto ao seu.

— Sou um miserável. Não consegui protegê-la.

— Eu nunca pedi que me protegesse.

— Mas você me deu essa chance... e eu falhei com você...

— Quem sou eu para dar chances? Foi Deus quem lhe deu a oportunidade de limpar o seu coração do ódio e da vingança. Eu fui apenas o instrumento.

— Você morreu tão menina... Não tive como segurar os dedos que dispararam aqueles tiros nem as mãos que lançaram tantas tochas...

— Não era para que você o fizesse. Sua chance não foi de salvar-me a vida, mas de transformar o ódio que sentia por Aracéli. Quando reencarnei, já sabia que tudo acabaria assim. Estava previsto que os bandeirantes invadiriam a tribo e matariam a todos. Eu aceitei, porque podia me harmonizar com a vida e ajudar você a ver Aracéli como Aracéli, não mais como Alejandro. E você conseguiu.

— Eu... não precisava salvá-la?

— Nem você, nem ninguém teria esse poder. Quem é que pode mais do que as forças da vida?

— Mas foi errado, Cibele. Se a vida programou aquele morticínio, então, ela não é justa.

— Como é que você, na sua pequenez, pode pretender definir o que é justo ou não? A única injustiça que existe na vida é não reconhecer a justiça divina. Deus é justo o tempo todo. Não encare a justiça como instrumento da vingança nem como uma forma lícita de devolver uma agressão. Ainda assim, seria vingança. A justiça está no equilíbrio de todas as coisas. Se você causa um abalo nas leis da natureza, tem que harmonizá-las, e tudo o que nos acontece é para compensar o desequilíbrio do qual fomos responsáveis. Além disso, a obra divina segue um plano, e as oscilações são necessárias para impulsionar o crescimento.

— Então, eu não tive culpa pelo que aconteceu a você?

— Nenhuma. Você não podia evitar. O que você deveria fazer, você fez. Diluiu o ódio que sentia por Aracéli, e hoje são até amigos. Isso é que era importante.

— Bem, olhando por esse lado...

— Pois então, não se aprisione mais aqui. Você agora é livre. Pode partir.

— Mas e aqueles a quem eu servia?

— Vê alguém por aqui? — ele olhou ao redor e meneou a cabeça. — Há quanto tempo você está sozinho?

— Não sei.

— Há tanto tempo que perdeu a noção. Aqueles a quem você obedecia já não têm mais ascendência sobre você. Há muito você rompeu a sintonia com eles.

— Nem percebi...

— Vamos embora, Soriano. Não há mais nada para você aqui. Dê a si mesmo a oportunidade de uma nova vida.

— Ao seu lado?

— Quem sabe?

Cibele fechou as mãos sobre as de Soriano, que se entregou ao destino com confiança. Num piscar de olhos, os dois sumiram, deixando a selva entregue aos seus próprios habitantes.

FALANDO SOBRE O PASSADO...

Nada está perdido para sempre. Em todo lugar há um recanto onde as coisas ocultas aguardam o momento de se mostrar. Eu havia experimentado a minha dor e estava pronta para continuar a dar o meu quinhão de sofrimento, se isso fosse necessário para crescer.

Meus inimigos, assim como eu, foram se transformando em seres mais conscientes e dispostos a uma reconciliação pautada na compreensão. Podíamos tentar. Para alguns, contudo, era difícil esquecer e perdoar. Os que haviam caído pela minha espada se levantaram contra mim, e eu tive que me esforçar para também não me levantar contra aqueles que haviam causado a minha derrota.

Foi assim com Licínio. Hoje reconheço o quanto deve ter sido difícil para ele me perdoar e compreendo que eu também me enganava, dizendo a mim mesma que não lhe guardava mágoas nem rancor. Afinal, fora eu a agredida. Por que me revoltaria contra aquele que teimava em me perseguir, estando eu na confortável posição de vítima?

Às vezes é mais fácil nos colocarmos no lugar da vítima do que do algoz. Ser o coitadinho atrai a atenção e a simpatia daqueles que nos rodeiam e cria, para o agressor, uma aura de censura e reprovação. Somos aquele que tenta, inutilmente, a reconciliação, ao passo que o outro passa a ser o cruel perseguidor, incompreensivo e renitente na falta de perdão. Para nós, todos os atributos nobres. Para ele, a crítica e a condenação. Essa é mais uma das muitas ilusões pelas quais nos permitimos seduzir em nossas vidas.

A cegueira de meu coração não me deixava ver que a submissão, assim como muitas outras coisas que eu fazia, era mais um artifício que o meu orgulho criara para impedir um ajuste não de contas, mas de sentimentos. Eu estava longe de amar Licínio e me justificava com a teimosia dele. Afinal, era ele quem me cobrava, enquanto eu nada precisava cobrar. Ele acertava as coisas por nós dois, encarnando o conveniente papel do ofensor e fazendo de mim uma inocente ofendida.

Mas quem, nessa vida ou em outra, pode ser algoz ou vítima? Não somos todos uma coisa só?

3ª PARTE - CHICA

Chica — Aracéli — Alejandro
Maria — Airumã — Cibele

CAPÍTULO 32

Quando a filha de sinhô Eusébio morreu, pareceu que o mundo ia desabar. Fátima estava com cinco anos quando pegou uma febre maldita que a levou embora em pouco tempo. Era a única que teria, porque Helena, após um parto difícil, ficara impossibilitada de ter mais filhos. O luto caiu sobre a fazenda, e até os escravos trabalhavam em silêncio, para não perturbar o sono da menina, enterrada no pequeno cemitério no alto do morro.

Todos os dias, Helena ia ao cemitério lamentar a perda da filhinha. A Eusébio, não agradavam aquelas constantes visitas, mas ela ficava agitada e agressiva, então, o melhor era deixá-la ir. Chegava de manhã cedo, sentava-se à sombra de uma árvore próximo à sepultura e ficava ali observando, na esperança de que a filha se levantasse e corresse para ela de braços abertos. Helena havia enlouquecido.

Com o tempo, Eusébio foi-se acostumando e já não se incomodava mais que Helena passasse as manhãs ao lado do túmulo da criança. À hora do almoço, um escravo ia chamá-la, e ela voltava mais tranquila, dizendo que Fátima havia conversado com ela e pedia que fosse ao seu encontro.

— E como é que você pretende fazer isso? — perguntava Eusébio, desconfiado.

Helena dava de ombros e não respondia, até que Eusébio deixou de se preocupar. Ela sempre dizia a mesma coisa, fruto da sua imaginação doentia.

Os escravos da fazenda, em sua maioria, não gostavam nem de Eusébio, nem de Helena. Trazidos da África em um navio negreiro, foram convertidos, à força, à religião dos brancos e seus costumes, além de se verem obrigados, sob ameaça de tortura e morte, a trabalhar pelo cultivo daquela gente. Eusébio e Helena, embora não fossem dados a crueldades, viam os escravos como ferramentas de trabalho, dispensando-lhes tratamento em nada condizente com a dignidade humana.

Por isso, eram revoltados, e muitos, intimamente, riam da desgraça do patrão. Era bem feito que a sinhá houvesse enlouquecido e que estivesse, agora, sofrendo a perturbação de espíritos que não gostavam dela.

Fazendo-se passar por Fátima, seus inimigos espirituais desencarnados procuravam levá-la ao suicídio. E ela, transtornada com a morte da filha, desejando intimamente reencontrar-se com ela, dava vazão ao assédio dos desafetos, que a instigavam constantemente, minando-lhe a resistência e o restinho de lucidez que ainda havia em sua mente.

Naquela manhã, tudo parecia como antes. Helena saíra logo cedo, e Sebastião foi chamá-la perto da hora do almoço. Foi subindo a colina devagarzinho, maldizendo o sinhô e toda a sua comitiva de canalhas, capatazes e feitores que viviam de olho nos escravos e não os deixavam fugir. Se pudesse, daria o troco naquela gente, mas sabia que, se tentasse qualquer coisa contra um branco, o resultado seria morte certa.

Mesmo antes de chegar ao topo da colina, Sebastião pressentiu que havia algo errado. Um gorgolejar agonizante foi levado pelo vento até seus ouvidos, e ele estugou o passo, para ver o que poderia estar acontecendo. Ao avançar pelas árvores e adentrar o cemitério, estacou aterrado, sustendo no peito a respiração ofegante.

Balançando de um lado a outro na árvore acima da sepultura de Fátima, o corpo de Helena se contorcia em espasmos de dor. Os pés se agitavam freneticamente, chutando o ar em todas as direções, enquanto as mãos desesperadas lutavam para afrouxar o nó que apertava sua garganta. Na mesma hora em que prendera a corda ao pescoço e saltara daquele galho alto e grosso, Helena se arrependera. Os espíritos que a instigavam afastaram-se momentaneamente, de forma a permitir que a sua consciência retornasse ao mundo e percebesse o que estava fazendo. Foi só aí que se deu conta do ato insano que havia cometido. Ela não queria morrer.

Próxima à semiconsciência, Helena não percebeu a chegada de Sebastião, que se ocultou entre as árvores para assistir a sua agonia, regozijando-se com a possibilidade de vingança. Por que salvaria aquela mulher azeda que os tratava como animais? Deixá-la morrer os livraria de sua detestável presença e levaria muito sofrimento a sinhô Eusébio, que ainda não havia se recuperado da morte da filhinha. Quem sabe ele não morria também, permitindo que os escravos se libertassem e voltassem para sua terra?

Quis o destino que, naquele momento, uma menina passasse por ali. Maria era a filha de oito anos da Chica, escrava encarregada dos quitutes, e a mãe lhe dera uma incumbência: colher laranjas para um bolo. Como as melhores árvores frutíferas ficavam no pomar atrás do cemitério, Maria foi correndo para lá, carregando nas mãos uma cesta quase do seu tamanho, repleta de frutas.

Quando Maria se deparou com a cena macabra, parou estarrecida. A visão de Helena pendurada na árvore, os pés se agitando freneticamente e fazendo a saia esvoaçar num bailado horripilante de morte, encheram a menina de pavor. Maria soltou a cesta no chão, espalhando laranjas por todos os lados, e desatou a correr. Queria chamar alguém que tirasse sinhá Helena dali.

Não teve tempo. Vendo-a, Sebastião a agarrou.

— Sebastião! — exclamou ela, apontando para Helena. — Depressa, Sebastião, a sinhá vai morrer!

Sebastião não se mexia e continuava segurando-a.

— O que está esperando? — prosseguiu. — Vá salvar sinhá Helena!

O escravo olhou para Helena com um misto de ódio e prazer, voltando-se, em seguida, para Maria:

— Por que deveria? O que ela fez por nós?

— Sebastião! — tornou Maria, indignada. — Você não pode deixar uma pessoa morrer.

— E eles podem nos deixar morrer? Podem? Podem nos tratar feito bicho, nos escorraçar e nos deixar naquela senzala fétida para apodrecer em vida? Não, Maria, não se preocupe. Ela não merece viver. Nem ela, nem o maldito marido dela, nem aquela menina esnobe que os vermes da terra agora estão devorando!

Havia tanto rancor no tom de voz de Sebastião, que Maria se aquietou assustada.

— Isso não é certo — sussurrou ela, agora em lágrimas. — Não podemos simplesmente ficar vendo *ela* morrer.

— Não podemos é deixar que ela viva. Que morra!

Ele estava com tanta raiva, que Maria se aproveitou. Deu-lhe uma mordida na mão, com toda força, e Sebastião a soltou com um grito de dor. Maria saiu correndo em desabalada corrida colina abaixo, com o outro atrás dela:

— Venha aqui, Maria! Não seja besta!

Maria não se deteve. Correu o mais que pôde e só parou quando entrou em casa, gritando feito louca:

— Sinhô Eusébio! Sinhô Eusébio!

A balbúrdia foi tanta que todo mundo acorreu, inclusive Eusébio.

— O que está acontecendo? — censurou ele. — Que gritaria é essa?

— É a sinhá... — ofegou ela. — Sinhá Helena se pendurou lá na árvore do cemitério...

Eusébio não esperou mais. Saiu pela porta feito um furacão, gritando para que o capataz o acompanhasse. Subiu correndo o morro, até que encontrou a árvore onde Helena balançava. Já não se debatia mais, e os pés haviam se aquietado. As mãos pendiam ao longo do corpo, o pescoço arroxeado espremido no nó apertado.

Com a ajuda de Ubaldo, o capataz, Eusébio desceu o corpo de Helena, afrouxando a corda que a estrangulava. Experimentou-lhe o coração, que ainda batia fracamente. Eusébio ergueu a mulher no colo e desceu a colina às pressas, dando ordens ao capataz para que corresse em busca do médico local.

Quando o médico chegou, já era tarde demais. Em seus últimos momentos de vida, Helena nem se mexia. O médico fez um exame superficial e constatou a inutilidade de qualquer tentativa. Olhou para Eusébio e balançou a cabeça, enquanto ele ficou assistindo, inerte, a respiração quase imperceptível da mulher ir escasseando aos poucos, até sumir por completo.

— Ela está morta — constatou Eusébio, quase não acreditando no que acontecera.

— Lamento — disse o médico, examinando o pescoço de Helena. — O que foi que aconteceu?

— Ela se enforcou — esclareceu Eusébio, quase sem expressão.

— Se eu tivesse chegado um pouco antes, talvez tivesse tido tempo de salvá-la. Mas o senhor me chamou muito tarde.

— Eu não sabia. Mandei Sebastião ir buscá-la, e...

Foi então que Eusébio notou que Sebastião havia desaparecido. Mandou chamar Maria, para que ela informasse se o havia visto.

— Não sei do Sebastião, não, sinhô — respondeu a menina, de forma inocente. — Deixei ele lá no morro.

— Ele viu sinhá Helena na árvore?

— Viu.

— E não fez nada? — Maria percebeu que Sebastião fizera algo muito errado e que seria punido. — Vamos, menina, responda-me! Sebastião nada fez para salvar minha mulher?

— Eu... não sei, sinhô...

— Conte-me a verdade, eu lhe ordeno!

Só a voz tonitruante de Eusébio já era suficiente para apavorar Maria, que se encolheu num canto e começou a chorar, com medo até de abrir a boca.

— Eu não sei, já disse. Ele só ficou lá parado, olhando...

— E Helena estava viva? Quando você chegou, ela ainda se mexia?

— Sim.

Eusébio foi sentindo um ódio tremendo crescer dentro dele. Descontrolado, começou a sacudir Maria pelos ombros, ao mesmo tempo em que gritava:

— Vocês a deixaram morrer, não foi? Por vingança e ódio! Vou acabar com vocês!

Ele começou a bater em Maria, que tombou no chão e procurou se defender com os braços.

— Não fui eu, sinhô! — contestou ela, aos prantos. — Eu pedi a Sebastião para salvar sinhá Helena, mas ele não quis. Disse que ela merecia morrer! Ele me segurou, para não me deixar buscar ajuda, mas eu mordi a mão dele e corri. Eu tentei salvar sinhá Helena, eu tentei...

Eusébio susteve o braço e virou-se para Ubaldo, que acompanhava a surra sem mexer um dedo:

— Vá atrás daquele negro nojento. Traga-o vivo! Quero acabar com ele com as minhas próprias mãos.

Do lado de fora, Chica escutava tudo, sem poder interferir. Havia outras escravas com ela, algumas penalizadas, outras com medo, outras reprovando a atitude de Maria.

— A menina não teve escolha — defendeu Chica. — Está apanhando de sinhô Eusébio!

— Ela devia morder a língua! — retorquiu Norma. — Por causa dela, Sebastião vai ser morto.

A porta se abriu bruscamente, e Ubaldo passou apressado.

— Vão procurar o que fazer — mandou ele. — Não quero ninguém perturbando ainda mais o patrão. Xô! Chispem!

As escravas voltaram correndo para a cozinha, menos Chica, que ficou esperando Maria. A menina saiu em seguida, cabeça baixa, olhos inchados de tanto chorar.

— Maria!

A mãe correu para ela, abraçando-a e puxando-a para fora. Estreitou-a o mais que pôde, para protegê-la dos olhares acusadores dos outros escravos, e levou-a para a cozinha, sem saber se temia mais a ira de Eusébio ou a revolta dos companheiros.

CAPÍTULO

33

Não tardou muito para Sebastião ser encontrado. Temendo a reação de Eusébio, embrenhara-se no mato tão logo Maria descera correndo o morro. Por que não terminara, ele mesmo, o serviço que Helena começara? Devia tê-la tirado da árvore e enforcado-a com a mesma corda. Depois, poderia colocá-la de volta, e ninguém ficaria sabendo. Todos pensariam que ela havia se enforcado, e nenhuma suspeita recairia sobre ele.

Mas não. Achava que ela ia mesmo morrer, e só o que ele tinha a fazer era esperar, para depois voltar para casa esbaforido e dar a notícia a sinhô Eusébio, que nem iria desconfiar. Ele andava ocupado e não tomava conta da hora exata em que Sebastião saía para buscar sinhá Helena. Por isso, tinha tempo para esperar que ela morresse e retornar, pesaroso, para contar que a mulher havia se enforcado.

Só não contava com a intrometida da Maria. A menina sabia que ele se omitira deliberadamente, para não salvar Helena mas Ubaldo atirou uma corda e laçou-o como se laça um touro feroz.

— Venha cá, animal — exasperou-se o capataz. — O patrão tem contas a acertar com você.

Com a corda presa ao pescoço, Sebastião seguiu puxado por Ubaldo. De vez em quando caía e era arrastado pela estrada áspera até que o feitor diminuísse a marcha para que ele se levantasse.

Foi assim que Sebastião entrou na fazenda, atado pelo pescoço ao laço do feitor. Ele estava exausto e machucado, o suor do corpo se misturando ao sangue das feridas. Ubaldo deu uma volta com ele pela fazenda, para que todos os escravos o vissem, e parou em frente à porta de entrada, onde Eusébio os aguardava.

— Seu negro maldito! — urrou Eusébio, desferindo-lhe violenta chibatada. — Vai ter o que merece!

Enquanto Ubaldo descia do cavalo, Eusébio chicoteou o escravo ali mesmo, diante dos outros. Quanto mais batia, mais sentia a raiva guiando a mão do chicote.

— Canalha! Isso é pelo que fez à minha mulher!

Os escravos da fazenda queriam não olhar, mas foram obrigados pelos capatazes, que seguiam ordens de Eusébio. Maria chorava de mansinho, o rosto enfiado na saia da mãe, se corroendo de remorso e dor.

— Não foi culpa sua — sussurrava Chica, bem baixinho. — Você não teve escolha.

Do outro lado, Norma se atirou no chão, lamentando, em desespero, o destino de seu amado Sebastião. O escravo apanhava sem dizer uma palavra. Apenas em um momento, quando conseguiu virar o rosto para o lado, seus olhos cruzaram com os de Maria, e ela sentiu toda a força de seu ódio. Parecia que ele a acusava com palavras mudas.

Chegou o momento em que as chicotadas já não causavam dor em Sebastião. A carne, de tão ferida, tornara-se insensível aos golpes, e ele apenas ficou ali parado, entorpecido pelo sofrimento. Percebendo isso, Eusébio se deu por satisfeito e fez cessarem os golpes do chicote.

— Leve-o daqui — ordenou a Ubaldo. — E enforque-o na árvore mais alta do terreiro.

— Não! Não! — era Norma que, não podendo mais se conter, atirou-se aos pés de Eusébio, implorando pela vida do amado.

Eusébio empurrou-a com o pé e retrucou com desdém:

— Quer juntar-se a ele, negra?

Norma recuou aterrada, enquanto Ubaldo ria e jogava água no rosto de Sebastião, para acordá-lo.

— Você não pode perder o melhor da festa — anunciou em tom irônico. — E olhe que a sua amada vai assistir de camarote, já que ela não quis lhe fazer companhia como a estrela principal do espetáculo.

Sebastião olhou com amargura para Norma, que abaixou a cabeça, tocada pela decepção gravada no olhar dele. Ele não esperava mesmo que ela o acompanhasse, mas não contava que lhe desse as costas e fugisse. Foi o que ela fez. Com medo de ter-se excedido, evitou encarar Sebastião e voltou correndo para o seu canto, dando a si mesma a desculpa de que não poderia suportar vê-lo morrer, quando, na verdade, temia ser enforcada junto com ele.

Com risadas de euforia, Ubaldo amarrou as mãos de Sebastião e montou-o em seu cavalo. Prendeu a corda no galho mais alto da árvore e passou o laço ao redor do pescoço do negro. Os outros escravos choravam, evitando olhar para Sebastião. A uma ordem de Eusébio, Ubaldo deu uma chicotada no cavalo, que se pôs em movimento.

O cavalo foi, e Sebastião ficou pendurado na corda que pendia do galho. Ao contrário de Helena, não resistiu muito tempo. Sequer chegou a se debater. Pescoço quebrado, encontrou a morte mais depressa.

Entre os escravos, o clima era de pesar e revolta. Eusébio mandou que os próprios negros enterrassem o corpo de

Sebastião, não permitindo qualquer cerimônia fúnebre. Apenas em seus corações, os escravos rezaram pela sua alma.

À noite, quando todos voltaram a se reunir na senzala, ninguém dizia nada. Estavam muito chocados com o ocorrido, pois aquela era a primeira vez que Eusébio mandava castigar alguém, e logo com a morte.

— A culpa é toda dela! — esbravejou Norma, apontando o dedo acusador para Maria. — Foi ela quem delatou Sebastião.

— O que você queria que ela fizesse? — defendeu Chica. — Sinhô Eusébio estava batendo nela.

— Ela podia ter mentido — insistiu Norma. — Ter inventado alguma história. Mas não. Foi logo contando tudo.

— Ela é apenas uma menina. Não sabe pensar como você.

— Que, por acaso, morreu de medo quando sinhô Eusébio mandou que se juntasse a Sebastião, não foi? — contrapôs Fidência, mais ponderada.

— É isso mesmo — falou mais alguém. — Maria é uma criança, mas você, Norma, já é mulher feita.

— E se acovardou diante do sinhô — observou um outro. — E, nem olhar mais para Sebastião, olhou.

— Devia se envergonhar — acrescentou um terceiro. — Acusar uma criança para esconder sua covardia.

— Ah! Agora a culpa é minha? Fui eu que dei com a língua nos dentes?

— A culpa não é de ninguém — contestou Fidência. — Foi Sebastião que escolheu o caminho dele. Não devia ter deixado a sinhá morrer.

— Você agora vai defender aquela gente? — indignou-se um escravo robusto.

— Não estou defendendo ninguém.

— Pois eu acho que Sebastião fez muito bem em deixar aquela malvada morrer — comentou mais um escravo.

— Também acho — disse outro.

— E Maria devia ter ficado quieta — incentivou Ninoca, amiga de Norma. — Se não tivesse corrido para sinhô Eusébio, nada disso teria acontecido.

— É, e ninguém ia mesmo sentir falta de sinhá Helena.

— Quem mandou você chamar o sinhô, Maria? — replicou Norma, fulminando-a com aquele olhar de acusação mordaz.

— Ninguém — respondeu a menina. — Eu só achei que era o certo...

— É certo querer salvar essa gente que só faz mal ao seu povo? — revidou Zeferina, outra amiga de Norma. — Viu só no que deu?

— Fiquei com pena de sinhá Helena. Ela parecia estar sentindo dor.

— E quem foi que teve pena de Sebastião, hein? — insistiu Norma. — Ninguém ligou a mínima para a dor dele.

— Eu liguei... — soluçou Maria. — Não queria que ele morresse.

— Se não queria, não devia ter ido correndo contar tudo ao sinhô Eusébio.

— Pare com isso! — gritou Chica, pondo-se na frente de Maria. — Pare de atormentar a minha filha.

— Sua filha é a única culpada pela morte de Sebastião!

— Ninguém é culpado de nada — objetou Fidência. — E chega de veneno! Maria só tem oito anos, e você devia se envergonhar de ficar acusando ela por algo de que não foi culpada.

— É melhor todo mundo deixar isso para lá e ir dormir — repreendeu um escravo velho e de cabeça branca. — Amanhã cedo temos que estar na lida e, sem dormir, não vamos produzir, e mais de nós serão castigados. É isso que vocês querem?

Ninguém queria mais ouvir falar em castigos, e todos foram dormir. Maria agarrou-se a Chica, que a estreitou para protegê-la. O silêncio caiu sobre a senzala, e apenas alguns roncos se faziam ouvir de vez em quando.

Norma era a única que não conseguia conciliar o sono. Ainda se recordava do olhar desapontado de Sebastião, revivendo o medo que sentira de ser chicoteada também e, pior, enforcada junto com ele. Para aliviar a consciência, punha a culpa em Maria, e logo uma crescente antipatia foi tomando conta do coração de Norma.

CAPÍTULO

34

Norma não esquecia a morte de Sebastião e buscava desculpas para si mesma. Mas o que poderia ter feito? Insistir com sinhô Eusébio e ser enforcada também? Era esperar demais de um ser humano, e ela não tinha jeito para heroína. Gostava de Sebastião, mas queria sobreviver, mesmo que a sua vida não fosse uma vida que valesse tanto a pena assim. De qualquer forma, estava viva.

E agora, só por isso, sentia que os outros a recriminavam e a evitavam, mudando de conversa toda vez que ela se aproximava. Não fosse a consciência de Norma, que era a única a dirigir-lhe cobranças e acusações, veria que nada daquilo era real, pois os outros escravos apenas prosseguiam com suas vidas. Ninguém achou que Norma deveria ter-se deixado matar por causa de Sebastião. Era ela, e apenas ela, quem sentia sobre si acusações invisíveis. E, para aliviar-se da culpa, descontava tudo em Maria, não perdendo a oportunidade de maldizer a menina para os companheiros.

Certo dia, Norma lavava roupas na beira do riacho em companhia de mais outras três escravas quando avistaram Maria correndo por entre as árvores.

— Lá vai a malandrinha — observou Norma, em tom malicioso. — Desde que virou a filha preta do sinhô, pensa que não precisa mais trabalhar.

— Deixe de intrigas, Norma — censurou Fidência. — Maria continua a fazer o que sempre fez.

— O quê? Brincar?

— Ela é criança e não pode ficar o tempo todo trabalhando. Agora fique quieta e faça o seu serviço.

— Esse foi o prêmio que ela recebeu por ter entregado Sebastião — prosseguiu Norma, sem dar atenção a Fidência.

— Que prêmio? — quis saber Ninoca.

— Você não sabia? — a outra meneou a cabeça. — Pois Maria agora é a preferida de sinhô Eusébio, que a tomou como filha.

— Não me diga... — espantou-se Zeferina.

— Deixe de intrigas — censurou Fidência. — Sinhô Eusébio ficou muito triste com a morte da mulher e da filha. Quem poderia culpar o homem por se afeiçoar a outra criança, já que perdeu a que tinha? Maria é uma menina muito meiga e carinhosa. Não há quem não goste dela.

— Isso é o que a Chica diz, para proteger a filha — objetou Norma. — Porque tem medo da reação da nossa gente. E agora, Maria acha que pode ficar por aí, desfilando com ares de sinhazinha.

— Isso tudo são invenções maldosas — objetou Fidência. — Maria é uma menina boazinha, e nem lhe passa pela cabeça que possa vir a ser tratada como sinhazinha.

— Pois espere só para ver — desafiou Norma. — Não vai demorar muito para Maria deixar a senzala.

— Você acha que Maria vai passar a viver na casa grande? — indagou Ninoca.

— Não só viver na casa grande, mas ocupar o quarto da sinhazinha morta. E vestir as suas roupas, e brincar com seus brinquedos. E vai até poder mandar em nós.

— Oh! — fizeram Ninoca e Fidência ao mesmo tempo, a primeira já sentindo raiva da menina. A segunda, surpresa com tanta mentira.

— Será que vai se pintar de branco também? — ironizou Zeferina, mas com ira na voz.

— Não duvido nada — concordou Norma. — E a Chica, aquela aproveitadora... não duvido nada que agora passe a fazer as vezes de mulher do sinhô Eusébio.

— Não diga! — falou Ninoca, surpresa. — Você acha que ela e o sinhô...?

— Acho. Ninguém me disse nada, mas eu percebi. Podem ver como Chica anda toda metida, com ares de gente importante.

— É mesmo — concordou Zeferina. — Outro dia mesmo, pedi a ela um pedaço de bolo de laranja e ela disse que não podia, que era para sinhô Eusébio. Vejam só que esnobe!

— Cuidado com a língua — repreendeu Fidência —, ou vão acabar morrendo do próprio veneno.

— Vai ser a única a defender aquelas traidoras do nosso povo? — provocou Norma.

— É você quem está dizendo que elas são traidoras. Pois para mim, elas continuam as mesmas. Maria recebeu um favor de sinhô Eusébio, e daí? Ela é só uma criança, fez o que podia para salvar sinhá Helena, e eu teria feito o mesmo. Não acho certo ficar vendo alguém morrer sem fazer nada, mesmo que fosse um cachorro. Quanto a Chica, ela é responsável pelos quitutes de sinhô Eusébio. Como acha que ela ia explicar um bolo mordido antes de ele experimentar o primeiro pedaço?

As escravas ficaram em silêncio. Terminaram de lavar a roupa e se levantaram. Ao passar por Fidência, Norma evitou encará-la, mas a outra segurou-a pelo braço e censurou veemente:

— Devia se envergonhar. Maria e Chica nunca lhe fizeram nada.

Devolvendo à outra um olhar de raiva, Norma puxou o braço, abraçou a trouxa de roupas e partiu atrás das amigas, sem imaginar o resultado de tantas mentiras. Norma acendera a primeira fagulha, e Zeferina e Ninoca proporcionaram a palha por onde o fogo se alastraria. Em pouco tempo, os escravos da senzala estavam comentando sobre a preferência de sinhô Eusébio por Maria e Chica.

— Outro dia mesmo vi a Chica de mãos dadas com o sinhô — comentou alguém.

— Verdade? — indignou-se outra pessoa.

— É, e Maria estava brincando com as bonecas da sinhazinha.

— Vocês sabiam que Maria está aprendendo a montar?

— Mentira!

— É verdade. Eu vi Maria na garupa do cavalo de sinhô Eusébio.

— E a Chica, toda derretida! Vi, pela janela do quarto do sinhô, quando ela se deitou na cama dele.

— Não, isso não!

— Vi, sim, eu juro! E cheirava o seu travesseiro.

— Mas que desavergonhada!

— Isso não é nada. Pois eu ouvi a própria Maria chamando sinhô Eusébio de *meu paizinho*.

Todos emudeceram, tamanho o espanto, menos Fidência, que se adiantou e replicou em tom de censura:

— Vocês deviam se envergonhar. Olhos e ouvidos nos enganam, e nem sempre as coisas são o que parecem. E, ainda que Maria e Chica caíssem nas boas graças de sinhô Eusébio, o que vocês têm com isso? Por acaso é pecado querer ser bem tratada?

Ninguém disse mais nada, e foram todos saindo, retomando seus afazeres. Norma não conseguiu conter a euforia e deixou escapar um risinho de satisfação. As coisas estavam tomando o rumo que ela desejava.

Na verdade, nada do que haviam dito era o reflexo da verdade. Chica supostamente ficara de mãos dadas com Eusébio quando ele se cortara e mandara que ela lhe fizesse um curativo. E Maria recebera ordens para colocar as bonecas da sinhazinha no sol e escová-las, de modo a tirar-lhes o pó e o cheiro de mofo. Também andara a cavalo no dia em que Eusébio a chamara para ir com ele à vila comprar aguardente, e ela tivera que se equilibrar na garupa, com um pacote cheinho de garrafas no colo. Na hora de desmontar, o saco se rompeu e ela, morrendo de medo de deixar alguma garrafa cair e se quebrar, deixara escapar a súplica:

— Ai, meu paizinho... — referindo-se àquele que está no céu.

Chica, por outro lado, fora obrigada a deitar-se na cama de Eusébio certa vez em que, por descuido, derramara a bandeja do café da manhã sobre os lençóis, quando fora recolhê-la após Eusébio haver tomado o desjejum. Na queda, um bolinho rolara pela cabeceira, indo alojar-se num cantinho entre o colchão e o estrado, obrigando-a a esticar-se sobre a cama, com a cara colada no travesseiro, para alcançá-lo.

Ante olhos e ouvidos maldosos, a verdade se distorce e toma a forma daquilo que se deseja ver ou ouvir. O fato, contudo, foi que as mentiras acabaram prevalecendo nos corações ressentidos e invejosos, e muitos escravos passaram a olhar Maria e Chica com desconfiança e raiva, evitando-as sempre que podiam. Se antes Maria brincava com as poucas crianças negras que havia, agora, ninguém mais queria a sua companhia. E toda vez que Chica vinha conversar com alguém, os outros respondiam com evasivas e meias-palavras, arranjando sempre algo que fazer para não ter que falar com ela.

— Por que elas estão fazendo isso, mamãe? — perguntava Maria, com lágrimas nos olhos.

— Não sei, minha filha.

— Ninguém mais quer brincar comigo.

— Vai passar.

Dali a pouco, ao encontrar-se com Fidência, Chica comentou:

— Não entendo por que todo mundo, de uma hora para outra, não fala conosco direito. Será que fizemos alguma coisa, Maria e eu, que não sabemos? As outras crianças até evitam brincar com ela.

Fidência não queria se envolver, mas aquilo já era demais.

— Não ligue — aconselhou. — São mexericos de gente que não tem mais o que fazer, como se isso fosse possível entre nós.

— Que mexericos?

— Bobagens. Nem vale a pena falar.

— Não, Fidência. Você falou em mexericos, e eu quero saber o que é. Andam falando mal de mim pelas costas, é?

Fidência suspirou fundo, mas acabou contando:

— Olhe, Chica, corre um boato por aí que você é amante de sinhô Eusébio, e que ele colocou a Maria no lugar da filha dele.

— O quê?! Mas que ideia ridícula! E você acredita nisso?

— Eu, não, mas alguns dos outros escravos, sim.

— Por quê? Quem foi que andou espalhando esse absurdo?

— As pessoas...

— Sinhô Eusébio não é um homem mau, Fidência. Ele se apegou um pouco a Maria, é verdade, mas não do jeito como estão dizendo.

— Ele mandou matar Sebastião.

— Coloque-se no lugar dele. Sebastião deixou sinhá Helena morrer. O homem ficou feito doido. Perdeu a mulher e a filha em menos de um ano.

— Você tem razão, mas os outros não pensam assim.

— Era só o que me faltava, ser acusada pela minha própria gente. Já não basta ter que servir a um branco?

— Acho que o melhor é deixar para lá. Se você não der importância, as pessoas param de falar.

Chica ficou em dúvida. Agora entendia o olhar atravessado de algumas pessoas, mas não lhe agradava ser o alvo das futricas de seu povo. Estavam todos pensando que ela era amante de sinhô Eusébio, e ele nunca olhara para ela com a menor sombra de desejo. O homem ainda era apaixonado pela esposa e vivia a lamentar a morte dela e da filha. Se os outros estivessem dentro da casa grande, saberiam do que ela estava falando.

O melhor mesmo era seguir o conselho de Fidência e não se importar com o falatório. Só era ruim para Maria, que era ainda muito criança para compreender a maledicência humana.

CAPÍTULO

35

Certa vez, Fidência estendia os lençóis no varal, enquanto Norma, Zeferina e Ninoca terminavam de enxaguar o roupeiro. Ao se levantarem para voltar, Norma avistou Maria brincando na beira do rio e soltou um risinho de escárnio. Com o queixo, mostrou a menina às outras e aproximou-se, falando alto, em tom de reprovação:

— Deixe sinhô Eusébio saber que você mata o trabalho para ficar brincando com peixinhos.

Ela levou um susto tão grande que quase caiu dentro do rio. Norma, secundada por Zeferina e Ninoca, ria a valer da menina, que se enfureceu e, mostrando-lhes a língua, retrucou com impertinência:

— E deixe o sinhô saber que vocês ficam vagabundeando pelo mato ao invés de esfregar as ceroulas dele.

— Ora, sua atrevida! — esbravejou Norma, partindo para cima de Maria. — Vou-lhe dar uma surra, que é o que você merece.

Maria se virou para correr. Na pressa, seu pé escorregou nos seixos cheios de limo, fazendo-a desequilibrar-se. Seu corpo fez um rodopio estranho, e ela tentou se segurar em apoios invisíveis. Estendeu os braços para todos os lados, contudo, não havia nada em que se agarrar. Suas pernas bambearam, o pé falseou várias vezes, e ela quase caiu, mas conseguiu se sustentar, embora muito precariamente.

Foi tudo muito rápido. Norma achou que poderia se divertir e escarnecer um pouco mais da menina e, aproveitando-se da posição mal equilibrada de Maria, empurrou-a com força para dentro da água. O riacho ali não era fundo, e havia muitas pedras encobrindo seu leito. Maria caiu de costas, espargindo água para todos os lados, o corpo afundado na areia do leito, a cabeça de encontro a uma pedra pontuda, lavada pela água fluente.

Ela não emitiu nenhum gemido e, a princípio, Norma, e as amigas se escangalharam de tanto rir. Foi Ninoca quem percebeu algo estranho. No lugar onde a água banhava a cabeça da menina, um filete avermelhado escorria, diluindo-se rapidamente na correnteza tênue que fazia o rio rumorejar.

Aos poucos, Ninoca foi cessando as gargalhadas, e só então as outras duas notaram que havia algo errado. Um pavor enevoava os olhos de Ninoca, que cobriu a boca com uma das mãos enquanto, com a outra, apontava para o local onde o corpo da criança jazia inerte, balançando ao sabor da corrente. Norma seguiu a direção do dedo da amiga, com os lábios ainda distendidos no sorriso mordaz, que se extinguiu tão logo percebeu o sangue de Maria diluído na água.

As três se olharam em silêncio, recusando-se a acreditar no que havia acontecido.

— Não pode ser... — balbuciou Norma, com medo de se aproximar. — O rosto está fora da água...

— Ela bateu com a cabeça! — esganiçou-se Zeferina. — Olhe o sangue!

O sangue continuava a correr, e Norma começou a se desesperar.

— Vão dizer que fui eu — apavorou-se, associando tudo às acusações mudas e fantasiosas acerca da morte de Sebastião. — Não foi culpa minha. Ela caiu.

— Você a empurrou — lembrou Zeferina.

— Ela escorregou. É o que vamos dizer — sugeriu Norma, em pânico.

— Ai, meu Deus, o que é que fazemos? — soluçou Zeferina.

— Vamos chamar alguém e dizer que ela caiu. Vocês entenderam?

Norma e Ninoca estavam de costas para a mata, e apenas Zeferina viu quando Fidência chegou. Como demoravam a voltar com a roupa lavada, Fidência partiu atrás delas para ver o que havia acontecido.

— O que vocês fizeram? — gritou Fidência, que havia escutado parte da conversa.

— Foi um acidente — afirmou Norma. — Não fizemos nada. Ela caiu...

Fidência havia passado por elas às pressas e examinava o corpo inerte de Maria.

— Ela está morta! — constatou horrorizada. — Vocês a mataram.

— Não! Foi um acidente, eu juro!

— Não jure pelo que sabe que é mentira. Eu ouvi o que vocês disseram. Ouvi claramente quando Zeferina disse: *você a empurrou*. Você quem? Qual das duas empurrou Maria?

— Ela caiu! Escorregou na pedra e caiu!

— Mentira! Vocês a empurraram! Ou você, ou Ninoca!

— Eu, não! — defendeu-se Ninoca, apavorada ante a possibilidade de ser acusada de criminosa pelos demais. — Nem cheguei perto dela.

Norma permaneceu em silêncio, maldizendo intimamente a covardia da amiga.

— Foi você, não foi? — acusou Fidência, apontando para Norma. — Você a detestava e aproveitou-se da oportunidade para livrar-se de uma criança inocente. Como pôde?

— Foi sem querer, eu juro! — choramingou Norma. — Não queria que ela morresse. Foi uma brincadeira.

— Você a empurrou? Foi isso que fez?

— Norma a empurrou, mas não para matá-la — intercedeu Zeferina.

— Nós só queríamos nos divertir — esclareceu Norma. — Não era para isso acontecer.

Fidência não disse mais nada. Lançou a Norma um olhar de muda reprovação e foi apanhar o corpo de Maria. Como faria para contar a Chica que fora Norma quem matara sua filha?

— Você devia vir comigo — aconselhou Norma. — Se realmente foi sem querer, venha comigo e conte tudo a Chica.

— Ficou louca? — protestou Norma. — Chica vai querer me matar.

— É o mínimo que você deve fazer. Assumir a responsabilidade pelo que fez.

— Mas foi sem querer!

— Ainda assim, você fez.

— Pelo amor de Deus, Fidência, não conte nada. Confirme a nossa versão do acidente.

— Nunca menti na vida e não vou começar agora para acobertar o seu erro. Venha comigo e conte a Chica. Talvez assim ela não fique com tanta raiva de você.

— Ela vai me odiar. Já me odeia.

— É você quem a odeia, assim como odiava Maria. Foi o seu ódio que matou a menina.

— Não me peça para fazer uma coisa dessas!

— Por sua causa, Maria e Chica foram discriminadas pela nossa gente. Por causa das mentiras infames que você inventou.

— Eu estava com raiva e com medo. Achei que Maria e Chica tinham se passado para o lado dos brancos.

— Mentira. Você quis descontar em Maria a sua própria covardia. Vai ser covarde novamente?

— Não sou covarde. Eu não podia salvar Sebastião.

— Ninguém achou que podia. O que aconteceu a Sebastião não foi culpa sua, nem ninguém esperava que você perdesse a vida junto com ele. Você é quem se acusa de covarde e quis punir Maria no seu lugar para ver se, culpando-a, aliviaria a própria culpa.

— Eu não fui culpada, você mesma disse...

— Eu disse, mas não é assim que você pensa. Com Maria, contudo, é diferente. Foi por sua causa que ela morreu. Vai ser covarde novamente?

Sem argumento, Norma abaixou os olhos e chorou. Fidência tinha razão. Ela fora longe demais. Não tivera culpa na morte de Sebastião, mas, o que dizer de Maria? De onde estava, ficou olhando Fidência erguer o corpo da menina e sentiu o coração se confranger. Queria muito contar a verdade, mas tinha medo da reação dos outros. E se ficassem zangados e a matassem também? E se sinhô Eusébio, que gostava tanto da menina, mandasse que Ubaldo a amarrasse no tronco, lhe desse umas chibatadas e a enforcasse?

Apesar do medo, Norma sentiu que precisava fazer alguma coisa. Estava muito arrependida de tudo o que fizera. As mentiras que inventara de Maria e, principalmente, o empurrão que lhe dera. Nunca supôs matar a menina. Quando a empurrara, sequer lhe passou pela cabeça que ela podia morrer. Não era uma assassina. Podia ser invejosa, covarde e maledicente. Mas criminosa, não era.

E agora, Maria estava morta por causa da sua inconsequência. Norma sentiu um medo indescritível apoderar-se de todo o seu corpo, só não a paralisando porque o remorso foi mais intenso. Seria difícil, mas sabia o que tinha que fazer.

— Você vem comigo ou não? — indagou Fidência, parando ao lado dela com a menina no colo.

Ao invés de responder, Norma estendeu as mãos e tomou o corpo de Maria dos braços da outra.

— Deixe que eu a levo — falou com voz sofrida. — Como você mesma disse, a responsabilidade é minha.

Percorreram o caminho todo em silêncio. Apenas Fidência e Norma, carregando a menina morta, entraram na casa. Chica estava mexendo as panelas no fogão e ouviu o barulho de passos. Pensando que fosse a filha, virou-se despreocupadamente, ao mesmo tempo em que dizia:

— Você demorou...

As palavras morreram na garganta, e a mente de Chica não conseguiu decifrar a cena insólita que tinha diante de si. O que Fidência fazia ali parada, ao lado de Norma, que segurava no colo sua filha adormecida? Aos poucos, o susto foi passando, e a lucidez voltou a animar a mente de Chica, que soltou a colher de pau e correu para elas.

— Maria! Minha filhinha! O que foi que aconteceu?

Chica retirou a menina dos braços de Norma e sentou-se com ela ao colo, sem imaginar que ela não tinha mais vida. Maria estava toda molhada, e a mãe custou a perceber o sangue que começava a grudar na carapinha. Algumas gotas, contudo, se espargiram sobre a alvura de sua blusa, e Chica afastou a criança, apalpando-lhe a cabeça até encontrar a ferida.

Só então se deu conta da moleza do corpo de Maria, bem como da falta de respiração, dos olhos cerrados que não se abriam e da ausência do compasso de seu coração. Durante alguns minutos, em que tentou disfarçar a verdade, não acreditou que Maria estivesse morta. Parecia que dormia. Alisou-lhe os cabelos e chamou baixinho:

— Maria...

A menina não se movia, e o contato de seu corpo frio lembrou à Chica o toque da morte. Um arrepio percorreu os ossos da escrava que, finalmente, percebeu que a fatalidade a tinha escolhido. Soltou um grito e apertou o corpo da menina, chorando com a dor da certeza de que ela havia morrido.

— Maria... — rumorejou. — Oh! Não...

Durante muito tempo, Chica permaneceu agarrada ao corpo da filha, e ninguém teve coragem de interrompê-la ou dizer alguma coisa. Fidência as olhava emocionada, e Norma padecia de remorso. Depois que ela parou de soluçar, permanecendo tão imóvel quanto a criança, Fidência se aproximou e falou gentilmente:

— Ela se foi, Chica. Precisamos enterrá-la.

Chica levantou os olhos e enxugou as lágrimas, e a dor que havia impressa neles causou um calafrio em Fidência e mal-estar em Norma. Ela havia, sem querer, roubado uma criança de sua mãe.

— Minha filhinha — soluçou Chica —, o que foi que aconteceu?

Fidência olhou para Norma, que engoliu em seco e pensou em recuar, mas o caminho não tinha mais volta. Era preciso reunir coragem e agir.

— Chica... — sussurrou ela — Maria caiu no rio...

Os olhos de Chica se estreitaram, como se quisessem impedir que, com as lágrimas, a dor fugisse de dentro dela.

— Caiu? — repetiu ela, ouvindo as palavras de Norma como se estivesse num sonho.

— Bem, na verdade... — ela hesitou e olhou para Fidência, que a encorajou com o olhar. — Eu estava com ela, e... Nós estávamos brincando, e ela estava na beira do rio... Havia muitas pedras, muitos seixos escorregadios... Eu não queria, eu juro...

O quase descontrole de Norma chamou Chica de volta à razão. Ela acomodou o corpo de Maria sobre o banco e se levantou, agora mais consciente.

— Você não queria o quê?

Norma engoliu em seco e respondeu com voz inaudível:

— Não queria que ela morresse...

Olhou de relance para Chica e viu seus olhos ávidos, temendo a sua reação.

— O que você estava fazendo com ela? — tornou Chica, tentando imaginar por que Norma estava com Maria, se não gostava dela.

— Eu... eu a vi na beira do rio... Fui brincar com ela, e ela caiu...

— Brincar com ela? Não compreendo...

— Eu... só encostei nela... e ela caiu.

— Você a empurrou?

Norma não conseguiu responder. Fechou os olhos e fez que sim com a cabeça, esperando pela explosão de Chica. A reação, contudo, não veio. Quando Norma abriu os olhos, o que viu a deixou ainda mais angustiada. Chica estava de joelhos, o corpo dobrado sobre si mesmo, a cabeça quase tocando o chão.

— O que está fazendo? — questionou Fidência, com medo de que a amiga estivesse passando mal.

— Estou rezando para que Deus não permita que meu coração se encha de ódio pelo que Norma nos fez.

A resposta foi deveras pungente, e Norma sentiu o remorso afundar diante da nobreza e da superioridade do gesto de Chica.

— Por Deus, Chica, perdoe-me! — suplicou transtornada, atirando-se no chão à frente da outra. — Eu não queria! Fui tola, covarde, maldita! Mas jamais teria matado uma menina ou qualquer outra pessoa. Posso ser uma mulher sem alma, mas não sou assassina! Foi sem querer. Eu a empurrei, sim! Mas por idiotice, pensei que ela ia cair e se molhar. Jamais imaginei que sua cabeça fosse encontrar aquela pedra. Foi um acidente, eu juro! Não me odeie, Chica, perdoe-me! Perdoe-me! Oh! Meu Deus, o que fui fazer?

Quem chorava em descontrole era Norma, ao passo que Chica permanecia serena, apesar da dor profunda. Ela estendeu a mão para a frente e tocou o braço da outra, que olhou para ela assustada.

— Se dissesse que não estou sofrendo pelo que você fez, eu estaria mentindo. Mas não odeio você, e perdão, quem tem que lhe dar, é o seu coração.

— Você é uma alma nobre — afirmou Norma, a voz entrecortada pelos soluços. — Ao passo que eu... sou uma perdida. Só agora percebo a cegueira que me guiou por toda a vida. Ainda que eu viva cem vezes, jamais serei como você.

A dor e o arrependimento de Norma eram sinceros, e Chica não disse mais nada. Auxiliada por Fidência, levantou-se e foi cuidar do enterro da filha. Em nenhum momento, Chica acusou Norma ou fez qualquer insinuação maldosa. Sequer comentou sobre o ocorrido. Disse apenas que a menina havia caído e batido com a cabeça numa pedra, o que era verdade. Não queria destilar o ódio entre os seus nem provocar a punição de Norma por parte de Eusébio.

Com o passar do tempo, Norma foi desfazendo as intrigas que levantara sobre Maria e Chica. Admitiu que havia inventado aquelas histórias porque estava com raiva da menina, mas que agora, depois que ela morrera, se arrependia. E teria até contado que fora ela quem empurrara a criança, se Chica não a impedisse, argumentando que aquela revelação não faria bem a ninguém, pois as críticas, as acusações e os julgamentos só servem para aliviar as culpas de quem os faz.

— Aquele que julga é porque se considera superior, e nenhum de nós está acima dos outros ou de Deus — dizia ela.

— Só sabe a verdade quem pode se beneficiar com ela. Para todos nós, ela serve de lição. Para os outros, será um estímulo à prática da maledicência e do mal.

Se bem que não florescesse uma amizade entre Chica e Norma, nenhum ressentimento restou entre as duas. Chica tratava Norma bem, embora com um certo distanciamento, e esta correspondia com respeito, defendendo-a sempre que alguém pensava em falar mal dela. E Norma, nunca mais em sua vida, usou a palavra para ofender ou agredir quem quer que fosse, servindo ainda de exemplo para suas amigas Ninoca e Zeferina, que também aprenderam que o silêncio é bênção que todos devem cultivar.

FALANDO SOBRE O PASSADO...

Maria foi uma alma nobre que se dispôs a me acompanhar na vida. Pode ser que muitos não saibam, mas ela gostava de ser minha filha, porque fui sua mãe por três encarnações sucessivas. Assim como eu, tinha muito o que aprender, embora ela estivesse mais preparada para enfrentar as armadilhas de seu próprio coração.

Falando um pouco de Maria, que antes foi Airumã e, antes ainda, Cibele, só o que posso dizer é que ela foi a luz que me guiou pelas noites infindas e que, sem ela, talvez eu não conseguisse vencer. O único problema de Maria era que ela não se adaptava ao mundo e, por isso, pelo seu merecimento, podia retornar mais cedo do que a maioria de nós. Embora aparentemente dolorosos, seus desenlaces não foram sentidos com sofrimento, porque sempre houve muitos bons espíritos que a desligavam da matéria milésimos de segundos antes de ela ser atingida pela dor. Com isso, Maria foi crescendo em espírito e hoje consegue, sozinha, auxiliar muita gente.

Para mim, os anos transcorreram solitários, porém, proveitosos. Eu, que um dia fora Aracéli e antes Alejandro, podia agora me considerar preparada para novas experiências. Não vivi muitos anos na Terra, porque também tinha pressa de retornar, e me foi concedida essa graça.

Quando reencarnei naquela senzala, muitos dos que me acompanharam haviam sido antigos índios e índias que pereceram sob a sanha da minha espada, nos tempos dos maias e astecas. Reuniram-se todos ali, uns para me cobrar, outros para me ver cair. Alguns, como Norma, Ninoca e Zeferina, consegui conquistar. Com outros, precisava ainda me esforçar um pouco mais.

De toda sorte, aprendi com a vida o valor exato do orgulho. É o orgulho que nos dá o reconhecimento do que somos e podemos, desde que não nos deixemos envenenar pela soberba, a presunção e a arrogância. Quando isso acontece, nós decaímos, mais uma vez, pelas veredas da ilusão e nos atribuímos uma importância maior do que qualquer um pode ter nesse mundo de enganos.

Ninguém que habite este planeta está em condições de merecer o título de melhor, supremo ou absoluto. Ninguém. Somos todos parte do Um, que não se fragmenta nem se divide, mas apenas se irradia em diferentes direções. E todas essas centelhas, um dia, inexoravelmente, tornarão à fonte da qual partiram para resplandecer numa única flama de amor.

Se é assim, então, por que perder tempo alimentando o orgulho que destrói, que invalida e que engana? Basta olharmos a natureza para percebermos o tamanho da nossa pequenez. Que arrogância é essa que nos faz pensar que somos absolutos, quando o desconhecido ainda ocupa a maior parte de nossas vidas? Como pode alguém que conhece tão pouco do universo pretender ter a última palavra no sentido da verdade?

E o que é a verdade senão aquilo que nosso coração sente como a resposta indizível aos nossos questionamentos mais profundos?

4ª PARTE - ELEONORA

Eleonora — Chica — Aracéli — Alejandro
Sérgio — Gastão — Damian
Silmara — Maria — Airumã — Cibele
Evandro — Licínio — Lúcio
Gilda — Esmeraldina — Rosa
Otávio — Soriano
Ricardo — Teodoro

CAPÍTULO 36

Eleonora se distraía no jardim de sua casa com as crianças. Silmara, a mais velha, percorria, com a boneca, caminhos imaginários por entre as flores perfumadas, enquanto Evandro espetava formigas com uma vareta pontiaguda. Eleonora se levantou e, gentilmente, retirou a varinha das mãos do menino.

— Quantas vezes tenho que repetir que não se deve maltratar os animais?

— Ora, mamãe, é só um inseto — protestou ele, com irritação.

— Mesmo assim. É crueldade.

Ela não percebeu a chegada de Sérgio, que a abraçou por trás e beijou sua cabeça perfumada.

— Olá, querido — falou ela, virando-se para ele. — Vai sair?

— Mais tarde. Temos reunião no centro espírita.

— Ah!

— Você não vai?

— Eu gostaria, mas não tenho com quem deixar as crianças.

— Você é quem sabe.

Permaneceram algum tempo no agradável convívio em família, até que a noite se aproximou, e Sérgio partiu para o centro. Chegando lá, encontrou, entre os presentes, algumas pessoas que não conhecia.

— Quem são? — indagou a um amigo.

— Um tal de seu Joaquim. Veio trazendo o filho, um jovem chamado Zélio[1], que, dizem, sofria de paralisia e começou a andar de repente.

Os presentes sentaram-se à mesa, e iniciaram-se os trabalhos. Logo após a abertura, para surpresa de todos, o rapaz se levantou da cadeira e falou com voz categórica:

— Aqui falta uma flor!

E saiu, deixando todos mudos de espanto.

— Seu Joaquim, não é permitido se ausentar no meio da reunião — censurou o presidente.

— Eu... lamento muito. Não sei o que aconteceu.

O rapaz voltou em seguida, trazendo uma rosa branca e depositando-a sobre a mesa. O dirigente ficou confuso, e um pequeno tumulto estabeleceu-se no ambiente, com todos falando ao mesmo tempo. Sérgio parecia paralisado com a cena e, principalmente, com aquele menino de nome Zélio. A muito custo, o dirigente conseguiu conter a balbúrdia, e os médiuns se aquietaram.

Mas não por muito tempo. Logo um homem sacudiu o corpo, seguido por muitos outros, inclusive Sérgio, que não sabia bem o que se passava. Na verdade, todos incorporavam espíritos diversos, que falavam com estranho chiado na voz.

— O que está acontecendo? — indagou o dirigente. — Onde está a disciplina? E quem são vocês, que aparecem assim na sessão, sem convite?

— Nós somos os espíritos dos índios que aqui habitaram — disse um dos médiuns.

— E outros de nós, antigos escravos, pretos-velhos que agora desejam trabalhar.

1 A História conta que o episódio com Zélio de Moraes, jovem de 17 anos que inaugurou o culto da Umbanda no Brasil, ocorreu na Federação Espírita do Rio de Janeiro, em Niterói, no dia 15 de novembro de 1908.

— Isso não é possível — repreendeu o dirigente. — Peço que, por favor, se retirem. Aqui não são permitidas manifestações de espíritos tão atrasados e incultos.

Sérgio viu-se dominado por um daqueles espíritos e não lutou contra ele. Sentiu indescritível bem-estar com a presença da entidade, que se dizia um índio, e permitiu a incorporação tranquila e benéfica.

A seu lado, Zélio havia se levantado e, igualmente incorporado, falou com voz clara e segura[2]:

— Por que repelem a presença dos citados espíritos, se nem sequer se dignaram a ouvir suas mensagens? Seria por causa de suas origens sociais e da cor?

Um médium vidente, percebendo a luminosidade que irradiava do espírito incorporado em Zélio, perguntou espantado:

— Por que o irmão fala nestes termos, pretendendo que a direção aceite a manifestação de espíritos que, pelo grau de cultura que tiveram quando encarnados, são nitidamente atrasados? Por que fala deste modo, se estou vendo que me dirijo, neste momento, a um jesuíta, cuja veste branca reflete uma aura de luz? E qual o seu nome, meu irmão?

— Se julgam atrasados os espíritos de pretos e índios, devo dizer que amanhã estarei na casa deste aparelho, para dar início a um culto em que estes pretos e índios poderão dar sua mensagem e, assim, cumprir a missão que o plano espiritual lhes confiou. Será uma religião que falará aos humildes, simbolizando a igualdade que deve existir entre todos os irmãos, encarnados e desencarnados. E se querem saber meu nome que seja este: Caboclo das Sete Encruzilhadas, porque não haverá caminhos fechados para mim.

— Julga o irmão que alguém irá assistir a esse culto? — ironizou o vidente.

— Cada colina de Niterói atuará como porta-voz, anunciando o culto que amanhã iniciarei.

A manifestação do espírito, embora desdenhada pela maioria dos presentes, muito impressionou Sérgio. De volta

---

2 O diálogo a seguir é transcrito das anotações que constam das fontes históricas.

à casa, encontrou Eleonora sentada na sala, lendo uma obra espírita, e foi logo contando:

— Minha querida, você nem imagina o que aconteceu.

— O que foi?

— Apareceu por lá, hoje, um rapaz muito simpático, chamado Zélio de Moraes.

Em minúcias, Sérgio contou a Eleonora o que havia acontecido, inclusive com ele, que incorporara o espírito de um índio.

— Não me diga! — interessou-se Eleonora. — E quando foi que você disse que ele iniciaria o novo culto?

— Amanhã, às oito da noite. Por quê? Está interessada?

— Para falar a verdade, estou sim. Achei essa história fantástica e maravilhosa! Não conheço esse menino nem sei o que ele pretende, mas só de ouvir você falar, já simpatizei com ele. Acho que ele resumiu bem tudo o que eu penso e sinto.

— Está pensando em ir à casa dele?

— E por que não? Você mesmo disse que o achou simpático.

— Sim, mas, daí a frequentarmos o seu culto...

— O que é que tem? Por acaso está com medo da reação de seus colegas do centro?

— Não. Só não estou bem certo sobre a seriedade desse rapaz.

— É por isso que temos que ir até lá. Só assim saberemos se o menino é sério e se essa entidade, realmente, está em condições de introduzir esse novo culto.

— Ficou curiosa?

— É mais do que isso. Sinto como se uma voz interior me impelisse a ir. Eu tenho que conhecer esse moço.

— Também fiquei curioso. Você tinha que ver o garoto. Parecia tão espontâneo, tão verdadeiro!

— Então, você tem que me levar até lá. Precisamos ver de perto o que está para acontecer.

— Muito bem, minha querida, iremos até lá. Está satisfeita?

— Muito.

Ele a beijou com carinho e indagou:

— E as crianças, como estão?

— Silmara está bem, mas Evandro, como sempre, faz das suas. É rebelde, malcriado e autoritário. Sem falar que gosta de maltratar os animais.

— Você se preocupa à toa. Com o tempo, isso passa.

— Espero que sim.

Deitados para dormir, Eleonora não conseguia parar de pensar no que Sérgio dissera sobre o rapaz que fora ao centro naquele dia. Embora o marido insistisse para que ela frequentasse as reuniões, tinha uma certa resistência. Eleonora gostava das leituras que fazia e achava bonitas as palavras do Evangelho. No entanto, sentia uma inquietação que não podia definir. Havia algo que não guardava coerência com a ideia que ela fazia de caridade ou das verdades divinas.

E agora, Sérgio vinha lhe falar sobre um novo culto, iniciado por uma entidade que se dizia caboclo. Só o nome do espírito, Caboclo das Sete Encruzilhadas, já a impressionou. Sentiu imensa alegria e ficou imaginando por que a ideia de um índio dirigindo um culto a entusiasmara tanto.

Naquela noite, Eleonora sonhou. Sonhou que caminhava por uma floresta muito verde, até que encontrou um índio imenso, musculoso e muito atraente. Sem temê-lo, aproximou-se. Ao vê-la, o índio sorriu e a estreitou num abraço forte e amistoso.

— Sinto saudades, Piraju — falou ela, ainda abraçada a ele.

— Também eu — respondeu o índio. — Mas está chegando a hora em que trabalharemos juntos.

— Por onde você anda? Por que não me acompanhou?

— Foi preciso que eu ficasse. Juntos, temos muita contribuição a dar a essa religião nascente.

— Você vai estar comigo?

— O tempo todo. Serei o seu guia, o espírito com o qual você desenvolverá a sua mediunidade e trabalhará para ajudar, não só aqueles que necessitam, mas a si mesma. É através da sua missão na Terra que terá a chance de, finalmente, se reajustar com os últimos desafetos. E os laços de inimizade se diluirão pelo bem que você lhes fará.

— Não sei se estou à altura.

— Se não estivesse, não teria sido permitido que você viesse ao mundo com essa tarefa. E agora, minha querida, volte ao corpo físico. A manhã se aproxima e, em breve, Sérgio irá despertar.

Piraju pousou-lhe um beijo suave na testa, e Eleonora voltou ao corpo. Em poucos instantes, sentiu as cutucadas gentis do marido, que lhe dizia ao ouvido:

— Levante-se, preguiçosa. O relógio acaba de dar seis horas.

Eleonora abriu os olhos mansamente e fixou-os nele. Lembrou-se vagamente do sonho que tivera naquela noite e comentou com Sérgio:

— Sonhei com um índio.

— Teria sido o Caboclo das Sete Encruzilhadas?

— Não sei dizer. Só o que me lembro é que ele dizia que teríamos que trabalhar juntos. Não é estranho?

— Talvez você tenha ficado impressionada com a história do Zélio e de seu caboclo.

— Talvez...

Eleonora sabia que não era só isso. Impressionara-se, sim, mas aquele sonho era muito mais real do que qualquer impressão que tivera. Tinha certeza de que, de alguma forma, ela se encontrara com aquele índio, em algum outro lugar, e ele era uma pessoa muito querida.

O índio, de cujo nome não se recordava, lhe dissera que trabalhariam juntos. Mas juntos em quê? Embora não se lembrasse com exatidão do sonho, Eleonora sabia que ela e aquele índio ainda se encontrariam muitas vezes, e que ele seria, durante toda a sua vida, seu protetor e seu amigo.

CAPÍTULO 37

Eleonora não saberia descrever a emoção que sentia. Só de pensar que, à noite, iria conhecer Zélio de Moraes, seu coração disparava. Desde menina, sempre fora bastante curiosa a respeito das verdades ocultas da vida e procurava estudar e se instruir. Casou-se aos dezoito anos e ganhou de presente dos sogros uma viagem à Europa.

Por essa época, Eleonora já conhecia a doutrina espírita. Quando pequena, leu alguns artigos publicados em jornais cariocas e logo travou contato com a doutrina de Kardec[1]. Ficou fascinada e procurava estudar cada vez mais. No Brasil, contudo, a literatura espírita e esotérica era muito restrita, e Eleonora permanecia com um anseio inenarrável e insatisfeito.

A fim de dar cumprimento à tarefa que lhe fora confiada, Eleonora nasceu em uma família de posses e de mente aberta

---

1 Allan Kardec – pseudônimo do professor Hippolyte Léon Denizard Rivail (Lyon, 03/10/1804 – Paris, 31/03/1869), pedagogo e escritor, codificador do Espiritismo.

para seu tempo. Teve educação aprimorada, estudou nas melhores escolas e aprendeu inglês e francês, idiomas que dominava tão bem quanto o português. Gostava de ler e se instruía o mais que podia, e foi adquirindo uma cultura pouco vista em mulheres brasileiras do início do século XX.

Para sua felicidade, casou-se com um homem compreensivo e inteligente, também disposto a estudar e conhecer as verdades ocultas e invisíveis. Sérgio tinha um próspero consultório dentário em Niterói e era dedicado médium em um centro espírita local.

Em sua viagem à Europa, Eleonora passou a conhecer escritores como Helena Blavatsky[2] e Annie Besant[3], dentre outros, interessando-se, cada vez mais, pelas coisas ocultas. De posse de tão variada literatura espírita e esotérica, não era de se espantar que a mente de Eleonora sofresse um impulso muito além do comum de sua época, e as doutrinas praticadas no Brasil não despertavam muito o seu interesse, por achá-las incompletas e muito seletivas.

Por isso, quando Eleonora ouviu falar de um menino que vinha trazendo a mensagem de um caboclo para dar início a uma nova doutrina que falaria aos humildes, algo dentro dela se acendeu. Parecia que aquela religião nascente resolveria os seus questionamentos, pois Eleonora tinha reservas quanto à excessiva erudição de certos segmentos espiritualistas. Para ela, estudar era importante, mas mais importante do que o conhecimento era a compreensão para com os humildes.

Era preciso inaugurar uma corrente que despertasse a fé nas pessoas, sem, contudo, exigir-lhes mais do que suas capacidades intelectuais poderiam dar. E seu coração lhe dizia que seria através daquele menino, Zélio de Moraes, que essa nova doutrina se iniciaria e depois se espalharia por todo o Brasil.

---

2 Helena Petrovna Blavatsky (Yekaterinoslav, Rússia, 31/07/1831 – Londres, 08/05/1891), uma das fundadoras da Sociedade Teosófica.
3 Annie Wood Besant (Londres, 01/10/1847 – Madras, Índia, 30/09/1933), escritora e teósofa, uma das principais discípulas de Helena Blavatsky.

As crianças haviam acabado de voltar da escola, e Eleonora as recebeu com o carinho de sempre. Silmara, a mais velha, contava agora nove anos, e Evandro, sete. Os dois eram muito diferentes. Silmara era meiga e compreensiva, amiga de todos e estava sempre sorridente. Evandro, ao contrário, era agressivo e autoritário, além de morrer de ciúmes da mãe. Ao mesmo tempo em que era possessivo, parecia comprazer-se quando fazia algum comentário que a indignava ou feria.

— Como estão os meus amores? — indagou ela, beijando cada um no rosto.

— Muito bem, mamãe — respondeu Silmara, envolvendo o pescoço de Eleonora.

— E o meu rapazinho? — tornou ela, puxando o menino para si.

Evandro deu de ombros e apertou-a com força.

— Não gosto da escola — queixou-se. — A professora é uma chata.

— Não diga isso — repreendeu ela. — A professora está apenas cumprindo o dever dela de ensinar alguma coisa a você, principalmente, boas maneiras. Isso não é jeito de se referir a ninguém.

O rosto de Evandro enrubesceu. Ele não gostava quando a mãe lhe chamava a atenção e fulminou Silmara com o olhar, como se ela fosse a culpada pela repreensão que sofrera.

— Podemos ir ao parque mais tarde? — perguntou Silmara, sem notar o olhar do irmão.

— Depois que fizerem o dever de casa, podem. E agora, vão lavar as mãos para o almoço. Já passa do meio-dia.

Ao final da tarde, as crianças foram ao parque com a babá, e Eleonora começou a sentir a ansiedade crescer. A todo instante, consultava o relógio, na esperança de que ele avançasse mais depressa e logo chegasse a hora de ir à reunião em casa de Zélio.

Quando Sérgio chegou, encontrou a mesa posta para o jantar. Eleonora e as crianças o aguardavam na sala, e a mulher foi logo falando, assim que ele entrou:

— Boa noite, querido. Venha jantar, depois poderá tomar o seu banho e iremos à casa de Zélio.

— Sim, senhora — brincou ele, e ela riu. — Mas será que antes eu não mereço um beijo de minha mulher e meus filhos?

Ainda sorrindo, Eleonora o beijou levemente nos lábios, e Silmara pulou no colo do pai, dando-lhe prolongado beijo no rosto. Evandro, por sua vez, fingiu que não escutou e permaneceu sentado em seu lugar, brincando com o guardanapo. Sérgio não disse nada. Aproximou-se do filho e beijou-o na face, desalinhando seus cabelos.

— Vamos comer? — chamou Eleonora, sentando-se à mesa com a família.

O jantar transcorreu tranquilo, e Eleonora e Sérgio chegaram à casa de Zélio de Moraes um pouco antes das oito horas.

— É aqui mesmo? — perguntou Eleonora, surpresa com a multidão espalhada pela calçada.

Sérgio consultou o papelzinho com o endereço e retrucou igualmente espantado:

— O endereço está correto. É aqui, sim.

Pediram licença e entraram. Os demais membros do centro já se encontravam presentes e cumprimentaram Sérgio e Eleonora. Os dois tomaram assento, e Eleonora viu, pela primeira vez, o menino Zélio. Sentiu uma estranha força partindo dele e teve certeza, naquele momento, que era ali que realizaria a tarefa que lhe cabia, embora ainda nem soubesse ao certo o que era.

Quando o relógio da sala bateu as vinte horas, Zélio se agitou e incorporou o Caboclo das Sete Encruzilhadas, que começou a falar com estranha fonética[4]:

— Aqui se inicia um novo culto, onde os espíritos de pretos-velhos africanos, que haviam sido escravos e que desencarnaram, não encontram campo de ação nos remanescentes

---

4 Aqui são transcritas as palavras literais, segundo fontes históricas, do Caboclo das Sete Encruzilhadas.

das seitas negras, já deturpadas e dirigidas quase que exclusivamente para os trabalhos de feitiçaria, e onde os índios nativos da nossa terra poderão trabalhar em benefício dos seus irmãos encarnados, qualquer que seja a cor, raça, credo ou posição social. A prática da caridade, no sentido do amor fraterno, será a característica principal deste culto, que tem base no Evangelho de Jesus e, como mestre supremo, o Cristo.

O olhar de todos era de espanto, menos de Eleonora, que parecia beber as palavras do caboclo. Após um breve instante, ele prosseguiu:

— Serão chamados de *sessões* os momentos de trabalho espiritual, que se realizará diariamente, das oito às vinte horas. Os participantes devem estar uniformizados de branco, e o atendimento será gratuito. E esse culto será chamado de *Umbanda*, que é a manifestação do espírito para a caridade.

Ninguém ousava dizer nada, e o caboclo continuou:

— Esse grupo, que acaba de ser fundado, será conhecido por Tenda Espírita Nossa Senhora da Piedade porque, assim como Maria acolhe em seus braços o filho, a tenda acolherá os que a ela recorrerem nas horas de aflição. Todas as entidades serão ouvidas, e nós aprenderemos com aqueles espíritos que souberem mais e ensinaremos àqueles que souberem menos, e a nenhum viraremos as costas e nem diremos não, pois esta é a vontade do Pai.

Dentre os presentes, havia alguns sacerdotes que, indignados com a atuação daquele espírito, endereçaram-lhe perguntas em latim e alemão, às quais o caboclo respondeu com facilidade.

— Como pode ser uma coisa dessas? — maravilhou-se Eleonora. — Sérgio, esse espírito é um sábio, e o menino que tem o privilégio de incorporá-lo é um abençoado!

— Ele é uma fraude — comentou alguém a seu lado.

— Um índio ignorante não pode ser o portador de nenhuma doutrina que se preze — sussurrou um homem. — Que ousadia!

Alguns se levantaram para sair, outros permaneceram. Sem se incomodar com a reação dos presentes, o caboclo deu início, então, à segunda parte dos trabalhos. Eleonora e Sérgio estavam paralisados e ficaram observando, maravilhados, as curas aparentemente milagrosas que ele realizou.

— Como, Sérgio? — espantou-se Eleonora. — Como ele pôde fazer isso?

— Não sei — respondeu ele, igualmente espantado. — Como você mesma disse, ele é abençoado.

O entra e sai de enfermos era grande, e a todos o caboclo recebeu com igual amorosidade, curando-os e dando-lhes conselhos amigáveis. A sessão já chegava ao fim quando nova entidade se manifestou, autodenominando-se pai Antônio, espírito de um preto-velho, ex-escravo, que vinha para auxiliar nos trabalhos de cura.

Quando a sessão terminou, Eleonora esperou até que os presentes se retirassem e foi falar com Zélio.

— Estou encantada com o que você fez. Nunca vi nada parecido.

— Não se espante com a minha tarefa — respondeu ele, fitando-a fixamente nos olhos. — Porque a sua dará continuidade à minha, pois você é uma das voluntárias na propagação dessa doutrina do bem.

— Como assim? — surpreendeu-se ela. — Não entendo o que quer dizer.

— A hora ainda não é agora, porque você ainda tem muito o que aprender. Por isso, convido-a, e ao seu marido, a se unirem a mim nesta Tenda. Sei que são pessoas de coração puro e que estão dispostas a trabalhar pela caridade e o amor. Vejo a seu lado um belo índio, com o qual você poderá desenvolver a sua mediunidade e ajudar no auxílio aos enfermos do corpo e da alma.

— Por que está dizendo uma coisa dessas? — protestou Sérgio. — Você nem nos conhece!

— O que sei de vocês é o que basta para conhecer-lhes o coração.

— E nós nada sabemos sobre essa Umbanda! — continuou Sérgio a objetar.

— Mas não desejam aprender? — Eleonora fez que sim, e Zélio prosseguiu: — Pois é o que é preciso para filiar-se a nós. Não exigimos nada além de amor e boa vontade. Isso, vocês têm?

— Sim — afirmou Sérgio. — Mas... não sei o que dizer...

— Você tem medo do que desconhece. Seu coração está ainda preso a antigos dogmas surgidos da interpretação da obra espírita. Noto, contudo, que os seus anseios são maiores e as suas dúvidas são pertinentes.

— Perdoe-me, Zélio. O que vimos aqui hoje, realmente, nos impressionou. Temos, no entanto, algum conhecimento sobre o desenrolar das seitas africanas no Brasil, e não é isso que procuramos.

— Ele disse que a Umbanda seria diferente do Candomblé — lembrou Eleonora.

— Diferente, sim. Não quis dizer que seria melhor nem pior. Apenas que é um novo culto, para pessoas que buscam outras coisas. Não quero, com isso, competir com outras seitas nem lhes retirar o mérito. Tudo está certo na obra divina, e não se pode dizer que um culto é melhor do que outro. Todos são bons. O que faz a diferença são as pessoas, são elas que os fazem melhores ou piores.

— Mas diferente em quê? — insistiu Sérgio.

— Para começar, não teremos sacrifícios de animais nem utilizaremos tambores ou roupas coloridas. Será um ritual simples, para os que são simples.

— Não precisa dizer mais nada — arrematou Eleonora. — Eu aceito o seu convite e estarei aqui amanhã para contribuir com as sessões. E Sérgio virá comigo, não é?

— Sim, claro — concordou ele, embora não muito seguro.

— Não vão se arrepender — finalizou Zélio, despedindo-se deles.

Já em casa, Eleonora conversava com o marido sobre o ocorrido naquela noite.

— Não sei o que pensar — dizia Sérgio. — Tenho minhas dúvidas sobre o resultado de tudo isso.

— O resultado, o futuro mostrará — contrapôs Eleonora. — E acho que você está sendo preconceituoso.

— Preconceituoso, eu? Desde quando tenho preconceito com as pessoas?

— Desde que julga o Candomblé uma religião atrasada.

— Eu não disse isso. Apenas não me agradam seus rituais.

— A mim também não, porque não tenho afinidade com sacrifício de animais ou coisas do gênero. Mas nós não podemos criticar o que não conhecemos. Aquelas pessoas, com certeza, têm um motivo para fazer o que fazem, e há de haver um fundamento em seus rituais. Não nos cabe julgar, Sérgio. E se essa nova religião promete um culto diferente, por que não experimentar?

— Ora, se você já aceitou o convite de Zélio, acho que não tenho escolha.

— Você não precisa ir, se não quiser.

— E deixá-la sozinha? Nunca.

— De que tem medo?

— Não tenho medo de nada, mas quero estar ao seu lado.

— Você também gostou do que viu hoje, confesse.

— Eu gostei, não nego. E o centro também já não me satisfaz. Sinto falta de algo mais. Mas será que esse algo mais está nessa tal Tenda de Nossa Senhora da Piedade?

— Como disse, temos que experimentar. Se não frequentarmos, não vamos descobrir.

— Está bem. Como sempre, você venceu.

Eles se abraçaram sorrindo e foram dormir. No dia seguinte, lá estavam eles, às oito em ponto, prontos para participar da sessão. Eleonora mandou fazer roupas brancas para ela e Sérgio, e logo se integraram aos cultos.

CAPÍTULO

38

Durante os dez anos seguintes, Eleonora esteve com Sérgio ao lado de Zélio de Moraes. Quando, em 1918, ele recebeu ordens do astral superior para fundar sete novos templos, Eleonora e Sérgio, a seu pedido, transferiram-se para a Tenda Espírita São Jerônimo, onde trabalharam por cerca de dez anos. Ao final desse período, Eleonora estava pronta, finalmente, para assumir a direção de seu próprio centro espírita, onde continuaria sua tarefa de propagar a Umbanda e contribuir para o crescimento moral e espiritual do ser humano.

Na inauguração do novo centro de Umbanda, Eleonora contava com poucos médiuns que a acompanharam, vindos da Tenda São Jerônimo, mas os trabalhos corriam bem. Sérgio e Silmara atuavam a seu lado, ficando a condução das sessões doutrinárias a cargo de Eleonora. Evandro, por sua vez, comparecia vez ou outra, normalmente quando precisava de alguma coisa.

Quando a ideia de abrir seu próprio centro brotou, Eleonora ainda resistiu, julgando-se não estar à altura de tão nobre missão. Contudo, o próprio Zélio a estimulou, e o sonho com Piraju tornou-se bastante revelador, levando-a a aceder à vontade do Alto.

— Você deve abrir o centro — disse-lhe o índio em sonho.
— É a sua chance de se libertar de tantas cobranças.

— Por quê?

— Não se lembra do que Alejandro fez?

— Sim, mas isso foi há tanto tempo!

— Não há tempo bastante para que todos que você matou a perdoassem. E agora, morrer não é mais uma opção válida de crescimento. Você já passou por essa fase de necessidade da dor. O que precisa, agora, é orientar aqueles que deixou ao desabrigo da fé.

— E abrindo o centro, conseguirei isso?

— É a melhor maneira de reunir todos os antigos desafetos, espíritos ainda empedernidos que não conseguiram perdoá-la e que esperam uma oportunidade de serem conduzidos por você pela seara do bem.

— Mas e se eles quiserem vingança?

— Não querem mais. Estão perdidos, desnorteados, necessitados de uma orientação espiritual, de alguém que lhes mostre o caminho da verdade. E você pode ser esse alguém.

— Não sou ninguém para revelar o caminho a outras pessoas.

— Muitos que virão procurá-la estão ainda presos à escuridão da inconsciência. Ajude-os a acender a primeira chama.

— Quem sou eu para acender alguma chama? Está me superestimando, Piraju. Sou apenas um ser humano comum.

— Cada alma humana pode ser um cristal rutilante na vida das pessoas. Não para clarear os caminhos e apontar por onde elas devem seguir, mas para mostrar onde está a chama e incentivá-las a buscá-la e acendê-la em seu próprio coração e iluminar a própria consciência. Com a consciência iluminada pelo reconhecimento do que pode ser e fazer, cada criatura encontrará, dentro de si mesma, a resposta do porquê de sua vida e a natureza de sua essência.

— Suas palavras são muito bonitas e me deixam emocionada. Temo apenas decepcioná-lo.

— Você veio preparada para isso, minha querida. E não se esqueça de que tem ao lado um homem que já foi sacerdote. Seu auxílio será de grande valia. Pense nos muitos espíritos que estão à espera de que você os oriente.

Com as palavras de Piraju, Eleonora se convenceu e se deixou conduzir pelo caminho que a vida havia traçado para ela. O centro foi inaugurado, sob a direção espiritual do Caboclo Rompe Mato, nome que Piraju assumiu por afinidade com todos aqueles espíritos que desbravaram florestas em busca do direito à vida.

E agora, passados seis anos desde a inauguração do centro, ela se encontrava ali, trabalhando pelo crescimento de todos e, principalmente, dos filhos. Silmara abraçara a causa espírita com fervor, mas Evandro era resistente. Não que não acreditasse. Apenas não queria assumir responsabilidades.

De repente, contudo, passara a frequentar o centro assiduamente, embora nada fizesse de útil.

— Devia se interessar mais pelos assuntos espíritas, meu filho — disse Eleonora, enquanto terminava de arrumar o altar com a filha.

— Evandro até que tem vindo mais, mamãe — observou a moça. — Não percebeu?

— Percebi, sim. Mas não o vejo fazer nada, a não ser ficar perambulando por aí.

— Não quero ficar carola feito Silmara — esnobou ele.

— Não sou carola — defendeu-se a irmã. — Apenas gosto do trabalho que fazemos aqui. Tem algum mal nisso?

— Isso é falta de marido. Devia ter-se casado enquanto ainda era jovem. Agora, quem é que vai querer você?

— Nunca me interessei por casamento porque jamais conheci um homem que correspondesse aos meus anseios.

— E agora, seus anseios são os de ficar para titia. Ninguém vai querer se casar com uma velha de mais trinta anos.

— Deixe disso, Evandro — cortou Eleonora. — Sua irmã sabe o que faz.

— Se aparecer alguém que me interesse, eu me caso. Mas não vou me casar com qualquer um só para satisfazer a sociedade. Ou você.

— E você também não devia falar da sua irmã, pois não consegue se acertar com moça nenhuma — observou Eleonora.

— Não é bem assim — murmurou ele, os olhos voltados para uma menina que acabava de entrar no centro.

— Boa noite — cumprimentou a moça, os olhos igualmente presos em Evandro.

— Ah! Boa noite, Gilda. Chegou cedo hoje.

— Vim ver se precisavam da minha ajuda.

Imediatamente, Eleonora notou a troca de olhares entre Gilda e Evandro. Então era por isso que ele andava indo ao centro, para se encontrar com Gilda e, provavelmente, também não era por outro motivo que a menina aparecera mais cedo. Havia alguma coisa se iniciando entre os dois, e Eleonora sentiu certa preocupação. Não que fosse impedir o filho de namorar, mas era preciso cuidado com os médiuns do centro. Envolvimentos amorosos não eram o problema, e ela não se opunha a isso. Apenas orientava os médiuns sobre a necessidade de estarem alerta ao ciúme, ao decoro e ao equilíbrio, principalmente nos casos de rompimento. Era lamentável, mas, toda vez que isso acontecia, um ou outro deixava o centro, incapaz de lidar com as emoções de uma forma madura e consciente.

Gilda era ainda uma menina e fora conduzida ao centro pela mãe, por causa de dificuldades para dormir, pois ouvia vozes que a chamavam durante toda noite. Eleonora havia atendido-a com seu guia, o Caboclo Rompe Mato, e foi constatada a obsessão. Havia, ao redor da menina, alguns espíritos de ex-escravos clamando por vingança.

— O que devemos fazer? — perguntou a mãe, apavorada.

— Rezar, em primeiro lugar[1] — orientou o caboclo. — Pedir perdão a eles e perdoar a si própria pelos atos cometidos nos

---

1 As falas dos guias de Umbanda foram reproduzidas naturalmente, sem os erros comuns, de forma a facilitar a compreensão para o leitor.

momentos de maior ignorância. E trabalhar. Trabalhar muito para reconquistar as almas que hoje se mostram inimigas.

— Trabalhar como? — quis saber a menina.

— Procure um lugar onde você possa desenvolver a sua mediunidade e aplique-a no auxílio ao próximo. Fazendo isso, estará ajudando a si mesma.

— Mas que lugar seria esse? — interessou-se a mãe.

— Qualquer lugar. Se gostar desta Casa, as portas estão abertas para você. Vejo, em seu coração, um sincero desejo de aprender e crescer.

— Eu posso ficar aqui? — tornou Gilda.

— Pode. Tem a minha permissão.

Duas semanas depois, Gilda ingressou no corpo mediúnico e encontrava-se ainda em desenvolvimento. Seus guias começavam a incorporar, e ela agora tentava vencer o medo e se entregar com mais confiança. Além disso, Gilda comparecia às sessões de doutrina, onde todos os médiuns se sentavam para ouvir as explanações de Eleonora e de Sérgio sobre O *Evangelho Segundo o Espiritismo*. Nessas ocasiões, havia debates e todos podiam perguntar e tirar suas dúvidas.

Foi aí que Evandro viu Gilda pela primeira vez. Ele havia saído do trabalho e resolvera passar no centro, aparentemente, sem motivo algum. Os pais estavam à frente do grupo, e um debate havia se iniciado. Gilda levantou a mão, e lhe foi dada a palavra:

— Por que temos que pagar por erros dos quais nem nos lembramos?

— Não vamos pensar dessa forma — falou Sérgio. — Vamos imaginar que a divindade nos fornece um meio seguro para nos reajustarmos com a vida, que é a reencarnação. Podemos não nos lembrar do que fizemos, porque o esquecimento é uma das ferramentas de crescimento. Ninguém pode ser livre se está preso a lembranças dolorosas. E precisamos ser livres para nos abrirmos às várias possibilidades de experiências que a vida oferece. Daí porque esquecemos de tudo. Para que lembranças difíceis não coloquem em nós nenhuma amarra de culpa, medo, desvalor ou ódio, entravando-nos as escolhas e a ação.

— A alma, todavia, jamais esquece — completou Eleonora. — E é por isso que ficamos amarrados a sentimentos cuja origem desconhecemos. Às vezes nos sentimos tristes e nem sabemos por quê. Porque, muito provavelmente, algum sentimento do passado está impregnado em nossa alma, e é esse sentimento que precisamos transformar.

— Isso só vale para sentimentos ruins? — prosseguiu Gilda, sob o olhar penetrante de Evandro.

— É claro que não. Simpatias florescem espontaneamente e, muitas vezes, podem ter sido geradas em outras vidas e prosseguem ganhando força.

— Vejam Eleonora e eu, por exemplo — falou Sérgio. — Quando nos conhecemos, foi amor à primeira vista. Parecia que já nos conhecíamos há muito tempo, não foi?

Eleonora assentiu rindo, e todos os médiuns sorriram também. Ao final dos estudos, Evandro se aproximou de Gilda, que guardava seu exemplar do Evangelho e se preparava para sair.

— Você é nova por aqui, não é? — indagou.

— Faz dois meses que comecei.

— Tudo isso? Como é que nunca a vi?

— Não sei. Mas também nunca vi você.

— Sou Evandro, filho de Eleonora e Sérgio.

— É mesmo? — surpreendeu-se Gilda.

— Por que o espanto? Nunca ouviu falar de mim?

— Não é isso... Foi apenas a surpresa, porque muitas garotas falam de você.

— E o que elas dizem?

— Nada que lhe interesse — brincou ela.

— Tem razão. Não me interessam as outras moças. No momento, estou mais interessado em você. Como é que se chama?

— Gilda.

— Muito prazer, Gilda — ele beijou a mão dela, e ela enrubesceu. — E como é que você vai para casa?

— Meus pais estão me esperando — ela apontou para os pais, que haviam acabado de entrar, e Evandro ficou sem graça. — Tenho que ir.

Evandro ficou vendo-a se afastar em companhia dos pais e imaginando que jamais havia visto moça mais linda em toda a sua vida. Gilda também teve o mesmo sentimento, porque voltou para casa com os pensamentos presos nele. Apenas Eleonora e Sérgio não haviam notado nada, ocupados em dar atenção aos médiuns que se despediam.

Dali em diante, sempre que Gilda chegava, Evandro a estava esperando. Ficava arranjando desculpas para ir ao centro e falar com ela. Até então, não tinham tido nenhuma conversa em particular, mas só o fato de estar perto dela já o deixava irrequieto. Por isso, quando Gilda entrou naquela noite, ele se entusiasmou como sempre, deixando transparecer seu interesse pela moça, interesse esse que a mãe logo captou.

— Por que não me ajuda a limpar os bancos lá de fora? — perguntou ele para Gilda.

— Que bancos? — surpreendeu-se Silmara. — Lá fora já está tudo limpinho.

Evandro fulminou-a com o olhar, e Silmara logo compreendeu.

— Posso ir, dona Eleonora? — pediu Gilda.

Eleonora apenas assentiu, e Gilda foi com Evandro para fora.

— Será que eles estão namorando? — sondou Silmara.

— Acho que não. Mas que estão interessados um no outro, isso estão.

— E você vai permitir?

— Não adianta nada proibir. Sabemos que as coisas sempre acontecem do jeitinho que devem acontecer. O máximo que posso fazer é orientá-los.

— Tomara que Evandro saiba o que está fazendo. Gilda é uma moça direita, e os pais podem ficar aborrecidos.

— Se Evandro a tratar com respeito, vão até gostar. Tudo vai depender dele.

— Será que ele gosta dela?

— Algo me diz que sim.

Eleonora não sabia o quanto estava certa. Realmente, Evandro estava apaixonado por Gilda e era correspondido. Do lado de fora, ele apanhou um pano e, enquanto passava nos bancos, ia dizendo:

— Não posso mais esconder o que sinto por você, Gilda. Estou loucamente apaixonado.

— Oh! Evandro, por favor, não brinque comigo.

— Não estou brincando. Quero pedir permissão a seu pai para namorar você. A menos que você não queira.

Ele soltou o pano e olhou bem fundo dentro dos olhos dela, que brilhavam de emoção.

— Eu... — ela balbuciou — quero muito.

— Pois então, está decidido. Vou falar com meus pais primeiro, para que eles não se espantem de eu estar namorando você aqui no centro, e depois falo com os seus. Acha que eles vão consentir? Afinal, sou bem mais velho do que você.

— Tenho certeza de que vão. Mamãe vive falando que você é um bom partido.

Olhando para ela, a vontade de Evandro era tomá-la nos braços e beijá-la, mas a reverência ao local em que estavam o impedia.

— Por que não saímos daqui um pouco? — sugeriu ele, coberto de desejo.

— Não posso — sussurrou ela, em resposta. — Já é noite, e meus pais não gostam que eu saia do centro sozinha.

— Será que não podemos sair no final de semana?

— Se você falar com eles...

— Falo com eles na sexta, então. E, no sábado, vamos sair, só nós dois. Podemos ir a um cinema e depois à confeitaria. O que acha?

— Vou adorar!

Evandro conteve o beijo, porque a mãe os observava lá de dentro, mas apertou as mãos de Gilda com paixão. Tinha certeza de que, finalmente, encontrara a mulher de sua vida.

CAPÍTULO

39

Era dia de sessão no centro, que crescia rapidamente. Muitas eram as pessoas que acorriam ao local em busca de um auxílio espiritual. O número de médiuns também aumentava, e Eleonora se preocupava em orientar cada um deles no sentido da honestidade e da firmeza de propósitos.

Antes das sessões ditas de terreiro, os médiuns se reuniam para estudar, e Eleonora lhes passava os ensinamentos que ela mesma aprendera em seus estudos e na convivência com Zélio de Moraes. Os ouvintes, como sempre, eram muitos. Não apenas os médiuns, mas vários espíritos começavam a chegar, trazidos pelos guias que colaboravam com a casa. Alguns vinham contrariados, outros, esperançosos. Entravam em fila e iam ocupando os lugares vazios. Muitos se sentavam no chão, outros permaneciam em pé.

Como de costume, os guias se cumprimentaram com alegria, principalmente o Caboclo Rompe Mato, que era o dirigente espiritual daquela casa. Acomodados os espíritos necessitados, saíram para iniciar o trabalho de auxílio no plano astral situado logo acima do centro. Havia ali algumas macas e máquinas desconhecidas e incompreensíveis à imaginação humana da época. Para lá eram conduzidos os espíritos mais necessitados e que não estavam ainda em condições de compreender a doutrina. Alguns pareciam dementes, outros, desesperados. Mas todos, sem exceção, haviam pedido ajuda e agora a recebiam naquele local imantado.

Eleonora fitou os presentes, visíveis e invisíveis, e mentalmente cumprimentou o Caboclo Rompe Mato, que era quem sempre a intuía. Fez a prece de abertura e começou a preleção da tarde:

— Estamos aqui para ajudar. Ao próximo e a nós mesmos em primeiro lugar. Não adianta nada, fazer caridade para os outros quando os mais necessitados somos nós. Cada médium deve investir no seu autoconhecimento, pois assim ganhará compreensão para enfrentar as dificuldades, aceitar as inevitáveis e modificar as que estão no seu domínio. Mas, acima de tudo, temos que compreender que a vontade que se faz é sempre a de Deus, que é o único que está em condições de avaliar o que é melhor para nós.

Dentre os médiuns, muitos havia que foram antigos inimigos de Eleonora, desde a época de Alejandro, e que ainda não tinham conseguido se libertar do passado. E era orientando-os na senda do bem que ela ia desmanchando os liames que a prendiam a eles, transformando-os em fios luminosos de simpatia e amor. Alguns, embora não abraçassem a tarefa mediúnica, vinham em busca de auxílio, e Eleonora os atendia e orientava, ajudando muitos a encontrar o caminho da cura física, espiritual e moral.

— Por que temos que nos vestir de branco? — perguntou Jonas, um dos que haviam perecido sob a espada de Alejandro no passado, ainda na época dos maias.

— Porque o branco, além de representar a paz, a pureza e a perfeição, possui a vibração da luz que contém todas as cores. O branco é a luminosidade que penetra até a alma, tornando-nos mais alegres e renovando-nos para a vida. Facilita a nossa relação com o mundo externo, retirando-nos do isolamento de nossos sentimentos. E nada melhor do que igualar a todos nessa vibração de pureza. Vestidos de branco, estamos todos iguais, evitando comparações de quem é melhor ou pior.

— Quer dizer então que os centros que utilizam roupas coloridas estão errados? — indagou Lilian, outra desafeta de vidas passadas.

— Eu não disse isso. Nada no mundo está errado, e nós não somos ninguém para fazer um julgamento desse tipo. Isso seria leviandade da minha parte. O que eu disse foi que aqui, na nossa casa, a opção foi por igualar a todos na pureza do branco. Existem lugares que prezam as diferenças individuais, porque isso é importante para o tipo de trabalho que desenvolvem, e deve ser respeitado, assim como desejamos que respeitem o nosso culto.

— Mas isso não sugere uma superioridade da nossa casa em relação às demais? — insistiu Lilian.

— Não. Sugere apenas que cada um tem os seus métodos próprios. Essa distinção entre superior e inferior está somente no coração dos orgulhosos.

Lilian calou-se envergonhada, e Nádia, outra médium, tomou a palavra:

— Mas essas vestes coloridas, de uma certa forma, não despertam a vaidade?

— A vaidade, como tudo mais, habita o coração de cada ser. Quando falo em vaidade, refiro-me àquela que é daninha, que nos faz crer que possuímos algo que nos diferencia dos demais por sermos melhores, diferentes ou especiais. Essa deve ser combatida. Mas há aquela vaidade que brota do reconhecimento dos nossos valores e do nosso desejo de estar bem. Essa é apenas fruto do valor pessoal, que cada um deve estimular em si.

— Certo. Mas a utilização de vestes coloridas, de uma certa forma, não faz nascer justamente esse sentimento de que se é melhor do que os outros?

— A utilização de vestes coloridas pode estimular a vaidade de quem a tem, assim como pode despertar o gosto pela beleza naqueles que apreciam o que é belo. Pode também servir de facilitador para a incorporação das entidades, não por elas, mas pelo médium, que ainda necessita de artifícios para abrir o seu canal de comunicação com o mundo astral.

— Mas como saber o que vai no coração de cada um? — interessou-se Silmara.

— Não sabemos. Cada um é que sabe de si, quando sabe. Como as vestes coloridas podem representar uma faca de dois gumes, nós, da Umbanda, preferimos não arriscar. Porque as almas que veem a nós tentam vencer as suas dificuldades, e a vaidade pode ser uma delas. Então, por que dar a essas a oportunidade de exercitar um sentimento contra o qual estão tentando lutar?

— Para testá-las — sugeriu Gilda.

— A vida não cria armadilhas. E todos os testes só são aplicados após apreendida a lição. Ora, se os que aqui estão vieram aprender, por que os iríamos testar antes de estarem preparados? A Umbanda é uma escola que prepara para a vida, e os testes, se é que assim podemos chamá-los, surgem naturalmente na convivência do dia a dia. Não é preciso provocá-los para ver cair aquele que ainda não está firme na sua convicção.

— Tudo bem. Mas, e as guias? — interpôs Jonas.

— As guias não são colares de enfeite. Podem ser bonitas, brilhantes e coloridas, mas sua função não é o embelezamento.

— E qual é? — falou Evandro, que acabara de entrar.

Embora sua intenção fosse chamar a atenção de Gilda, Eleonora se sentiu gratificada porque, ao menos por isso, ele estava ali. Considerou a pergunta pertinente e esclareceu:

— As guias servem de facilitador para a conexão do médium com a entidade que representam. Podem também funcionar como elemento de proteção, atraindo a vibração da entidade para o campo áurico da pessoa.

— As guias são imantadas, não são? — observou Lilian, e Eleonora assentiu. — Podemos dizer então que são uma espécie de amuleto?

— Pode-se dizer que sim.

— Mas então, como conciliar sua utilização com a doutrina de Kardec, que nós seguimos, quando ele diz que amuletos e talismãs são dispensáveis? Não há aí uma incoerência? Ou a Umbanda contradiz a doutrina de Kardec?

— A Umbanda não veio para segregar, mas para somar aos ensinamentos que levam ao engrandecimento do homem. E nenhuma religião se contradiz. Existem formas de ver. Para uns, há os espíritos de caboclos e pretos-velhos. Para outros, tudo é o Espírito Santo. Que diferença isso faz?

— Nenhuma. Contudo, a contradição ainda persiste.

— Não há contradição. A doutrina de Kardec dispensa o uso de amuletos, mas não os proíbe e nem poderia. Assim como nós dispensamos o uso de roupas coloridas, mas temos que reconhecer a sua eficácia para determinados segmentos religiosos. Assim também as guias e os demais elementos, pois a Umbanda trabalha com a manipulação das energias daí provenientes, enquanto Kardec considera-as desnecessárias, porque concentra a sua força no poder mental da oração.

— Então, quer dizer que só os elementos bastam para os trabalhos da Umbanda?

— Umbanda é magia, e os elementos nada são sem a vontade e o pensamento. Eles são apenas facilitadores, e há segmentos religiosos que os dispensam.

— Qual é o melhor método? — perguntou Nádia.

— Não existe o melhor. Existe o ser humano que deve procurar a sua melhora em qualquer religião, culto ou seita.

— É, mas há pessoas, sacerdotes mesmo, que consideram a sua religião a única que verdadeiramente pode levar a Deus. E aí? Quem está certo?

— Ninguém e todos. Não se esqueçam de que as religiões foram criadas pelo homem, que é falível e vulnerável às ilusões do mundo. Mas em toda religião há espíritos iluminados que orientam no sentido das verdades divinas, só que nos moldes em que a religião foi criada. O que acontece é que algumas pessoas, por orgulho ou ignorância, distorcem as mensagens que vêm do Alto e as transmitem de acordo com os seus interesses ou com o máximo que o seu intelecto permite alcançar.

Nesse momento, Sérgio chegou à porta, anunciando que a hora já ia avançada e que havia chegado o momento de iniciar-se a sessão pública. Eleonora convocou um médium a fazer a prece de encerramento, e todos se retiraram para um pequeno intervalo.

— Como foi a reunião de hoje? — perguntou Sérgio.

— Muito produtiva, embora haja médiuns que gostam de polemizar. Enfim... é assim que se cresce.

— Você tira isso de letra — brincou ele, apertando o queixo dela. — Já está tudo pronto para começarmos. A assistência está cheia hoje.

— Há muitas pessoas precisando de auxílio. Espero que estejamos em condições de ajudar.

Sérgio sorriu e a abraçou. Pouco depois, tinha início a sessão de terreiro, como era chamada. Reunidos os médiuns, Sérgio fez a defumação do ambiente, queimando ervas cujas energias, manipuladas pelos guias espirituais, iam dissolvendo as impurezas espirituais e atraindo energias mais sutis. Dotada do dom da vidência, Eleonora percebia as nuvens cinzentas e as crostas astrais desmanchando-se sob a ação da fumaça impregnada do princípio ativo das ervas que estavam sendo queimadas. Em alguns médiuns, particularmente, a ação era mais forte, devido ao baixo teor vibratório de seus pensamentos.

Com o ambiente assim purificado, os espíritos dos caboclos, que há muito já se encontravam no local, atuando no plano astral correspondente, começaram a espargir glóbulos brancos e minúsculos, parecidos com flocos brilhantes de algodão. Eram milhares de pontinhos, atirados pelas mãos dos caboclos e caboclas, fazendo o efeito de uma chuva nívea, refrescante para a alma.

Algumas pessoas, mais receptivas, imediatamente senti-ram o bem-estar que aquela torrente de luz causava. Outras, porém, ainda um pouco mais endurecidas, deixavam-na passar despercebida. Eram essas as mais necessitadas, aquelas que mais atraíam a atenção dos guias, que iam apli-cando passes em todos os presentes, demorando-se um pouco mais na energização dos mais enfermos, fosse do corpo, fosse da alma.

Há, nos templos de qualquer religião voltada para o cresci-mento do ser humano, seres iluminados que atuam sobre os encarnados, ajudando-os a reequilibrar suas forças físicas, mentais e emocionais. Essas entidades, contudo, não agem sozinhas. Necessitam do concurso dos assistentes para um resultado mais eficaz. Cada pessoa está em condições de ajudar a si mesma contribuindo com seus pensamentos, pa-lavras e atitudes. A concentração, o silêncio e a vigília são caminhos fáceis para a penetração das energias derramadas pelos guias.

Em especial nas casas de Umbanda, onde o julgamento e a crítica decorrem da falta de conhecimento acerca dos rituais, essa necessidade se redobra. A curiosidade leva muitos a visitar os centros espíritas sem que haja, real-mente, o envolvimento da fé. Nesses casos, a postura mais adequada é a observação sem julgamentos. Todos são livres para frequentar qualquer lugar de culto, desde que o façam com respeito. Pois é do pensamento das pessoas, sobre-tudo aqueles de crítica, deboche e arrogância, que os es-píritos mais empedernidos retiram forças para tumultuar e atrapalhar o desenvolvimento dos trabalhos, dificultando a atuação dos guias dedicados ao trabalho sério.

Não era por outro motivo que, nos lugares destinados à assistência, havia avisos de silêncio e oração, recomendações pelas quais os médiuns, sem exceção, tinham o dever de zelar, orientando amorosamente os que chegavam.

Com a chegada da assistência, mais desencarnados vieram com ela. Havia pessoas que se faziam acompanhar de es-píritos protetores, que as conduziam, intuitivamente, a um local de ajuda. E havia também aquelas que traziam consigo inimigos, galhofeiros e toda sorte de espíritos ignorantes e necessitados de ajuda. Alguns, todavia, não chegavam a entrar. Baderneiros, eram barrados na porta do centro pelos espíritos que ali estavam, encarregados de fazer a filtragem dos frequentadores. Todo aquele que estivesse em sofrimento ou quisesse se esclarecer, descansar, ou, simplesmente, visitar e conhecer, podia passar. Havia espíritos que, inclusive, passavam pela rua e eram atraídos pela vibração do lugar. Movidos pela curiosidade, mas sem intenções de desordem, tinham a entrada franqueada.

Apenas os espíritos cujo propósito era criar confusão e atrapalhar não podiam entrar. Os que, ainda assim, entravam, faziam-no com permissão, pela necessidade de aprendizado ou em atenção a algum pedido do Alto, e eram o tempo todo acompanhados por guias que, ao invés de incorporar, ficavam rondando o ambiente para manter a ordem e fazer o que fosse necessário do lado invisível. Mas ninguém, absolutamente ninguém, burlava a vigilância dos porteiros e entrava despercebido. Todos que estavam ali tinham permissão para estar.

Deu-se, então, início aos trabalhos. Não apenas Eleonora atendia, incorporada com o Caboclo Rompe Mato, como muitos outros médiuns, incorporados com caboclos e caboclas. Era um trabalho bonito de se ver. As entidades eram esclarecidas e orientavam os consulentes sempre no caminho do bem e da oração. Estimulavam a prática do amor e do perdão, incentivavam as pessoas a buscar o seu autoconhecimento através da leitura.

Eleonora ia, assim, reconquistando inimigos, transformando-os em companheiros e admiradores de sua fé, desembaraçando-se, pouco a pouco, das cobranças da vida.

CAPÍTULO

40

A cada dia, Evandro se sentia mais e mais apaixonado por Gilda. Ela era um tanto rebelde e autoritária, mas os pais a mantinham sob constante vigilância. Além disso, os trabalhos no centro a ajudavam, e Gilda começou a vislumbrar algo na vida além de seus próprios prazeres.

— Não posso esperar mais — disse Evandro, sentado com ela na confeitaria. — Quero me casar com você.

— Tem certeza? — retrucou Gilda, um tanto receosa. — Sua reputação de solteiro mulherengo me assusta.

— Desde que a conheci, não tive olhos para nenhuma outra mulher. Só você me interessa.

— Você me ama?

— Ainda tem dúvidas?

— Não. E eu também o amo.

— Pois então, é só falarmos com seus pais. Quanto aos meus, tenho certeza de que não se oporão. E nem podem, visto que já sou um homem maduro e ganho um bom salário no Banco do Brasil.

— Não é só isso que faz um casamento dar certo.

— Sei que não — ele a abraçou. — Mas é um bom começo. E o principal é que a amo.

— Se você tem certeza do que quer, então podemos falar com meus pais.

— Que tal marcarmos um jantar lá em casa?

— De noivado?

— E por que não?

— É uma boa ideia.

Os dois estavam felizes. Os pais de Gilda não se opuseram ao casamento, e Sérgio mandou fazer uma bonita festa de noivado. Todos os médiuns do centro foram convidados, e havia muitos amigos e parentes de ambas as partes. Os coquetéis estavam sendo servidos por três garçons na espaçosa varanda e no quintal atrás da casa.

Num grupinho de amigos, Silmara se divertia. Era uma moça alegre e gostava de ouvir os sonhos das colegas, preocupadas com o futuro e os rapazes. Como a maioria das moças de sua idade já estava casada, as amigas de Silmara eram mais jovens, ainda solteiras e à procura de um noivo.

Ela havia ultrapassado a fase de sonhos com príncipes. Mais jovem, interessara-se por alguns rapazes, todavia, nenhum conseguiu, realmente, arrebatar seu coração. Tivera muitas propostas de casamento, porém, estar casada com um homem a quem não amava a repugnava, e ela preferiu ficar solteira, mesmo enfrentando a solidão e a chacota das amigas, que a chamavam de solteirona e titia.

— Vocês são terríveis, meninas — gracejou ela, levantando-se bruscamente.

Nem teve tempo de erguer o corpo por completo. O garçom que passava atrás foi atingido em cheio pela cadeira de Silmara, fazendo-o virar a bandeja e entornar uma taça de champanhe sobre o vestido dela.

— Meu Deus! — exclamou o rapaz. — Desculpe-me, eu não sabia que a senhora ia se levantar.

— Não se preocupe — tornou Silmara, bem-humorada. — O descuido foi meu. E ainda bem que a bandeja estava praticamente vazia.

Naquele momento, os olhos dos dois se cruzaram, e Silmara sentiu como se uma corrente elétrica percorresse o seu corpo. O rapaz sentiu o mesmo, porque abaixou os olhos, intimidado pela posição da moça e recriminando-se por sua ousadia.

— Eu... — balbuciou ele — vou encher novamente a bandeja. Se a senhora estiver bem...

— Estou ótima. E não precisa me chamar de senhora.

Ele balançou a cabeça, envergonhado, e foi para a cozinha buscar mais champanhe. Ela permaneceu parada, acompanhando-o com o olhar, e só voltou a si quando o risinho abafado das meninas na mesa alcançou os seus ouvidos.

— Está flertando com o garçom, Silmara? — ironizou Nádia.

— Não — respondeu ela, sonhadora. — Mas bem que poderia.

Afastou-se do grupo e já ia entrar em casa quando a mãe se aproximou. Vendo o estado do vestido da filha, Eleonora perguntou curiosa:

— O que foi que aconteceu?

— Um garçom derramou champanhe em cima mim.

— Não foi nada, minha filha. Isso acontece.

— Eu sei. Vou me trocar e já volto.

Eleonora deixou-a ir e foi ao encontro de Evandro e Gilda. Nunca havia visto o filho tão feliz. Ele estava diferente, mais maduro e compenetrado, sem os traços da rebeldia que lhe fora tão peculiar na infância. E Gilda era uma boa moça. Os pais lhe disseram que ela também era rebelde, mas que o centro a estava ajudando a se ajustar. Isso era ótimo. Talvez ela incentivasse Evandro a se dedicar um pouco mais à causa espírita.

Ela se afastou do filho e foi procurar o marido, quando viu Silmara passar. Eleonora tinha o dom de sempre estar olhando para o lugar certo, na hora certa. Um garçom passou pela filha, carregando uma bandeja de champanhe. Silmara o parou e pegou uma taça e, ao invés de o moço prosseguir servindo, ficou parado ao lado dela. Naquele momento, Eleonora teve a certeza de que algo diferente havia nascido entre os dois.

— Vejo que a senhora trocou de vestido — observou o rapaz.

— Já disse que não precisa me chamar de senhora — contestou Silmara, procurando por uma aliança no dedo dele, mas não havia nenhuma. — Meu nome é Silmara. E o seu?

— Otávio. Otávio das Neves Assunção.

— Veio com nome e sobrenome — brincou ela, e Otávio enrubesceu.

— Perdão, moça, mas não posso ficar de conversa. O dono da casa me pagou para servir os seus convidados.

— Você está falando com a filha do dono da casa. O noivo é meu irmão.

— Mais um motivo para eu não me deter — retrucou ele, entre confuso e surpreso. — Ele pode não gostar.

— Você não o conhece — objetou ela, em tom sério. — E nem a mim também.

Otávio reparou no quanto ela era bonita, embora não fosse tão jovem. Seria solteira? Alguém chamou: *garçom!* E ele teve que deixá-la. No entanto, o rosto bonito e cativante continuou gravado em seus pensamentos, e uma vontade louca de tornar a vê-la o foi dominando. Mas como? Aquelas pessoas pareciam ter dinheiro, e ele era um simples e pobre garçom. Como faria para se aproximar de Silmara sem despertar a fúria do pai dela?

Durante o resto da noite, não se falaram mais. Otávio, contudo, não perdia Silmara de vista, e ela o seguia com olhares disfarçados aonde quer que ele fosse. Quando a festa chegou ao fim, ela resolveu se aproximar. Estendeu a ele um papelzinho, onde ele leu o número de um telefone.

— Ligue para mim, se quiser — falou ela.

Otávio ficou parado com o papel na mão, e Silmara se afastou. Quanta ousadia! Já havia ultrapassado em muito o tolerável para uma moça solteira e não queria mais se expor. Por mais que não ligasse para comentários alheios, não era sua intenção alimentar os mexericos das pessoas.

Dos familiares, apenas Eleonora percebera a atração dos dois, e era melhor que permanecesse assim por enquanto. Por mais que Sérgio fosse compreensivo, não aceitaria com facilidade o interesse da filha por um garçom, não por preconceito, mas por medo de que o rapaz quisesse se aproveitar dela.

Passaram-se duas semanas até que Otávio se decidisse a telefonar. Como não tinha telefone em casa, tivera que recorrer à mercearia próxima, o que o impedia de ficar falando por muito tempo.

— Gostaria de vê-la — disse ele acabrunhado. — Se for possível.

— É possível. Onde e a que horas?

— Você é quem sabe. Não tenho automóvel nem dinheiro.

— Vou lhe dar o endereço de uma confeitaria. Encontre-me lá hoje, às cinco da tarde.

Quando Silmara chegou, Otávio já a aguardava na porta da confeitaria. Ela se aproximou e estendeu a mão para ele, que a tomou meio sem jeito e a levou aos lábios.

— Vamos entrar? — convidou ela.

— Eu disse que não tenho dinheiro. Não posso pagar um lanche aqui.

— Deixe por minha conta — ela ia entrando, mas ele a segurou pelo braço. — O que foi?

— Sinto muito, mas não posso permitir que uma moça pague a conta.

— Que besteira!

— Não é besteira. E nem o seu pai ficaria satisfeito com isso.

Silmara recuou e olhou-o de frente.

— Muito bem. O que quer fazer então?

— Vamos olhar a baía[1].

Caminhando lado a lado, chegaram até a baía. Otávio estava quieto e pensativo, e foi Silmara quem, novamente, iniciou a conversa:

— Você não gosta muito de falar, não é mesmo?

— Não é assim... — tornou ele. — Eu simplesmente não sei o que dizer.

---

1 Baía de Guanabara.

— Por que não me conta onde mora, quantos anos tem, o que faz... Não, o que faz não precisa. Sei que você é garçom. Mas você só trabalha em festas?

— Sim. Consegui, com muito sacrifício, ingressar na faculdade de Letras, que curso de manhã, e trabalhar só à noite me possibilita estudar.

— Que maravilha! E mora por aqui?

— No Fonseca.

— Você mora sozinho?

— Por que todo esse interrogatório?

— Não é um interrogatório. Eu só queria conhecê-lo melhor.

— Olhe, Silmara, acho que foi um erro eu ter vindo aqui. Você é uma moça de sociedade, e eu, um joão-ninguém. Não é certo nos encontrarmos. Sua família não vai gostar.

— Está enganado a nosso respeito. Minha família não costuma julgar as pessoas pela aparência ou a condição social.

Ele a olhou indignado e prosseguiu:

— Sou um homem pobre... viúvo... sem instrução. O que uma moça feito você pode querer com alguém feito eu?

— O que você quer comigo?

— Hein?

— Por que me telefonou e veio ao meu encontro? Se pensa, realmente, tudo isso, por que me procurou?

Otávio ficou confuso, mas acabou confessando:

— Não pude parar de pensar em você. Sei que é errado, mas não consegui esquecer aquela noite.

— Eu também não. Se nós dois sentimos a mesma coisa, por que não podemos nos conhecer melhor?

— Você é uma moça diferente das demais. É decidida, sabe o que quer e não se importa em tomar iniciativas.

— Isso incomoda você?

— Assusta-me.

— Não sou mais criança, Otávio. Tenho mais de trinta anos e sou solteira. Não me casei porque não quis, porque nunca me interessei por ninguém. E sou professora. Dou aulas na escola primária todos os dias pela manhã. E você? Quando foi que ficou viúvo?

Ele balançou a cabeça e acrescentou com pesar:

— Faz cinco anos. Minha mulher morreu no parto, levando com ela a criança. De lá para cá, nunca mais me interessei por ninguém. Até agora...

Disse isso de cabeça baixa e em tom quase inaudível, mas que Silmara escutou.

— Eu também não — arrematou ela. — Até ver você, nunca me senti atraída por homem algum.

Estavam sendo sinceros. Ambos se viam presas de inexplicável afeição. Desde a noite em que se viram pela primeira vez, seus corações se reconheceram imediatamente e voltaram muitos anos no passado, quando Silmara era ainda Cibele, e Otávio, seu noivo Soriano. E agora, depois de muitos anos separados, ambos haviam reconquistado o direito de se reencontrar e construir o que não haviam conseguido naquela época tão remota.

CAPÍTULO

41

Sérgio e Eleonora estavam na sala, conversando sobre os progressos que vinham alcançando no centro, quando Silmara entrou. Ela beijou os dois no rosto e ficou olhando para eles, pensando na melhor maneira de lhes contar o que estava acontecendo. Ensaiara aquele momento muitas vezes, mas agora, sozinha com eles, não tinha mais certeza do que diria.

— Deseja alguma coisa, minha filha? — perguntou Sérgio, levantando os olhos para ela.

— Queria falar com vocês — respondeu ela, puxando uma cadeira e sentando-se mais próximo da mãe.

— O que é?

Sérgio não sabia do que se tratava, mas Eleonora tinha uma ideia. Desde a noite do noivado de Evandro, Silmara andava diferente, mais alegre e animada. De uns dias para cá, passara a sair todas as tardes, sendo que, muitas vezes, não voltava do trabalho para almoçar.

— Bem, eu... — começou ela, tentando escolher as palavras com cuidado — conheci uma pessoa.

— Uma pessoa? — repetiu o pai. — Você quer dizer, um rapaz?

— Isso mesmo.

— Finalmente! E quem é esse príncipe que despertou o seu interesse?

— Não é nenhum príncipe, papai.

— Mas deve ser alguém muito especial, ou você não estaria interessada. Há anos que vejo os rapazes flertarem com você, e você não liga para nenhum.

— Otávio é diferente.

— Ah! O nome dele é Otávio. E onde foi que o conheceu?

— Aqui mesmo, em casa.

— Aqui? Como? Só pode ter sido na festa de noivado de seu irmão. É filho de algum amigo nosso?

— Não.

— É amigo de seu irmão? Parente de Gilda?

— Também não.

— Mas então, quem pode ser? Diga logo, Silmara. Por que tanto mistério?

— Otávio tem medo de que vocês não o aceitem.

— Por que não o aceitaríamos?

— Porque ele é garçom, é pobre e desvalorizado — quem respondeu foi Eleonora, e todos se voltaram para ela.

— Isso é verdade? — retrucou Sérgio.

— É, sim.

— Não vejo motivo para todo esse mistério — comentou Eleonora. — Você sabe que não nos importamos com essas coisas. Desde que ele seja um bom rapaz...

— Ele é. Só que é viúvo.

— Viúvo? — indagou Sérgio. — Tem filhos?

— Não. A mulher e a filha morreram no dia do parto, há cinco anos.

— Coitado! — condoeu-se Eleonora. — Ele deve se sentir muito só.

— Olhe, Silmara — intercedeu Sérgio —, o fato de ele ser garçom e viúvo não nos incomoda. Mas você tem certeza de que ele é um homem direito?

— Ele é trabalhador. Trabalha à noite como garçom, em festas como a que demos.

— E durante o dia? Não faz nada?

— De manhã, faz faculdade de Letras. Quer ser professor.

Isso agradou Eleonora e, principalmente, Sérgio, que tornou interessado:

— Quando é que iremos conhecê-lo?

— Quando vocês quiserem — anunciou ela. — Podemos marcar um almoço.

— Que seja para o próximo sábado — sugeriu Sérgio. — Está bom assim?

— Está ótimo!

— E ele sabe de nossas atividades no centro? — questionou Eleonora.

— Sabe. Já lhe contei tudo, mas ele tem um pouco de medo de espiritismo.

— Leve-o lá. Tenho certeza de que vai ser bom para ele.

— Depois que vocês o conhecerem, vou convencê-lo a ir.

Ela beijou os pais novamente e se virou para sair, mas Sérgio a segurou pela mão e acrescentou:

— Você está namorando a sério esse rapaz? — ela assentiu. — Você o ama?

— Amo. E tenho certeza de que ele também me ama.

— Você já não é mais nenhuma jovenzinha, e acho que não temos o direito de interferir na sua vida. Mas tenha cuidado. Não vá se machucar com nenhum aventureiro.

— Entendo a sua preocupação, pai, mas as intenções de Otávio são sinceras. Vocês vão ver quando o conhecerem.

Ela saiu animada, feliz com a conversa que tiveram. Sabia que os pais não procurariam impedir o namoro, se bem que Sérgio, como era natural, se preocupasse com a sinceridade de Otávio. Agora era só esperar o dia marcado.

— O que você acha? — sondou Sérgio, depois que ela se foi.

— Ainda é cedo para dizer — falou Eleonora. — Mas algo me diz que ele é uma boa pessoa.

— Fico mais tranquilo. Você sempre acerta nas intuições que tem.

Depois do jantar, deitaram-se para dormir, e Eleonora, como sempre, abriu um livro para ler. Naquela noite, contudo, um sono diferente se apoderou dela. As pálpebras foram piscando, piscando, até que o livro tombou sobre o colo, e ela adormeceu rapidamente. Assim que seus olhos se fecharam, seu corpo fluídico se libertou parcialmente do físico, e ela viu Piraju a seu lado.

— Você deve vir comigo. Há alguém que precisa de sua ajuda.

Eleonora obedeceu prontamente. Em segundos, estavam parados à porta de um edifício todo branco, circundado por um jardim florido e iluminado por luzes que escapam à percepção dos olhares humanos. A porta parecia de vidro esmaltado de uma cor marfim bem suave e, antes de abri-la, Piraju estacou e segurou o braço de Eleonora. Ao se virar para ele, ela percebeu que ele havia mudado a sua aparência de índio e agora se apresentava como um indiano vestido de branco, tal qual o mestre que fora na encarnação anterior à do indígena.

— Antes de entrar, quero preveni-la sobre a pessoa que vamos encontrar. Trata-se de alguém que foi sua conhecida há muitos anos, quando Alejandro ainda vivia na Espanha.

Ela ergueu a sobrancelha, demonstrando a imensa surpresa, e retrucou curiosa:

— Na Espanha? Quem poderia ser? Há muito não tenho notícias de ninguém que tenha convivido comigo por lá.

— Ela agora é uma menina. Desencarnou de forma violenta e traumática, e precisa da sua ajuda.

— Quem é ela?

— Lembra-se de Giselle?

— Giselle? — fez ela, tentando puxar pela memória. — Refere-se à dona da taverna que eu frequentava na Espanha? A mesma onde conheci o pai de Rosa?

— Essa mesma.

— Meu Deus! Há quanto tempo não tenho notícias suas! O que foi feito dela?

— Giselle escolheu caminhos tortuosos para trilhar.

— Assim como eu...

— Como todos nós, mas isso não vem ao caso. O importante é que ela desencarnou na Europa e veio para cá, a fim de iniciar uma nova tarefa. Só que está ainda muito confusa, traumatizada pela sua última encarnação e a morte violenta que atraiu.

— Por que eu para ajudá-la? Com certeza, há outros que tiveram mais contato com ela.

— A maioria de seus antigos companheiros está hoje no mundo espiritual, preparando-se para uma nova oportunidade. Muitos amadureceram, contudo, o que ela necessita agora é de alguém que a esclareça sobre certos aspectos da vida na matéria. Você já está familiarizada com o Brasil, sua língua e seus costumes, ao passo que Giselle ainda permanece apegada à Inglaterra, onde viveu sua última encarnação, e veio para cá um tanto quanto a contragosto.

— Se é assim, por que veio então?

— Porque é no Brasil que ela poderá desenvolver seus dons mediúnicos juntamente com a moral. Em outros lugares, esses assuntos ganham aspectos de sobrenatural e extraordinário, e passam a ser tratados como objeto de estudo científico, sem o preparo moral e a fé que devem acompanhá-los. Só aqui, no Brasil, a mediunidade será vista como fonte de crescimento e apreensão dos valores morais, além de oportunidade para o exercício da fé. É disso que Giselle precisa no momento.

— Entendo.

— Ela foi um espírito muito rebelde, egoísta e orgulhoso. Agora, está tentando se modificar. Já conseguiu grande progresso, mas ainda tem muito que aprender e fazer. E você poderá ajudá-la, mostrando-lhe os caminhos da Umbanda e procurando despertar sua atenção para ela.

— Giselle vai trabalhar na Umbanda?

— Quando reencarnar, quem sabe? Por isso escolhemos você. Se lhe mostrar o trabalho que a Umbanda desenvolve, temos certeza de que ela se interessará. Pode ser muito bom para ela.

— Como vou encontrá-la? Triste? Acabrunhada? Revoltada?

— Não é que esteja propriamente triste; é mais como se tivesse perdido a alegria interior. Ela não reclama nem se revoltou contra a vida ou Deus, mas perdeu um pouco da vitalidade e se tornou por demais silenciosa. Se você puxar assunto, ela vai conversar normalmente, mas nós, que já estamos acostumados aos processos cármicos do ser, podemos reconhecer, lá no mais íntimo da alma humana, os sinais da felicidade perdida. Uma coisa é estar triste por causa de experiências ruins. Essa tristeza passa à medida que o tempo vai cicatrizando as feridas. E outra, bem diferente, é banir da alma a alegria genuína. Essa, é preciso reconquistar.

Eleonora fitou Piraju com firmeza e considerou:

— Será que estou à altura dessa tarefa? Giselle pode nem mais se lembrar de mim.

— Muito provavelmente, não vai lembrar a princípio. Mas vai reconhecê-la. Vocês podem não ter sido grandes amantes, mas foram amigos, e amizade, nunca se esquece.

— Por que isso é tão importante, Piraju? O que ela tem de especial?

— O que todo mundo pode ter: coragem e vontade de crescer. Quando o espírito empreende esforços para se modificar, todo o plano espiritual trabalha para favorecer essa mudança. Ela é tão especial quanto qualquer outro em igual situação. E então? Está pronta para vê-la?

— Só mais uma coisa. Quem eu conheci foi Giselle de quatrocentos anos atrás. Como devo chamá-la agora?

— Deixe que ela mesma lhe diga.

CAPÍTULO

42

Quando Eleonora entrou com Piraju, encontrou-se num aposento cujas paredes, de cima a baixo, encontravam-se recobertas de prateleiras com os mais variados livros. Havia réplicas astrais de muitas obras humanas, e alguns livros estranhos, que pareciam plasmados pela própria menina.

Ela estava sentada na beira da cama, lendo um livro para um rapaz. Quando percebeu a entrada dos dois, parou a leitura e olhou para eles. Sorriu. Naquele momento, Eleonora compreendeu o que Piraju lhe dissera sobre a perda da alegria. O sorriso de Giselle, se bem que sincero, transmitia uma certa melancolia que lhe passava pelo coração e parecia transmitir-se pelo olhar.

— Boa noite, Mohan — cumprimentou ela, chamando Piraju pelo seu nome indiano.

Piraju devolveu o cumprimento com um aceno de cabeça, e o rapaz que estava com Giselle se levantou e disse:

— Vejo que conseguiu trazer a nossa amiga.

Eleonora não o conhecia, mas sentiu uma certa familiaridade em sua voz.

— Trouxe alguém para conversar com você — disse Piraju, frente a frente com Giselle.

A menina olhou para Eleonora sem interesse e retrucou com voz monótona:

— Lamento, mas não a conheço.

— Engano seu. Vocês foram muito amigas no passado.

— Sempre o passado... — ironizou ela, buscando, com os olhos, seu acompanhante. — Aonde é que você vai, Leonel?

Leonel se virou para ela e, com um sorriso cativante, respondeu:

— Vou dar uma volta com Mohan. Enquanto isso, você e Eleonora podem conversar melhor.

Só então, Giselle ficou sabendo que a moça se chamava Eleonora. Os dois saíram, e elas ficaram a sós.

— Não quer se sentar? — convidou a menina, gentilmente.

— Obrigada.

Eleonora sentou-se no lugar antes ocupado por Leonel e pôs-se a observá-la. Era uma menina de seus dezesseis ou dezessete anos, nem bonita, nem feia, mas de olhar inteligente e perscrutador.

— Onde foi que nos conhecemos? — indagou ela, agora mais curiosa.

— Não se lembra de mim?

— Não.

— Pois eu me lembro de você, Giselle. Lembro-me como se fosse hoje.

A menina deu um salto e se afastou de Eleonora, respondendo com voz rouca:

— Giselle ficou para trás. Sou Martha agora.

— Desculpe-me, Martha, mas quando a conheci, você se chamava Giselle.

— Faz muito tempo que não nos vemos?

— Tomamos caminhos opostos.

— Você veio me cobrar algo?

— Não. Vim para conversar com você.

Martha pareceu aliviada e voltou a se sentar na cama.

— Se você me conheceu como Giselle, quem foi você então?

— Não se lembra da Espanha... e de Alejandro?

Ela levou apenas um minuto para associar o nome à lembrança do homem forte e barulhento que fora seu amante havia mais de quatrocentos anos.

— Alejandro... Alejandro Velásquez? — ela assentiu. — Mas você era homem!

— Era.

— Meu Deus, há quanto tempo! Desde que você partiu para... Cuba, não foi? — ela fez que sim. — Pois é, nunca mais soube de você.

— Está surpresa?

— Muito! — exclamou ela, visivelmente interessada e eufórica. — Minha nossa! O que foi que você fez durante esses quatrocentos anos?

— Quer mesmo saber?

— Quero.

— Pois então, vou-lhe contar.

Durante o resto da noite, Eleonora contou a Martha tudo o que havia feito desde que deixara a Espanha, como Alejandro, passando por Aracéli, Chica e agora Eleonora. Martha, por sua vez, narrou-lhe um pouco de suas aventuras e desventuras, e as duas terminaram se abraçando.

— Você era... um bom amigo — comentou Martha, rindo, sem saber se se referia a ela como o homem do passado ou a mulher do presente.

— Passou-se muito tempo, não foi? Nós duas tivemos os nossos tropeços e hoje estamos aqui.

— Mas você está encarnada — Martha apontava para o tênue fio prateado que ligava Eleonora ao plano físico. — E como mulher, veja só!

— Nada disso me impediu de vir visitá-la.

— Quem diria... Alejandro Velásquez. E eu que pensei que você havia sumido. Mas você se saiu muito bem.

— Nem tanto assim. Fiz muitas coisas das quais me arrependi depois.

— Também eu... — calou-se, como se sentisse medo das próprias palavras.

— Sabe, Martha, seus amigos estão preocupados com você.

— Exagero deles. Estou bem.

— Piraju me disse que você vai reencarnar no Brasil.

— Piraju...? Ah! Mohan. É verdade.

— E você parece não estar muito satisfeita.

— Não é isso. É que eu gostava da Inglaterra. Fui feliz lá...

— E pode ser feliz aqui também. Você agora vai ser brasileira.

— Pois é.

— Quando será isso?

— Daqui a uns anos. Preciso me preparar um pouco mais.

— Quer conhecer o país comigo?

— Como assim?

— Sou dirigente de um centro de Umbanda lá na Terra. Não gostaria de ir conhecê-lo e ver o que você pode fazer quando voltar?

— Eu nem sei o que é Umbanda!

— É uma religião muito nova. Na verdade, tem raízes bem mais remotas, mas veio para o Brasil como uma reunião das culturas negra, indígena e branca.

— E daí?

— E daí que surgiu para auxiliar todos aqueles que precisam de ajuda. É uma religião que trata todos os seres como iguais, sem qualquer distinção de cor, sexo, raça ou posição social. Nós, que a praticamos, adotamos certos rituais para facilitar nossa conexão com os guias espirituais e, assim, trabalhar no auxílio ao próximo e a nós mesmos. Quem procura a Umbanda busca iluminar o seu ser com o conhecimento, a caridade e a humildade. Estamos trabalhando pela melhora do ser humano e pelo desenvolvimento das faculdades mediúnicas em prol do bem comum.

— Parece interessante.

— Talvez você possa trabalhar conosco.

— Eu?! Como? Não tenho cara de guia espiritual, tenho?

— Não. Mas você disse que vai reencarnar e, pelo que sei, está tentando se reequilibrar com a vida. Não é verdade?

— É.

— Então, a Umbanda pode ser um bom caminho de se transformar sem sofrimento. O que você acha?

— Não sei. Preciso conversar com meus mentores.

— Foram eles que mandaram me chamar. Talvez, se você me acompanhar, consiga compreender o sentido da vida e aceitar a mudança. Você vai viver no Brasil e pode escolher fazê-lo com ou sem dor.

— Não tenho vocação para mártir. Já dei à vida minha quota de sacrifício. Quero experimentar coisas diferentes. Chega de sofrimento físico.

— Isso quer dizer que você aceita a minha oferta?

— Pode ser. Mas vou conversar com Leonel primeiro.

— Quem é ele?

— O melhor amigo que já tive. Não faço nada sem antes falar com ele.

— Pois então, vá consultá-lo. Se ele está aqui, com certeza, é um espírito de bem.

— Ele foi mais esperto do que eu e cresceu mais rápido. Agora está me esperando.

— Isso se chama amor. É muito bonito.

— Ele pode ir comigo?

— Não sei. Piraju é quem deve saber.

— Por que o chama de Piraju?

— Ele foi índio na última encarnação. Não sabia?

— Sabia. Mas é que ele usa seus conhecimentos hindus nos trabalhos que realiza.

— Isso não quer dizer nada. Piraju trabalha comigo no centro de Umbanda que dirijo. É ele o dirigente espiritual de nossa casa e se apresenta como Caboclo Rompe Mato.

— Que interessante!

— Sim, é muito interessante. Tenho certeza de que você vai gostar.

— Qual a ligação que Piraju tem com você?

— Ele foi meu marido.

— Quando você foi índia?

— Exatamente. Duas encarnações atrás.

— Olhe, Eleonora, você me convenceu. Sei que não ando muito animada ultimamente, mas já estou cansada de ficar por aqui. Talvez um novo lugar, longe de onde vivi minha última encarnação, seja uma boa ideia.

— Procure não pensar mais na Inglaterra. Foi bom para você durante um tempo, mas agora suas necessidades são outras. O Brasil tem um grande potencial espiritual, e soube que é disso que você precisa.

— Eu amo a Inglaterra. Foi muito doloroso para mim sair de lá, mas Leonel me fez ver que era o melhor. Deixei muitas alegrias e tristezas naquele solo, e ele diz que o que eu preciso agora é de renovação.

— Ele está certo.

— Tenho que me acostumar a viver em outro lugar.

— Não deve ser difícil. Afinal, você também viveu na Espanha.

— É, mas antes da Espanha, vivi na Escócia e de novo na Inglaterra. Foram muitas e muitas vidas naquelas terras.

— Hora de mudar. Sua terra agora é o Brasil.

Martha balançou a cabeça, e Eleonora, novamente, sentiu a perda de alegria em sua alma. O que Piraju lhe dissera era quase visível na menina.

— A vida vai ensiná-la a recuperar a alegria — falou Eleonora, apertando-lhe as mãos.

Martha não sabia por que Eleonora dissera aquilo e sentiu lágrimas lhe subirem aos olhos.

— Quando é que você vem me buscar? — perguntou, enxugando as lágrimas que nem chegaram a cair.

— Não serei eu que virei buscá-la. É mais provável que Piraju a leve com ele.

— Até lá então.

— Adeus, Martha. E procure animar-se. Você vai gostar da Umbanda.

Eleonora se despediu de Martha e, no mesmo instante, Piraju entrou, acompanhado por Leonel.

— Obrigado — falou Leonel, emocionado.

Ela os abraçou também emocionada, e enquanto Leonel ia ao encontro de Martha, Piraju apanhou Eleonora pela mão e voltou com ela para a Terra.

— Você ouviu o que dissemos? — quis saber Eleonora, parada ao lado de seu corpo físico.

— Não. Mas posso ler em seus pensamentos. Você fez a coisa certa. Obrigado.

— Fiz o que pude.

— No próximo dia de sessão, Leonel estará comigo, e levaremos Martha.

Eleonora o abraçou e voltou ao corpo, dando um longo suspiro. Piraju ainda ficou olhando-a por uns minutos, mas Eleonora retomou o sono, e seu corpo fluídico permaneceu flutuando alguns centímetros acima do físico. Ele espargiu energias luminosas pelo ambiente e se foi.

CAPÍTULO
43

Otávio estava muito nervoso para aquele encontro. Silmara lhe dissera que ele não tinha que se preocupar com seus pais, mas ele se sentia inseguro. Afinal, ele era um pobretão, e os pais dela eram pessoas distintas. Podiam não ser milionários, mas tinham posses e, com certeza, não eram iguais a ele.

Ele parou em frente à casa dela e alisou o terno com as duas mãos. Suspirou fundo, tossiu nervosamente e abriu o portão. Subiu hesitante os cinco degraus que davam acesso à pequena varanda da frente e tocou a campainha. Não demorou muito, e Silmara veio atender, linda feito uma noiva em seu vestido branco pérola. Ele segurou as suas mãos, e ela ofereceu-lhe a face para que ele a beijasse.

Ao ser apresentado a Eleonora, parecia que já a conhecia havia muitos anos. A primeira impressão foi de alguém a quem devia temer mas, logo em seguida, foi como se um calor o houvesse envolvido, e ele se pôs à vontade na confortável sala de estar. Sérgio o cumprimentou amistosamente, e ele se sentiu em casa. Logo estavam conversando, e ele então compreendeu o que Silmara lhe dissera a respeito dos pais. Eram pessoas maravilhosas e se esforçaram ao máximo para agradá-lo.

Apenas com Evandro ele não simpatizou. Achou-o um pouco esnobe, mas não disse nada que pudesse ofendê-lo. Na verdade, a alma de Otávio, evocando as vivências de Soriano, tanto na carne quanto em espírito, recebia as sensações de seus antigos companheiros de jornada em séculos remotos. Ao conhecer Silmara, seu coração imediatamente reconheceu a Cibele de outros tempos. Eleonora, a responsável por sua morte violenta e traumática nas mãos do índio maia, passara por Aracéli, a quem ele, a princípio, tentara matar, mas que depois procurara defender por amor a Cibele. E, por fim, Evandro, que tão bem serviu a seus propósitos no início, como Licínio, mas que depois se tornou seu inimigo por tentar liquidar sua Cibele, ainda no ventre da mãe. Gilda não lhe despertou nenhum sentimento, já que nada vivera com Esmeraldina. De Sérgio, não guardava lembranças ruins, porque a antipatia que sentira inicialmente por padre Gastão se devia ao fato de que as suas orações representavam um empecilho a suas investidas.

E agora, encontravam-se todos ali reunidos para alcançar uma nova compreensão. Apenas Teodoro não estava presente, ainda aguardando a oportunidade de voltar ao mundo e reencontrar seus amigos.

Otávio foi informado das atividades da família no centro espírita e demonstrou interesse em conhecer o lugar. Não sabia nada de espiritismo, nunca lera coisa alguma a respeito. Apenas ouvira falar uma coisa ou outra, como se fosse algo sobrenatural que se devesse temer. Sobre a Umbanda, então, não tinha nenhum conhecimento, achando mesmo que ali se adotava a prática do fetichismo.

— Não é nada disso — informou Sérgio. — A Umbanda é uma religião nova para nós, mas trabalha dentro da lei do amor e da fraternidade. Procuramos levar conforto e esperança às pessoas.

— Você precisa apenas manter a sua mente aberta — disse Eleonora. — Não pode ter preconceitos nem ideias preconcebidas.

— Vou tentar.

— Teremos sessão hoje — prosseguiu Sérgio. — Mais tarde, iremos para lá. Não quer nos acompanhar?

— Hoje? — surpreendeu-se Otávio. — Mas não estou preparado.

— Ora, vamos, Otávio, você vai gostar — pediu Silmara. — E não precisa de preparo algum.

— É isso mesmo — concordou Sérgio. — Basta a sua boa vontade.

— Bem, se é assim, então eu vou. Estou mesmo curioso para conhecer esse culto.

Terminado o almoço, Evandro e Gilda saíram para dar uma volta, e Silmara e Otávio ficaram em casa conversando. Às quatro da tarde, lá estavam para abrir o centro e iniciar os preparativos para a reunião de estudos e as consultas mais tarde.

No plano invisível, Piraju chegou com Leonel e Martha. A atividade no astral já era intensa, com os guias empenhados na imantação do ambiente. Martha notou vários espíritos ali, muito embora o centro estivesse praticamente vazio de pessoas encarnadas.

— Quem são esses espíritos? — indagou ela curiosa, referindo-se a uma porção de criaturas nitidamente pouco evoluídas.

— São almas necessitadas de auxílio — esclareceu Piraju. — Vê como se acomodam no fundo do salão? Estão aguardando a chegada de Eleonora e Sérgio, para ouvir-lhes a palestra e ganharem algum conhecimento.

— Mas por quê? No nosso mundo não há espíritos sábios o suficiente para ensinar-lhes?

— Muitos desencarnados se recusam a frequentar reuniões no mundo astral. Sentem-se mal e, às vezes, intimidados com a presença de espíritos mais iluminados. Todavia, um lugar como este, onde a vibração, apesar de elevada, está ainda ligada à matéria, faz com que eles se sintam mais à vontade. É a presença dos encarnados, sobretudo, que lhes traz a sensação de familiaridade, pois vários desses espíritos mantêm ainda afinidades com a vida física que, muito a contragosto, tiveram que deixar.

Quando Sérgio e Eleonora chegaram, todos os espíritos se aquietaram e ficaram atentos às palavras do palestrante e às perguntas que os médiuns lhes endereçavam, esclarecendo muitas de suas dúvidas. Encerrada a primeira parte, houve uma pequena pausa, e, em seguida, todos retornaram para dar início à sessão de consulta.

Nessa hora, Piraju se despediu de Martha e Leonel e foi para junto de Eleonora. Incorporado na médium, ia atendendo as pessoas. O primeiro a se consultar foi o próprio Otávio, que Piraju, agora Caboclo Rompe Mato, recebeu com um abraço. Após o passe inicial, para energizar seus corpos físico, astral e mental, o caboclo começou a falar[1]:

— Você sabe por que está aqui, não sabe?

Otávio ficou confuso e respondeu hesitante:

— Vim acompanhar minha namorada...

— Vocês estão ligados por vidas passadas e agora têm a chance de se reencontrar e buscar, em seus corações, alegria e felicidade.

A conversa foi rápida, porém, construtiva, e Otávio saiu de lá com o coração leve, sentindo nascer a fé naquela doutrina tão nova para ele. Em seguida, entrou uma mulher mal-humorada, que o caboclo abraçou com amorosidade. Via, em

---

1 Aqui também serão colocados os diálogos com fluência normal, sem o característico linguajar aparentemente inculto das entidades de Umbanda, para melhor compreensão do leitor. Fica apenas a observação de que caboclos e pretos-velhos adotaram a forma simples de falar em sinal de humildade, numa simbologia clara de que a Umbanda estaria voltada para os simples e humildes de coração. Atualmente, além desse motivo, existe a questão cultural, pois muitos são aqueles que, acostumados a esse linguajar, teriam dificuldades em crer na força de espíritos de Umbanda que falassem como pessoas cultas e letradas. Sendo a religião dos humildes, ainda hoje subsiste a crença nessa característica peculiar de humildade. As entidades de Umbanda, todavia, podem conversar naturalmente e possuem conhecimentos muito mais avançados do que se pode supor.

sua mente, que ela estava ligada ao passado de Eleonora. Fora Zenaide, escrava que delatara Aracéli para Esmeraldina, informando-a do caso da índia com Licínio. Piraju captou essa informação, mas ocultou-a da consciência de Eleonora, que nada registrou a respeito.

— Minha vida está muito difícil, seu Rompe Mato — começou ela a dizer. — Meu marido me largou por conta de uma fofoca que fizeram com o meu nome. Foi embora e nem me deixou pensão. Tenho dois filhos para criar sozinha. Arranjei um emprego de doméstica, mas havia outra empregada na casa que dormia com o filho da patroa. Quando ela descobriu, a danada tirou o corpo fora e colocou a culpa em mim. Inventou que era eu que dormia com ele. E o pior foi que o safado confirmou!

A mulher pôs-se a chorar, e o caboclo ficou olhando-a calmamente. Esperou até que ela se acalmasse para então poder dizer:

— Não culpe a vida pelos seus atos. Saiba que nada que acontece é por acaso, e cada um somente colhe aquilo que plantou um dia.

— O senhor quer dizer que eu estou pagando por algo que fiz no passado?

— Não pense nas coisas dessa forma. Ninguém paga porque ninguém é devedor. Você está apenas presa à necessidade de compensação, como todo mundo. Mas não precisa ser assim. Você não precisa sofrer. Modifique as suas atitudes, e sua vida também vai mudar. O autoperdão e a disciplina interior conduzem à transformação que, por sua vez, levam à felicidade.

— Mas eu não sou fofoqueira...

— Silencie e olhe um pouco para dentro de si. Se está segura de que não é dada a maledicências, então saiba que é no passado que está a causa de tudo isso.

— Se é assim, estou mesmo pagando, porque tenho certeza de que, nessa vida, não falo mal de ninguém.

Piraju sabia que era mentira, que a mulher, ainda hoje, fazia intrigas e falava mal da vida alheia, repetindo a atitude de antes que tanto lhe trouxera transtornos. Contudo, não estava ali para acusá-la nem julgá-la, e sim para ajudá-la a enxergar a si mesma e tentar se modificar.

— Como disse, faça uma reflexão sobre seus atos e procure modificar suas atitudes. Só com a reforma interior é que poderá quebrar o elo que você criou com os problemas de maledicência.

Depois de muita conversa, Piraju conseguiu acalmar a mulher e fazê-la aceitar, ao menos para si mesma, que precisava conter a língua se quisesse mesmo modificar aquela tendência que tinha para atrair fofocas. Quando ela saiu, veio um rapazinho de seus dezessete anos, meio abobado, acompanhado pela mãe. Estava tendo problemas de obsessão. Na primeira vez que o recebeu, Piraju logo detectou o comprometimento com espíritos menos esclarecidos que estavam a seu redor e reconheceu nele o antigo dono da fazenda onde Eleonora fora escrava, ainda na pele de Chica. Fazia-se acompanhar pelo espírito de um escravo que se chamava Sebastião, revoltado com o fim que tivera, enforcado em uma árvore por conta da ordem do rapaz, conhecido então como sinhô Eusébio.

— Como está o menino hoje? — indagou Rompe Mato.

— Está melhor — afirmou a mãe. — As orações têm surtido bastante efeito.

Piraju segurou o menino pelos ombros e disse:

— Vingança não leva a lugar algum de felicidade. Quanto mais você perturbar o menino, mais vai trazer perturbação para si mesmo. Não acha que é melhor perdoar e seguir o seu caminho? Você não pertence mais ao mundo da matéria, e não é ao lado desse moço que você vai encontrar o que procura.

— Você fala em perdão porque nunca sofreu — respondeu o rapaz, completamente alheio ao que dizia.

— Todo mundo sofreu na vida, mas o sofrimento não termina com a vingança. Ao contrário, ele se prolonga. Deixe-o e siga o seu caminho. Há aqui espíritos que podem ajudá-lo a reencontrar a paz. Ou vai me dizer que, desde que iniciou essa vingança, você tem vivido em paz?

O menino, com o espírito colado a ele, hesitou:

— Foi por culpa dele que perdi minha paz — respondeu, referindo-se à sua presa.

— A responsabilidade foi sua pelo que fez. Todo aquele que age, seja para o bem ou para o mal, tem que assumir a responsabilidade pelas consequências que gerou.

— Não quero mais passar por isso — queixou-se o rapaz.

— E nem precisa. Você se ligou a ele pela vingança. É tão prisioneiro do ódio quanto ele. Liberte o menino e estará se libertando também.

O espírito titubeou. Era obrigado a acompanhar seu antigo algoz àquele centro fazia muito tempo. Havia espíritos que o prendiam e o levavam até ali juntamente com o rapaz, e ele já estava ficando cansado.

— Para onde é que eu vou? — questionou ele, com medo de ir parar em algum calabouço.

— No lugar para onde o convido não existem prisões — esclareceu Rompe Mato, notando o medo do espírito. — É um local calmo e sereno, onde só se vibram a paz e a amorosidade.

— Tem certeza?

— Não estou aqui para enganar ninguém.

O menino deu um suspiro longo e falou pelo espírito:

— Sabe de uma coisa? Vou aceitar o seu convite. Já estou mesmo farto desse bobalhão.

Em silêncio, Piraju ficou observando o espírito ser levado dali por uma cabocla, que se aproximara deles ao perceber o que estava acontecendo. Era um dos guias que trabalhavam na casa sem incorporar, pronta para executar importantes tarefas que escapavam aos olhos e à compreensão dos encarnados. O espírito se deixou conduzir mansamente, e o menino olhou ao redor, como se só agora percebesse onde estava. Mente ainda confusa, não disse nada.

— Vou passar um banho para ele — informou Piraju. — Aos poucos, seus corpos irão se limpando da influência do espírito que o acompanhava. E não se esqueça de orar todos os dias. Em breve, ele dará sinais de significativa melhora.

O caboclo abraçou a mulher e o filho, que se foram cheios de gratidão. Em seguida, veio uma menina pequena, também acompanhada da mãe. Como sempre, o caboclo as abraçou, e a mulher foi logo dizendo:

— Quero que o senhor me perdoe, seu Rompe Mato, mas ela insistiu em vir. Disse a ela que não deveria ocupar o seu tempo com bobagens, mas ela tanto insistiu, que não tive remédio. Precisei trazê-la, ou ela não me deixaria em paz.

— O que foi que houve, pequenina? — perguntou Piraju, carinhosamente.

— O meu cachorro está doente — respondeu ela, em lágrimas. — Não quero que ele morra.

— Eu disse que era besteira — cortou a mulher, envergonhada. — Onde já se viu ocupar o tempo do caboclo com uma coisa dessas? Animal não é gente.

— Filha — falou Piraju, dirigindo-se à mulher —, não nos cabe impor graus no sofrimento. Não temos o direito de decidir que dores são justas e quais não são. Tudo que aflige as criaturas tem importância aos olhos de Deus. E um ser humano não é melhor do que um cão só porque sabe pensar. Toda vida é importante, porque é através dela que o espírito se manifesta e os seres têm a chance de evoluir. Assim também ocorre com os animais, e a preocupação de sua filha é plenamente justificável. Você devia agradecer por ter colocado no mundo alguém que se preocupa com a vida, ao invés de um ser que a despreze.

A mulher ficou vermelha de vergonha, mas a menina se adiantou e perguntou:

— O senhor vai curar o meu cachorro?

Rompe Mato colocou a mão sobre a cabecinha da criança e, durante alguns minutos, permaneceu de olhos fechados, conectando-se mentalmente à casa dela, onde se encontrava o animal. Depois, abriu os olhos e aconselhou:

— Dê a ele chá de quebra-pedra. Ele não tem nada, a não ser uma pedra no rim. Com o chá, ele vai ficar bom.

A menina ficou tão feliz que se agarrou às pernas de Eleonora, e o caboclo se abaixou para abraçá-la. Abraçou também a mulher, e as duas foram embora.

Após mais algumas consultas, a sessão estava terminada. Os médiuns, reunidos em grupo, batiam palmas e cantavam uma cantiga para os caboclos subirem e retornarem para Aruanda. Depois que os caboclos subiram, Piraju foi juntar-se a Leonel e Martha.

— E então? — perguntou ele a ela. — Gostou?

— Estou impressionada — respondeu Martha sinceramente. — Eu não podia imaginar que fosse assim. Tanta gente que veio aqui e recebeu ajuda!

— Você vai ver muitas coisas mais.

— Tem uma coisa que não entendi. O que é Aruanda? É uma cidade astral?

— Na verdade, é um lugar onde os caboclos e pretos-velhos se reúnem após deixarem o terreiro de Umbanda, mas não é lá, necessariamente, que residem no invisível. Todos nós temos os nossos afazeres no mundo astral e nas diversas cidades espalhadas pelo cosmo acima da Terra e, muitas vezes, abaixo dela. Além disso, nem todos estamos constantemente sob a vestimenta de caboclos ou pretos-velhos. Na maioria das vezes, longe do centro, reassumimos alguma aparência que tínhamos em outra vida, voltando à forma que utilizamos na Umbanda quando precisamos, seja para os trabalhos, seja para nos apresentarmos a algum vidente que nos chama ou com quem precisamos nos comunicar. Todos nós, que trabalhamos na Umbanda, estamos ligados por um fio mental que nos coloca em permanente contato e é através dele que somos acionados sempre que a Umbanda de nós precisar, para nos reunirmos em Aruanda.

— É lá que são traçadas as diretrizes da Umbanda? — questionou Leonel.

— Sim — respondeu Piraju. — Em Aruanda, todos aqueles que trabalham na Umbanda se reúnem para trocar experiências e resolver importantes questões ligadas aos trabalhos que são realizados. Aruanda não é uma cidade cheia de índios e escravos. É um lugar de encontro, de repouso e até de estudos voltados à prática da Umbanda aonde qualquer um pode ir. Mas, como disse anteriormente, cada um de nós segue para um local diferente, onde nossa ajuda é solicitada. Quando, por qualquer motivo, precisamos nos reunir, somos imediatamente contatados através desse fio mental que nos une e nos dirigimos para lá.

— Se entendi bem — prosseguiu Martha —, Aruanda não é um lugar de moradia espiritual que aloja caboclos e pretos-velhos, mas um ponto de encontro para todos aqueles ligados pelo mesmo fio mental que os convoca e reúne quando é preciso.

— Eventualmente, pode ser que haja espíritos morando por lá, mas o que quero dizer é que isso não é um padrão, não é obrigatório. Aruanda é uma cidade astral livre e franqueada a qualquer um que tenha interesse na prática e nos estudos da Umbanda. E estamos todos ligados a ela por um elo mental, pois o que nos une é a mente ligada no propósito comum, estejamos nós onde estivermos.

Depois disso, ao apagar das luzes do centro, Piraju foi se despedindo dos demais guias e voltou para o astral, juntamente com Leonel e Martha.

CAPÍTULO
44

Como era de se esperar, Silmara e Otávio se casaram, e Evandro e Gilda tiveram seu primeiro filho. O menino, de nome Ricardo, era adorado pelos pais, principalmente por Evandro, que não hesitava em fazer todas as suas vontades. Ricardo era um menino amistoso e dócil, desde cedo ligado ao centro espírita. Tinha verdadeira adoração pelos avós e gostava de passar os fins de semana na casa deles. Além disso, era fascinado por tudo o que se referisse aos índios, demonstrando um pendor natural para as questões relacionadas à causa indígena.

— Quando crescer — disse ele numa tarde de domingo, após ouvir as histórias que a avó lera de um livro de contos indígenas —, vou morar na Amazônia e fazer parte do SPI[1].

1 SPI – inicialmente, Serviço de Proteção aos Índios e Localização de Trabalhadores Nacionais, passando depois a se chamar Serviço de Proteção aos Índios (SPI), órgão criado pelo Decreto-lei 8.072, de 20 de junho de 1910, para tratar das questões indígenas do país. Somente em 1967 foi criada a Funai – Fundação Nacional do Índio, pela Lei 5.371, de 5 de dezembro de 1967, em substituição ao extinto Serviço de Proteção aos Índios.

Sérgio e Eleonora riram muito, embora os pais não aprovassem a escolha de Ricardo e tudo fizessem para demovê-lo daquela ideia absurda.

— O que você sabe sobre o SPI, seu bobinho? — indagou o pai carinhosamente.

— Bem... — hesitou o menino — sei que é um lugar para onde vão as pessoas que defendem os índios.

Todos riram bastante, menos Gilda, que protestou veemente:

— Onde já se viu meu filho vivendo entre os índios? Você está recebendo uma boa educação, Ricardo. Não é para se intrometer no meio de selvagens.

— Não devia falar assim, Gilda — censurou Sérgio. — Os índios são pessoas como nós e merecem o nosso respeito.

— Concordo, desde que eles estejam no mato e nós aqui, na cidade, bem longe de sua selvageria.

— Índios não são, necessariamente, selvagens — objetou Sérgio novamente.

— Quando falo em selvagens quero dizer não civilizados — corrigiu Gilda.

— E daí, mamãe? — prosseguiu Ricardo. — Quanto mais selvagens, melhor.

— Jamais concordarei com um absurdo desses — contestou Gilda.

— Deixe de se apoquentar por bobagens — repreendeu Evandro mansamente. — Ricardo é só um menino e está impressionado com tantas histórias de índios que minha mãe lhe conta. Com o tempo, isso passa e ele muda de ideia.

Gilda olhou-o em dúvida, e Ricardo foi-se aninhar no colo do avô, a quem sussurrou baixinho:

— Não mudo.

Realmente, Ricardo, querendo redimir-se do extermínio dos índios a que procedera quando fora Teodoro, jamais mudou o seu objetivo. Sempre se interessou pela causa indígena e, mais tarde, conforme era de seu desejo, ingressou nos quadros do SPI, passando, com a extinção deste, a trabalhar para a Funai, sempre defendendo os direitos dos silvícolas.

Com essa encarnação, fechava-se o ciclo de troca de experiências e reajustes recíprocos entre os integrantes dos dramas que se desenrolaram desde princípios de 1500, quando Alejandro se arvorara nas terras dos maias e dos astecas, auxiliando Cortés no extermínio dos índios. Daquele tempo para cá, muita coisa aconteceu, e o amadurecimento espiritual trouxe a todos uma nova visão do mundo e da vida. Mesmo os mais empedernidos, como Evandro e Gilda, acabaram cedendo ante o poder imbatível do amor.

Nos idos de 1947, Sérgio retornou ao mundo astral, tendo Eleonora desencarnado, serenamente, no ano seguinte, deixando aos filhos a tarefa de dar continuidade ao trabalho espiritual que haviam começado. Evandro e Gilda, contudo, não tiveram nem a firmeza de propósitos, nem o preparo moral necessário para dar seguimento à tarefa iniciada por Eleonora e Sérgio. Não por serem pessoas sem moral, mas por estarem com seus interesses ainda voltados às ilusões do mundo, pouco comparecendo ao centro após o desenlace de Eleonora.

Ricardo, por sua vez, envolvido com a Funai e os índios, não tinha tempo para se dedicar a outros assuntos, muito embora lamentasse a sorte do centro que sua avó fundara com tanta satisfação e alegria.

Assim, a tarefa coube a Silmara e Otávio, que continuaram se dedicando ao trabalho espiritual até sua passagem para a outra vida. Não tiveram filhos nem ninguém que pudesse substituí-los. Quando Silmara desencarnou, os médiuns não conseguiram chegar a um consenso sobre quem iria dirigir o centro. Houve até algumas brigas de pessoas iludidas pela fascinação do poder. Julgavam-se melhores e mais poderosas do que as demais, porque sabiam mais, porque estavam no centro havia mais tempo, porque se intitulavam herdeiras dos poderes de Eleonora, sucessoras de Rompe Mato e outras tantas justificativas que arranjavam para convencerem-se, a si mesmas, de que mereciam o *cargo*.

Do lado invisível, Eleonora, Sérgio e Silmara presencia-vam essas desavenças com tristeza e decepção.

— A culpa foi minha — disse Eleonora a Piraju. — Devia ter preparado alguém para, realmente, me substituir.

— Será que adiantaria? — retrucou o índio. — Quando se está firme na moral, o preparo surge espontaneamente. O que acontece é que as pessoas ainda não se desapegaram da ilusão do poder.

— E para que serviu toda aquela doutrina que procuramos lhes dar? — tornou Sérgio. — Será que ninguém aprendeu nada?

— Você não deve generalizar. Os que se encontram real-mente preparados não estão sendo cogitados para ficar no lugar de Eleonora. Sequer estão se oferecendo ou se digla-diando com os demais para serem eleitos.

— Mas por quê? — indignou-se Silmara — Deveriam!

— Junto com o conhecimento vem a humildade. Só os igno-rantes são orgulhosos.

— O que podemos fazer, Piraju? — indagou Eleonora. — Temos que direcioná-los.

— Infelizmente, minha querida, não podemos mais inter-vir. Trata-se de uma questão que agora está fora do seu al-cance. O centro não mais lhe pertence nem a Silmara. Vocês concluíram sua tarefa na Terra, deixando sua continuidade a cargo de outros. Interferir na escolha desses outros seria o mesmo que alterar seus planos de vida. São os que ficaram que agora precisam testar sua maturidade espiritual e evo-luir. Podemos orar por eles e inspirar-lhes bons conselhos, mas não temos como impedir que ajam de acordo com a sua moral. A responsabilidade agora não é mais de vocês.

— Mas é muito triste. Tantos anos de luta, tanto trabalho perdido!

— Tantas pessoas que vocês ajudaram a se reequilibrar na vida. O seu trabalho, o de Sérgio e o de Silmara jamais serão perdidos. Todos aqueles que passaram pelo centro, sob a direção de vocês, beneficiaram-se com os seus ensi-namentos e o exemplo da retidão de caráter. Mas isso foi no seu tempo. O tempo agora é outro, para ser experienciado por outras pessoas, com outras necessidades e outros projetos. Sintam-se felizes pelo dever cumprido. Deem aos outros o direito de tentarem cumprir o deles.

— Você está certo — concordou ela por fim. — Acho que fiquei um pouco apegada ao centro. Afinal, fui eu que o fundei.

— Você o fundou para a vida, não para você. Depois que lhe deu vida própria, o centro se separou de você. Enquanto na matéria, cabia-lhe a direção material e espiritual, que passou a Silmara por similitude de propósitos e necessidades temporais.

— Mas o que acontecerá? Será que essa disputa vai acabar e alguém vai continuar a minha obra?

— Os que lá ficaram vão se debater por algum tempo, mas depois se acertarão. Mais tarde, quando perceberem que o poder que buscam reside apenas na fantasia de seu orgulho, sairão em busca daquele que tiver melhor preparo moral para conduzi-los. Por enquanto, é necessário que se desgastem na luta para que possam, mais tarde, fazer uma reflexão e alcançar o entendimento sobre o que é, realmente, dirigir um centro espírita.

— Tem razão. Vou rezar para que Deus ilumine as cabeças daqueles que estão em luta, para que consigam se desvencilhar da quimera do poder e se entregar ao que verdadeiramente tem valor.

— É o melhor que podemos fazer por ora.

Por alguns anos, o centro fundado por Eleonora pareceu perder a força. A doutrina, tão estimulada por ela, Silmara e Sérgio, fora posta de lado para dar lugar a rituais cada vez mais elaborados e complexos. Esqueciam os médiuns que os rituais servem para possibilitar a criação de uma harmonia de pensamentos e sentimentos, organizando-os de forma a facilitar as experiências espirituais e a captação de energias para aplicação adequada nos trabalhos e na vida. Distanciados dessa verdade, passaram a utilizar os rituais como forma de demonstração de poder e exibicionismo, transformando-os em formalidades vazias e sem nenhum equilíbrio, retirando-lhes o sentido de libertação da alma de tudo o que fosse material. Ao contrário, prendiam as pessoas, cada vez mais, na falsa ilusão do poder e da vaidade.

Os guias, não encontrando um ambiente espiritual propício, tinham dificuldades em manter contato com os médiuns, que não conseguiam transmitir as mensagens com fidelidade. Os que estavam em busca do autoconhecimento e da verdadeira caridade não sentiam afinidade com o lugar e logo saíam. Outros, ainda apegados à vaidade e ao orgulho, permaneciam, e, devido a sua constante invigilância, iam abrindo buracos na camada magnética que guarnecia as dependências do centro, responsável pelo constante bem-estar que, até então, se sentia ao adentrar-se o local.

Mesmo as entidades encarregadas de guardar a casa se afastaram, atraídas para outros centros iniciantes, cujos propósitos eram mais sinceros do que os de lá. A situação chegou a tal ponto que o centro quase fechou as portas. Os consulentes deixaram de comparecer, e os médiuns pararam de contribuir com o sustento da casa.

A casa espiritual agonizava. Foi quando alguém teve a ideia de iniciarem uma cobrança módica pelas consultas, para cobrir o déficit deixado pelos próprios médiuns. A maioria concordou, até que alguém com firmeza de caráter suficiente para protestar, se levantou e ergueu a voz num alto e sonoro não.

— Assim também já é demais! Já suportei ao máximo todos esses desmandos e guerra de vaidades. Agora chega! Se iniciarmos a cobrança pelas consultas, podem ir dizendo adeus de vez ao centro. Fecharemos as portas e teremos que nos acertar com a vida depois, porque essa não é nem nunca foi a nossa política.

— Mas há centros que cobram pelas consultas — observou alguém. — Será que estão todos errados?

— Se dona Silmara estivesse viva, diria que não há certo nem errado na vida — contrapôs Sônia, a médium inconformada. —

Quem cobra consultas tem um motivo e não nos cabe julgar, principalmente porque desconhecemos as razões que movem os atos de cada um, que são sempre justas. Cada um trabalha a seu jeito. Mas esse não é o nosso. Não foi assim que começamos e não é assim que iremos terminar. Estamos comprometidos com a gratuidade.

Todos ficaram em silêncio, refletindo nas palavras da médium, que estava sendo intuída pelo seu próprio guia, a quem fora recomendado uma última tentativa para salvar o centro. Iniciou-se uma discussão acalorada, e os médiuns se dividiram. A maioria já estava cansada dos resultados pouco produtivos dos trabalhos e começou a pressionar o presidente, que acabou renunciando. Sônia foi eleita para a presidência, e iniciou-se o trabalho de reforma do centro. Os médiuns que eram contra as novas diretrizes saíram, ficando apenas aqueles que davam razão a Sônia.

Do lado invisível, Eleonora, Sérgio e Silmara felicitavam os novos guias que acompanhariam, a partir de então, os trabalhos do centro. Sentiam-se gratificados porque o plano espiritual não havia perdido mais um posto de luta a favor do bem. Os três abraçaram-se chorando, até que Piraju falou:

— Muito bem, Eleonora. Terminou a sua missão aqui. Sua tarefa agora deve se iniciar em outro lugar.

Eleonora olhou para ele e sorriu. Sabia bem do que ele estava falando e, juntos, os quatro partiram em direção ao seu novo destino na Terra.

EPÍLOGO

Eleonora e Silmara foram encontrar Martha num aconchegante campo estrelado, onde ela e Leonel, deitados ao ar livre, contemplavam os milhares de pontinhos cintilantes polvilhados no céu. Martha sentiu a sua aproximação e se sentou, sorrindo ao ver as duas chegando de mãos dadas.

— Olá, minhas amigas — cumprimentou ela. — Como estão?

— Bem — respondeu Eleonora. — E vocês?

— Bem também.

— Martha e eu estávamos fazendo planos para o futuro — esclareceu Leonel. — Ela está animada.

— Mais ou menos. Vou voltar porque sei que vai ser bom para o meu crescimento, o que não significa que esse seja o meu desejo. Preferia ficar aqui com você. Ou então, que você fosse comigo.

— Já conversamos sobre isso, e você sabe que não vai ser bom para você. Mas essa é uma outra história, não foi para falar dela que Eleonora veio aqui, foi?

— Não — concordou Eleonora. — Na verdade, estamos à espera de Piraju, que vai nos orientar sobre o que devemos fazer.

Não demorou muito, e Piraju apareceu. Sentaram-se todos no chão e, por uns momentos, ficaram deliciando-se com o silêncio e a paz que absorviam da visão das estrelas.

— Muito bem — começou Piraju. — Acho que estão todos prontos, não é mesmo?

— Sim... — concordou Martha, um pouco hesitante.

— Você não tem com o que se preocupar. Eleonora vai estar com você. Procure apenas não se revoltar contra a vida e se dedique à causa espiritual o mais cedo que puder. Vai evitar-lhe muitos sofrimentos.

— Vou tentar.

— Haverá outras entidades que a acompanharão na tarefa mediúnica, mas Eleonora é quem estará à sua frente. Será sua força e sua guia.

— Está bem.

— Silmara estará conosco também — acrescentou Eleonora. — Embora não tenha tanta necessidade de se fazer presente e incorporar.

— Eleonora, contudo, virá sempre em primeiro lugar — acrescentou Piraju. — Entregue-se a ela, e tudo correrá bem.

Martha suspirou profundamente, demonstrando estar um pouco assustada com tantas novidades.

— Sei que deve ser difícil para você — falou Eleonora —, mas vai se acostumar. Também para mim será novidade.

— E para mim também — concordou Silmara.

— Eleonora integrará a falange de Jurema, por afinidade, e Silmara se apresentará como criança, integrando a falange das crianças. Tudo conforme os preceitos da Umbanda, que já não está mais como antes, mas que continua crescendo em sua força.

Conversaram por mais algum tempo, até que se despediram de Martha e Leonel. Tudo já estava pronto para a nova descida de Martha na matéria, que seria acompanhada de perto por Leonel e Eleonora, até o momento em que ela iniciaria sua tarefa mediúnica com eles.

— Está satisfeita com os novos planos? — indagou Piraju a Eleonora, depois que Silmara os deixou.

— Sim, muito embora quisesse trabalhar no centro que fundei.

— Você sabe que os companheiros de Martha se encontrarão em outro lugar. Eles não conheciam você.

— Sei disso. E não quero que pense que estou contrariada. Nada disso. Vou para qualquer lugar que trabalhe no bem.

— Você e Martha se darão muito bem lá. Sempre houve entre vocês uma camaradagem sincera que facilitou sua união. Se não fosse você, quem mais poderia estimulá-la a aceitar a mediunidade? E mais: a trabalhar num centro de Umbanda, com todas aquelas culpas e medos que ela traz? Todos os que conviveram mais intimamente com ela precisam estar na matéria, menos você e Leonel. E a proposta dele, no momento, é outra.

— Compreendo isso muito bem e me sinto agradecida por poder, eu também, continuar ligada a essa força astral que é a Umbanda que eu vi nascer. E trabalhar numa falange de caboclos, como a de Jurema, é um privilégio que não posso deixar de honrar.

— Somente aqueles que já alcançaram um alto nível de discernimento e amor estão aptos a ingressar na falange de Jurema. Você está à altura dessa tarefa, se não, não teria sido escolhida para ela.

— Sei disso e agradeço. Comprometo-me a fazer o meu melhor e continuar contribuindo para o engrandecimento da Umbanda.

Eleonora e Piraju deram-se as mãos e fitaram as estrelas. Naquele momento, pela primeira vez em muitos anos, ela retomou a forma astral da jovem Aracéli, hoje conhecida, na Umbanda, como cabocla Jurema da Mata.

Levamos o livro espírita cada vez mais longe!

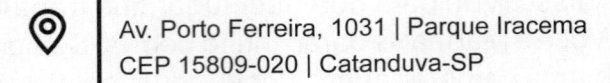

Av. Porto Ferreira, 1031 | Parque Iracema
CEP 15809-020 | Catanduva-SP

www.lumeneditorial.com.br
www.boanova.net

atendimento@lumeneditorial.com.br
boanova@boanova.net

17 3531.4444

17 99257.5523

Siga-nos em nossas redes sociais.

@boanovaed

boanovaeditora

CURTA, COMENTE, COMPARTILHE E SALVE.
utilize #boanovaeditora

Acesse nossa loja

Fale pelo whatsapp